ANDREA SCHACHT

Der Lilienring

Buch

Köln im Jahre 1811. Marie-Anna, eine junge französische Adelige, flieht vor den Revolutionstruppen nach England und schlägt sich von dort nach Köln durch. Dort erhält sie von ihrem Geliebten, einem Schauspieler, einen Lilienring als Geschenk – mit der Inschrift »Mors Porta Vitae«. Da ihr Geliebter sich jedoch mit den französischen Besatzern anlegt, wird er bald darauf verhaftet, und Marie-Anna mit ihm. Doch der Sous-Préfet Faucon begnadigt sie – unter einer Bedingung: dass sie für ihn Spitzeldienste im Haus des reichen Kunstsammlers Valerian Raabe leistet. Immer wieder sind Schmuckstücke aus seinen Sammlungen im Zusammenhang mit Sabotageakten aufgetaucht, und er steht außerdem unter dem Verdacht der Schmugglertätigkeit.

Marie-Anna hat Glück. Sie wird von der Hausherrin Ursula liebevoll aufgenommen, die Tochter Graciella freundet sich rasch mit ihr an, und auch Rosemarie, die Nichte des Hausherrn, die sich um die Katalogisierung der Sammlungen kümmert, ist ihr herzlich zugetan. Marie-Anna kann Faucon tatsächlich mit einigen Informationen dienen, doch den Dieb findet sie nicht.

Dann verunglückt die Dame des Hauses bei einem Unfall tödlich – und Rosemarie steht neben ihr, mit den gestohlenen Schmuckstücken in der Hand. Die Lage scheint eindeutig, und so wird Rosemarie des Mordes angeklagt. Marie-Anna ist fest von deren Unschuld überzeugt. Aber erst als das Mädchen Graciella ihr ein ungeheuerliches Geständnis macht, sieht sie eine Chance, ihre Freundin zu retten…

Autorin

Andrea Schacht, Jahrgang 1956, war lange Jahre als Wirtschaftsingenieurin in der Industrie und als Unternehmensberaterin tätig, hat dann jedoch den seit Jugendtagen gehegten Traum verwirklicht, Schriftstellerin zu werden. Sie lebt heute als freie Autorin mit ihrem Mann bei Bad Godesberg.

Von Andrea Schacht bei Blanvalet:

Die »Ring-Saga« im Blanvalet Taschenbuch:
Der Siegelring (TB 35990) – Der Bernsteinring (TB 36033) –
Der Lilienring (TB 36034)

Die historischen Romane um die Begine Almut Bossart:
Der dunkle Spiegel (geb. Ausgabe 0156)
Das Werk der Teufelin (geb. Ausgabe 0157)

Andrea Schacht

Der Lilienring

Roman

BLANVALET

Umwelthinweis:
Alle bedruckten Materialien dieses Taschenbuches
sind chlorfrei und umweltschonend.

Der Blanvalet Verlag ist ein Unternehmen
der Verlagsgruppe Random House.

Auflage
Originalausgabe November 2004

Umschlaggestaltung: Design Team München
Umschlagmotiv: Bridgeman
Satz: Uhl + Massopust, Aalen
Druck: GGP Media GmbH, Pößneck
Verlagsnummer: 36034
Lektorat: SK
Redaktion: Petra Zimmermann
Herstellung: Heidrun Nawrot
Made in Germany
ISBN 3-442-36034-X
www.blanvalet-verlag.de

Ich bin in vielen Gestalten erschienen,
bevor ich die passende Form fand.

Taliesin, keltischer Barde

Dramatis Personae

In der Franzosenzeit

Marie-Anna de Kerjean, eine Tochter aus vornehmem französischem Hause, die vor der Revolution nach Köln flieht – ein leichtes Hemd und leichte Beute.

Rosemarie Klein, die Tochter eines verbitterten Professors, sie arbeitet als Archivarin und arme Verwandte an Raabes Kunstsammlung, wird aber so nach und nach entstaubt.

Valerian Raabe, Kolonialwarenhändler und begeisterter Sammler von Antiken und Kirchenschätzen. Ihm blieb in seiner Jugend einmal die Luft weg, weshalb er dauerhaft heiser ist.

Romain Faucon, der Sous-Préfet von Köln, der Informationen braucht und über Informationen verfügt. Manchmal auch über zartere Gefühle.

Markus Bretton, Sohn eines Pfandleihers und fescher Stadtsoldat, der aber quittieren muss und die einträgliche Laufbahn als Hehler einschlägt.

Jules Coloman, Marie-Annas etwas unzuverlässiger Geliebter, ein Schauspieler, der sich beim Verbreiten aufrührerischer Verse erwischen lässt.

Ursula Raabe, Gattin von Valerian Raabe, die nur ihr eigenes Wohlergehen im Auge hat und zur Befriedigung ihrer Gelüste eine neue Finanzierungsform findet.

Graciella Raabe, Tochter der beiden, der Tod ihrer Mutter.

In Cologne und auf dem Gut

Fabien DuPont, ein Munizipalbeamter, Professor Klein, der Kustos, Mathilda, die Hausdame, Berlinde, Die Schwägerin von Valerians Gattin, Yannick und Guenevere, ihre Kinder, Frizzi, eine Tänzerin, die Großeltern Raabe, Helga, die Köchin und Berolf, der Baumeister.

In der Bretagne

Brior de Kerjean, Marie-Annas Vater, Denise, ihre Mutter, Sophy, ihr Kindermädchen, Germain, der Verwalter, Charles, sein Sohn, Sir Garret, ein Handelspartner.

In der Gegenwart

Anahita Kaiser, genannt Anita – die einen schweren Unfall überstanden hat, der ihr Leben einschneidend verändert. Mehr noch verändern sie aber die Auseinandersetzung mit der Vergangenheit und die Herausforderung der Zukunft.

Rosewita van Cleve, genannt Rose – Anitas Halbschwester, die gemeinsam mit ihr den Weg in die Vergangenheit zurückgeht und dabei in der Gegenwart ihre Berufung als Künstlerin findet.

Caesar King, bürgerlich Julian Kaiser – Anitas und Roses Vater, ein Schlagersänger, durch mysteriöse Umstände zu Tode gekommen. Noch mysteriöser aber sind Tagebücher und Briefe, die er seinen Töchtern hinterließ.

Uschi Kaiser – Anitas Mutter, die weder mit der Vergangenheit noch mit der Gegenwart besonders gut klarkommt und daher häufig recht irrational reagiert.

Gracilla Valerie van Cleve, genannt Cilly – die jüngere Schwester von Rose, die die Zukunft vor sich hat und für Geschichten aus der Vergangenheit schwärmt.

Marc Britten – abenteuerlustiger Fotograf mit unerwartetem Einfühlungsvermögen und wider Erwarten leicht zerbrechlichem Herzen.

Falko – eine mögliche Zukunft für Rose.

Valerius – die einzig mögliche Zukunft für Anita.

Weitere Personen im Leben der Heldinnen: Tilly, die Haushälterin, Frederika Klosters, Kommissarin, Dr. Fabian Pönsgen, Richter, Valentin Cornelius, ene jote Frönd, Jan, ein noch viel besserer Freund, Denise, eine unerwartete Freundin, Cosy, eine Sekretärin und Sophia, Roses und Cillys Mutter.

Vorwort

Es ist nicht nur die Glockengasse 4711, die lebendiges Zeugnis der französischen Vergangenheit Kölns gibt. Auch die beeindruckenden Kunstsammlungen, die in jener Zeit entstanden, sind in den Museen noch heute eine inspirierende Quelle für jeden Schriftsteller. Ob mittelalterliche Gemälde oder römische Skulpturen – diese Kunstwerke wurden damals – auf sicher nicht immer rechtmäßige Art – zusammengetragen. Das Interesse an der Historie, vor allem an der Antike, fand gerade in Köln und im Umland reiche Nahrung. Dass zufällig bei Bauarbeiten ein vollkommen erhaltenes römisches Grab gefunden wurde, war keine Besonderheit.

Meine Heldin Marie-Anna darf also darin ihre Verknüpfung zu ihrer persönlichen Vergangenheit erkennen.

Als die französischen Besatzungstruppen vor rund 200 Jahren in die Stadt am Rhein einzogen, befand Köln sich in einem traurigen Zustand des Verfalls. Nicht nur die Bauwerke, auch die Gesinnung der dort lebenden Menschen war marode. War sie im Mittelalter als führende Handelsstadt noch aufgeblüht, hatte sich zu einer weltoffenen, heiteren Metropole entwickelt, so hat ihr die Neuzeit mit der Entdeckung Amerikas und den daraus sich verlagernden Handelsplätzen den Garaus gemacht. Der geistigen Wandlung durch Luthers Reformation versperrten sich die Kölner und erstarrten in ihren alten Traditionen.

Napoleon erst, der die neuen Ideen der französischen Revolution und seine eigenen genialen Verwaltungsvorschriften mitbrachte, gab Köln den notwendigen Tritt in die Seite, damit es wieder zu einer florierenden Stadt wurde. Die verkrusteten mittelalterlichen Zunftordnungen wurden aufgebrochen, Handel und Handwerk liberalisiert, das Rechtswesen reformiert, die Infrastruktur verbessert, die Häuser gezählt und durchnummeriert und die reichen kirchlichen Pfründe aufgelöst.

Mit durchaus positiven Folgen.

Aber nicht nur.

Wie üblich bringt eine Besatzung gleichzeitig Ärger mit sich. Sabotage ist ein Begriff, der aus jener Zeit stammt.

Doch wie konnten sie nur, die Franzosen – sie hatten sich des denkbar himmelschreiendsten Unrechts schuldig gemacht: Sie verboten den Kölner Karneval!

Köln hat auch das überlebt, und die Spuren der Vergangenheit sind, wenn man ein Auge dafür entwickelt, an jeder Ecke erkennbar. Eine Stadt überlebt, weil die Menschen in ihr es können. So, wie es Marie-Anna gelingt, aus dem persönlichen Elend zu neuem Glück zu finden.

1. Kapitel

Sphärentanz

Sie starb, und es wurde dunkel um sie. Das Gesicht ihres Geliebten war das Letzte, was sie mit ihren schwindenden Sinnen wahrnehmen konnte. Dann begann ihre Wanderung durch die Unendlichkeit, ohne Angst, wissend, dass sie sie finden würde – die himmlischen Sphären, die die Welt umspannten. Nicht das Fegefeuer wartete auf sie, nicht die Qualen der Hölle, aber auch nicht die Tore des Paradieses. Sie bewegte sich durch die Dunkelheit auf die fernen Lichter zu. Nach und nach verblich alles, was sie auf Erden erlebt hatte.

Sie wandelte lange, und es lösten sich Wehmut, Schmerzen und Trauer auf. Das tiefste Gefühl jedoch, das sie empfunden hatte, war bei ihr geblieben – ihre Liebe vergaß sie nie, und die Sehnsucht blieb immer bei ihr.

Sie tanzte zur Sphärenmusik mit den Sternen, doch plötzlich war die Konstellation der Himmelslichter so verlockend, dass sie nicht widerstehen konnte.

Und im Jahre 1783, kurz bevor die französische Nation in Flammen aufging, wurde in einem kleinen Schloss in der Bretagne, zur übergroßen Freude der Eltern, eine Tochter mit goldenen Haaren geboren. Sie nannten sie Marie-Anna.

2. Kapitel

Der Staatsanwalt

Er hatte unerwartet schnell die Stelle übernehmen müssen. Sein Vorgänger war in den vorzeitigen Ruhestand gegangen und hatte ihm einen Haufen halb oder vollkommen unerledigter Fälle hinterlassen. Einer brannte dem neuen Staatsanwalt aus den verschiedensten Gründen gewaltig unter den Nägeln. Doch dem Neuen war nicht umsonst bei den Kollegen der Spitzname »Meister Fix« vorausgeeilt. Dieser Name bezog sich nicht nur auf die mittelalterliche Bezeichnung für den Henker, sondern beschrieb auch seine Arbeitsmethode passend. Falko Roman war ein schneller und gründlicher Arbeiter. Wie gut er aber den Fall in den Griff bekam, der jetzt wieder von neuer Brisanz erschien, das hing nicht allein von seiner professionellen Methodik ab, sondern ebenfalls von einem sehr ungemütlichen Gefühl, das ihn dabei beschlich. Gefühle gehörten zu den Empfindungen, die er, wenn überhaupt, für sein Privatleben reserviert hielt.

Missmutig schlug er die Unterlagen des Vorgangs auf, die der alte Staatsanwalt in der Kategorie »Erledigt« abgelegt hatte. Der Fall war nicht erledigt, selbst ein flüchtiges Studium der Aktenlage zeigte das schon. Dazu waren weder das Interesse der Öffentlichkeit noch die Presseberichte und genauso wenig die plötzlich aufgetauchten Zeugenaussagen notwendig, um zu erkennen, dass hier schlampig gearbeitet worden war.

Im vergangenen Jahr, am siebten Juli, war der Schlagersänger Caesar King, bürgerlich Julian Kaiser, in den frühen Morgenstunden mit seinem Fahrzeug gegen einen Brückenpfeiler geprallt. Er war sofort tot. Was oberflächlich wie ein Unfall aussah, zeigte sich bei näherer Betrachtung diffiziler. Die Autopsie erbrachte nämlich, dass sich eine hohe Dosis Beruhigungsmittel im Blut des Mannes befand. Die Frage, ob es sich um Fahrlässigkeit oder Vorsatz handelte oder ob gar ein Dritter dem Mann die Drogen verabreicht hatte, war nicht geklärt worden. Warum auch immer, die Ermittlungen waren außerordentlich nachlässig durchgeführt worden. Irgendwann nach einem halben Jahr hatte Falko Romans Vorgänger die Untersuchungen für abgeschlossen erklärt und den ganzen Vorfall als Unfall abgetan.

Dabei waren verschiedene Punkte völlig offen geblieben. Zum Beispiel war Julian Kaiser am Vortag seines Todes um sechzehn Uhr von seinem Studio in Köln aufgebrochen, um seinen nächsten Termin um zwanzig Uhr in Koblenz wahrzunehmen. Dort war er nicht angekommen. Wo er die zwölf Stunden bis zu dem Unfall verbracht hatte, wusste niemand wirklich. Angeblich hatte er seine Geliebte besucht. Diese Aussage seiner Frau hatte sich allerdings als Wahnvorstellung erwiesen. Soweit bekannt war, gab es keine Geliebte.

Aber jetzt war ein Zeuge aufgetreten, der sich auf Grund des Presserummels, der eben mal wieder entstanden war, daran erinnerte, Julian Kaiser um siebzehn Uhr gesehen zu haben. Und zwar bei seiner Tochter. Seiner unehelichen Tochter, von deren Existenz bisher niemand in der Öffentlichkeit etwas geahnt hatte, die jetzt aber die Skandalblätter füllte. Diese Rosewita van Cleve hatte den Ermittlern verschwiegen, ihren Vater am Vorabend seines Todes getroffen zu haben. Warum, das war eine außerordentlich interessante Frage. Zumal die junge Frau vor zwei Wochen selbst mit einer bedrohlichen Menge Beruhigungsmittel im Körper ins Krankenhaus eingeliefert worden war. Ein Selbstmordversuch? Oder hatte derjenige, der Julian Kaiser die Drogen verabreicht hatte, es auch bei ihr probiert?

Falko Roman hatte sich im Laufe der Woche noch einige Zusatzinformationen geben lassen und studierte sie an diesem Freitag. Zuletzt nahm er sich die beiden knallig aufgemachten Boulevardzeitungen vor und betrachtete die Fotografien.

»Verdammte Scheiße!«, murmelte er und warf die Blätter ganz entgegen seiner ansonsten so kühlen und beherrschten Art in den Papierkorb.

Rosewita van Cleve und Anahita Kaiser, Töchter von Julian Kaiser, waren keine Unbekannten für ihn. Im Gegenteil – sie waren ihm nur zu gut bekannt. Er griff zum Telefon, um den Mann anzurufen, mit dem ihn, seit er denken konnte, tiefe Verbundenheit und Zuneigung verbanden. Valerius Corvin, der Bruder seiner Mutter, zwölf Jahre älter als er, hatte praktisch Elternstelle an ihm vertreten.

»Valerius, ich habe eine ausgesprochen unangenehme Sache in Erfahrung gebracht. Ich muss dich bitten, in der nächsten Zeit keinen Kontakt mit dieser Anahita Kaiser oder ihrer Schwester aufzunehmen.«

»Warum?«

»Der Fall Julian Kaiser wird wieder aufgerollt. Es besteht Mordverdacht. Die beiden sind darin verwickelt.«

»Falko, könnte es sein, dass du einer gewissen Voreingenommenheit unterliegst?«

»Nein, Valerius. Ich habe genug Material zusammen.«

»Nicht Anita, Junge!«

»Wenn einer voreingenommen ist, dann du, Val.«

Sein Gesprächspartner schwieg.

»Valerius, du hast diese Frau zwei Mal in deinem Leben gesehen. Was weißt du von ihr?«

»Nicht viel, da hast du Recht. Und was weißt du von ihr?«

»Beispielsweise, dass sie zwei Jahre lang mit einem Drogendealer zusammengelebt hat.«

»Und?«

»Mit mindestens einem Drogensüchtigen und einer Medikamentenabhängigen noch im vergangenen Jahr durch die Ferienclubs getingelt ist.«

»Und?«

»Eine nicht zu verachtende Erbschaft gemacht hat.«

»Soweit ich verstanden habe, war sie noch nicht einmal in Deutschland, als ihr Vater starb.«

»Wenn man die Gewohnheiten eines Menschen kennt, kann man ihn auch in Abwesenheit umbringen.«

Erneut herrschte Schweigen in der Leitung.

»Valerius, halte dich von ihr fern. Zumindest, bis wir Klarheit darüber haben, ob wir Anklage erheben müssen.«

»Halte mich auf dem Laufenden, Falko.«

»Natürlich.«

3. Kapitel

Neue und alte Geschichten

Ich war zunächst nur milde erstaunt, als mir die Aufforderung zur Vernehmung ins Haus flatterte. Vor kurzem erst hatte ich die Nachricht erhalten, das Verfahren um den Tod meines Vaters sei eingestellt worden. Aber da die Presse nun mal wieder ihren Spaß daran hatte, einen Prominenten und sein Privatleben durch den Dreck zu ziehen, war es wohl nicht ungewöhnlich, dass irgendwer sich wichtig genug nahm, diesen Fall noch mal juristisch aufleben zu lassen. Wenn die Öffentlichkeit genügend Druck ausübte, mussten die Behörden springen. Also nahm ich die Sache nicht sonderlich ernst und ging gelassen zur Polizei, um mit Kommissarin Klosters, die sich mit dem Vornamen Frederika auf ihrem Kärtchen auswies, zu plaudern.

Es wurde scheußlich!

Warum auch immer, sie hatten in meiner Vergangenheit gewühlt und herausgefunden, dass ich vor fünf Jahren einmal eine Zeit lang in einer Wohngemeinschaft gelebt hatte. Jan und Jennifer, Zwillinge, und ich hatten uns während des Studiums eine große Altbauwohnung geteilt. Es war sehr praktisch und viel gemütlicher für uns alle, als in einem Miniappartement alleine zu wohnen. Aber dann wurde Jennifer krank, unheilbar. Sie wollte allerdings so lange wie möglich die Normalität aufrechterhalten, und so sorgten wir für sie, so gut es ging. Dass Jan ihr Drogen verschaffte, um ihre Schmerzen – und sicher auch ihre Verzweiflung – zu mildern, erfuhr ich erst, als sie gestorben war.

An den Fragen von Kommissarin Frederika merkte ich, welchen bestimmten Verdacht sie hegte. Als Nächstes kam sie nämlich auf Titus zu sprechen. Titus war ein leicht verrückter Däne, der zu dem Team gehörte, in dem ich in den Semesterferien und in den Monaten nach meinem Abschluss in Ferienclubs als Sportanimateurin arbeitete. Wir waren eine Gruppe von sieben jungen Leuten. Nicht alle waren regelmäßig dabei, aber meist traf es sich, dass wir wochenlang zusammenarbeiteten. Es waren Ulla, die einer »besten Freundin« ziemlich nahe kam, die scharfzüngige und witzige Roxane, die an niemandem ein gutes Haar ließ. Grace dagegen war ein labiles Geschöpf, das sich fallweise mit Medikamenten voll stopfte und ansonsten ein reges Liebesleben führte. Marek war ein sanfter Junge, der viel zu viel Mitleid mit allem und jedem und vor allem sich selbst empfand. Dickhäutiger verhielt sich der trottelige Hawkins, der nur bei Sportarten, bei denen es auf Zielgenauigkeit ankam, keine zwei linken Hände hatte. Und völlig egomanisch trat Titus auf, ein perfekter Techniker, der aber frei von jeglicher Kontaktfähigkeit schien. Allesamt hatten am achten Juni des vergangenen Jahres in der Maschine gesessen, die uns nach Rom bringen sollte. Nur ich hatte umgebucht, da ich die Nachricht vom Tode meines Vaters erhalten hatte. Deshalb musste ich mit namenlosem Entsetzen beobachten, wie das startende Flugzeug vor meinen Augen explodierte. Glühende Trümmerteile trafen auch mich, und als ich wieder zu Bewusstsein kam, lag ich, in zahllose Verbände gewickelt und an Tropf und Überwachungsapparaturen gefesselt, im Krankenhaus.

Welcherart meine Beziehung zu Titus gewesen sei, wollte die Kommissarin wissen. Und wie ich mich mit Grace verstanden hatte.

Ich gab ihr so detailliert wie möglich Auskunft. Dass

Titus gelegentlich einen Joint geraucht hatte, wusste ich. Dass er auch Aufputschmittel genommen hatte, ahnte ich. Vom Koks wusste ich nichts. Graces Tablettenschächtelchen waren legendär. Manchmal hatte ich versucht, mit ihr darüber zu reden, aber dann bekam sie wieder ihre Heulanfälle, und es war besser, wenn sie ihre Glücksbringer einnahm. Ich war schließlich nicht ihre Therapeutin.

Die nächste Frage galt Uschi. Meine Mutter, die sich lange dagegen gewehrt hatte, von mir mit ihrem Namen angeredet zu werden, hatte ebenfalls so ihre Probleme. Nach dem Tod meines Vaters größere als vorher. Ja, auch sie nahm gelegentlich Antidepressiva und Tranquilizer. Und ich selbst?

Ich lachte die gute Frederika an.

»Haben Sie eine Ahnung, was die Ärzte Ihnen alles nach einem Flugzeugunglück verschreiben?«

»Sie standen unter Schock, natürlich. Niemand macht Ihnen Vorwürfe, Frau Kaiser. Aber ich denke, man hat Ihnen bestimmt entsprechende Mittel verschrieben.«

»Hat man, Frau Kommissarin. Ich habe sie aber nicht genommen. Mir langten die Schmerzmittel, die mich reichlich benommen gemacht haben.«

»Besitzen Sie diese Medikamente noch?«

»Die Schmerzmittel habe ich so gut wie aufgebraucht. Die anderen habe ich noch nicht einmal aus der Apotheke geholt.«

»Haben Sie die Rezepte noch?«

»Hat meine Krankenversicherung. Fragen Sie dort nach!«

Langsam wurde meine Kooperationswilligkeit auf eine harte Probe gestellt. Ich hatte den Eindruck, man unterstellte mir auf irgendeine verrückte Art, ich hätte Julian selbst umgebracht.

Als Nächstes kam es dann.

»Hatte Ihr Vater bestimmte Angewohnheiten, Frau Kaiser?«

»Er hatte viele Angewohnheiten. Zum Beispiel konnte er wunderbar Geschichten erzählen. Er las gerne archäologische Fachzeitschriften. In den letzten Jahren hatte er ein Faible für die Esoterik entwickelt. Nicht praktizierend, war aber interessiert an – nennen wir es weltanschaulichen Fragen.«

»Nicht praktizierend?«

»Wenn Sie jetzt wissen wollen, ob er mit bewusstseinserweiternden Drogen experimentiert hat, dann muss ich Sie enttäuschen. Übrigens hatten wir das Thema schon bei der letzten Vernehmung erschöpfend behandelt!«

»Wir haben neue Erkenntnisse.«

»Schön. Welche?«

»Hatte Ihr Vater bestimmte Angewohnheiten, Frau Kaiser?«

»Sie gehen mir ein klein wenig auf den Geist, wissen Sie das?«

»Und Sie sollten sich besser erinnern.«

»Ich könnte genauso gut ganz einfach schweigen.«

Sie wusste, dass ich das Recht dazu hatte.

»Freunde und Kollegen von Ihrem Vater erzählten, er hätte eine kleine Marotte gehabt.«

Jetzt wusste ich, worauf sie anspielte, und mir wurde schlagartig etwas klar.

»Die Bonbons, meinen Sie die?«

Kommissarin Frederika nickte.

»Er hatte immer welche dabei, in jeder Anzugtasche, in jeder Schublade, im Auto… Ja, ich weiß. Er behauptete immer, er brauche sie, um bei Stimme zu bleiben. Ein Sänger eben!«

»Und Sie haben ihm oft solche Bonbons geschickt, nicht wahr?«

»Sicher. Ich habe mir einen Spaß daraus gemacht, ihm entweder besonders exotische oder besonders kitschig verpackte zu schicken.«

»Auch von Ihrem letzten Aufenthalt auf den Kanarischen Inseln aus?«

»Ich denke schon.«

»Kennen Sie diese Dose?«

Sie zeigte mir eine Blechdose mit einem schreiend bunten Bild. Ein spanischer Gitarrenspieler schmachtete unter einem blumenbewachsenen Balkon eine Schöne im Mondlicht an. Ich erinnerte mich daran, Julian die Bonboniere im Juni geschickt zu haben, und nickte.

»Haben Sie die Dose vorher geöffnet?«

»Nein, Frau Kommissarin. Sie war original zugeklebt, als ich sie in das Päckchen legte. Doch bedauerlicherweise sind alle Menschen, die das bezeugen können, inzwischen tot.«

»Wann haben Sie Ihre Schwester zum ersten Mal getroffen?«

»Im August letzten Jahres. Ich habe im Juli erst von ihrer Existenz erfahren. Sie wissen das.«

»Wann haben Sie das erste Mal mit ihr gesprochen?«

»Uns erstmals getroffen und miteinander gesprochen haben wir zum selben Zeitpunkt.«

»Sie haben nicht vorher mit ihr telefoniert?«

»Nein.«

»Sie hat nicht von sich aus Kontakt mit Ihnen aufgenommen?«

»Nein. Wir haben keine heimlichen Briefchen miteinander gewechselt, wenn Sie darauf hinauswollen. Sie wusste von mir, ich wusste nicht von ihr.«

»Wieso wusste sie von Ihnen?«

»Mein Vater erzählte ihr von mir.«

»Trotzdem hat sie nie versucht, mit Ihnen zusammenzukommen?«

»Nein.«

»Sie erbt ein Drittel des Vermögens Ihres Vaters. Hat Sie das betroffen gemacht?«

»Nein.«

»Es ist nicht wenig, was sie da erhält. Im Falle ihres Todes fiele dieses Drittel an Sie.«

»Ja.«

»Wo waren Sie am zehnten April?«

Ich schwieg. Mehr Auskunft bekam Kommissarin Frederika jetzt nicht mehr von mir. Ich hatte keine Lust, mein Liebesleben vor ihr auszubreiten, denn das war es, was an diesem zehnten April meine Zeit in Anspruch genommen hatte. Und schon gar nicht wollte ich Valerius in die Sache mit hineinziehen. Im Übrigen nervten mich ihre unausgesprochenen Unterstellungen allmählich. Sollte sie doch anderweitig ermitteln.

»Wie ist Ihr Verhältnis zu Ihrer Halbschwester?«

»Ausgezeichnet.«

»Was verbindet Sie mit Valentin Cornelius?«

Gegen alle Verstimmung musste ich plötzlich laut auflachen. Auf meinem Weg durch das Polizeirevier war ich nämlich diesem Valentin aus dem professionellen Zwielicht begegnet, den ich bei der Suche nach Valerius kennen gelernt hatte. Einer der vielen Irrläufer, doch dieser zeichnete sich durch besonderen Charme aus.

»Hey, Liebschen. Wie isset?«, hatte er gefragt, als er mich erkannte.

»Jot isset!«, antwortete ich ihm in gleicher Mundart.

»Un – hasse ding Macker jefunden?«, wollte er dann grinsend wissen.

»Ja, ich habe ihn gefunden.«

»Schaad, hättst och bei mir ding Auskommen ham können.«

»Vielleicht ein andermal, Valentin!«

»Na dann machet mal jot, ne!«

»Machs och jot!«

Amüsiert und mit einer gewissen Schadenfreude in der Stimme antwortete ich der Kommissarin: »Wissen Sie was? Dazu befragen Sie am besten den Richter Dr. Fabian Pönsgen, der hat uns zusammengebracht. Lassen Sie sich die Akte geben.«

Mehr Fragen fielen ihr dann zum Glück nicht mehr ein. Oder besser, mehr stellte sie nicht. Ich war entlassen, sollte mich aber weiterhin zur Verfügung halten.

Ich fuhr durch den regnerischen Apriltag nach Hause und überdachte noch einmal unser Gespräch. Wie es schien, hatte die weitere Beschäftigung mit dem tödlichen Unfall meines Vaters tatsächlich neue Erkenntnisse gebracht. Und die standen im Zusammenhang mit den Bonbons, die er beständig zu lutschen pflegte. Hatte ihm jemand präparierte Pfefferminzdrops in die Dose gefüllt? Das war sicher nicht schwierig. Tabletten konnte man zermörsern, Bonbons etwas klebrig zu bekommen war ebenfalls kein Problem, sie in dem weißen Staub zu wälzen ganz einfach. Dass sie ein bisschen komisch geschmeckt haben, wird Julian wenig irritiert haben. Denn er lutschte sie nicht wegen des Genusses, sondern in dem festen Glauben, sie hielten seine Stimme geschmeidig. Wenn also die Bonbondose, die er von mir erhalten hatte, mit derartig manipulierten Süßigkeiten gefüllt war, dann musste der Verdacht zunächst einmal auf mich fallen. In zweiter Linie würde er Rose treffen, zumal sie diejenige war, die er an jenem verhängnisvollen Abend noch besucht hatte. Wahrscheinlich war sie es auch, die ihn als Letzte lebend gesehen hatte.

Arme Rose, sie würde man als Nächstes in die Mangel nehmen. Noch war sie mit ihrer Mutter in einem

Wellness-Hotel. Der Rummel um die erste, erfolgreiche Ausstellung ihrer gläsernen Kunstwerke und die unliebsame Aufmerksamkeit in der Presse, die über die Fotos von Rose und mir auf Julians wohl gehütetes Geheimnis gestoßen war, hatten ihre Nerven bis zum Zerreißen gespannt. Kurz vor Ostern, an jenem zehnten April, hatte sie versehentlich eine zu hohe Dosis Beruhigungsmittel genommen und dann unglücklicherweise noch Sekt dazu getrunken. Als sie aus dem Krankenhaus entlassen worden war, hatte Sophia, ihre Mutter, sie kurzerhand ins Auto gepackt und war mit ihr fortgefahren. Roses jüngere Schwester, die vierzehnjährige Cilly, war für die Tage zu mir gezogen. Sie hatte gerade Osterferien, und so war sie mir eine willige Helferin darin, die Ausstellungsstücke zurück in Roses Atelier zu schaffen. Üble Nebenwirkung der ganzen Sache war nämlich, dass der Veranstalter, ein angesehenes Kreditinstitut, das sein Foyer engagierten Künstlern der Region für die Präsentation ihrer Werke zur Verfügung stellte, uns aufgefordert hatte, sofort die Ausstellung abzubrechen.

Als ich vor dem Haus einparkte, in dem ich im letzten Jahr eine Wohnung bezogen hatte, stand ein mir nicht unbekannter roter Porsche vor der Tür. Der Besitzer, Marc Britten, war offensichtlich schon oben, Cilly würde ihn mit Wonne eingeladen haben zu bleiben. Ich hingegen würde ihm mit Wonne gleich ein ungeputztes Gemüsemesser in die Seite rammen. Mit jeder Treppenstufe, die ich höher stieg, stieg auch meine Wut auf den Profi-Fotografen mit seinen sauberen Beziehungen zur Schmuddelpresse.

»Dass du dich überhaupt noch hierher wagst!«, fuhr ich ihn also an, als ich in mein Wohnzimmer trat, wo er sich lässig und leider wahnsinnig attraktiv aussehend im Sessel lümmelte und mit Cilly flirtete.

»Warum nicht, Herzchen. Hübsch siehst du aus. Du solltest häufiger vor Zorn schnauben!«

»Anders werde ich dir zukünftig auch nicht mehr begegnen. Weißt du eigentlich, was du angerichtet hast?«

»Nein, Anita-Schätzchen. Was denn?«

»Sie meint das hier, Marc!«

Cilly warf ihm ein Magazin hin, das mit der Überschrift lockte: »Caesar Kings geheime Tochter – Selbstmord?«

»Au Scheiße!«

»Jetzt sag nur nicht, dass du davon nichts gewusst hast!«

»Mädchen, ich war über Ostern bei Papa in L.A. Was ist passiert?«

»Jemand, liebster Marc, hat ein paar Schmierfinken auf Rose angesetzt. Jemand, liebster Marc, hat nicht nur der Lokalpresse Fotos von mir und Rose zugeschoben.«

»Anita, nicht ich. Ehrlich!«

»Deinen strahlenden blauen Augen soll ich mal wieder bedingungslos glauben?«

»Du wirst es tun müssen. Ich habe es wirklich nicht getan. Aber es gibt schon Gestalten, die eins und eins zusammenzählen können. Dein Gesicht, meine Geliebte, ist sehr einprägsam. Und nicht einmal ein Jahr ist es her, dass es neben dem von Caesar King abgebildet war.«

»Was ebenfalls dir zu verdanken war!«

»Sorry, damals ja. Aber diesmal nicht. Du hast selbst eingewilligt, dich mit Rose bei der Vernissage fotografieren zu lassen.«

Ich setzte mich seufzend auf das Sofa.

»Eigentlich wollte ich dir ein Stück Stahl in den Leib rammen, aber das werde ich jetzt wohl doch bleiben lassen. Schad drum eigentlich. Denn dann hätte Kommissarin Frederika wenigstens eine handfeste Leiche für ihre Ermittlung.«

»Lohnt es sich, Kommissarin Frederika kennen zu lernen?«

»Nicht wirklich. Sie bearbeitet den neu aufgenommenen Fall Julian King und hat mich im Verdacht, ihn mit Pfefferminzdrops ermordet zu haben. Und bei Rose habe ich es vermutlich ebenfalls versucht.«

»Spinnen die komplett?«, begehrte Cilly auf.

»Nein, die Fakten passen schon zusammen.«

»Erzähl mehr, Anita. Das hört sich nach Gestank an.«

Marc war, wenn ich mich nicht gerade seinen Annäherungsversuchen erwehren musste oder ihn daran zu hindern hatte, vertrauliche Informationen an die Öffentlichkeit weiterzugeben, ein durchaus guter Freund. Und ich brauchte jetzt einen Zuhörer. Ich begann mit Roses Unfall und schloss: »Tja, wir haben also die Ausstellung beendet. Das ist der erste unerquickliche Effekt. Der zweite ist, dass der Verlag, bei dem ich im August anfangen sollte, den Vertrag aufgelöst hat. Mit einer windigen Begründung, hinter der vermutlich auch nur wieder steckt, mit einer solchen skandalträchtigen Person wie mir wolle man den blütenreinen Ruf des Hauses nicht besudeln. Und drittens – Valerius habe ich zwar dank deiner Hilfe wiedergefunden. Doch er meldet sich jetzt nicht mehr. Verständlich, wer will schon mit einer potenziellen Mörderin in Verbindung gebracht werden.«

»Hat es zwischen euch nicht geklappt?«

»Doch, es hat geradezu gewaltig gefunkt. Aber bevor wir nur eine winzige Chance hatten, uns mit etwas kühlerem Kopf kennen zu lernen, kam Cillys Anruf, dass Rose im Koma in ihrer Werkstatt lag. Aus die Maus. Am Tag danach ist er mit seinem Neffen nach Frankreich gefahren. Er hat mir zwar angeboten, mitzukommen, aber das ging ja schlecht. Wir schieden mit den klassischen Worten: ›Ich melde mich dann!‹«

»Soll ich zu ihm fahren und mit ihm reden?«

»Und dann?«

»Wär doch eine Möglichkeit, oder?«

»Vergiss es!«, entfuhr es mir müde.

»Was bedeutet dir dieser Mann eigentlich, Anita?«

Cilly rückte an meine Seite und schlang ihren Arm um meine Taille.

»Anita, du solltest Marc die Geschichte mal von Anfang an erzählen.«

Ich schüttelte den Kopf. Das würde doch sowieso niemand verstehen.

»Dann tue ich es. Du gehst inzwischen in die Küche und kochst uns Kaffee.«

»Wenn du meinst!«

Ich erhob mich. Einen Kaffee konnte ich wirklich gebrauchen. Während ich mit Kaffeemaschine, Tassen, Milch und Zucker hantierte, hörte ich Cilly erzählen.

»Also, Julian hat Rose und Anita früher Geschichten erzählt. Solche, die in Köln spielten, als die Römer hier noch lebten. Wie sich herausstellte, hat er jeder der beiden andere Teile erzählt, und erst als sie sich gemeinsam hingesetzt und ihre Erinnerungen verglichen haben, kam eine ganze, zusammenhängende Episode dabei heraus.«

Marcs Stimme klang erstaunt, als er fragte: »Also wusste er, dass sich die beiden Schwestern einmal treffen würden, Cilly?«

»Sollte man fast meinen, nicht?«

»Worum ging es bei der Geschichte, und was hat dieser Valerius damit zu tun? Kannte euer Vater den auch schon?«

»Das ist es ja gerade – den nicht. Darum ist das alles so absolut irre.«

»Na, los. Was passierte bei den Römern?«

»Also – Annik, die Gallierin, wurde so um 70 nach Christus in der Bretagne geboren. Sie hatte ihre Familie bei einer Flut verloren und ist mit Mitte zwanzig mit ihrem Geliebten Martius und dessen römischem Freund, dem Präfekten Falco, von dort ins Rheinland gezogen. Nach Colonia, weißt du. So nannten die Römer nämlich Köln!«

»Setz mal einen Hauch von geschichtlichem Wissen auch bei mir voraus, Süße!«

»Na gut. Also – von Martius erhielt Annik bei einem Besuch der Stadt einen Siegelring mit der Inschrift ›Ad Perpetuam Memoriam‹. Das ist wichtig, denn Anita hat diesen Ring von ihrem Vater bekommen. Na jedenfalls, dieser Martius tritt in die Legion ein, und Annik arbeitet in der Villa des Patriziers Titus Valerius Corvus als Töpferin. Dessen Frau, weißt du, die hieß Ulpia Rosina, und die beiden freundeten sich miteinander an. Es gibt dann noch die Tochter, Valeria Gratia. Die ist wie ich. Übrigens, es spielt alles in der Zeit, in der Traian, der spätere Kaiser, Statthalter von Germanien ist und sich in Colonia aufhält. In der Gegend gibt es noch immer Aufstände gegen die Römer, und es sieht so aus, als ob in Valerius' Haushalt eine Informationsquelle existiert, die die Gallier mit Nachrichten über die römischen Pläne versorgt.«

»Also nicht nur Aufruhr in jenem kleinen Dorf von Asterix und Obelix!«

»Quatsch, nee. Unterbrich mich nicht!«

»Entschuldige, Cilly!«

»Also – Annik gerät wegen ihrer Herkunft und vor allem wegen ihrer Freundschaft mit einem Barden in Verdacht, dass sie es ist, die die Informationen weitergibt. Aber sie kann Valerius von ihrer Unschuld überzeugen, und er gibt ihr stattdessen den Auftrag, herauszufinden, wer der Verräter ist.« Cillys Stimme wurde ganz leise, aber ich hörte dennoch, was sie erklärte: »Dieser Valerius ist übrigens siebzehn Jahre älter als Annik, hat früher in der Legion gedient und ist zweimal übel verwundet worden. Er trägt eine Narbe im Gesicht. So eine, wie Anita sie jetzt hat.«

»Oh!«, sagte auch Marc ganz leise.

»Also – Valerius verliebt sich in Annik, traut sich aber nicht, ihr das zu zeigen, weil er doch ein Krüppel ist, wie er meint. Aber Annik macht das nichts aus.«

»Ich dachte, sie hat diesen Martius?«

»Na ja – der hat sich inzwischen in Ulpia Rosina verliebt und ein heimliches Verhältnis angefangen. Annik weiß es aber, und sie macht sich nichts daraus, weil sie ihn eigentlich immer mehr als Kameraden betrachtet hat. Jedenfalls ergibt sich für Martius die Gelegenheit, mit einem Senator nach Rom zu ziehen, und er verabschiedet sich von Annik und Rosina. An diesem Abend opfert Annik den Siegelring, den sie von ihm erhalten hat, an einem Matronenheiligtum in den Wäldern, weil sie nämlich beschlossen hat, mit Valerius zu leben, der zum Provinzstatthalter von Nordgallien ernannt worden ist. Als sie nach Hause zum Gut zurückgeht, bemerkt sie, dass auch Rosina heimlich den Weg durch die düstere Gegend nimmt. Drei Tage später wird Martius in jenem dunklen Wald gefunden, erstochen von einem Stilett, das, wie nur Annik weiß, Rosina gehört. Der Präfekt Falco glaubt, der Barde und die Gallier seien schuld an seinem Tod, und Annik ist in einer fürchterlichen Zwickmühle, weil sie ihre Freundin nicht verraten will. Aber dann kommt der Befehl, das Dorf der Einheimischen niederzubrennen, und Annik wird bei dem Versuch, Falco daran zu hindern, von seinen Legionären umgebracht. Ein Pfeil hat sie getroffen, und sie nimmt mit ihren letzten Worten die Schuld an Martius' Tod auf sich. Dann stirbt sie in Valerius' Armen.«

Cilly zog die Nase hoch und griff nach einem Taschentuch, als ich eintrat. Mit einem müden Lächeln vervollständigte ich die Geschichte: »Tja, Marc, das ist der Hintergrund meiner Beziehung zu dem heutigen Valerius. Die Erzählung berührte Cilly schon damals, als wir sie uns erzählt haben, zutiefst. Zugegebenermaßen mich genauso. Als ich dann, wenige Tage nachdem wir sie beendet hatten, diesem Mann begegnet war, der so aussah, wie ich mir den Römer Titus Valerius Corvus vorgestellt hatte, da habe ich etwas die Kontrolle verloren.«

»Der Mann, der zu allem Überfluss tatsächlich Valerius heißt. Ja, Herzchen, ich verstehe. Ein geradezu unheimlicher Zufall.«

Ich stellte die Kanne auf den Tisch, goss Marc den Kaffee pur ein, den er in Form von schwarzem Schlicker zu trinken pflegte, füllte aber meine und Cillys Tasse zuvor zur Hälfte mit Milch auf. Die Konzentration des Getränkes war ansonsten nicht jugendfrei.

»Zufall – Julian hätte es nicht als Zufall bezeichnet.«

»Schicksal?«

»Möglicherweise. Doch eher Bestimmung.«

»Ich würde daraus ja eher schlussfolgern, deine Beziehung zu Valerius beruht auf einer Projektion. Du hast eine zu Herzen gehende Liebesgeschichte gehört und identifizierst dich mit der Heldin. Dann begegnet dir ein Mann, der so ähnlich aussieht wie der strahlende Held, und – schwups – springst du mit ihm in die Federn. So funktioniert das doch bei euch Frauen.«

»Wenn du meinst.«

»Bist du verschnupft? Komm, du bist ansonsten eine durchaus nüchterne Frau, Anita. Solche romantischen Anwandlungen sind deiner nicht würdig.«

»Rose ist ihrem Falko begegnet, Marc. Und es hat auch gefunkt!«, stellte Cilly trocken fest.

»Was? Den gibt es auch?«

»Den gibt es auch, Marc. Valerius' Neffe. Staatsanwalt in Düsseldorf. Derzeit in Scheidungsschwierigkeiten.«

»Und Cilly, wem bist du begegnet?«

»Dir, Marc.«

Meine kleine Schwester-Schwester sah den blonden, braun gebrannten Abenteurer Marc mit strahlenden Augen an. O ja, er hatte etwas von dem verwegenen gallischen Legionär!

»Nix da, Mädels. Ich lebe derzeit zum ersten Mal und werde mich in keine Verwicklungen aus der Vergangenheit einlassen.«

»Nun, da hatten wir noch Marcel le Breton…«

»Der mit der Syph…«

»Der im fünfzehnten Jahrhundert gelebt hat…«

»Und die Stiftsschreiberin Anna angebaggert hat…«

»Und die Jungfer Valeska umgebracht hat…«

»Schluss jetzt!«

Marc stellte die Kaffeetasse mit einem Klirren auf den Tisch. Ich sah ihm an, dass er sich vor Unbehagen wand. So, wie wir uns auch gewunden hatten, als uns klar wurde, wie sehr die Geschichten von unserem Vater unser derzeitiges Leben berührten. Immer wieder mussten Rose, Cilly und ich uns sagen, Julian habe nur eine überaus lebendige Phantasie und habe vielerlei Quellen genutzt, sie zu nähren, wie etwa die Fragmente eines alten Stundenbuchs, die Ausgrabungsstätte einer alten römischen Villa, den Siegelring mit dem Pferdchen, den er mir einst geschickt hatte, vielleicht sogar die eigene Familiengeschichte.

»Hat er an Wiedergeburt geglaubt, der Julian Kaiser?«

»Er hat daran geglaubt. Zumindest scheint es mir jetzt so.«

»Und du, Anita?«

»Ich weiß es nicht. Aber ich weiß genauso wenig, ob wir nur einmal leben, und ich weiß nicht, ob es eine Anderwelt, einen Hades, eine Hölle oder die himmlischen Sphären oder nur das grenzenlose Nichts gibt. Nur eines weiß ich – optimistischer als Hölle und Fegefeuer ist die Vorstellung, in einer anderen Welt weiterzuleben, allemal.

»Auch wenn das Leben die Hölle ist?«

»Es hat auch seine guten Seiten, das Leben.«

Marc lächelte plötzlich.

»Ja, Anita-Schätzchen, hat es. Und was ist nun mit Valerius? Du hast ihn getroffen und – wie wir sattsam miterleben durften – nach wenigen genussreichen Stunden wieder aus den Augen verloren. Du hast ihn, dank meiner mildtätigen Hilfe, erneut aufgestöbert, einige weitere lustvolle Stunden mit ihm verbracht, und nun ist Ende-Gelände. Oder?«

»Marc, von meiner Seite aus nicht. Du magst es Projektion oder Einbildung oder wer weiß was nennen, ich fühle mich dennoch mit ihm verbunden. Aber ich habe den Eindruck, es steht noch immer etwas zwischen uns.«

»Du nimmst das alles viel zu ernst, Schätzchen. Nimm mich, ich bin leichtherzig, unzuverlässig, ganz dem Hier und Jetzt verpflichtet und ungemein sexy!«

»Stimmt. Darum nehme ich dich ja nicht!«

Bevor wir sehr zu Cillys Missfallen unser übliches Geplänkel weiterführen konnten, klingelte das Telefon, und mit Freude vernahm ich, dass Rose wieder im Lande war. Wir verabredeten uns für den nächsten Tag, um gewisse Neuigkeiten auszutauschen. Marc hingegen brach genauso unerwartet wieder auf, wie er erschienen war. Er pflegte seinen Ruf des Unberechenbaren sicher nicht ganz ohne Selbstzweck. Er ließ sich nicht gerne auf Termine oder Orte festnageln, sondern bestimmte das lieber selbst. Verantwortung war ein Begriff, der in seinem Wortschatz nicht zu finden war. Und dennoch war er erstaunlich oft zum richtigen Zeitpunkt am richtigen Platz.

Ich mochte ihn.

Rose war drei Tage älter als ich, neunundzwanzig also, und die Unterschiede zwischen uns hatten wir unseren Müttern, nicht Julian zu verdanken. Ich war recht groß, hatte glatte, schwarze Haare und einen dunklen Teint, was Uschis libanesischer Großmutter zu verdanken war. Rose war eher klein, hatte stiefmütterchenbraune Augen, eine helle, manchmal rosige Haut und einen Flausch von blonden Löckchen, der sie gelegentlich wie einen wirrköpfigen Engel auf Abwegen erscheinen ließ. Sie wirkte auf den ersten Blick sanft, nachgiebig und vage hilflos. Der Eindruck verlor sich spätestens dann, wenn man sie mit glühender Glasschmelze hantieren sah. Wenn sie auch nicht Julians musikalisches Talent geerbt hatte – ihre Gesangsproben veranlassten zufällige Zuhörer, spontan die Finger in die Ohren zu stecken –, so entfaltete sie ihre künstlerischen Gaben doch auf anderem Gebiet. Sie hatte eine Ausbildung als Glasdesignerin gemacht und etablierte sich gerade als eigenständige Künstlerin. Julian hatte ihr vor drei Jahren geholfen, sich mit einem kleinen Atelier selbständig zu machen, und ihr auch die ersten Aufträge verschafft. Zunächst arbeitete sie wertvolle Glaswaren auf, dann aber hatte sie sich einen gewissen Ruf im Restaurieren alter Bleiglasfenster erworben. Nach meinem Unfall, als ich mit Schmerzen und Operationsterminen zu kämpfen hatte und nicht in der Lage war, die Stelle anzutreten, auf die ich mich beworben hatte, machte sie mir das Angebot, in ihrer Werkstatt mitzuhelfen. Mit Scherben konnte ich gut umgehen, der Rest lernte sich schnell. Vor allem aber nahm ich Roses Öffentlichkeitsarbeit in die Hand, und gemeinsam übten wir uns darin, ihre eigenen Werke dem Publikum vorzustellen. Es gelang recht gut. Jetzt nahmen ihre künstlerischen Arbeiten beinahe gleichberechtigten Raum neben dem Restaurieren der Glasfenster ein.

Rose traf ich am nächsten Morgen in ihrer Werkstatt. Sie hatte sich in den vergangenen zwei Wochen erholt und wirkte entspannt und gelassen. Selbst Kommissarin Frederika hatte sie nicht aus der Fassung bringen können, wie ich beruhigt feststellen konnte. Zwar war ihr Verschweigen von Julians Besuch belastend, jedoch nicht wirklich ein haltbares Indiz dafür, dass sie ihm eine Überdosis Beruhigungsmittel verabreicht hatte. Sie hätte es tun können, aber schließlich waren da noch immer weitere elf Stunden, in denen wer weiß was geschehen sein konnte. Auch die Tatsache, ihre erste eigene Ausstellung abbrechen zu müssen, machte ihr weniger Kummer, als ich dachte.

»Weißt du, solange die Öffentlichkeit sich noch an der ›geheimnisvollen Tochter‹ weidet, ist es besser, ich halte mich im Hintergrund. Außerdem habe ich genug zu tun. Sieh mal, hier ist ein Fenster aus dem neunzehnten Jahrhundert. Hat man im Keller einer alten Villa gefunden, vermutlich war es im Zweiten Weltkrieg ausgebaut und gesichert worden. Beim Entrümpeln sind die Erben des Hauses darauf gestoßen und würden es jetzt gerne wieder einsetzen.«

Wir betrachteten das farbenprächtige Fenster mit seinen floralen Motiven und Medaillons. Die einzelnen Glasstückchen hatten sich stellenweise aus der Verbleiung gelöst, manche waren zerbrochen, andere fehlten. Ein Puzzle war ein Kinderspiel dagegen. Aber Rose war sehr geschickt darin, Fehlendes zu ergänzen und Splitter an die richtige Stelle einzufügen. Meine Erfahrung darin half auch, und uns beiden kam eine solche Arbeit gerade recht.

Außerdem gab es da noch das Tagebuch.

»Anita, hast du inzwischen Zeit gehabt, die Eintragungen zu übersetzen?«, fragte Rose, als wir die Tür der Werkstatt am späten Nachmittag hinter uns schlossen.

»Habe ich, und wenn du Lust hast, bring Cilly nachher mit, dann erzähle ich euch, was ich über Marie-Anna de Kerjean herausgefunden habe.«

Julian hatte Rose bei seinem letzten Besuch ein altes Tagebuch mitgebracht und sie gebeten, es zu lesen. Doch da meine Schwester noch in derselben Nacht zusammen mit Sophia zu einem Urlaub nach Australien aufgebrochen war, hatte sie dieses Heft unbeachtet auf ihren Schreibtisch gelegt. Als sie zurückkamen und von Julians Tod erfuhren, war es irgendwie in Vergessenheit geraten, und erst kurz vor Ostern hatte sich Rose wieder daran erinnert und es mir gegeben. Ich hatte es aufgeschlagen und war wie vom Donner gerührt. Es beinhaltete die Aufzeichnungen einer jungen Frau, die zu Beginn des 19. Jahrhunderts in Köln gelebt hatte. Sie hieß Marie-Anna, und in dem Haushalt, in dem sie angestellt war, gab es eine Rosemarie und eine Graciella. Nun hatten die beiden anderen Geschichten, die wir aus Julians Vermächtnis rekonstruiert hatten, ebenfalls von drei Frauen mit ähnlichen Namen gehandelt. Darum waren wir jetzt überaus neugierig, ob uns dieses Tagebuch möglicherweise den Schlüssel dazu geben konnte, woher Julian seine Inspirationen bezogen hatte – und was er damit bezwecken wollte.

Wir saßen also an diesem Abend zusammen in meiner Wohnung, Cilly hatte den Laptop bereit, Rose machte den Mundschenk, und ich übernahm die Rolle der Erzählerin.

»Das Tagebuch selbst beginnt im Jahr 1810, und zwar an dem Tag, als Marie-Anna in den Haushalt des Valerian Raabe eintritt.«

»Valerian Raabe?«, quiekte Cilly. »Da isser ja wieder, der Valerius Corvus!«

»Richtig, da ist er wieder. Ich denke, wir werden einiges über ihn zu hören bekommen. Später, denn ihr seht, hier sind einige lose, beschriftete Blätter und Zeitungsausschnitte, die früher datieren. Sie geben Aufschluss darüber, wie die zu diesem Zeitpunkt siebenundzwanzigjährige Französin nach Köln kam. Ich habe versucht, die Vorgeschichte zu rekonstruieren. Manches ergibt sich aus den historischen Gegebenheiten, anderes habe ich nach bestem Wissen versucht, in einen Zusammenhang zu bringen. Marie-Anna scheint schon von ihrer Kindheit an ein recht bewegtes Leben geführt zu haben, und gelegentlich hat sie besonders beeindruckende Erlebnisse schriftlich festgehalten.«

»Das ist ja alles in Französisch geschrieben!«, stöhnte Cilly, die die Blätter betrachtete.

»Ja, und darum werde ich dir die Geschichte auch auf Französisch erzählen.«

»O Gott, nein!«

»Nein?«

»Ich hab' schon die letzte Französischarbeit versiebt, weißt du!«

»Umso mehr könntest du Nachhilfe brauchen.«

»Ich dachte, das sei hier Freizeit und keine Schulstunde.«

»Nicht für die Schule …«

»Anita, reiz mich nicht!« Cilly, ebenso blond wie Rose, aber schlaksiger und von herberen Gesichtszügen als ihre Schwester, funkelte mich an. Sie konnte gelegentlich aufbrausend sein, war jedoch durch ein kleines Zwinkern von mir sofort wieder besänftigt. »Du willst mich nur auf die Schippe nehmen, nicht?«

»Du reagierst so schön schnell darauf, kleine Rakete!«

»Können wir jetzt anfangen, Anita?«, fragte Rose sanft.

»Ja, wir fangen an.«

Und ich erzählte, was sich im Jahr 1795 in der Bretagne abgespielt haben musste.

Unterlagen 1

4. Kapitel

Bretagne, 1795 – Flucht

Marie-Anna lief mit fliegenden blonden Zöpfen die Allee entlang. Das goldbraune Laub raschelte unter ihren Füßen. Erst hinter der Colombière, dem steinernen Taubenhaus, das wie ein riesiger Bienenkorb vor dem Tor hockte, hielt sie an. Es war nicht das ideale Versteck. Charles würde sie zu schnell finden. Der Sohn des Verwalters, wie sie selbst zwölf Jahre alt, hatte sie wie üblich aufgestöbert, als sie sich verbotenerweise aus dem Schloss gestohlen hatte, um die Eichhörnchen im Park mit Nüssen zu locken. Nicht dass es gefährlich war, die possierlichen Nager zu füttern, aber die Zeiten waren nicht danach, ungehindert die schützenden Mauern des Anwesens zu verlassen.

Das Chateau Kerjean lag einen gut dreistündigen Fußmarsch vom Meer entfernt inmitten von Flachsfeldern. Es war eigentlich kein richtiges Schloss, eher ein großes Landgut. Doch der Vorfahr, der es im siebzehnten Jahrhundert gebaut hatte, ließ sein Anwesen mit einem Wassergraben und einer turmbewehrten Mauer umgeben, weniger um es gegen kriegerische Auseinandersetzungen zu schützen, als der Mode der Zeit zu folgen, die der Festungsbauer Vauban geprägt hatte. Der jetzige Gutsherr, Brior de Kerjean, hatte weder Lust noch Geld, diese Spielerei mit Wachleuten zu besetzen. Sein Anliegen galt der Landwirtschaft und der Leinenherstellung. Er exportierte das Rohleinen meist über den Kanal nach England und hatte dort verlässliche Abnehmer.

Marie-Anna lugte um die Colombière, Charles war

nicht zu sehen. Sie hatte ihn also doch abgehängt, dachte sie zufrieden. Ihre Genugtuung endete in genau dieser Sekunde, als sie sich an den Zöpfen gepackt fühlte.

»Du meinst wohl, ich könnte es mit einem spillerigen Mädchen wie dir nicht aufnehmen, was?« Charles, strohblond, mit einem grinsenden, aber freundlichen Gesicht, war hinter ihr aufgetaucht und schnaufte noch etwas von dem raschen Lauf. »Hör mal, du sollst nicht alleine den Hof verlassen, hat deine Maman angeordnet.«

»Na, ich bin ja nicht allein. Du schleichst mir doch ständig hinterher.«

»Mademoiselle Sophy hat dich gesucht!«

»Die sucht mich immer, und wenn sie mich findet, verlangt sie, dass ich meine Stickarbeiten mache. Äh!«

»Trotzdem, Marie-Anna, es ist nicht gut, wenn du dich hier draußen alleine aufhältst. Du weißt doch, wie viel Gesindel sich hier herumtreibt. Und seit dein Vater verschwunden ist …«

»Mein Vater ist nicht verschwunden! Er wird bald zurückkommen!«

Traurig sah Charles das Mädchen an. Ob Brior, der Herr von Kerjean zurückkam, lebend und vielleicht sogar unverletzt, das war derzeit kaum anzunehmen.

Der schwarzbärtige Brior hatte das Schloss von seinem Vater geerbt und das zugehörige Land mit gutem Erfolg bewirtschaftet. Vor dreizehn Jahren hatte er Denise geheiratet, eine zarte, blonde Frau aus adligem Geschlecht, die er sehr liebte. Sie hatte ihm schon im ersten Ehejahr eine Tochter geschenkt, Marie-Anna, auf die er, auch wenn er es nicht häufig zeigte, sehr stolz war. Das Mädchen hatte die lockigen blonden Haare seiner Mutter geerbt, jedoch nicht deren Zartheit. Sie war ein robustes kleines Ding, das die vornehme englische Nanny kaum zu bändigen wusste. Leider hatte Denise in den darauf folgenden Jahren nur zwei tot geborene Söhne zur

Welt gebracht, so dass nach wie vor kein Erbe im Hof und in den Gärten des Chateaus herumtollte. Dann brach die Revolution über Frankreich herein.

Zwar stießen die Ideen von Freiheit, Gleichheit und Brüderlichkeit auch bei den Bretonen auf Interesse, doch als es hieß, dass die Kirchen säkularisiert werden sollten und die Rekrutierungsoffiziere der Revolutionsarmee versuchten, die dringend in der Wirtschaft des Landes benötigten jungen Männer zu werben, da begehrte das schon immer seinen eigenen Gesetzen folgende Volk auf. Es bildete sich eine Gegenbewegung, die sich als katholisch und königstreu bezeichnete, und deren Mitglieder sich Chouans nannten.

Brior le Noir war einer von ihnen.

Doch der Kampf der Minderheit war vergebens. Im Jahr 1795, als die Chouans versuchten, mit britischer Unterstützung das neue Regime zu vertreiben, erlitten sie auf der Halbinsel Quiberon eine vernichtende Niederlage. Beinahe tausend ihrer Leute wurden unter General Hoche hingerichtet. Viele aber konnten auch fliehen und waren untergetaucht. Darunter war Marie-Annas Vater.

»Still, Charles, hörst du? Ein Reiter!«

Marie-Anna sah sich triumphierend zu dem Jungen um. Ein galoppierendes Pferd näherte sich, genau wie Brior stets die Allee heraufgeprescht war. Aber es war nicht der Schlossherr, der dort auf dem schwitzenden Hengst auf die heruntergelassene Torbrücke zuhielt.

»Das ist mein Vater, Marie-Anna. Und so, wie er reitet, bringt er wichtige Botschaften. Komm, wir rennen hinter ihm her.«

Die beiden Kinder folgten dem Reiter und sahen, wie er vor der Remise vom Pferd glitt, um sofort zum Wohnturm zu laufen. Sophy, die aus dem Küchentrakt kam, sah ihm mit bedenklicher Miene nach, nahm dann Marie-Anna wahr und ging zu ihr.

»Ich sollte dich ausschelten.«

»Ja, Miss Sophy.«

»Ich tue es aber nicht. Komm mit. Ich habe das Gefühl, es ist etwas Wichtiges geschehen.«

Sie stiegen gemeinsam die steinerne Treppe empor und klopften an die Tür des Zimmers der Schlossherrin.

Denise, wieder hochschwanger, bewohnte die Zimmer im südlichen Turm. Bei ihr war Germain, der Verwalter und Charles Vater, und redete eindringlich auf sie ein.

»Sie müssen fliehen, Madame. Gerüchte sagen, die Franzosen requirieren alles Gut, das den Aufständischen gehört. Die Soldaten gehen nicht eben gut mit Frauen und Kindern um.«

»Nein, Germain, du siehst doch, ich bin nicht in der Lage, auch nur das Haus zu verlassen. Die Niederkunft steht kurz bevor. Wenn nur ein Funken Menschlichkeit in den Soldaten ist, werden sie mich nicht belästigen.«

»Auf den Funken Menschlichkeit würde ich mich nicht verlassen, Madame. Und Ihre Tochter, sie ist zwölf, ein junges Mädchen …«

»Ja, Marie-Anna muss gehen.«

»Aber Sie müssen Schutz suchen, Madame. Wenigstens dürfen Sie nicht im Schloss bleiben.«

Denise seufzte und strich Marie-Anna über die Haare. Das Mädchen hatte sich zu ihren Füßen gesetzt, die Lippen weiß vor Angst, die Finger fest verschränkt.

»Marie-Anna, kleine Annik!«, flüsterte Denise. »Du musst tun, was er sagt. Sophy soll das Allernotwendigste einpacken. Ihr müsst zur Küste und sehen, ob ihr ein Schiff nach England findet.«

»Maman, ich kann Sie doch nicht alleine lassen!«, schluchzte Marie-Anna auf. »Papa ist noch nicht zurückgekommen. Wir wissen nicht, was mit ihm geschehen ist.«

»Du musst gehen, Kind. Nicht für immer. Irgendwann wird der Wahnsinn vorüber sein, und dann werden wir alle hier wieder vereint sein.«

»Aber wo soll ich hingehen, Maman?«

»Sophy wird dir helfen, Sir Garret zu finden. Er ist Papas Geschäftspartner. Er wird sich um dich kümmern.«

»Darf ich vorschlagen, dass Marie-Anna sich noch heute Nacht auf den Weg zur Küste macht, Madame. An der Ile de Sieck legen ab und zu englische Schiffe an. Einige der Kapitäne haben schon Ware von Ihrem Gatten transportiert.«

»Schmuggler.«

Der Verwalter zuckte mit den Schultern.

»Manch Adliger ist mit ihrer Hilfe dem Schafott entronnen. Gebt dem Mädchen etwas Geld mit. Aber lasst sie noch heute aufbrechen. Die Zeit drängt.«

So kam es, dass Marie-Anna als schlichtes Bauernmädchen verkleidet neben einer schweigsamen, hageren Frau mittleren Alters bei Anbruch der Dunkelheit das Chateau Kerjean verließ. Beide trugen Bündel mit Kleidern und darin versteckt, in Säume und Taschen eingenäht, einige Goldmünzen.

Den Weg zur Küste kannte Marie-Anna. Oft genug war sie ihn früher mit ihrem Vater entlanggeritten, um einen Tag am Meer zu verbringen. Als sie noch sehr klein war, hatte er sie auf den Sattel vor sich gesetzt, später war sie dann auf dem Pony geritten. Als sie alt genug war, hatte er ihr eine brave Stute geschenkt, die sie mit Begeisterung geritten hatte. Es waren glückliche Zeiten, die sie hinter sich ließ für eine ungewisse Zukunft, die eine ungewisse Sicherheit bot. Sehr ungewiss, denn der Gefahr waren sie noch nicht entronnen.

Es war eine stürmische Nacht. Je näher sie dem Meer kamen, desto heftiger zerrte der Wind an ihren Kleidern und Hauben. Er heulte zwischen den Felsbrocken, die überall wie von Riesenhänden hingeworfen aus den Feldern ragten, er peitschte die Hecken am Wegesrand und trug den Geruch von salziger Gischt herbei. Gegen Mitternacht waren sie durchgefroren und erschöpft. Dankbar nahmen sie Unterschlupf in einer baufälligen Scheune.

Im Morgengrauen wanderten sie weiter, umgingen das kleine Fischerdörfchen Plouescat, beschritten unebene Feldwege und vermieden vor allem den schmalen Küstenpfad, auf dem die Zöllner patrouillierten. Um die Mittagszeit erreichten sie hungrig und mit schmerzenden Füßen das winzige Dörfchen Dossen. Es herrschte Flut, und als sie an dem kleinen Hafen standen, trennte eine graue Wasserfläche das vorgelagerte Inselchen vom Festland.

»Wir müssen dort hinüber, Sophy.«

»Es wird bei Ebbe wohl möglich sein. Wir wollen hier in den Dünen warten, bis das Wasser abgelaufen ist. Komm, ich habe noch ein Brot und zwei Äpfel für uns.«

Die mit graugrünem, scharfhalmigem Gras bewachsene Düne schützte die beiden ein wenig vor dem kalten Wind, und langsam verzehrten sie die letzten Vorräte. Marie-Anna sah zu der Insel hinüber. Sie war nicht groß, nur zwei Häuser standen auf ihr. Sie waren, wie alle hierzulande, aus Feldsteinen gemauert. Die Dächer hatte man mit grauem Schiefer gedeckt, rechts und links ragten jeweils die Kamine auf, einer davon sicher in der Küche, der andere in der Stube. Auf der linken Seite der Insel hatte sich eine kleine, natürliche Mole gebildet, in deren Schutz zwei Fischerboote dümpelten. Auf der Insel selbst wuchs Getreide, wie es schien.

Eine Schar Möwen, weiß und grau, schoss im Wind über das Wasser hin, und ihre Schreie klangen wie raues Gelächter. Marie-Anna schauderte. Was mochte in Kerjean geschehen sein? Waren die Soldaten schon gekommen? Würden sie plündern, das Haus in Brand setzen, die Gärten zertrampeln?

»Marie-Anna, hör auf zu grübeln. Es hilft dir jetzt nichts.«

Sophy hatte dem Mädchen den Arm um die schmale Schulter gelegt. Sie hatte tiefes Mitgefühl für das Kind, dessen Welt von einem Tag auf den anderen zerstört worden war. Doch sie achtete die Kleine auch, die ohne Klagen tat, was notwendig war.

»Wann wird ein Schiff kommen, Sophy?«

»Wir werden es erfahren, wenn wir dort drüben sind. Ich bin mir sicher, die Leute, die dort wohnen, wissen eine ganze Menge. Und ich vermute auch, wir sind nicht die Ersten, die eine derartige Frage stellen.«

»Das Wasser sinkt.«

»Ja, kleine Annik, das Wasser sinkt. Nur noch kurze Zeit, und wir können trockenen Fußes hinübergehen.«

Bald darauf standen sie auf, schüttelten sich den Sand aus den Röcken und wanderten über das Watt in Richtung Insel. Als sie sich auf halbem Weg befanden, riss der grau bewölkte Himmel plötzlich auf und ein Sonnenstrahl fiel auf den feuchten, festen Sand. Staunend blieb Marie-Anna stehen und starrte auf die verwandelte Welt. Strahlend weiß wölbte sich der Halbmond der Bucht hinter ihnen, um sie herum glitzerte das Wasser in den verbliebenen Pfützchen und Prielen im Watt. Vor ihnen schimmerten blauschwarz die Schieferdächer der Häuser, und rosa, blau und violett leuchteten die Hortensienblüten vor den grauen Mauern. Vom First des ersten Hauses erhob sich mit lautem Krächzen ein Rabe, flatterte auf und glitt mit ausgebreiteten Flügeln über Marie-Anna hin.

»Wie schön die Insel ist!«

»Annik?«

»Siehst du es nicht, Sophy? Sie ist schön, und sie wird

uns Schutz und Hilfe bieten. Der Rabe hat es mir gesagt.«

»Mädchen, rede kein dummes Zeug. Raben sprechen nicht. Und nun komm, wir wollen schauen, ob wir dort jemanden um Rat fragen können.«

Gehorsam setzte sich Marie-Anna wieder in Bewegung, aber ihr verstörtes Gesicht, das sie seit ihrem Fortgang von Kerjean getragen hatte, war weicher geworden, und dafür war sogar die nüchterne englische Nanny dem Raben dankbar.

Marie-Annas Instinkt hatte sie nicht getrogen. Die Bauersleute und die Fischerfamilie, die auf der Insel wohnten, nahmen sie gastfreundlich auf. Der Fischer erinnerte sich an Brior le Noir, und er wusste auch, dass er als Rebell gesucht wurde. Er gab ihnen eine kleine Kammer, und seine Frau bewirtete sie mit gebratenem Fisch, weißem Brot und gezuckertem Butterkuchen.

Zwei Nächte später saßen Sophy und Marie-Anna eng aneinander gedrängt in einer auf den sturmgepeitschten Wogen hüpfenden Schaluppe und überquerten den Kanal.

Gegenwart

5. Kapitel

Zeugnisse der Vergangenheit

»Hat Marie-Anna das so aufgeschrieben?«, fragte Rose. »Ich meine, gibt es diese Chouans, dieses Schloss und die Insel, oder hast du das erfunden?«

Ich zog die Karte aus dem Stapel Unterlagen, die ich bereits herausgesucht hatte.

»Über die Chouans und ihre Niederlage 1795 auf der Quiberon kannst du in den Geschichtsbüchern nachschlagen und in diesem Zeitungsartikel lesen. Kerjean ist ein häufiger Ortsname in der Bretagne, aber es gibt wirklich ein Chateau Kerjean in der Nähe von Plouescat. Der Tourismusverein hat mir ein aktuelles Faltblatt geschickt. Schau, so sieht es heute aus.« Ich legte den Prospekt mit den Fotos eines grauen Schlosses inmitten grüner Wiesen und Alleen auf den Tisch. »Und Marie-Anna erwähnt in ihren Aufzeichnungen die Ile de Sieck. Die hier liegt.« Ich deutete auf der Landkarte auf den Zipfel Land, der etwa fünfundzwanzig Kilometer von Kerjean entfernt lag. »Und daher vermute ich mal, die Geschichte hat sich wirklich in der Gegend so abgespielt. Was ich nicht weiß, Cilly, ist, ob der Rabe tatsächlich in diesem Moment aufgeflogen ist«, fügte ich lächelnd hinzu. »Das war meine Zutat zum Geschehen.«

»Und die Marie-Anna ist wirklich nach England geflohen?«

»Ja, Cilly, das ist sie. Dort hat sie die nächsten acht Jahre in dem Haushalt von Sir Garret gelebt. Hier gibt es einen Brief, den sie an ihre Mutter geschrieben, aber nicht abgeschickt hat, wahrscheinlich weil sie deren

Aufenthaltsort nicht kannte. Sophy hat als Gouvernante bei Sir Garret gearbeitet und dabei auch Marie-Anna unterrichtet. Das Mädchen scheint ziemlich bald eigene Aufgaben übernommen zu haben, denn es gibt ein Arbeitszeugnis und ein Empfehlungsschreiben an einen Franzosen, der eine Englisch sprechende Lehrerin für seine Kinder wünschte. Bei ihm ist sie mit neunzehn in Stellung gegangen, als er als Munizipalbeamter nach Köln versetzt wurde. Durch ihn kam sie hierher.«

»Und dann?«

»Mehr habe ich noch nicht ausgewertet, Cilly. Aber was hältst du davon, wenn du dich zusammen mit Rose mal über diese Zeitungsausschnitte, Flugblätter und Karikaturen hermachst? Ich vermute, sie beziehen sich auf Marie-Annas Leben in der Stadt. Ein bisschen Übersetzungsarbeit wird dir nicht schaden.«

»Gib her, du hast mich neugierig gemacht.«

Ich händigte Cilly die vergilbten, brüchigen Blätter aus, die ich vorsichtig in Folientaschen geschoben hatte.

»Mach besser Kopien davon, wenn du damit arbeiten willst.«

»Gleich morgen.«

Rose hatte die ganze Zeit Kringel auf ein Blatt Papier gemalt und sah nachdenklich aus. Sie nahm schließlich das Tagebuch und schlug die letzte Seite auf.

»Das beginnt Ende Februar 1810 und endet Ostern im selben Jahr, wie es scheint, mitten im Satz.«

»Ja, das ist mir ebenfalls aufgefallen.«

»Sie wird weitergeschrieben haben, nicht wahr?«

»Das ist stark anzunehmen.«

»Anita, diese Ururgroßmutter von Julian, die hieß doch Graciella Coloman. Diese Frau, die den Siegelring angeblich immer an das älteste Kind vererbt hat, muss also wohl verheiratet gewesen sein. Wäre es nicht möglich, dass sie die Graciella Raabe ist, die in dem ersten Eintrag genannt wird?«

»Der Gedanke ist mir natürlich auch schon gekommen. Es macht Sinn, denn wie sollte dieses Tagebuch ansonsten in Julians Hände gelangt sein? Ich wollte ja ein wenig Ahnenforschung betreiben. Jetzt werde ich mir also mal die Finger staubig machen und alte Unterlagen wälzen. Montag fahre ich zu Uschi und schaue, ob ich in Julians Ordnern oder Kisten etwas finde. Ich hoffe nur, sie hat nicht alles ausgemistet und weggeworfen.«

»Warum erst Montag?«

»Weil, meine Lieben, Uschi am Sonntag nach Malta fliegt und ich keine große Lust habe, ihr mit diesem Ansinnen unter die Augen zu treten. Sie ist bei allem, was Julian anbelangt, äußerst empfindlich. Und auf mich ist sie nicht gut zu sprechen.«

Meine Mutter hatte mir meine Freundschaft mit Rose ungeheuer übel genommen. Sie sah in der Mutter meiner Halbschwester, Sophia, nach wie vor eine Rivalin und betrachtete Rose als Wesen, das ihr einen Teil von Julians Aufmerksamkeit und Liebe gestohlen hatte. Ihre Eifersucht war überzogen, ihre Reaktionen irrational und heftig. Eine Zeit lang hatte ich Geduld mit ihr gehabt, den Schock wegen des plötzlichen Todes als Entschuldigung für ihre absurden Giftspritzereien genommen, aber da sich ihre Wut nicht legte, sondern sich jetzt zusätzlich gegen mich richtete, hatte ich es vorgezogen, den Kontakt so weit wie möglich einzuschränken.

»Kommst du denn ins Haus, wenn sie in Urlaub ist?«, fragte Rose.

»Erstens ist vermutlich Tilly, die Haushälterin, da, und zweitens habe ich einen Schlüssel.«

Bis vor einem halben Jahr hatte ich selbst noch in dem Haus gewohnt, ein Zustand, der meiner Genesung von den umfänglichen Brandwunden und meinen psychischen Traumata nach der Flugzeugexplosion nicht sonderlich förderlich war.

»Wenn sie nicht da ist, könnten wir dich ja begleiten«, schlug Cilly vor.

»Besser nicht. Ich möchte jeden Verdacht vermeiden, mit eurer Gegenwart ihr Heim beschmutzt zu haben. Ihr wisst doch, wie sie ist.«

»Sie hat Recht, Cilly. Außerdem, was nützen wir da schon? Wenn jemand weiß, wo diese Unterlagen zu suchen sind, dann Anita. Wonach willst du Ausschau halten?«

»Julian hat vor Zeiten einmal von einem Familienstammbaum gesprochen, den er anlegen wollte. Daran erinnere ich mich noch gut. Er hatte damals von irgendeiner seiner Tanten einen Haufen Urkunden geerbt.«

»Was wäre mit einer Familienbibel?«

»Ja, ein guter Tipp. Wenn es so etwas gibt.«

»Briefe, Familienanzeigen, Fotoalben …«

»Und nicht zu vergessen – Tagebücher.«

»Richtig, die Tagebücher, Anita. Hör mal, wenn diese Graciella wahrhaftig die Tochter dieses Valerian Raabe ist, dann ist der mit uns verwandt. Ob Julian ihn als Vorbild für den Titus Valerius Corvus und den Hrabanus aus dem Haus ›Zum Raben‹ genommen hat?«

»Möglich, Rose. Aber wenn Julian uns mit den beiden vorherigen Erzählungen auf die Familiengeschichte hinführen wollte, dann hat er einen zwar sehr unterhaltsamen, aber auch äußerst verschlungenen Weg gewählt.«

»Und es erklärt noch nicht, wieso ein Valerius Corvin, ein Falko Roman und ein Marc Britten in unserer Gegenwart eine Rolle spielen.«

Wie immer, wenn Cilly solche Bemerkungen machte, schlich sich ein leiser Schauder über meinen Rücken.

»Hast du eigentlich von deinem Falko inzwischen etwas gehört?«, fragte ich meine Schwester, um mich abzulenken.

»Seit du mir erzählt hast, es sei besser, keinen Kontakt aufzunehmen, bis sich seine Scheidung erledigt hat, habe ich mich großer Zurückhaltung befleißigt. So groß, dass ich inzwischen nicht einmal mehr weiß, wie er richtig aussieht. Vielleicht ist das auch gut so, Anita. Es war ja doch nur ein heftiger Flirt. Und das dazu an Karneval.«

»Du könntest über Valerius herausfinden, wie es um seine Angelegenheiten steht«, meinte Cilly nachdenklich. »Ein Grund, ihn anzurufen. Den Valerius, meine ich.«

»Ich werde ihn nicht anrufen, Cilly. Aus keinem wie auch immer gearteten Grund.«

»Ob ich das wohl verstehe, wenn ich größer bin?«

»Wahrscheinlich.«

Ich stand auf, um in die Küche zu gehen. Marie-Annas Flucht aus der Bretagne hatte mich hungrig gemacht, und Rose schlich hinterher, um neugierig in den Kühlschrank zu spähen. Cilly blieb im Wohnzimmer und studierte die alten Zeitungsausschnitte. Sie war enttäuscht von mir, vermutete ich.

»Was hältst du von Pellkartoffeln mit Kräuterquark?«

»Ziemlich viel. Hier sind Frühlingszwiebeln und Radieschen. Mach du den Quark an, ich kümmere mich um die Kartoffeln. Das überfordert mich und meine Kochkünste nicht.«

»Stell dein Licht nicht so unter den Scheffel, Rose. Du kannst mehr als nur Wasser kochen.«

Wir begannen einträchtig in Arbeitsteilung das Essen zu richten, als nebenan das Telefon läutete. Cilly ging an den Apparat, und geraume Zeit verstrich. Ich vermutete, es war ein Anruf für sie. Seit sie bei mir die Ferien verbracht hatte, war meine Nummer bei ihren Freunden bekannt. Aber es zeigte sich, dass meine Annahme falsch war.

»Anita, der scharfe Richter Fabian will mit dir sprechen. Ich hab' ihm schon erzählt, du hättest die Anzeige zurückgezogen.«

Ich nahm den Hörer aus ihrer Hand und begrüßte Fabian.

»Hallo, Anita. Wie geht's?«

»Mäßig, Fabian. Aber du hast ja gehört, deine Bemühungen kannst du einstellen.«

Da ich von Valerius weder Namen, Adresse noch Telefonnummer gehabt hatte, sondern mich nur an einen Teil des Fahrzeugkennzeichens erinnern konnte, hatte Fabian mir geraten, ihn auf Grund dieser Angaben wegen Nötigung im Straßenverkehr anzuzeigen. Ein Flop, wie sich herausstellte, der mir aber die viel versprechende Bekanntschaft mit Valentin Cornelius eingebracht hatte. Auf ihn kam Fabian nun zu sprechen.

»Sag mal, in was für Schwierigkeiten hast du dich denn jetzt schon wieder verwickelt? Da kam gestern ein Anruf von einer Kommissarin, die wissen wollte, was dich mit Cornelius verbindet.«

»Sie ribbeln den Unfall meines Vaters erneut auf und haben mich im Verdacht, ihn mit Drogen betäubt zu haben, weshalb er dann gegen die Brücke gefahren ist.«

»Ah, daher. Der Cornelius ist auch bei Drogendelikten kein unbeschriebenes Blatt. Aber ich glaube, ich konnte der guten Frau klar machen, dass deine freundschaftliche Beziehung zu ihm eher zufälliger und nicht geschäftlicher Natur ist.«

»Danke, das erleichtert mich.«

»Und deinen Valerius hast du inzwischen auch gefunden. Entspricht er deinen Erwartungen?«

»Tut er, aber … Ach, ist auch egal.«

»Egal ist eine Wurst.«

Ich lachte ein wenig bitter auf.

»Ich weiß. Drei Monate lang habe ich alle möglichen Leute mit meiner Suche nach Valerius verrückt gemacht. Kein Wunder, dass jetzt alle wissen wollen, wie die Sache ausgegangen ist. Ich sollte ein Statement in der Presse abgeben. Er meldet sich nicht mehr, das ist der Stand der Dinge.«

»Na gut, ich will nicht weiter fragen.«

»Ist auch besser so. Übrigens, eine kleine Kuriosität am Rande muss ich dir doch noch berichten, Fabian. Du hast mir doch erzählt, der Staatsanwalt Falko Roman habe einen Onkel namens Val.«

»Ja, der ihn aufgezogen hat.«

»Der ist es.«

»Was? Der alte Kracher?«

»Der alte Kracher ist Mitte vierzig und ziemlich gut erhalten.«

»Oh!«

»Was mich zu einer anderen Sache bringt. Was ist eigentlich mit dem Neffen? Ist die Scheidung durch? Ich meine, da ist noch Rose …«

»Oh, ich habe von ihm dazu nichts gehört, aber ich kann ihm am Montag mal auf den Zahn fühlen.«

»Ist er in Köln?«

»Seit Ostern, ja. Ich bemerkte doch neulich schon, er solle befördert werden. Der alte Staatsanwalt hat seinen vorzeitigen Ruhestand durchgekriegt, und so hat Falko schneller als gedacht die Stelle besetzt.«

Ich schwieg. Meine Gedanken überschlugen sich.

»Anita, bist du noch da?«

»Ja, Fabian. Übrigens, kannst du zufällig herausfinden, wer in der Staatsanwaltschaft gerade den Fall Caesar King beziehungsweise Julian Kaiser bearbeitet?«

»Brauch ich nicht rausfinden, Anita, weiß ich. Meister Fix natürlich.«

»Was alles Mögliche und Unmögliche erklärt. Danke.«

»Entschuldige, ich scheine etwas auf der Leitung zu stehen. Was erklärt das?«

»Das Schweigen im Walde. Julian Kaiser war Roses und mein Vater.«

»Au Scheiße.«

»Wie du sagst.«

»Ausgerechnet Falko. Das wird ihn besonders scharf machen. Weil er Rose kennt, meine ich.«

»Ich hoffe nur, es findet sich bald eine wirklich schlüssige Erklärung für diesen Unfall, Fabian.«

»Du solltest dich nach einem Anwalt umsehen. Ich kann dir ein paar ganz gute nennen.«

»Danke, Fabian. Ich bin mir keiner Schuld bewusst und Rose auch nicht. Es würde die Sache nur verkomplizieren.«

»Wie du willst. Aber wenn du Hilfe brauchst, melde dich.«

»Danke, Fabian.«

Am Montagvormittag fuhr ich zu meinem Elternhaus, um mich, wie versprochen, auf die Suche nach alten Familienunterlagen zu machen. Das Haus lag schön, in einem kleinen Dorf am Hügel, direkt am Waldrand. Uschi hatte mir vor einigen Wochen kundgetan, sie wolle es verkaufen. Verstehen konnte ich das, denn für sie alleine war es viel zu groß. Aber es hatte mir dennoch einen argen Stich versetzt, als sie mich einfach so davon in Kenntnis gesetzt hatte. Ich hatte mit Dr. Schneider, Julians Rechtsberater, darüber gesprochen, und er hatte inzwischen die Angelegenheit geprüft. Ich hatte ein Vorkaufsrecht, und er hatte mir nahe gelegt, davon Gebrauch zu machen. Nicht unbedingt, um das Haus zu kaufen, sondern um Mitsprache bei der Abwicklung zu haben. Eine Auseinandersetzung mit meiner Mutter darüber stand mir bevor, wenn sie von ihrem Urlaub zurückkehrte.

Ich hielt in der Auffahrt und schlenderte an der blühenden Forsythienhecke vorbei. Tilly öffnete mir, als ich klingelte. Sie war eine gesprächige Frau Anfang fünfzig und im Grunde ein schlichtes Gemüt, das sie befähigte, mit bewundernswerter Geduld die Launen ihrer Arbeitgeberin zu ertragen.

»Guten Morgen, Frau Kaiser!«, begrüßte sie mich mit einem Lächeln. »Ihre Mutter ist aber nicht da!«

»Ich weiß, Tilly. Sie ist auf Malta, wenn sie sich nicht anders entschieden hat.«

»Oh, wissen Sie nicht? Sie hat umgebucht. Aber kommen Sie doch erst einmal rein. Möchten Sie einen Kaffee?«

»Die Einladung nehme ich an. Wo ist Uschi denn jetzt, wenn sie nicht nach Malta geflogen ist?«

»Teneriffa, hat sie gesagt. Warten Sie, ich habe die Adresse hier. Ich gebe sie Ihnen nachher mit.«

»Wie kommt es, dass sie jetzt dort ist?«

»Weil der Herr Schwartz dort eine Finca oder so was hat.«

»Der Herr Schwartz?«

»Brian Schwartz. Hat Sie Ihnen das nicht mitgeteilt?«

»Von einem Herrn Schwartz hat sie nie gesprochen. Wer ist das?«

»Oh, ein guter Bekannter, glaube ich. Sie hat ihn so um Weihnachten herum kennen gelernt. Ein gut aussehender Mann, Amerikaner, wie es scheint. Er hat mit Medien zu tun, Musikbranche, wenn ich richtig verstanden habe. Sie sind oft miteinander ausgegangen in den letzten Wochen.«

Ich zuckte mit den Schultern. Möglicherweise war dieser Schwartz ein Bekannter meines Vaters. Das wäre nicht ausgeschlossen. Es konnte mir auch gleichgültig sein, mit wem sie ausging und ihren Urlaub verbrachte. Mich wunderte nur, dass sie mir permanent die abgrundtief Trauernde vorgespielt hatte.

»Aber sie kommt nächste Woche wieder zurück?«

»Am dreizehnten, ja.«

»Gut. Tilly, ich muss etwas aus den Unterlagen meines Vaters heraussuchen. Ich nehme an, ihr habt sein Zimmer noch nicht umgeräumt!«

»Um Himmels willen, nein. Ihre Mutter erlaubt mir noch nicht einmal, darin Staub zu wischen.«

»Na, dann wird das eine lustige Angelegenheit. Ich gehe eben mal hoch und schaue nach, ob ich die Sachen finde.«

»Ob ihr das recht ist, Frau Kaiser?«

»Das weiß ich nicht. Wahrscheinlich nicht, aber ich brauche die Dokumente. Sie sind wichtig, um verschiedene Dinge abzuwickeln.«

»Na gut, wenn Sie meinen.«

Sollte Tilly in dem Glauben bleiben, ich suchte nach aktuellen Dokumenten.

Es rührte mich Traurigkeit an, als ich Julians Arbeitszimmer betrat. Es war tatsächlich noch so, wie er es zu seinen Lebzeiten verlassen hatte. Noch nicht einmal das Buch, in dem er gelesen hatte, war zugeschlagen. Ich nahm es in die Hand. Ein Gedichtband. Die offene Seite enthielt das Lied des großen Barden Taliesin, und mein Blick fiel auf die einleitenden Worte: »Ich bin in vielen Gestalten erschienen, bevor ich die passende Form fand. Ich war eine schlanke, vergoldete Lanze, dessen erinnere ich mich noch heut. Bin ein Regentropfen in den Lüften gewesen, ich war der fernste der Sterne. Ich war ein Wort in einer Botschaft, vorher noch war ich ein Buch …«

Die Tränen machten mich blind, und ich blätterte weiter, blinzelte, las Bruchstücke.

»…Ich war ein Held der blutgetränkten Wiesen mitten unter hundert Anführern…

…Die Zeit, wo ich Hirte war, ist längst vorbei. Lang wanderte ich auf der Erde umher, bevor ich Wissen erlangte. Ich irrte umher, ich wanderte, ich schlief auf hundert Inseln, ich trieb mich an hundert Orten umher…«

»Ach Julian, ich hoffe, du wanderst auch jetzt unter den blühenden Bäumen der Anderwelt, lauschst den Liedern der alten Sänger, reitest die falben Rösser entlang des weißen Strandes und folgst dem Flug der freien Vögel.«

Mein zerknülltes Taschentuch wurde feucht, ich ließ es in den Papierkorb fallen. Ich nahm ein frisches aus dem Päckchen, das neben der Schreibtischuhr lag und schnäuzte mich. Es gab etwas zu tun, für Trauer war jetzt keine Zeit. Den Gedichtband aber packte ich schon mal in meine Tasche. Dann durchsuchte ich systematisch die Ordner, die in einem Schrank standen. Schön zu wissen, dass hier die Steuererklärungen der vergangenen fünfzehn Jahre ordentlich aufgereiht waren. Auch die Pläne des Hauses, Wasser-, Strom- und Telefonrechnungen, Verträge über Aufnahmen, Auftritte und mit anderen Musikern, Schriftverkehr mit dem Agenten, den Tonstudios und Veranstaltern. Aber nichts, was weiter als in die siebziger Jahre hinein reichte. Auch der Schreibtisch selbst bot nichts. Das war seltsam, denn irgendwo musste Julian doch das alte Tagebuch hergehabt haben.

Ich hatte wohl schon geraume Zeit in dem Arbeitszimmer verbracht, denn Tilly erschien neugierig an der Tür.

»Finden Sie nicht, was Sie suchen?«

»Nein, es ist nicht hier. Sagen Sie, hat Uschi inzwischen nicht doch etwas fortgeräumt?«

»Nicht aus diesem Zimmer.«

»Aus einem anderen?«

»Sie hat seine Anzüge und so weggegeben.«

»Mh, mir geht es um persönliche Urkunden, Geburtsurkunden, Heiratsurkunden und so was.«

»Keine Ahnung, wo die sein könnten, Frau Kaiser. Ich bin aber noch nicht lange genug im Haus, und schnüffeln tu ich nicht.«

»Natürlich. Lassen Sie mich überlegen. Wissen Sie was? Ich gehe noch mal ins Musikzimmer und schaue mich um.«

»Na, ob Sie da so etwas finden?«

»Weiß ich auch nicht, ich sehe mich trotzdem um.«

Julian hatte einen Raum im Keller schalldicht machen lassen, hier standen seine Instrumente, ein Aufnahmegerät und andere technische Einrichtungen, die er im Laufe der Zeit angeschafft hatte. Auch sein Archiv an Schallplatten, Bändern und CDs befand sich hier unten. Noten, Kompositionen, Arrangements befanden sich in Ordnern, aber die gesuchten Unterlagen gab es nicht. Ich schaltete das Bandgerät ein. Warum, wusste ich selber nicht. Erschrocken fuhr ich zusammen, als ich Julian singen hörte. Er hatte ein Lied aufgenommen, sich selbst dazu mit der Gitarre begleitet. Es war eine ruhige, melancholische Melodie, einfach, vielleicht sogar zu schlicht, doch sie hatte einen Klang, der zu Herzen ging. Möglicherweise nur mir, da ich seine Stimme kannte. Es musste eine eigene Komposition sein, womöglich auch sein eigener Text. Ich stellte das Gerät ab und nahm die Kassette heraus. Sie wanderte ebenfalls in meine Tasche. Dann ging ich nach oben und schaute in die Küche, ob Tilly den versprochenen Kaffee gekocht hatte.

Die Kaffeemaschine war gefüllt, Tilly hingegen nicht zu sehen. Ich goss mir eine Tasse ein und dachte nach. Das Haus war geräumig, es gab etliche Stellen, an denen sich alte Unterlagen befinden konnten. Es gab sogar einen Tresor, aber weder kannte ich die Zahlenkombination noch hatte ich den Schlüssel dazu. Wenn die Sachen darin waren, dann musste ich tatsächlich auf Uschi warten und hoffen, dass sie ihn mir zugänglich machte. Keine erfreuliche Aussicht. Und das Gerümpel in Keller und Dachboden durchwühlen… Dachboden? Warum nicht? Eher als im Keller, denn dort standen vornehmlich Gartenmöbel, Vorräte und Weinflaschen.

Einen Versuch war es wert. Ich sprang auf und lief die Treppe hoch. Vom Fenster aus sah ich Tilly mit dem Briefträger schwatzen. Wie günstig. Mit der Hakenstange öffnete ich die Klappe in der Decke und zog die Trittleiter herunter. Zu der Zeit, als das Haus gebaut worden war, war es noch nicht üblich, den Dachboden so zu isolieren, dass man ihn hätte bewohnen können. Es war kühl hier oben und staubig. Zwei ausrangierte Kleiderschränke standen herum, ein Kinderwagen, dem Modell nach einer, in dem ich wohl mal gelegen hatte, zwei Lederkoffer. Noch ältere Modelle. Ich machte mich an den Schnallen und Verschlüssen zu schaffen. Im ersten befanden sich ein paar alte Kleider. Bei dem zweiten wurde ich fündig. Wahrhaft fündig. Hefte, gleich denen des Tagebuchs, das Rose erhalten hatte, lagen ordentlich in Klarsichtfolien eingewickelt darin. Zumindest hatte sie ganz offensichtlich jemand aus dem Plastikzeitalter schon einmal in die Hand genommen und versucht, sie einigermaßen zu schützen. Ich schlug den Koffer zu und zerrte ihn zur Leiter. Den wollte ich ungeprüft mitnehmen.

Tilly beobachtete den Abtransport mit Misstrauen, konnte aber wenig einwenden. Aber sie würde es natürlich Uschi berichten, und das Theater würde mir nicht erspart bleiben.

Zu Hause angekommen überlegte ich, ob ich Rose über meinen Fund informieren sollte. Doch dann fiel mir ein, dass Cilly ja wieder zur Schule gehen musste und nicht dabei sein konnte. Abgesehen davon hatte ich eigentlich auch das Bedürfnis, mich diesen Hinterlassenschaften meines Vaters zunächst alleine zu widmen.

Wie sich erwies, war das eine kluge Entscheidung.

In dem Koffer mit den Tagebüchern fand sich alles, was ich mir erhofft hatte. Vier weitere Hefte waren darin, grob überflogen erstreckte sich der Zeitraum, in dem sie geführt wurden, über zwei Jahre. Es waren nicht nur Aufzeichnungen, sondern auch weitere Zeitungsausschnitte, Skizzen, Theaterbillets, Briefe und kleine, gepresste Blumen und Blätter darin. Sehr vorsichtig steckte ich alles in Plastikhüllen. Es gab ein fleckiges Haushaltsbuch, in dem jemand Kochrezepte, Preise für Lebensmittel und allerlei nützliche Haushaltsanweisungen geschrieben hatte, und Skizzenblöcke mit Zeichnungen von Schmetterlingen, Wildblumen und Kräutern. Das Wichtigste aber war eine Dokumentenmappe, und zwar eine sehr neuen Datums. Darin enthalten waren die alten Urkunden und Anzeigen. Hochzeiten, Geburten, Todesfälle, Schenkungen, Verkäufe.

Nun ja, das würde ein wenig Puzzlearbeit sein, daraus einen Stammbaum zu basteln, aber unmöglich war es nicht.

Der nächste Fund war ein verschlissenes, schwarzes Samttäschchen. Darin befanden sich zwei zierliche Schmuckstücke. Das erste, das mir in die Hand glitt, war ein zartes Kreuz aus Goldfiligran, besetzt mit einem kleinen Brillanten. Es hing an einer feinen Goldkette. Ich betrachtete es lange und eingehend. Nichts wies auf seine Herkunft hin, nichts auf seine Trägerin. Aber möglicherweise würde dazu etwas in den Tagebüchern stehen. Das zweite Schmuckstück allerdings verursachte mir das schon gewohnte Kribbeln in den Fingerspitzen, wie es die beiden Ringe zuvor auch getan hatten – der römische Siegelring und der Bernsteinring aus dem Mittelalter. Dies hier war ein goldener Ring, geformt wie eine Lilienblüte, besetzt mit Dutzenden von winzigen Brillanten. Er funkelte in meiner Hand, als ich ihn hin und her drehte. Dann aber untersuchte ich sorgfältig das Innere des Reifes, und wie ich schon vermutet hatte, fand sich darin eine Gravur. »Mors Porta Vitae« hieß sie, »Der Tod ist die Pforte des Lebens«.

Sacht streichelte ich mit den Fingerspitzen über das Gold. Ich rang mit mir. Sollte ich ihn anstecken? Doch ich entschied mich im Augenblick dagegen. Nein, die Erlebnisse, die mir die beiden anderen Ringe verursacht hatten, wollte ich nicht wiederholen. Zumindest nicht alleine. Dass dieser Ring aber in einem engen Zusammenhang mit dem Schicksal der Marie-Anna stand, bezweifelte ich nicht. Beide Schmuckstücke schob ich in den Beutel zurück und zog das Bändchen zu.

Im Koffer lag nun nur noch ein Päckchen Briefe, säuberlich mit einem weißen Seidenband zusammengebunden. Anders als die vergilbten Papiere aus der Vergangenheit, sahen diese Schreiben sehr neuzeitlich aus. Ich war plötzlich neugierig. Was hatte Julian bewogen, sie in diesen Koffer zu legen? Alles, was ich bisher darin entdeckt hatte, war so zusammengestellt, dass es den Eindruck hinterließ, als ob es sein Wille gewesen war, dass es von mir gefunden würde. Also ebenfalls diese Briefe?

Ich zog die Schleife auf und nahm den ersten Bogen zur Hand. Er datierte vierundzwanzig Jahre zurück und begann mit der Anrede: »Mein Liebster!«

Hoppla – das war nicht Uschis Schrift.

Ich überflog rasch die anderen Seiten. Stets war es dieselbe Schreiberin, aber das Datum rückte der Gegenwart näher. Der letzte war vor gut einem Jahr verfasst worden. Die Anrede blieb – »Mein Liebster!«

Liebesbriefe von einer Verehrerin? Hatte Uschi unter Umständen doch Recht gehabt mit der Geliebten, die Julian heimlich besucht hatte?

Wer war sie? Hastig suchte ich nach der Unterschrift. Wer immer die Briefe geschrieben hatte, war vorsichtig gewesen. Sie zeichnete mit »Die eine namenlose, immer währende Sehnsucht erträgt«.

Um mehr herauszufinden, würde ich die Briefe wohl lesen müssen, doch irgendwie widerstrebte es mir, mich in Julians gut gehütete Geheimnisse zu vertiefen. Andererseits – warum hatte er diese Briefe den alten Tagebüchern hinzugefügt? Gab es auch da Zusammenhänge?

Die Rätsel wurden nicht geringer. Ich würde sie wohl nur lösen können, wenn ich die Briefe von Anfang bis zum Ende las. Doch zu rekonstruieren, wer die Schreiberin war und welche Bedeutung sie für Julian hatte, war schwieriger, als ich erwartet hatte. Die Briefe waren Antworten auf jene, die mein Vater an sie geschrieben hatte. Es schien, dass er ihr zumeist Alltägliches mitgeteilt hatte, etwa welche Auftritte er absolviert, welche Probleme es bei den Veranstaltungen gegeben hatte, wen er getroffen oder gesprochen hatte. Manchmal hatte er wohl auch von mir geschrieben. Einmal hieß es: »*Ich freue mich für Dich, dass Deine Tochter ein so aufgewecktes Mädchen ist. Wenn sie so viel Interesse an Deinen Geschichten zeigt, wird sie möglicherweise einmal etwas in dieser Richtung beruflich machen. Ich habe gerade einen ausgesprochen interessanten Mann kennen gelernt, der Innenarchitektur studiert. Nein, nein, mein Liebster, kein frisch geschlüpfter Student mit Eierschalen hinter den Ohren. Er ist zwar zwei Jahre jünger als ich, hat aber schon einiges hinter sich und führt nebenbei einen schwunghaften Antiquitätenhan-*

del. Du weißt, ich will mein Esszimmer im englischen Stil einrichten, und er ist mir sehr behilflich dabei. Er hat ein Talent, die Geschichte mancher Stücke zu erzählen, dass man fast meint, sie seien ihm persönlich ans Herz gewachsen. Ich könnte mir vorstellen, Deine Tochter könnte ebenfalls Gefallen an einer Beschäftigung mit solchen Dingen finden.«

Tja, das hatte sie vor siebzehn Jahren geschrieben, als ich zwölf war. Dann gab es, ein Jahr später, einmal einen einzigen Hinweis auf ihre Beziehung zueinander. »*Du wirst mir hoffentlich Glück wünschen, ich werde heiraten. Die kleine Affäre mit dem Innenarchitekten war zwar heftig, endete aber beinahe schmerzlos für beide Seiten. Er ist zu tief verbandelt mit seinem Geschäft und ich zu sehr mit meinem Beruf. Dass ich jetzt doch noch heirate, hat überwiegend Vernunftgründe. Wir verstehen uns auf die freundschaftlichste Art und Weise, und das ist mehr als Dich und Deine Frau miteinander verbindet. Entschuldige, ich bin bitter… Ich kann es trotz all der Zeit, die vergangen ist, noch immer nicht ganz fassen, warum Du Dich derart tyrannisieren lässt.*«

Offensichtlich hatte Julian ihr eine Erklärung dafür gegeben, denn im nächsten Brief hieß es: »*Ja, ich verstehe, Du wolltest Deine Tochter ihr nicht alleine überlassen und bist daher diese Ehe eingegangen. Mit der Mutter Deiner anderen Tochter wärst Du vermutlich besser gefahren. Mit mir auch… Aber es ist ja nun gleichgültig, ich bin verheiratet und glücklich. Oder – zumindest zufrieden.*«

Interessant, von Rose hatte Julian ihr also auch berichtet. Langsam schien es mir, als sei diese Frau seine wahre Vertraute gewesen, mit der er sich über allerlei ausgetauscht hatte, worüber er mit anderen nicht sprechen konnte. Doch sie schienen sich in all den Jahren nicht getroffen zu haben, es war eine reine Brieffreundschaft, die sie pflegten. Ich fand Äußerungen, wie befriedigt Julian über meinen und auch Roses Schulabschluss war, wie glücklich es ihn machte, mich tatsächlich Kunstgeschichte studieren zu sehen, und dass er die Ausbildung meiner Schwester aufmerksam verfolgte. Über meine Promotion schien er geradezu vor Stolz zu bersten, und Roses zunehmende künstlerische Selbständigkeit entzückte ihn. Irgendwie hatte wohl die unbekannte Schreiberin auch für Rose Fäden gezogen und ihr über Dritte Aufträge verschafft. Dann aber gab es schließlich einen Brief voller Trauer. »*Mein Mann ist gestorben. Nicht unerwartet, natürlich. Du weißt ja, er hat sein Schicksal akzeptiert, sein Haus gerichtet und seinen Frieden gemacht. Trotz allem tut es so weh. Mir wird täglich bewusst, wie sehr er Teil meines Lebens war, ein so guter Freund.*«

Julian musste ihr einen wirksamen Trost gespendet haben, sie bedankte sich einige Wochen später.

»*Es ist wundervoll, Julian. Das ›Lied‹ ist das Beste, was Du je gemacht hast, mein Liebster. Doch Deine Worte klingen schicksalhaft. Was meinst Du damit, Du habest das Gefühl, die Kreise schlössen sich? Ich weiß ja, Du hast Dich in der letzten Zeit viel mit den Fragen über den Sinn des Lebens und dem Tod befasst. Wirst Du nicht ein klein wenig morbid in Deiner Lebenseinstellung? Diese Idee, auch Deine Zeit sei abgelaufen, will mir nicht gefallen.*«

Entsetzt sah ich auf das Datum. Es war ein Schreiben vom Juni des vergangenen Jahres. Und der letzte Brief, den ich nun auseinander faltete, stammte aus der Woche vor Julians Tod.

»*Mein Liebster, ich werde gegen alle unsere Vereinbarungen verstoßen. Deine Worte machen mich bedrückter, als Du Dir vorstellen kannst. Ich habe im vergangenen Jahr meinen Mann verloren, Dich will ich nicht auch noch verlieren. Bitte lass uns ein Treffen vereinbaren. Meine neue Adresse kennst Du. Es ist nicht weit. Nur für eine Stunde, eine Tasse Kaffee, ein stilles Gespräch unter vier Augen. Ich möchte Dich sehen, alleine, ohne Trubel um Dich herum, Deine Hand halten und hören, was Dich so tief bedrückt. Bitte komm bald.*«

Wer war diese Frau? War sie es, die Julian am Abend vor seinem Tod noch aufgesucht hatte? Hatte Julian Todesahnungen gehabt?

Über all dem Aussortieren und Lesen war es spät geworden, und ich räumte, unbefriedigt wegen der vielen offenen Fragen, die Papiere zusammen. Dabei fielen mir der Gedichtband und die Kassette erneut in die Hände. Darüber würde ich morgen grübeln, jetzt brauchte ich aufmunternde Gesellschaft. Ich rief Rose an und erhielt die fröhliche Auskunft, dass sie und Cilly ihre Hausaufgaben gemacht hätten. Ich solle sofort vorbeikommen und mir ihre Geschichte anhören.

»Du hast sie gefunden und nicht mitgebracht?«

»Eins nach dem anderen, Cilly. Oder willst du gleich fünf Tagebücher auf einmal übersetzen? Lasst doch erst einmal hören, was ihr zusammengebastelt habt. Dann habe ich noch eine Überraschung für euch.«

»Na gut. Rose hat Geschichtsbücher und Lexika gewälzt und den ersten Zeitungsausschnitt ausgewertet. Der ist zwar auf Deutsch, aber diese Schrift ist grausig zu lesen!«

»Und außerdem hat sie ihre Phantasie bemüht!«, erklärte Rose und zog die Beine zum Schneidersitz unter sich. Wir saßen in ihrem hellen Wohnzimmer in Arbeitsposition. Diesmal war ich die Schriftführerin und hob die Hände wie ein Klavierspieler, bereit zum Fortissimo, über die Tastatur.

»Heb an, Schwester!«

Unterlagen 2

6. Kapitel

Cologne um 1810

Wieder stand so ein verhungertes Mönchlein vor dem Mann und bot ein mit Edelsteinen besetztes, schweres, goldenes Kreuz zum Verkauf an. Der Hehler fragte nicht viel. Der Schmuck war mehr wert, als der Klosterbruder verlangte, entweder wusste er das nicht, oder die Not war so groß, dass er sich auf einen Handel nicht einlassen konnte. Seine zynische Erfahrung sagte dem Hehler, wahrscheinlich traf der erste Fall zu. Diese Ordensleute, die seit ein paar Jahren aus ihren Klöstern vertrieben worden waren, zeichneten sich durch eine gewisse Weltfremdheit aus. Nicht alle, manche kamen ganz gut in der Welt zurecht, vor allem solche, die auch im Orden ein Handwerk ausgeübt hatten oder als Lehrer tätig waren. Er zählte ein paar Francs hin und nahm das Kreuz an sich. Es war ein guter Tag für sein Geschäft gewesen. Morgens schon waren die Stiftsdamen gekommen, verschüchtert und mit traurigen Augen. Sie hatten noch wertvollere Pretiosen anzubieten als die Mönche der Bettelorden. Die vorletzte Kundin aber, die tief verschleiert zu ihm kam, hatte ihm einen Ring gebracht, den er zwar ebenfalls bezahlt hatte, aber mit großem Misstrauen betrachtete. Ein Bernsteinring aus schwerem Gold war es gewesen; in dem klaren Bernstein selbst befand sich ein eigenwilliger Einschluss. Zwei kleine Ästchen bildeten ein beinahe vollkommenes Kreuz. Als die Kundin gegangen war, prüfte er sorgfältig den Ring und fand sein Misstrauen bestätigt. Denn im Reif selbst stand die Inschrift »Letum Non Finit Omnia«.

Diesen Ring hatte er vor noch gar nicht so langer Zeit schon einmal in den Händen gehalten.

Der Hehler schloss seine Tür sorgfältig ab und machte sich daran, den nächsten Teil seiner geschäftlichen Aktivitäten in Angriff zu nehmen: den Weiterverkauf der Ware. Er hatte eine ansehnliche Liste wohlhabender Männer, die sich für die Artikel interessierten, die bei ihm landeten, und nicht so besonders genau nach der wahren Herkunft fragten. Das war gelegentlich ganz gut so. Auch wenn die Franzosen die Stadt 1794 ohne Gegenwehr übernommen hatten, war einige Unruhe entstanden, die manch einer zu nutzen wusste. Dann, sechs Jahre später, war die Säkularisierung beschlossen worden, und das Vermögen der Klöster, Abteien, Stifte und des Domkapitels fiel an den Staat. Den französischen natürlich. Was da an Kunstgegenständen plötzlich den Markt überschwemmte, war beachtlich. Wer diese Ströme kanalisierte, wurde in kürzester Zeit ein reicher Mann.

Der Hehler packte ein paar besonders schöne Kleinodien zusammen, nach denen, wie er wusste, einer seiner Kunden ein großes Begehren hegte. Nachdenklich wog er auch den Bernsteinring in den Händen, aber ein Instinkt warnte ihn, den zu den Stücken zu tun, die er dem renommierten Sammler anbieten wollte. Dafür gab es einen anderen Verwendungszweck.

»Woher habt ihr den Bernsteinring?«, fragte ich.

»Unsere Zutat. So wie du den Raben eingestreut hast«, antwortete Rose.

»Schön, auf diese Weise kriegen wir sogar eine glaubhafte Erklärung dafür, wie er in Valerius' Laden geraten ist.«

»In diesen Jahren muss vieles durcheinander gegangen sein. Ich habe ein bisschen über diese Zeit in Köln nachgelesen. Einerseits haben die Franzosen eine durchaus gut funktionierende Verwaltung aufgebaut, den Code Civil, das bürgerliche Gesetzbuch, eingeführt und den Handel gestärkt. Andererseits haben sie die Kirche platt gemacht, die Universität geschlossen und den Karneval verboten!«

»Damit haben sie sich vermutlich nachhaltig Freunde geschaffen.«

»Das kann man wohl behaupten! Zumindest war Napoleon dann klug genug, ihn ab 1803 wieder zu gestatten. Aber Sinn für den rheinischen Humor haben sie nicht bewiesen.«

»Das haben Besatzer noch nie. Die haben immer Angst, wenn sich jemand einen Scherz auf ihre Kosten erlaubt, steckt gleich ein Aufruhr dahinter.«

»Genau, und schon sind wir wieder bei Marie-Anna. Wir müssen Cilly zu Wort kommen lassen. Sie hat prima Übersetzungsarbeit geleistet und diese Karikatur gedeutet.«

Es gab ein wenig schmeichelhaftes Bild von Napoleon als Erbsen zählender Zöllner und einige Spottverse über die Güte französischer Kolonialwaren darunter.

»Na, Cilly, dann berichte.«

7. Kapitel

Ein Ball im Gürzenich und seine Folgen

Der Februar 1810 war frostig, der Rhein führte noch einige Eisschollen mit sich, und schwarzer Ruß aus den Kaminen färbte alles grau und eintönig. Immerhin gab es genügend Feuerholz und auch ausreichend Vorräte. Die vergangenen Jahre waren für Köln nicht schlecht gewesen, und der Handel blühte, selbst wenn es gewisse Einschränkungen durch die Kontinentalsperre gab, die der Kaiser gegen England verhängt hatte. Es betraf vor allem die Kolonialwaren aus dem britischen Weltreich, die nicht mehr bezogen werden durften. Tabak, Kaffee, Schokolade, Zucker und Rum waren derartige Güter, die nun zu den Konditionen der Franzosen aus deren Kolonien eingeführt werden mussten und entsprechend teuer waren.

Marie-Anna hatte sich in einen dicken Wollumhang gewickelt, auch wenn die Mode derartige grobe Kleidungsstücke missbilligte. Doch die dünnen Hemdkleider aus zartem Musselin, die, unter dem Busen gerafft, tief ausgeschnitten und nur mit kurzen Ärmelchen versehen, den Körper zu umfließen hatten, betonten zwar hübsch gebaute Figuren, hatten aber keinerlei wärmenden Effekt. Und der Weg zum Gürzenich war ungemütlich.

»Bist du so weit, Marie-Anna?«

»Ja, Jules. Wir können gehen.«

Marie-Anna nahm ihre blaue Federmaske und hängte

sich bei dem schlanken Mann ein, mit dem sie seit zwei Jahren ein Verhältnis hatte.

»Jules!«

»Was ist, Chérie?«

»Bitte trink heute Abend nicht so viel. Du weißt, es werden unsere würdigen Stadtherren da sein, und wenn dich der Übermut packt...«

»... muss ich mich wieder bei dem Sous-Préfet verantworten und Strafe zahlen. Was macht mir das schon? Meine Güte, diese Froschesser haben keinen Funken Humor im Leib.«

»Trotzdem – ist es das wert, anschließend wieder wochenlang von Brotsuppe und Kartoffelbrei zu leben?«

Jules lachte fröhlich auf.

»Mädchen, es kommt doch eh die Fastenzeit.«

Marie-Anna sagte nichts weiter, sie wusste, es war sinnlos. Jules Coloman war ein hochbegabter Schauspieler, er hatte gute Rollen im Comödien-Theater in der Schmierstraße bekommen. Doch lieber widmete er sich seinen eigenen Werken, und das waren vornehmlich Spottverse, die sich auf die Franzosen bezogen. In Kreisen Gleichgesinnter war das ein überaus amüsanter Zeitvertreib, aber leider überkam Jules, wenn er einige Gläser getrunken hatte, regelmäßig der Wunsch, auch die Zielgruppe seines beißenden Spottes damit zu beglücken. Es hatte ihm schon viel Ärger eingebracht.

Der Maskenball im Gürzenich, dem größten Kölner Festhaus, war ein ungeheuerliches Spektakel, dem auch der Held Karneval beiwohnte. Tanz und Späße, Musikkapellen und Narrentreiben belustigten die über tausend Feiernden in den hell erleuchteten, hohen Hallen des Hauses. Selbstverständlich hatten sich auch die französischen Verwaltungsräte und Militärs eingefunden, um diesem gesellschaftlichen Ereignis Glanz zu geben. Wein, Punsch und Kölsch flossen in Strömen.

Auch Jules bediente sich häufig an den mit Rum und Arrak angereicherten Getränken. Eine Weile hatte Marie-Anna seine ausgelassene Stimmung genossen. Er tanzte mit ihr hingebungsvoll die fröhlichsten Tanzfiguren und küsste sie vergnügt auf die geröteten Wangen. Seine feinen, braunen Haare hatten sich aus dem Band gelöst, das sie im Nacken zusammengehalten hatte, und fielen ihm nun in Locken über die Schulter. Dann aber packte ihn, wie befürchtet, der Übermut. Erst in einer kleinen Gruppe von Theaterfreunden. Aus dem Stegreif formte er Reime, witzige kleine Anspielungen auf die anwesenden Herrschaften, die er unter den Masken erkannte. Jubelndes Gelächter machte ihm Mut, lauter zu sprechen. Leider machten ihm der Punsch und der johlende Beifall ebenfalls Mut, schärfere Formulierungen zu improvisieren, und die Betroffenen begannen, auf ihn aufmerksam zu werden. Marie-Annas Zupfen an seinem Ärmel ignorierte er, schüttelte sie ab und fing schließlich mit blitzenden Augen an, den Imperator selbst durch den geschmuggelten Kakao zu ziehen. Die sprachliche Ableitung von L'Empéreur über den Empörkömmling zum Emporkömmling kam nicht gut an bei den napoleontreuen Franzosen, die ebenfalls den Punsch genossen hatten. Sie versuchten, dem Spötter Einhalt zu gebieten, und der Tumult begann.

Er endete erst mit dem Einmarsch der Gendarmen.

Marie-Anna tauchte ihren Kleidersaum in das wenige Wasser, das noch in der Schüssel war, und versuchte sich das Gesicht zu waschen. Das weiße, mit kleinen Rosen bedruckte Musselinkleid war staubig, befleckt und an manchen Stellen zerrissen. Die Schlägerei im Gürzenich, die rauen Hände der Gendarmen, die sie verhaftet und in das Gefängnis gezerrt hatten, waren dem zarten Stoff nicht gut bekommen. Wenigstens hatte sie den Umhang noch retten können, sonst wäre sie in den zwei Tagen, die sie zusammen mit drei anderen Frauen in der Zelle verbracht hatte, beinahe erfroren. So hatten sie, eng aneinander gedrängt, mit den schmutzigen Pferdedecken und diesem Umhang versucht, sich zu wärmen. Eine der Frauen war eine Tänzerin aus dem Theater, in dem Marie-Anna als Schneiderin arbeitete. Die beiden anderen kannte sie nicht. Es waren Prostituierte, die wegen Diebstahls aufgegriffen worden waren. Doch das gemeinsame Schicksal wirkte verbindend. Zumindest so weit, dass sie sich gegenseitig Wärme spendeten.

»Vergiss den Sous-Préfet, Marie-Anna. Für den musst du dich nicht aufputzen«, kommentierte eine der Dirnen ihre Reinigungsbemühungen. »Das ist ein ganz kalter Hund. Frauen kommen bei ihm sowieso nicht gut an.«

»Schmutzige vermutlich noch weniger als saubere!«, war Marie-Annas trockener Kommentar.

Die Nachricht, dass der Sous-Préfet selbst die Gefangene de Kerjean verhören wollte, hatte sie vor einer halben Stunde erfahren. Marie-Anna hatte es mit einer gewissen Erleichterung vernommen. Hoffentlich würde sie etwas über Jules' Verbleib erfahren. Dass er diesmal nicht mit einer Geldstrafe davonkommen würde, konnte sie sich schon denken. Sie hoffte, wenn auch ohne großen Optimismus, möglicherweise um Verständnis bitten zu können. Aber wahrscheinlich würde der Souspréfet sie dazu nicht hören wollen. Sie nahm es mit Gleichmut hin. Jules war zwar ein guter Freund, großzügig, wenn er über die Mittel verfügte, ein unterhaltsamer Gefährte, ein charmanter Begleiter und ein eher egoistischer Geliebter. Sie mochte ihn, aber sie liebte ihn nicht. Es war nützlich für eine kleine Garderobenschneiderin, einen Gönner am Theater zu haben. Es bewahrte sie vor den Zudringlichkeiten anderer.

Der Gefangenenwärter kam und führte sie mit festem Griff aus der Zelle in der »Violine«, dem Gefängnis am Rathaus, zum Domhof, wo sich die Sous-Préfecture befand.

Marie-Anna trat mit aufrechter Haltung in das Bureau des Sous-Préfet ein. Der Mann hinter dem wuchtigen Schreibtisch sah auf. Er war hager, seine dunklen Haare sorgfältig frisiert, die Wangen glatt rasiert. Über einer scharfen Nase blickten sie zwei Augen kalt und abschätzend an. Seine Lippen bildeten eine schmale Linie über dem vorspringenden Kinn. Es war kein verbindliches Gesicht, in das sie blickte.

»Demoiselle Marie-Anna de Kerjean!«

»Die bin ich, Monsieur le Sous-Préfet.«

»Eine steile Karriere haben Sie angetreten, seit ich Sie das letzte Mal getroffen habe, Mademoiselle.«

»Wie Sie meinen, Monsieur le Sous-Préfet.«

»Setzen Sie sich, Mademoiselle.«

Marie-Anna nahm auf dem Holzstuhl vor seinem Schreibtisch Platz. Sie sah, dass er einen Folianten aufgeschlagen hatte.

»Diese Räumlichkeiten sind Ihnen nicht unbekannt, wie ich sehe. Diebstahl, Aufwiegelei und jetzt noch eine Schlägerei. Nur von öffentlicher Prostitution scheinen Sie sich bislang fern gehalten zu haben.«

»Wie Sie sagen, Monsieur le Sous-Préfet.«

»Welcher Art ist Ihre Verbindung zu Jules Coloman?«

»Er ist, wie man so sagt, mein Beschützer.«

»Bewundernswert, wie er diese Rolle ausfüllt.«

»Ganz recht, Monsieur le Sous-Préfet.«

»Marie-Anna, Sie sind verstockt.«

»Monsieur, was erwarten Sie von mir? Soll ich in tränenreiche Reue ausbrechen? Das kann ich nicht. Ich habe nur versucht zu überleben.«

»Das wäre Ihnen bei Fabien DuPont erheblich besser

gelungen als in der Gosse, in der Sie beschlossen haben, jetzt Ihren Aufenthalt zu nehmen.«

»Ich habe nichts dergleichen beschlossen.«

»Nein? Warum haben Sie dann den Haushalt des Munizipalbeamten verlassen, in dem ich Sie als gebildete, gut erzogene und wohl gelittene Gouvernante kennen gelernt habe?«

»Das ist sechs Jahre her.«

»Und in der Zeit ist viel Wasser den Rhein hinabgelaufen, wollen Sie andeuten.«

»Ganz richtig, Monsieur le Sous-Préfet.«

Er stand auf und ging um den Schreibtisch herum. Als er vor ihr stand, musste sie zu ihm aufschauen.

»Vielleicht würde es helfen, wenn Sie mich nicht ständig mit meinem Titel anredeten, Marie-Anna?«

Einen Moment lang hielt sie seinem Blick stand, dann nickte sie kurz und meinte: »Vielleicht, Monsieur Faucon.«

Er setzte sich auf den Stuhl neben sie.

»Ich habe Ihren Weg in den Akten verfolgen können. Sie sind jetzt am Theater gelandet.«

»Ich fand dort Arbeit als Garderobenschneiderin. Es gefällt mir dort. Die Theaterleute sind nicht so verknöchert und scheinheilig wie die Bourgeoisie.«

»Eine interessante Einstellung für eine junge Frau aus adeligem Haus.«

Diesmal konnte es Marie-Anna nicht verhindern, dass sie verblüfft dreinschaute.

»Als ich Sie damals bei DuPont kennen lernte, kam mir der Name Kerjean bekannt vor, aber ich konnte ihn nicht einordnen. Also informierte ich mich. Sie haben 1795 Ihre Heimat verlassen und sind mit Ihrer Nanny nach England gezogen. Sir Garret hat Sie fünf Jahre später seinem französischen Bekannten DuPont empfohlen, der eine Englisch sprechende Gouvernante für seine

Kinder suchte. Sie kamen zu ihm nach Köln, da eine Rückkehr in das Chateau Kerjean nicht möglich war. Unsere Truppen hatten dort Quartier genommen. Und Ihr Vater war ein gesuchter Rebell.«

»Sie wissen sehr viel von mir.«

»Sieht so aus, nicht wahr? Ich habe sogar den starken Verdacht, dass Sie von Ihrem Vater die rebellische Natur geerbt haben.« Er zog eine Karikatur aus dem Folianten, die Kaiser Napoleon ziemlich unrühmlich darstellte. »Dieses Machwerk stammt aus Ihrer spitzen Feder, habe ich mir berichten lassen.«

»Ein Spaß, Monsieur Faucon.«

»Eine Majestätsbeleidigung.«

»Wie Sie sagen, Monsieur le Sous-Préfet.«

»Man hat es Ihnen als Aufwiegelei zur Last gelegt. Wie ich sehe, haben Sie eine Strafe dafür gezahlt.«

»Wollen Sie es mir noch einmal zur Last legen?«

»Ich könnte es, auf Grund Ihres neuerlichen Verstoßes. Sie sind ein bretonischer Flüchtling, Tochter eines Rebellen, der sich an dem Aufstand unter General Cadual beteiligt hat, vor drei Jahren gefasst wurde und nun in Paris im Kerker sitzt. Sie haben …«

»Mein Vater lebt?«

»Ja, Brior le Noir lebt. Cadual hingegen wurde 1804 in Paris hingerichtet. Ich bin nicht informiert darüber, was die Behörden mit Ihrem Vater vorhaben. Wahrscheinlich wird er deportiert.«

»Meine Mutter? Wissen Sie auch etwas über meine Mutter, Monsieur Faucon?«

Das strenge Gesicht des Sous-Préfet wurde ein wenig milder, seine Augen drückten Mitgefühl aus.

»Ihre Mutter starb vor vier Jahren, Marie-Anna. Ihr kleiner Bruder Yorick lebt bei der Familie Ihres ehemaligen Verwalters.«

Marie-Anna hielt den Kopf gesenkt. So lange hatte sie

nichts von ihrer Familie gehört. Dass ihre Mutter gestorben war, hatte sie schon oft vermutet. Es aber bestätigt zu bekommen, war noch etwas anderes.

Der Sous-Préfet Romain Faucon reichte ihr ein Glas Wein.

»Danke«, schnupfte sie und wischte sich mit dem Handrücken die Tränen ab. »Sie sind sehr gütig.«

»Ich bin nicht gütig, Marie-Anna. Sie haben sich eine Reihe zunehmend schwer wiegender Straftaten zuschulden kommen lassen. Und ich hätte jede Handhabe, Sie für eine verhältnismäßig lange Zeit aus dem Verkehr zu ziehen. Unser Zuchthaus ist nicht besonders gemütlich, wie Sie feststellen werden.«

Marie-Anna presste ihre Hände so fest zusammen, dass die Knöchel weiß wurden.

»Sie verstehen also, nicht wahr?«, fragte Faucon, der das starre Gesicht beobachtete.

»Ich verstehe vollkommen.«

»Ich könnte die Strafe aussetzen, wenn Sie eine Arbeit für mich übernehmen.«

»Für Sie?«

»Ja, allerdings. Und es bedeutet, dass Sie wieder in den Dienst der verknöcherten und scheinheiligen Bourgeoisie treten müssen.«

»Und was dort tun?«

Der Sous-Préfet stand auf und öffnete eine Schublade. Mit einem Ring in der Hand kam er zu ihr zurück und legte ihr das Schmuckstück in die Hand. Marie-Anna zuckte kurz, betrachtete es dann aber eingehend. Der Bernstein schimmerte golden im Licht, das durch das Fenster fiel.

»Vor sechs Jahren ungefähr erwarb ein Herr Valerian Raabe diesen Ring. Ich war zufällig dabei, als das Stiftsvermögen von Maria im Kapitol versteigert wurde. Er hat mich schon damals fasziniert, und ich hätte ihn gerne selbst erworben. Doch Raabe verfügte über die besseren Methoden.« Faucon erlaubte sich ein kleines Lächeln. »Der Mann ist ein professioneller Sammler.«

»Nun, und jetzt haben Sie ihn in Ihrem Besitz.«

»Nein, er ist als Beweisstück im Besitz des Staates. Dieser Ring tauchte nämlich vor einigen Monaten auf, als wir einen Drucker festnahmen, der Flugblätter aufrührerischen Inhaltes herstellte. Er hat ihn als Bezahlung angenommen, gab er an. Doch seinen Auftraggeber haben wir nicht ermitteln können. Der Drucker entzog sich weiterer Befragung durch Flucht.«

»Monsieur Raabe?«

Mit einer sehr französischen Bewegung hob Faucon die Schultern.

»Finden Sie es für mich heraus, Marie-Anna. In dem Haushalt der Raabes leben noch einige andere Personen, die unter Umständen sogar mehr Interesse daran haben, uns zu schaden als der Kolonialwarenhändler Raabe. Er macht keine schlechten Geschäfte.«

»Mit wem – das ist etwas, was Sie natürlich auch interessieren würde, nicht wahr?«

»Wenn Sie auf interessante Hinweise stoßen, sollten Sie nicht zögern, mich zu informieren.«

»Verkehren Sie gesellschaftlich mit Monsieur Raabe?«

»Gelegentlich.«

Marie-Anna drehte den Ring in den Fingern.

»Monsieur Raabe ist verheiratet?«

»Ja.«

»Es scheint, dass Männer leicht auf gewisse Ideen kommen, wenn eine junge Frau in ihren Haushalt zieht. Wie weit geht mein Auftrag?«

»Wenn es notwendig ist, ihn dazu zu ermuntern, Ihnen auf dem Kopfkissen vertrauliche Geständnisse zu machen, die unsere Ermittlungen betreffen, dann tun Sie es. So unerfahren sind Sie ja nicht mehr, Marie-Anna.«

Sie steckte den Ring an den Finger und betrachtete das tiefe, goldene Leuchten des Steines, dann hob sie den Blick. Faucon sah sie ebenfalls an, und plötzlich schien die Luft zwischen ihnen zu vibrieren. Er nahm langsam ihre ringgeschmückte Hand und zog sie an seine Lippen.

»Ich werde tun, was Sie wollen, Monsieur«, flüsterte Marie-Anna heiser.

»Nein, Mademoiselle, das nicht«, antwortete er ebenso leise.

Sie lächelte ein wenig erleichtert, zog den Ring vom Finger und reichte ihn Faucon zurück.

»Gut, ich mache Ihnen ein Empfehlungsschreiben für Valerian Raabe fertig. Er hat eine kleine Tochter, für die er, wie ich hörte, eine Französischlehrerin sucht. Dass Sie auch fließend Englisch sprechen, dürfte Ihnen gute Chancen einräumen. Ihre weniger glorreiche Vergangenheit werden Sie aber bitte verschweigen.«

»Solange er mich nicht befragt.«

»Dann werden Sie etwas Passendes erfinden müssen. Und nehmen Sie dies hier, um sich ein anständiges, hochgeschlossenes Kleid zu kaufen, wie es in den bürgerlichen Kreisen für eine Gouvernante angemessen ist.«

»Sie fürchten, meine modischen Gewänder bringen mich bei meinem Arbeitgeber in Bedrängnis?«

»Behalten Sie sie auf jeden Fall!«

Er stand auf, und Marie-Anna erhob sich ebenfalls. Mit einem Lächeln ergriff sie seine ausgestreckte Hand.

»Was wird mit Jules?«

»Ihrem Beschützer? Nun, man wird ihn wohl der Stadt verweisen.«

Sie senkte ihren Kopf. Es war eine milde Strafe.

»Nutzen Sie Ihre Chance, Mademoiselle de Kerjean.«

»Danke, Monsieur Faucon. Das werde ich tun.«

»Cilly, das war super.«

»Na ja, die Unterlagen waren recht ergiebig. Die Empfehlungsschreiben haben wir, Zeugnisse auch. Über den Ball im Gürzenich und die anschließende Keilerei mit Verhaftungen gibt es einen Zeitungsausschnitt, über die Verhaftung des Druckers wegen der Flugblätter auch. Der Ring passt ganz gut da rein. So ein bisschen kennen wir unsere Figuren ja schon, nicht?«

»Genau. Und jetzt, meine Lieben, meine neueste Zutat zum Gelingen der Geschichte.«

Ich holte das Samtbeutelchen aus der Tasche und öffnete es langsam und mit gebührender Dramatik.

»Wow!«, stieß Cilly aus.

»Wahnsinn!«, hauchte Rose. »War der bei den Sachen, die du gefunden hast?«

»Ja, dieser Ring war bei den Tagebüchern. Unser dritter Ring.«

»Steht in den Büchern etwas über ihn?«

»Hilfe, Cilly. Ich habe die Bücher nicht mal aufgeschlagen.«

»Ja, aber… Was hast du denn den ganzen Tag getan?«

Ich seufzte tief.

»Da war noch mehr in dem Koffer als nur die Tagebücher und alte Urkunden. Julian hat ein Bündel Briefe mit hineingelegt. Rose, meine Mutter hat mit ihrem verrückten Verdacht, dass Julian eine Geliebte hatte, nicht ganz Unrecht gehabt.«

»Oh. Also doch? Liebesbriefe?«

»So etwas Ähnliches. Es scheint sich um eine jahrelange Brieffreundschaft gehandelt zu haben, aber eine, die von tiefem Vertrauen und Zuneigung geprägt war. Er hat dieser Frau sogar von dir berichtet.«

»Wer ist es?«

»Sie unterschreibt nicht mit ihrem Namen.«

»Kann ich die Briefe auch einsehen?«

»Ich habe sie nicht mitgenommen. Aber im Grunde spricht, glaube ich, nichts dagegen.« Ich streckte mich und gähnte. »Wenn ich morgen pünktlich zum Scherbensieben in die Werkstatt kommen soll, dann werde ich jetzt besser nach Hause fahren. Ich bringe dir die Briefe mit.«

»Ja, ist in Ordnung. Aber du, sag mal …«

»Ja?«

»Hast du den Ring schon mal angezogen?«

»Ich habe mich bisher nicht getraut.«

»Willst du es jetzt tun?«

»Soll ich?«

Cilly und Rose sahen mich erwartungsvoll an und nickten beide.

»Na gut. Ich wage es mit euch zusammen.«

Mit großer Behutsamkeit nahm ich den delikat gearbeiteten Lilienring in die Finger, spürte ein feines Kribbeln und steckte ihn dann langsam an den rechten Ringfinger.

Mit stillem Glück betrachtete ich ihn. Endlich, der Kreis hatte sich geschlossen. Das massive Metall glänzte warm, schwer umfing der goldene Ring meinen Finger. Aus einzelnen Stäbchen schien er gefertigt, die alle nebeneinander lagen und oben und unten in kleinen Kügelchen endeten. Zierlich war er nicht, er wirkte sogar ein wenig barbarisch, dieser Ring …

Wieso barbarisch? Es war eine der feinsten Juwelierarbeiten, die ich je gesehen hatte.

»Anita?«

Ich zog ihn vom Finger.

»Rose, ich habe einen ganz anderen Ring an meiner Hand gesehen!«

»Was für einen?«

Ich beschrieb ihn ihr, und sie sah mich verwundert an.

»Das kommt mir bekannt vor. Aber ich kann mich nicht erinnern, woher.«

»Mir kam der andere auch vertraut vor, viel vertrauter als dieser hier. Seltsam.«

»Wir werden schon noch eine Erklärung finden. Es gab bisher für alles eine Erklärung.«

»Ja. Warten wir es ab. Aber jetzt gute Nacht, meine Hübschen. Ich brauche meinen Schönheitsschlaf.«

Am nächsten Morgen besuchte uns Kommissarin Frederika in der Werkstatt. Sie hatte noch ein paar Fragen an Rose, die Licht in ihr Verhältnis zu Julian bringen sollten. Vor allem war sie darauf gestoßen, dass wir beide derzeit von dem posthumen Ruhm unseres Vaters profitierten. Nach seinem Tod waren seine alten Aufnahmen häufig wieder in den Musiksendungen gespielt worden, ein Album mit seinen besten Liedern war auf den Markt gekommen, und die Tantiemen-Abrechnung, die mir im April ins Haus geflattert kam, war nicht unerheblich. Ich war ganz dankbar darum, weil ich durch diese zusätzliche Einnahme nicht mein Kapital angreifen musste. Auch Rose hatte erleichtert von Investitionen gesprochen, die ihr die Arbeit erleichtern würden. Die misstrauische Ermittlerin sah darin die Todsünde der Habgier, eines der häufigsten Motive, einen Mord zu begehen. Und irgendwie unterstellte sie mir, trotz Roses Beteuerungen, nach wie vor, ich hätte ein Auge auf den Anteil meiner Schwester geworfen und versucht, sie unauffällig aus dem Weg zu räumen. Ich überlegte kurz, ob ich ihr die Briefe der Unbekannten zum Fraß vorwerfen sollte, aber da Rose sie noch nicht gelesen hatte, entschied ich mich dagegen.

Ich war froh darum, denn als ich am Nachmittag nach Hause kam, stieß ich auf eine seltsame Sache. Der Gedichtband lag noch auf dem Tisch und ebenso die Kassette, die ich mitgenommen hatte. Ich machte mir ein leichtes Essen und setzte mich mit dem Buch an das geöffnete Fenster. Es war warm geworden, und die Sonne schien hell ins Zimmer. Vögel zwitscherten und flöteten in den Bäumen, die die Straße säumten. Diese heitere Atmosphäre war genau richtig, um in den Gedichten zu schmökern, die Julian viel bedeutet hatten. So konnte ich es ohne Trauer tun. Einige hatte er besonders geliebt, in ihnen seine eigenen Melodien gehört. Es standen kleine Randbemerkungen dazu drin, Kritzel in der ihm eigenen Kurzschrift. Dann aber schlug ich eine Seite auf und fand ein getrocknetes, vierblättriges Kleeblatt darin. Ein Satz aus den Briefen der Unbekannten fiel mir ein: *»Du hast mir etwas über Glückssymbole geschrieben, und so war ich wohl heute besonders aufmerksam. Zufällig habe ich beim Blumengießen auf unserer Wiese ein Glückskleeblatt gefunden. Nimm es, mein Liebster, es mag deine dunklen Gedanken vertreiben.«* Ob es dieses Kleeblatt war? Mein Blick fiel auf das Gedicht, und plötzlich hatte ich Gewissheit. Die Worte, die dort standen, hatte ich schon einmal gehört. Ich stand auf, nahm die Kassette zur Hand, legte sie in den Rekorder und spulte sie zum Anfang zurück. Und dann lauschte ich Julians Stimme, der das »Lied« von Christina Rossetti vortrug, einer englischen Dichterin des neunzehnten Jahrhunderts.

Wenn ich einst tot bin, Liebster,
Klag nicht mit trübem Sinn.
Nicht Rosen noch Zypressen
Pflanz mir zu Häupten hin.
Das grüne Gras wird tränken
Mit Tau mich ganz gewiss:
Und wenn du willst, gedenke,
Und wenn du willst, vergiss.

Ich werd nicht sehn die Schatten,
Spür nicht des Regens Fall
Und hör nicht leidvoll klagen
Das Lied der Nachtigall.
Und träumend fort im Zwielicht
Nie wächst noch schwindet es:
Vielleicht, dass ich gedenke,
Vielleicht, dass ich vergess.

»Haply I may remember, and haply may forget«, flüsterte ich die englischen Verse des Originaltextes. Das »Lied«! Er hatte es für die Unbekannte vertont, und ich war mir sicher, es war das, was er ihr zum Trost geschickt hatte, als ihr Mann gestorben war. Nun tröstete er mich damit. Nicht nur in meiner Trauer um ihn, sondern auch in meiner Sehnsucht nach Valerius. Konnte das die Form der Freiheit sein, die man sich gegenseitig einräumen musste? »And if thou wilt, remember, and if thou wilt, forget.«

Noch viele Male hörte ich mir die zärtlichen Klänge an, die Melodie, die sich wie ein warmer Mantel um mich legte. Manchmal summte ich es leise mit, manchmal lauschte ich nur. Und wurde sehr ruhig. Ruhiger als seit Monaten, gelassener und – irgendwie hoffnungsvoller.

Mit dem Lilienring am Finger schlief ich in dieser Nacht. Nicht traumlos, nein, ganz gewiss nicht. Doch meine Träume hatten nichts mit Marie-Anna zu tun. Sie kreisten um Valerius, den ich nicht vergessen wollte.

Tagebuch 1

Mors Porta Vitae

Der Tod ist die Pforte des Lebens

[illegible] Merkel [illegible]

[illegible]

8. Kapitel

Ein Vorstellungsgespräch

»26. Februar 1810. Heute bin ich im Haushalt der Familie Raabe eingetroffen. Das Mädchen Graciella hat mich herzlich begrüßt, und auch die Dame des Hauses nahm sich meiner freundlich an. Diese Cousine Rosemarie hingegen…«

So begann das erste Tagebuch. Es brachte eine packende Schilderung, wie Marie-Anna ihre neue Stelle angetreten hatte, und eine Schilderung der Personen, die sie dort antraf. Es warf zusätzlich ein bezeichnendes Bild auf die Schreiberin, wie sie die Situation und die Charaktere beurteilte. Ich hatte das Büchlein durchgelesen und war bereit, Rose und Cilly den nächsten Abschnitt aus ihrem Leben zu erzählen.

Wie schon bei den beiden vorhergehenden Geschichten hatten wir uns den Freitagnachmittag und das Wochenende dafür reserviert. Wir saßen auf Roses kleinem Dachbalkon in der Sonne, sie stellte eine Kanne Eistee auf den Tisch, und Cilly knackte erwartungsvoll mit den Fingerknöcheln, um die Tipparbeit aufzunehmen.

Marie-Anna empfand Genugtuung darüber, dass Faucon ihr Geld für ein »anständiges« Kleid gegeben hatte. Schmunzelnd zählte sie die Scheine; Faucon musste eine anspruchsvolle Geliebte haben, wenn das seine Vorstellung davon war, was ein anständiges Kleid kostete. Nun, verheiratet war er ja nicht. Mit dem Geld war sie in der Lage, sich mindestens drei einfache, hochgeschlossene Kleider selbst zu nähen, den Stoff dazu bekam sie über verschiedene Beziehungen billig. Eine Woche lang verbrachte sie in ihrem kargen Kämmerchen damit, zuzuschneiden und zu sticheln. Sie war zum Glück nie in Jules' Wohnung eingezogen, einen Rest Selbständigkeit hatte sie sich erhalten wollen. Dann, am Donnerstag der nächsten Woche, sprach sie, in einem schmucklosen grauen Baumwollkleid mit schwarzem, kurzem Jäckchen darüber, noch einmal im Bureau des Sous-Préfet vor, um sich das Empfehlungsschreiben abzuholen. Faucon empfing sie und nickte zustimmend zu ihrer Aufmachung.

»Hier ist das Schreiben, Mademoiselle de Kerjean. Machen Sie guten Gebrauch davon.«

»Das werde ich tun.«

»Liefern Sie es in Raabes Kontor ab, dort erhält er es ohne Umwege. Und zeigen Sie Ihr Erstaunen nicht allzu deutlich, wenn Sie Valerian Raabe begegnen.«

»Gibt es etwas, das mich in Erstaunen versetzen kann?«

»Das gibt es. Seine Stimme, Mademoiselle, wird Sie möglicherweise irritieren.«

»Danke für den Hinweis, Monsieur le Sous-Préfet.«

Sie brachte das erhaltene Papier zusammen mit einem Bewerbungsschreiben an die Adresse des Kommerzialrates Valerian Raabe und erhielt für die folgende Woche durch einen Boten des Handelshauses einen Termin, um bei ihm in seinem Kontor vorzusprechen.

Marie-Anna war ein wenig nervös, als sie sich bei dem streng gekleideten Sekretär anmeldete. Er zeigte keinerlei Freundlichkeit, sondern wies sie kühl an, sich zu gedulden, bis der Herr Kommerzialrat Zeit für sie habe.

Er ließ sie jedoch nicht lange warten. Pünktlich um drei, wie es vereinbart war, wurde sie in sein Arbeitszimmer geführt. Für einen so bedeutenden Mann schien es mehr als nüchtern eingerichtet, er selbst war ebenfalls in einen schlichten Frack und Pantalons gekleidet. Was aber überraschend wirkte, war sein lockiger, bis auf die Brust reichender schwarzer Bart, den bereits einige graue Strähnen durchzogen. Auch sein Haupthaar, das er unmodisch lang bis in den Nacken trug, schimmerte silbrig an den Schläfen.

»Mademoiselle Marie-Anna de Kerjean?«, fragte er mit einer heiseren, tonlosen Stimme, und Marie-Anna dankte Faucon im Stillen für die Warnung.

»Ja, Herr Kommerzialrat.«

»Nehmen Sie Platz.«

Sie setzte sich vor seinen Schreibtisch und faltete sittsam die Hände im Schoß.

»Sie empfehlen sich als Lehrerin für die französische und englische Sprache.«

Sie nickte zustimmend.

»Das Französische will ich Ihnen gerne abnehmen, aber wie ist es um das Englische bestellt?«, fragte er in genau dieser Sprache. Marie-Anna antwortete ihm in flüssigem Englisch: »Ich bin von einer englischen Kinderfrau erzogen worden und habe fünf Jahre lang in einem Londoner Haushalt gelebt und gearbeitet. Ich denke, sowohl meine mündlichen als auch schriftlichen Kenntnisse dieser Sprache sind ausreichend.«

»Das will mir so scheinen. Gut. Ich habe eine dreizehnjährige Tochter, Graciella, der ich auf Grund der zerrütteten Lage unseres Bildungswesens leider nicht die Ausbildung verschaffen kann, die ich für wünschenswert halte. Weiterhin leben in meinem Haushalt auch die Kinder der Schwägerin meiner Gattin. Frau Berlinde von Spangenberg ist Offizierswitwe und fungiert als Gesellschafterin meiner Gattin. Yannick ist sieben, Guenevere ist acht. Auch sie müssen unterrichtet werden. Fühlen Sie sich imstande, drei Kinder zu betreuen?«

»Ich denke schon. Sir Garret hatte fünf Söhne und Töchter. Es gab keine Probleme.«

»Professor Dr. Klein kümmert sich um die Ausbildung in Naturkunde, Geschichte, Geografie und, soweit es ihm gelingt, auch um die Mathematik. Seine Tochter Rosemarie gibt ihnen Latein- und Zeichenunterricht. Sie werden also nicht mehr als zwei, drei Stunden am Tag zu unterrichten haben. Darf ich fragen, welche weiteren Fähigkeiten Sie über das Beherrschen von zwei Fremdsprachen hinaus aufzuweisen haben?«

»Ich spreche und schreibe Deutsch einigermaßen verständlich, Herr Kommerzialrat.«

»Ich sagte ja, zwei Fremdsprachen.«

Marie-Anna biss sich leicht auf die Unterlippe. Dann antwortete sie gelassen: »Ich bin mit Nadelarbeiten nicht ungeschickt, kann einigermaßen genau mit Centimes rechnen, weiß einfache Gerichte zu kochen und bin in der Lage, sowohl akkurate Zeichnungen von vorgegebenen Objekten als auch farbige Aquarelle herzustellen.«

»Das trifft sich ausgezeichnet. Sie werden verstehen, dass ich für Unterkunft, Verpflegung und Lohn durchaus mehr von Ihnen verlangen muss als einige Stunden Konversation mit drei Kindern. Sie werden meiner Nichte Rosemarie dabei zur Hand gehen, den Katalog meiner Sammlung anzulegen. Das ist gelegentlich eine staubige, jedoch keine ehrenrührige Arbeit.«

»Was wird dabei von mir verlangt?«

»Sie legen Zeichnungen von den Stücken an und schreiben in lesbarer Schrift das dazu auf, was als wissenswert betrachtet wird. Rosemarie wird es Ihnen erklären. Sind Sie einverstanden?«

»Ja, Herr Kommerzialrat. Darf ich fragen, was die Sammlung beinhaltet?«

»Ich interessiere mich vor allem für römische Antiken, aber fast genauso für mittelalterlichen Schmuck und Bücher. Ich sammle übrigens nicht aus Gründen der persönlichen Bereicherung, wenn Sie das befürchten, sondern versuche, gewisse Kulturschätze zu retten, die derzeit leicht in falsche Hände fallen oder der Vernichtung preisgegeben sind. Wie es auch Professor Wallraf tut.«

»Oder der Baron Hüpsch?«, meinte Marie-Anna mit leisem Spott, eingedenk dessen, dass der originelle Kauz vor wenigen Jahren seine umfangreiche Sammlung dem Landgrafen von Hessen-Darmstadt vermacht hatte, da Köln es abgelehnt hatte, sie zu übernehmen

»Nun, wie der gerade nicht. Doch sollte wider Erwarten die Stadt Köln meine Sammlung ablehnen, habe ich vor, sie meiner Familie zu hinterlassen.«

Marie-Anna erlaubte sich ein kleines Lächeln.

»Nun, Sie werden in meinem Hause neben der Hausdame Mathilda das übliche Personal antreffen. Sie werden jedoch mit der Familie speisen. Aber ich mache Sie darauf aufmerksam, dass in meinem Haushalt strikt auf Maßhaltung geachtet wird und dass sich jeder diesem Prinzip unterzuordnen hat. Ich dulde weder aufwändige Kleidung noch üppiges Essen und maßloses Trinken. Vor allem nicht in der Fastenzeit!«

Marie-Anna stand mit einer abrupten Bewegung auf, nahm ihr Täschchen und sah den Kommerzialrat kühl an.

»Ich werde die Stelle nicht antreten. Hungern fällt mir leichter ohne Moralpredigten. Guten Tag, Monsieur!«

Sie wollte zur Tür gehen, als sie erfahren musste, dass die heisere, tonlose Stimme Valerian Raabes von durchdringender Schärfe sein konnte.

»Setzen Sie sich, Mademoiselle de Kerjean!«

Sie drehte sich zögernd um.

»Nehmen Sie Platz, und hören Sie mir zu!«

Dem befehlenden Ton wagte sie nicht, sich zu widersetzen, und ließ sich auf der Kante des Stuhls nieder.

»Ich sprach von Maßhalten, junge Frau. Ich sprach nicht von Hungern. In meinem Haus geht niemand – jemals – hungrig zu Bett!«

»Nein?«

»Nein, Mademoiselle. Näschereien werden Sie nicht ohne Anlass erhalten, aber gesundes, nahrhaftes Essen steht jedem jederzeit zur Verfügung.«

Marie-Anna wusste, dass ihr die Röte in die Wangen gestiegen war. Mit ihrer heftigen Reaktion hatte sie mehr von ihrer Vergangenheit verraten, als sie wollte. Hunger war darin keine ungewöhnliche Erfahrung.

»Zudem erhalten Sie einen Lohn, der großzügig genug bemessen ist, um Bonbons oder ein paar Pralinés kaufen zu können, wenn die Naschsucht in Ihnen übermächtig wird.«

Er nannte ihr den Betrag, den sie als monatliches Entgelt erhalten sollte, und mit einem kaum hörbaren Aufatmen entspannte Marie-Anna ihre verkrampften Finger.

»Das ist ein ausreichender Lohn. Danke, Herr Kommerzialrat. Wann soll ich in Ihr Haus kommen?«

»Wann sind Sie zum Einzug bereit?«

»Ich habe nicht viel zu packen, Monsieur. Jederzeit, wenn's beliebt.«

»Dann schicke ich Ihnen morgen einen Dienstmann mit einem Wagen. Diese Adresse ist auch die Ihrer derzeitigen Wohnung?«

Es blieb Marie-Anna nichts anderes zu tun, als zu nicken. Der Kattenbug war nicht gerade die erste Wohngegend in Köln.

Die Sternengasse, jetzt »Rue des Etoiles« genannt, war es schon.

Als der Dienstmann der Raabes am nächsten Tag vor der Tür stand, gab Marie-Anna ihm ihre zwei Bündel und eine Truhe mit Kleidern und anderen Habseligkeiten mit, trug ihm aber auf, er solle schon vorfahren und ausrichten, sie habe noch Besorgungen zu machen und würde später am Nachmittag eintreffen.

Besorgungen hingegen hatte sie nicht zu erledigen, sie wollte einfach nur den Zeitpunkt hinauszögern, der sie in ihr neues Leben führte. Darum machte sie sich zu Fuß auf den Weg, weg von dem kleinen, schiefen Fachwerkhäuschen, unter dessen Dach sie ihre Kammer hatte. Ihre erste Station war das Theatergebäude in der Schmierstraße. Sie hielt kurz vor dem Haupteingang, den sie selbst nie benutzt hatte, inne, entschied sich aber dagegen, einzutreten, und wandte sich Richtung Domhof. Es war eine trostlose Gegend – der Platz von Unkraut bewachsen, von Kloaken durchzogen. Vor dem Dom selbst, einem heruntergekommenen Gebäude, in dessen Säulen, Pfeilern, Spitzbögen und Fialen die Vegetation Fuß gefasst hatte, blieb Marie-Anna einen Moment stehen und betrachtete die zwei Turmstümpfe. Der nördliche, ein Fundament nur, diente einigen Verkaufsbuden als Untergrund. Auf dem südlichen, schon beinahe 50 Meter hohen Turm jedoch bewegte sich oben der langsam verrottende Kran kreischend im Wind. Vor der halb fertigen Kathedrale selbst lungerten ein paar französische Soldaten herum. Eines der windschiefen Häuser diente ihnen als Munitions- und Waffendepot, das sie zu bewachen hatten.

Der fertig gestellte Teil des gotischen Bauwerks, der Chor, diente seit einigen Jahren wieder der Bevölkerung als Pfarrkirche. Zuvor aber hatten die Franzosen Quartier in der Kathedrale bezogen und die Seitenkapellen zu Pferdeställen umgewandelt. Es hieß, sie hätten das hölzerne Chorgestühl dazu verwendet, ihre Lagerfeuer zu nähren.

Eilig überquerte Marie-Anna diesen Platz, schlüpfte durch den finsteren Torbogen, die Hachtpforte, und ließ die dunkle, bedrohliche Masse des Doms hinter sich. Auch in der Nähe der Sous-Préfecture und des Kriminalgefängnisses am Rathaus wollte sie nicht länger als nötig verweilen. Die Straße hingegen, die sie nun nach Süden führte, wurde mit jedem Schritt ansehnlicher. Sie war ordentlich gepflastert und sauber, Equipagen rollten an den Zunfthäusern und den Sitzen der Stadtnobilitäten vorbei. Modisch gekleidete Damen und Herren suchten das Müllersche Kaffeehaus auf. Die Tür der vornehmen Apotheke »Zum Marienbild« öffnete sich, und ein Herr mit einem Arztkoffer wurde von einem sich beflissen verbeugenden Apotheker hinausbegleitet. Es gab auch die verschiedensten Boutiquen, Buchhandlungen und Putzmacherinnen. An der Ecke zur Gürzenichstraße verlangsamte Marie-Anna noch einmal ihre Schritte. Hier hatte sie Jules Coloman das letzte Mal gesehen. Sie hoffte, er würde inzwischen aus dem Gefängnis entlassen sein und einen neuen Aufenthaltsort außerhalb der Stadt gefunden haben. Große Sorgen machte sie sich nicht um ihn, er war durchaus in der Lage, zuverlässig wieder auf seine Füße zu fallen.

Schließlich erreichte sie die Kasinostraße, auf deren linker Seite sich die massige Kirche von Sankt Maria im Kapitol erhob. Das Damenstift, das einst zu ihr gehört hatte, war schon vor Jahren aufgelöst worden, das Stiftsvermögen verkauft, einiges sicher auch verschleppt worden. Die Stiftskirche selbst diente inzwischen als Pfarrkirche, das ehemalige Äbtissinnenhaus war vermietet worden. Angeblich war ein Schriftsteller namens Friedrich Schlegel eingezogen, der dort private Vorlesungen hielt. Von der Kirche aus führte Richtung Westen Marie-Annas Weg in die Sternengasse, eine überaus gepflegte Gegend mit ansehnlichen Gebäuden.

Der Kommerzialrat Valerian Raabe bewohnte das Haus, das sicher zu den berühmtesten dieser Straße gehörte – den Groensfelder Hof. Hier hatte Peter Paul Rubens vor zweihundert Jahren seine Jugend verbracht, hier hatte Maria von Medici vor gut hundertfünfzig Jahren gewohnt. Doch bevor der kaiserliche Feldmarschall Graf von Groensfeld es erworben hatte, hieß das Haus »Zum Raben«. Manche nannten es nun wieder so.

In diesem Haus hielt Marie-Anna am Nachmittag des nächsten Tages Einzug. Das Gebäude beeindruckte sie, es war älter als ihr heimisches Chateau, doch die verschiedenen Bewohner hatten es jeweils an den Stand der Behaglichkeit angepasst, der ihrer Zeit entsprach. Die Haushälterin, in strengem Schwarz mit weißer Schürze und Haube, empfing sie und gab dem wartenden Dienstmann Anweisungen, das Gepäck in ein Zimmer im zweiten Stock zu bringen. Sie selbst stellte sich Marie-Anna mit einem herzlichen Lächeln als Mathilda vor.

Der Raum, der ihr zugewiesen wurde, hatte ein Fenster zur Straße hinaus, die sich in gerader Linie vor dem Haus erstreckte. Er war nicht groß, aber eine helle, geblümte Tapete, geraffte, weiße Gardinen mit blauen Portieren und ein ebenfalls blauer Teppich machten es wohnlich. Möbliert war es mit einem schlichten Messingbett, einem hohen Kleiderschrank, zwei zierlichen Sesseln, einem Tischchen und einer Kommode, über der ein Spiegel hing. Hinter einem Paravent verbargen sich das Waschgeschirr und der Nachtstuhl.

»Das gnädige Fräulein hat das Zimmer gleich nebenan, Mamsell, und Fräulein Rosemaries ist neben dem Gang. Dann folgt das Badezimmer. Kommen Sie, ich zeige es Ihnen.«

Mathilda führte Marie-Anna den Flur entlang und öffnete die Tür zu einem gekachelten Raum, in dem sich eine Wanne und ein Badeofen befanden.

»Es ist ein sehr modernes Gerät und leicht zu bedienen. Der Kommerzialrat legt Wert auf Reinlichkeit.«

»Es gibt wohl viele Vorschriften in diesem Haus?«

»Nicht mehr als in anderen Haushalten, das kann ich Ihnen versichern. Aber bestimmt ungewöhnlichere. Sie werden sich schon daran gewöhnen.«

»Vielleicht geben Sie mir einige Hinweise.«

»Wenn es nötig ist, gerne, Mamsell. Eines aber sollten Sie auf jeden Fall wissen – Sie haben den Herrn Kommerzialrat ja schon kennen gelernt, nicht wahr?«

»Ja.«

»Sie haben feststellen können, dass er nicht sehr laut sprechen kann.«

»Ja.«

»Wenn Sie also an eine Zimmertür klopfen, wird Sie ein Glockenklingen zum Eintreten auffordern.«

»Danke, das ist gut zu wissen.«

»Und hier, auf der anderen Seite des Ganges sind die Zimmer der Herrschaften. Die betreten Sie selbstverständlich nicht, ohne aufgefordert zu werden. Hier wohnt Madame, dort ist das Appartement des Kommerzialrates. Kommen Sie, ich zeige Ihnen die anderen Räumlichkeiten. Hier hinauf bitte.«

Das Schulzimmer lag unter dem Dach, mit Mansardenfenstern zum Garten hin. Doch sie traten nicht ein, denn drei Kinder arbeiteten dort konzentriert unter der Leitung eines grauhaarigen Herren über ihren Büchern. Über die vordere Seite des Hauses erstreckten sich die Dienstbotenkammern. Dann stiegen sie zum ersten Stock hinunter, wo sich die Bel-Etage befand, das Esszimmer und der große Salon, die Bibliothek und das Arbeitszimmer. Im Erdgeschoss bewohnte nach hinten hinaus Frau von Spangenberg mit ihren beiden Kindern zwei Räume, das Zimmer daneben gehörte dem Professor. Zur Straßenseite befanden sich mit separatem Eingang dic Küche und der Waschraum, gegenüber hatte die Haushälterin ihre Wohnung und die Dienstboten ihr Aufenthalts- und Esszimmer. Auch einen Keller gab es, genutzt wurde er als Abstellraum für allerlei Gerätschaften, Vorräte und als Lager für die Sammlung.

»Gegessen wird mittags um zwölf und abends um sieben gemeinsam im Speisezimmer, das Frühstück wird nach englischer Art ebenfalls dort serviert, da die Bewohner zu unterschiedlichen Zeiten aufstehen.«

»Danke, Mathilda.«

»Sie werden heute Abend Madame und die anderen Mitglieder des Hauses kennen lernen.«

»Legt Madame Wert auf diese Anrede?«

»Ja, das tut sie. Halten Sie sich besser daran.«

»Natürlich. Und der Herr?«

»Sein Titel ist für mich recht. Mag sein, dass Sie ihn Herrn Raabe nennen können. Fräulein Rosemarie nennt ihn Onkel, aber er ist ja schließlich der Bruder ihrer Mutter.«

»Lebt sie auch in diesem Haus?«

»Sie ist vor zwölf Jahren gestorben. Fräulein Rosemaries Vater, Professor Klein, arbeitet seither als Hauslehrer und gewissermaßen als Kustos der Sammlung hier. Und nun sollten Sie auf Ihr Zimmer gehen, auspacken und sich ein wenig frisch machen. Punkt sieben finden Sie sich dann bitte im Speisezimmer ein. Kommen Sie selbst zurecht?«

Marie-Anna lächelte zustimmend. Chateau de Kerjean war bei weitem verwinkelter gewesen als dieses gradlinige Stadthaus. Und erheblich zugiger und düsterer.

Pünktlich betrat sie zur angegebenen Uhrzeit den Raum. Sie hatte wieder ihr graues Kleid an, doch ein mit einer schmalen Spitze besetztes, weißes Fichu hellte es ein wenig auf. Ihre langen blonden Haare hatte sie zu einem langen Zopf geflochten und zu einem schlichten Knoten im Nacken aufgesteckt. Für Löckchen und Bäuschchen war es nicht der rechte Anlass.

»Mademoiselle Marie-Anna de Kerjean«, stellte der Kommerzialrat sie vor, als sie eintrat, und die Gesichter der Anwesenden wandten sich ihr zu. »Treten Sie näher, ich möchte Sie bekannt machen.«

Sie tat, wie er gebeten hatte, und stand vor einer beleibten, warmherzig dreinblickenden Frau.

»Ursula, hier haben Sie die neue Lehrerin für unsere Tochter.«

»Willkommen, meine Liebe. Ich hoffe, Sie werden sich in unserem Haus wohlfühlen. Unsere Graciella ist ein liebes Ding und wird sicher gerne und fleißig mit Ihnen arbeiten!«

Sie schob ein schlaksiges Mädchen vor, das sich bemühte, ihrem im Wachstum befindlichen Körper eine gewisse Anmut abzuringen. Der Erfolg war mäßig.

»Mademoiselle«, grüßte sie ernst und reichte ihr die Hand.

»Fräulein Graciella, ich freue mich, Sie kennen zu lernen. Ich bin sicher, wir werden uns gut verstehen.«

»Solange Sie Deutsch mit mir sprechen, werde ich Sie bestimmt gut verstehen.«

»Graciella! Achte auf deine Worte!«, mahnte ihre Mutter streng. Aber Marie-Anna zwinkerte dem Mädchen heimlich zu und erhielt ein kleines, schelmisches Lächeln zurück.

»Dies ist meine Nichte Rosemarie«, sagte dann der Herr des Hauses und winkte eine blasse, schlanke junge Frau herbei. Sie hatte schwarze Haare, aber das war schon das Auffälligste an ihr. Ihr Händedruck war schwach, ihr Blick scheu. Ihr Vater, der Professor, gönnte Marie-Anna nur ein kurzes Kopfnicken. Er trug verbitterte Züge und schien nicht besonders gesellig zu sein. Frau Berlinde hatte sich entschuldigen lassen, eines der Kinder litt unter Magenkrämpfen.

Man ging zu Tisch, und Marie-Anna konnte feststellen, dass die Prinzipien des Hausherren in jeglicher Konsequenz befolgt wurden. Es gab ein schlichtes, aber sättigendes Essen. Fleischlos, wie es der Fastenzeit entsprach. Einen Gemüseeintopf, Omelette mit Kräutern und Käse und eine süße Quarkspeise zum Abschluss. Es wurde zwar Wein zum Essen gereicht, doch er wurde mit Wasser verdünnt. Dazu wurde französische Konversation gepflegt, was Marie-Anna der Sprache wegen kein Problem bereitete. Allerdings übte sie sich bei der Beteiligung an den gewählten Themen noch in Zurückhaltung. Valerian Raabe bestimmte das Gespräch, und auf Grund seiner wenig tragenden Stimme lauschten alle sehr aufmerksam seinen Worten. Marie-Anna wollte sich zunächst ein Bild davon machen, welche Meinungen in diesem Kreis geäußert werden durften und welche man besser mit Delikatesse behandelte. Als er erzählte, er habe eine interessante Lieferung von einem italienischen Kunsthändler erhalten, bemerkte sie, dass Graciella, die neben ihr saß, gerne etwas wissen wollte, aber zu unsicher war, den Mund aufzumachen. Leise und in sehr einfachen Worten wisperte sie ihr zu: »Sie möchten wissen, was Ihr Papa von dem Italiener gekauft hat, nicht wahr?«

»Ja, Mademoiselle. Aber mein Französisch ist so schlecht.«

»Fragen Sie so«, antwortete sie und sagte ihr langsam den Satz vor. In der nächsten Gesprächspause stupste sie sie ermutigend an, und das Mädchen begann schüchtern: »Papa, qu'est que vous …«

Ein bisschen musste Marie-Anna ihr noch vorflüstern, bis der Satz schließlich heraus war, aber dann war es vollbracht. Der Kommerzialrat hatte aufmerksam zugehört und nickte seiner Tochter wohlwollend zu. Mit ebenso einfachen Worten erklärte er ihr, dass er ihr die Gegenstände am nächsten Nachmittag zeigen wolle.

Nach dem Essen zog Graciella sich zurück, und die Erwachsenen kehrten zur Konversation in deutscher Sprache zurück. Marie-Anna hörte auch hier überwiegend schweigend zu und bat dann schließlich, sich ebenfalls zurückziehen zu dürfen. Als sie nach oben ging, sah sie noch Licht in Graciellas Zimmer und klopfte leise an der Tür. Das Mädchen hatte die zwei Kerzen an dem Spiegel brennen und ein aufgeschlagenes Buch vor der Nase, legte es aber sofort nieder.

»Mademoiselle, das ist aber nett, dass Sie noch einmal hereinschauen. Vielen Dank fürs Vorsagen.«

»Bald werden Sie das nicht mehr brauchen. Sie werden sich übrigens die Augen verderben, wenn Sie so spät noch lesen.«

»Ich weiß, ich weiß, aber das hier ist viel spannender als die öden Artikel, die der Professor uns vorzulesen pflegt.«

»Was lesen Sie?«

Graciella kicherte: »Ein grausiges Werk. Die Geschichte von einem Mann, der auf einer einsamen Insel gestrandet ist und von dort nicht mehr fortkommt.«

»Robinson Crusoe?«

»Kennen Sie es?«

»Natürlich. Passen Sie nur auf, dass Sie heute Nacht nicht von Menschenfressern träumen, die Ihnen die Nase abbeißen wollen.«

»Dann schreie ich, und Sie retten mich. Sie haben ja das Zimmer neben mir. Gefällt es Ihnen?«

»Es ist sehr hübsch, ja.«

»Vorher hat eine von den Schwestern des aufgelösten Benediktinerinnen-Klosters darin gewohnt, die uns unterrichtet hat. Sie hat versucht, mir ein bisschen

Französisch beizubringen, aber sie hatte – mh – ziemlich wenig Geduld mit mir. Und ich kam mir immer so dumm vor. Wahrscheinlich werde ich auch Ihnen nicht viel Freude machen.«

»Ich hatte den Eindruck, Sie verstehen schon eine ganze Menge, Fräulein Graciella.«

»Können Sie nicht Graciella und du sagen? Ich komm mir so komisch vor, wenn Sie mich so anreden.«

»Wenn du mich Marie-Anna nennen willst, gerne.«

»Danke, gerne.«

»Morgen fangen wir mit unserem Unterricht an, nicht wahr?«

»Ja, nach Onkel Humberts dröger Geografiestunde.«

»Gut, bis dann also, schlaf schön und gute Nacht, Chérie.«

»Gute Nacht, Marie-Anna.«

Sie machte leise die Tür hinter sich zu und sah die Dame des Hauses vor sich stehen.

»Oh, Marie-Anna, Sie haben noch mit der Kleinen geplaudert?«

»Ich habe ihr gute Nacht gewünscht, Madame.«

»Kommen Sie, ich habe noch etwas für Sie.«

Ursula Raabe hielt einladend die Tür zu ihrem Zimmer auf. Zögernd folgte ihr Marie-Anna. Anders als die Räume, die sie bisher betreten hatte, war dieser Raum üppig ausgestattet, verschwenderisch waren Samt- und Brokatstoffe als Draperien, Überwürfe und Schabracken verwendet worden. Es passte zu der molligen Frau, dachte sie.

»Sie haben sicher schon gemerkt, dass mein Gemahl auf strenge Diät seiner Angehörigen achtet. Aber so manchmal braucht der Mensch auch ein wenig Balsam für die Seele, nicht wahr? Es ist Ihr erster Tag in unserem Haus. Hier, nehmen Sie das als Betthupfer mit.«

»Danke Madame, aber das ist nicht nötig.«

»Ach, nun nehmen Sie schon. Ein paar Pralinés sind keine Sünde. Und schlafen Sie gut, Marie-Anna.«

Sie bedankte sich und zog sich zurück. In ihrem Zimmer erwartete sie dann eine weitere Überraschung. Auf der Kommode lagen zwei hübsche, marmorierte Hefte, Schreibzeug stand daneben, und sie fand den Hinweis in schwungvoller Schrift, es werde ihr sicher in den ersten Tagen leichter fallen, sich einzuleben, wenn sie einem Tagebuch ihre Eindrücke anvertrauen könne. Daneben stand ein Korb mit rotbackigen Winteräpfeln. Wem sie die Gabe zu verdanken hatte, erschloss sich daraus nicht, aber sie vermutete die Dame des Hauses dahinter.

Es schien, als ob das Leben in diesem Haushalt nicht so unerträglich werden würde.

Sie schlug das Buch auf und nahm die Feder zur Hand.

9. Kapitel

Alltag im Hause des Kommerzialrates

Der Unterricht bereitete Marie-Anna Vergnügen, wenn auch nicht stets ein gänzlich ungetrübtes. Die beiden Kinder Yannick und Guenevere waren auf den ersten Blick gut erzogen und ruhig, aber vor allem in dem Jungen sprudelte eine verborgene Quelle von Schelmerei, von der sich seine Schwester gerne anstecken ließ. Doch beide waren aufgeweckte Persönchen, die, wenn ihr Interesse geweckt wurde, mit Begeisterung bei der Sache waren. Leider lag es nicht in Professor Kleins Macht, diese Begeisterung zu wecken, was dazu führte, dass die ungebändigte Kreativität der beiden sich in ständig neuen Streichen und Listen entlud. Selbstverständlich versuchten sie es ebenfalls bei der neuen Lehrerin. Aber Marie-Anna hatte noch zu deutlich in Erinnerung, wie sie und Charles ihre Hauslehrer zu foppen pflegten. Das festgeklebte Kreidestückchen, die wunderlichen Geräusche unter dem Holzboden, ja selbst die kleine Maus, die mit ängstlichen Augen über die Kante ihres Lehrbuches lugte, konnten sie nicht schrecken. Es war schließlich Guenevere, die quietschend vor dem Tierchen auf den Stuhl sprang und sich das schallende Gelächter ihres Bruders, Graciellas und der Lehrerin gefallen lassen musste.

Nach einer Woche kamen derartige Vorfälle nicht mehr vor, dafür waren die Geschichten zu lustig, die sie gemeinsam übersetzten, und die Lieder zu fröhlich, die sie zusammen sangen, um das Französische besser aussprechen zu lernen. Selbst das Vokabelnpauken machte auf diese Weise mehr Spaß. Mit Graciella hatte Marie-Anna überhaupt keine Probleme. Das Mädchen hatte einen anspruchsvolleren Unterricht geradezu vermisst, und täglich von fünf bis um halb sieben übte sie sich mit Marie-Anna abwechselnd in englischer und französischer Konversation.

Nach dem Vormittagsunterricht widmete Marie-Anna sich zusammen mit Rosemarie der Aufgabe, den Katalog der Sammlung anzufertigen. Ihnen stand dazu das helle Arbeitszimmer neben der Bibliothek zur Verfügung. Rosemarie machte auf Marie-Anna einen recht stumpfen Eindruck. Nicht nur kleidete sie sich immer in trübe Farben, sondern war auch weder zu einem Lächeln noch zu einem verbindlichen Wort bereit. Sie sprach nur, wenn es unbedingt notwendig war, und dann mit größtem Ernst und – zugegebenermaßen – großem Sachverstand. Ihre Zeichnungen waren außerordentlich sauber und exakt, ihre Schrift fast wie gedruckt. Sie arbeitete flink und ausdauernd.

Dennoch bedrückte Marie-Anna die schweigende Atmosphäre, in der sie beide arbeiteten. Darum versuchte sie an einem der Nachmittage wieder einmal, ein Gespräch mit ihr anzufangen.

»Fräulein Rosemarie, ich komme mit den Beschreibungen nicht so gut zurecht. Ich glaube, meine Italienischkenntnisse reichen nicht dafür aus. Könnten Sie mir bitte helfen?«

Unsicher sah Rosemarie auf und nahm das Blatt Papier aus Marie-Annas Hand. Sie hatten Inventarlisten bekommen, die bei den Lieferungen lagen, und sollten anhand dieser Aufstellungen die Sammelstücke aufnehmen, zeichnen, beschreiben und, sofern Herkunftsnachweise vorhanden waren, die wichtigsten Daten daraus entnehmen. Seit zwei Wochen beschäftigten sie sich mit einer Sendung Silberwaren aus Italien.

»Leuchter aus dem Kirchenschatz von …« Rosemarie zog die Stirn in Falten und fuhr sich mit den Händen an die Schläfen.

»Was ist los, Fräulein Rosemarie? Haben Sie Kopfschmerzen?«

»Nein, nein …«

»Ich glaube doch.«

»Es ist schon gut. Bemühen Sie sich nicht.«

»Doch. Wissen Sie, wir arbeiten jetzt seit beinahe zwei Wochen zusammen, und Sie werden täglich blasser. Sind Sie krank, Fräulein Rosemarie? Sollten Sie sich nicht besser eine Pause gönnen?«

»Das hätten Sie wohl gerne, Mademoiselle.«

Marie-Anna stutzte, dann schüttelte sie den Kopf.

»So geht das nicht, Fräulein Rosemarie. Ich werde jetzt in die Küche gehen und uns eine Kanne Pfefferminztee holen, anschließend reden wir darüber.«

»Nein. Das dürfen wir nicht!«

»Wer hat es verboten?«

»Wir haben unsere Arbeit zu erledigen. Und ich werde die meine tun, Mademoiselle.«

»Gut, und ich hole inzwischen den Tee.«

Marie-Anna bat Mathilda, ein Tablett mit Tee in das Arbeitszimmer zu bringen, wozu diese selbstverständlich bereit war. Marie-Anna tat aber noch etwas Weiteres. Sie holte aus ihrem Zimmer das Körbchen, in dem sich die vielen Bonbons, Schokoladenfrüchte, Marzipankugeln und Pralinés angesammelt hatten, die Madame ihr ständig zusteckte. Warum sie das tat, hatte Marie-Anna noch nicht herausgefunden. Sie war im Grunde keine Naschkatze, die beständig Süßigkeiten brauchte. Hingegen wäre sie wahrscheinlich mit einem Schinkenbrot sehr wohl verführbar gewesen, wenn auch die fleischlose Kost durchaus schmackhaft war, die in der nach wie vor andauernden Fastenzeit serviert wurde.

Mathilda und Marie-Anna betraten gleichzeitig das Arbeitszimmer, und die Hausdame stellte das Tablett mit der Kanne und den Tassen auf ein freies Plätzchen auf den Tisch.

»Das ist recht, Sie müssen bei der staubigen Arbeit einen Schluck Tee trinken«, bestätigte sie und begann einzugießen.

»Für mich nicht.«

»Doch Fräulein Rosemarie, gerade für Sie. Sie sehen blass aus. Hier, nehmen Sie Honig dazu, das stärkt.«

Der Tee duftete aromatisch, und wenn auch widerstrebend nahm Rosemarie doch die Tasse an. Die Hausdame zog sich zurück, und Marie-Anna offerierte ihr das Körbchen mit den Süßigkeiten.

»Sie mögen so etwas. Das bisschen süße Dessert, das wir bekommen, ist Ihnen doch nie genug«, ermunterte sie Rosemarie freundlich.

»Warum tun Sie das, Mademoiselle?«

»Weil Sie so verbissen sind. Schokolade besänftigt die Nerven.«

»Sie wollen doch nur, dass ich gegen die Regeln des Hauses verstoße! Damit Sie die Arbeit alleine machen können.«

Marie-Anna ließ die Hand mit dem Körbchen sinken und sah die schmale, junge Frau vor sich an.

»Daher also weht der Wind. Jetzt hören Sie mir mal zu, gnädiges Fräulein. Das Letzte, was ich hier will, ist Ihnen die Arbeit wegnehmen. Erstens ist weidlich genug für uns beide da, und zweitens habe ich gar nicht die Kenntnisse, es alleine zu tun. Abgesehen davon ist meine Hauptbeschäftigung der Unterricht der Kinder.«

»Die haben Sie mir auch schon abspenstig gemacht!«

»Was für ein blühender Unsinn.«

»Sie kommen viel besser mit allem zurecht als ich«, seufzte Rosemarie und drückte sich wieder die Hände an die Stirn.

»Sie haben Kopfschmerzen, weil Sie zu viel arbeiten, sich zu viel Sorgen machen und zu wenig essen und trinken. Jetzt nehmen Sie Ihren Tee, bevor er kalt wird. Und um Himmels willen, essen Sie endlich eine Praline!«

»Sie sind garstig, Mademoiselle!«

»Ja, Fräulein Rosemarie.«

Sie tranken beide von ihrem Tee, und mit einem zaghaften Lächeln biss Rosemarie in eine Marzipankugel. Marie-Anna leistete ihr Gesellschaft mit einem Stückchen kandierter Orange.

»Aber wohl nicht ganz so garstig, wie ich dachte.«

»Nein, wahrscheinlich nicht.«

Das Schweigen zwischen ihnen war jetzt entspannter, und nach der zweiten Tasse Tee widmeten sie sich wieder ihrer Arbeit.

In den folgenden Tagen brachte Mathilda unaufgefordert gegen halb vier das Teetablett, und Marie-Anna verfütterte die reichen Gaben der Hausherrin an Rosemarie. Doch sollte ausgerechnet diese freundliche Geste einen heftigen Streit auslösen.

Das Teetablett stand noch auf dem Tisch, und bunte Papierchen, in die die Bonbons eingewickelt waren, lagen zwischen den Listen und Zeichnungen, an denen sie arbeiteten. Marie-Anna war eben aus dem Zimmer gegangen, um einen silbernen Pokal in den Keller zu bringen, als Ursula Raabe durch die offene Tür lugte und eintrat. Als sie zurückkam, wurde sie Zeuge, wie die Dame des Hauses Rosemarie in verletzender Weise dafür tadelte, gegen die Vorschriften des Hauses verstoßen zu haben. Ja, sie machte ihr sogar den Vorwurf, in ihr Zimmer eingedrungen und die Süßigkeiten entwendet zu haben.

Rosemarie sank wie ein Häuflein Elend zusammen und äußerte kein einziges Wort.

»Madame, Sie sind vollkommen im Unrecht. Die Bonbons habe ich Rosemarie angeboten.«

»Marie-Anna! Sie unterstützen die Naschhaftigkeit dieser kleinen Schmarotzerin? Das hätte ich nicht von Ihnen gedacht!«

Marie-Anna merkte kaum, welch ausgesprochen gebieterische Haltung sie in diesem Augenblick annahm.

»Steht es mir nicht frei, ihr von dem abzugeben, was Sie mir so großzügig geschenkt haben?«

»Sie erhält genug Zuwendungen in diesem Haushalt!«

»Ich erhalte nicht einmal einen Lohn für meine Arbeit, Madame. Ich bin ja nur die arme Verwandte!«

Plötzlich war auch Rosemarie aus ihrer Lethargie erwacht.

»Wer ist die arme Verwandte?«, fragte eine heisere Stimme von der Tür her, und Rosemarie zuckte zusammen.

»Mein Herr Gemahl, hier wird gegen Ihre Anweisungen verstoßen und kostbare Arbeitszeit verschwendet.«

»Das zu beurteilen überlassen Sie bitte mir, Ursula. Ich möchte mit den beiden sprechen. Wir beide, Madame, werden uns anschließend Ihren Abrechnungen widmen. Erwarten Sie mich bitte in meinem Arbeitszimmer!«

Pikiert schenkte die Dame des Hauses den beiden noch einen strafenden Blick und rauschte hinaus. Valerian Raabe musterte das Stillleben mit Teekanne.

»Rosemarie?«

Marie-Anna antwortete, bevor Rosemarie den Mund aufmachen konnte: »Es ist meine Schuld, Herr Kommerzialrat. Ich habe eingeführt, dass wir gegen halb vier eine Kanne Tee zu unserer Erfrischung erhalten, und habe Fräulein Rosemarie dazu von meinen Bonbons angeboten.«

»Sind Sie mittags nicht satt geworden, Mademoiselle de Kerjean?«

»Doch, natürlich. Tee und Süßigkeiten dienen nicht der Sättigung, sondern dem puren Genuss. Aber, wenn ich das bemerken darf, Monsieur, einem maßvollen und sehr unschuldigen Genuss.«

»Da stimme ich Ihnen zu. Außerdem belebt der Tee die Sinne, was bei einer solch diffizilen Arbeit wie der, die Sie hier leisten, sehr zuträglich ist. Doch sollten Sie gesündere Süßigkeiten essen als die, die aus dem Zimmer meiner Gattin stammen.«

»Ich habe sie nicht von dort genommen, sie sind mir geschenkt worden.«

»Sie hätten mich darum bitten sollen, wenn Ihnen der Sinn danach steht.«

»Ich habe nicht darum gebeten! Sie wurden mir aufgedrängt«

»Sie wollten Sie nicht?«

»Ich mag sie noch nicht einmal. Ein süßer Wecken, oder noch besser ein Schinkenbrot, wäre mir erheblich lieber, Herr Kommerzialrat.«

Er musterte sie scharf und nickte dann.

»Darf ich zusammenfassen, Mademoiselle: Sie haben eigenmächtig in den Tagesablauf meines Haushalts eingegriffen, indem Sie eine Teestunde eingeführt haben. Sie haben ein Mitglied meiner Familie dazu verleitet, ungesunde Süßigkeiten zu sich zu nehmen, die sie selbst ablehnen, und jetzt verlangen Sie in der Fastenzeit fleischliche Nahrung. Bekennen Sie sich schuldig.«

»In allen Punkten der Anklage, Herr Kommerzialrat, da eine Verteidigung ja offenkundig sinnlos ist. Setzen Sie das Strafmaß fest.«

»Eine Verbrecherin in meinem Haus!«

Marie-Anna wurde dunkelrot.

»Marie-Anna, nicht!«, begehrte Rosemarie plötzlich auf. »Herr Onkel, sie hat das nur getan, weil ich sie dazu angestiftet habe! Sie müssen mir die gleiche Schuld zugestehen.«

»Zwei Verbrecherinnen in meinem Haus!«

»Eine, Monsieur, die andere ist nur eine Schmarotzerin und arme Verwandte«, antwortete Marie-Anna trotzig.

»Habe ich es irgendwie verabsäumt, dir ein Taschengeld auszuzahlen, Rosemarie?«

»Sie geben es meinem Vater.«

»Oh, nun … Es scheint, wir müssen das Verfahren ändern. Jetzt macht mit eurer Arbeit weiter.«

Er verließ den Raum, und die beiden sahen sich fragend an.

»Das war sehr couragiert von dir, Marie-Anna.«

»Das war auch sehr couragiert von dir, Rosemarie.«

Marie-Anna ging ab diesem Zeitpunkt der Zuwendung von Schokolade und Zuckerwerk verlustig, dafür war das tägliche Teetablett vom nächsten Tag an mit delikaten Schnittchen und Marmeladenbrötchen angereichert.

Das Osterfest rückte näher, und der Garten hinter dem Haus erwachte aus seinem braunen Winterschlaf. In den Rabatten streckten Tulpen und Narzissen ihre grünen Lanzen aus dem Erdreich, die Forsythien wagten, ihre gelben Blüten zu öffnen, und an der sonnigen Hauswand bekamen die Spalierobstzweige dicke Knospen.

Am Ostersonntag hatte die Familie Gäste eingeladen. Das Mittagsmahl war eines der besten, die Marie-Anna bislang genossen hatte. Cremige Suppen, Lammbraten, Geflügel, feine Kartoffelnestchen, köstliche Saucen, in Gewächshäusern gezogenes Frühgemüse, Törtchen,

Fruchtgelees und Sahnepuddings wurden serviert, roter und weißer Wein füllten die Gläser. Aromatischer Bohnenkaffee anstelle des üblichen Moccafaux, des Ersatzkaffees aus gerösteter Gerste, gemeinhin auch Muckefuck genannt, wurde nach dem Dessert gereicht. Anschließend schlenderte die Gesellschaft durch den Garten, Grüppchen bildeten sich, lösten sich wieder auf, fanden sich zu neuen zusammen. Die Kinder suchten unter Johlen und Scherzen nach versteckten, bunten Eiern aus Zuckerwerk und tollten danach mit Reifen und Bällen über die Wiese.

Marie-Anna hatte eines ihrer modischen Kleider angezogen, ein fließendes Gebilde aus hellgrünem Seidencrêpe und mit feiner Stickerei, das aus der Zeit stammte, da Jules sie mit reichen Geschenken verwöhnt hatte. Auch das einzige Schmuckstück, das sie besaß, hatte sie angelegt – einen sehr fein gearbeiteten goldenen Ring, besetzt mit winzigen Brillanten, der die Form einer Lilie aufwies. Jules hatte ihn ihr eines Abends gegeben, als er von einem Kartenspiel zurückgekehrt war. Leicht amüsiert hatte er ihr erklärt: »Der Chevalier D'Angoulmême hatte kein Glück im Spiel. Geld hatte er auch keines mehr. Aber seine Ehre hat er gerettet. Was soll ich mit dem Spielzeug? Nimm du ihn.«

Dass der besagte Chevalier ein Mitglied der ältesten französischen Adelshäuser war, spielte in diesen Tagen keine große Rolle. Marie-Anna hatte sich zwar insgeheim gefragt, welches Schicksal diesen Mann wohl ereilt hatte, der aus der Familienlinie stammte, der auch ihre Mutter angehört hatte. Aber dann hatte sie sich darüber nicht weiter den Kopf zerbrochen.

»Nun, Marie-Anna, wie finden Sie sich in Ihrer neuen Stellung zurecht?«

»Gut, Monsieur Faucon. Man akzeptiert mich als die, die ich vorgebe zu sein.«

Sie waren ein wenig von den anderen fortgeschlendert, und Marie-Anna vermutete, dass Faucon von ihr einen Bericht erwartete.

»Das ist ausgezeichnet. Wie beurteilen Sie den Haushalt?«

»Gediegene Bürgerlichkeit, von starker Hand geführt, mit einigen ungewöhnlichen Regelungen.«

»Ungewöhnlich in welcher Hinsicht?«

»Die Prinzipien des Hausherren dürften nicht ganz der Norm entsprechen. Doch sie beziehen sich ausschließlich auf die Haushaltsführung und die Disziplin der ihm angehörenden Personen.«

»Sind sie unbequem zu ertragen?«

»Nein, das kann ich nicht behaupten. Im Grunde sind sie vernünftig. Nun ja, aber das Reglement bezüglich Reinlichkeit, Ernährung und Bildung ist sicher nicht das, was Sie im Besonderen interessiert.«

»Solange Sie nicht in der Form dagegen verstoßen, dass Sie unangenehm auffallen, sicher nicht. Womit beschäftigen Sie sich?«

»Neben dem Unterricht zusammen mit Rosemarie, des Hausherren Nichte, mit der Sammlung, die er anlegt. Wir katalogisieren sie.«

Faucon nickte befriedigt.

»Das hatte ich gehofft. Sind Ihnen Unregelmäßigkeiten aufgefallen, Marie-Anna?«

»Bislang noch nicht. Ich weiß eigentlich auch nicht so genau, wonach ich suchen soll.«

»Da, Mademoiselle, werde ich Ihnen mit dieser Liste gewiss weiterhelfen. Nehmen Sie sie an sich. Sie beinhaltet all die Stücke, die wir gefunden haben. Entweder bei Schmugglern oder Druckern oder anderen verdächtigen Subjekten. Prüfen Sie, ob irgendetwas aus diesem Haus stammt.«

Sie steckte das gefaltete Papier in ihre Handtasche und

meinte: »Ich komme nicht ohne weiteres an die Sammlung heran. Professor Klein ist ihr Kustos.«

»Becircen Sie ihn.«

»Ich habe nichts gegen staubige Arbeiten, aber diesen verknöcherten Gelehrten der Altertumskunde becircen? Eher gelingt es mir bei diesem steinernen Satyr!«

Sie wies auf die Marmorfigur hin, die zwischen den Hecken spöttisch hervorgrinste.

»Satyre pflegen Frauen zu becircen und nicht umgekehrt. Schon gut, finden Sie einen Weg.«

»Sehr wohl, Monsieur le Sous-Préfet.«

»Wie steht es mit englischer Schmuggelware? Mir scheint, man verwendet viel und reichlich teure Luxusgüter in diesem Haus. Gibt es auch ansonsten indischen Tee, Virginiatabak, Bohnenkaffee, weißen Zucker …«

»Ich kann über die Herkunft wenig sagen, Monsieur Faucon, ich rauche keinen Tabak, ich trinke gewöhnlich Pfefferminztee mit Honig, und was in der Küche zubereitet wird, kann ich nicht im Einzelnen beurteilen. Schokoladen hingegen werden vornehmlich von der Dame des Hauses genascht. Aber wenn Sie es wünschen, werde ich versuchen, mit der Köchin Freundschaft zu schließen. Soll ich auch beginnen, Pfeife zu rauchen?«

Faucon erlaubte sich ein kühles Amüsement. »Machen Sie unauffällig Ihre Beobachtungen. Wann haben Sie Ihren freien Tag?«

»Ich kann über den Donnerstagnachmittag verfügen.«

»Suchen Sie mich an dem übernächsten Donnerstag auf, und berichten Sie mir mehr. Wir wollen keine unliebsame Aufmerksamkeit erregen und uns wieder der Gesellschaft anschließen.«

»Befürchten Sie, sich mit mir zu kompromittieren?«

»Ich befürchte allenfalls, Sie zu kompromittieren. Plaudern wir über das Wetter.«

»Es ist wunderbar warm geworden in den letzten Tagen. Erfreulich, dass es zum Osterfest so schön ist.«

»In der Tat, Mademoiselle. Es gibt den Damen doch Gelegenheit, ihre Frühlingsgarderobe auszuführen.«

»Und das schlichte Grau der Gouvernante einmal abzulegen«, bemerkte Valerian Raabe, der hinzugetreten war. »Ein ungewohnter Anblick, Mademoiselle.«

»Ich hoffe, es verstößt nicht gegen Ihre Vorstellung von schicklicher Kleidung, Herr Kommerzialrat.«

»Wäre es so, würden Sie es ändern?«

»Selbstredend, Herr Kommerzialrat.«

»Faucon, Sie erleben Mademoiselle de Kerjean gerade in ungewöhnlich nachgiebiger Stimmung. Das muss an den wärmenden Sonnenstrahlen – oder vielleicht an Ihrer Gesellschaft? – liegen.«

»Gibt sie zu Klagen Anlass, Monsieur Raabe?«

»Weniger als befürchtet. Nur gelegentliche Widerworte, nachhaltige Eingriffe in die häusliche Routine und eine eigene Interpretation der gängigen Erziehungsmethoden.«

»Das scheinen mir keine Kleinigkeiten zu sein.«

»Immerhin hat sie mich davon überzeugt, dass Kinder, denen man die Haselrute über die Handflächen zieht, nicht eben beste Voraussetzungen zum Schönschreiben haben.«

»Wie hat sie Sie überzeugt?«

»Mit einer recht drastischen Demonstration.«

»Vermutlich hätten Sie im Gegenzug eine ähnlich drastische wählen sollen?«

»Es verstößt gegen meine Prinzipien, Damen zu schlagen. Im Grunde auch Kinder. Doch der Hauslehrer sah das anders.«

»Er sah?«

»Inzwischen hat er sich meiner schmerzhaft erworbenen Meinung angeschlossen.«

»Ich finde Herren, die in Gegenwart einer Dame über die Dame plaudern, als sei die Dame nicht anwesend, überaus bezaubernd!«

Faucon und Valerian Raabe drehten sich zu ihr um.

»Touché!«

Der Sous-Préfet verbeugte sich steif vor ihr, ergriff ihre Hand und hob sie bis nahe an seine Lippen. Dann betrachtete er nachdenklich den Ring an ihrer Hand.

»Ein interessantes Muster, Mademoiselle.«

»Ein hübsches Glitzerding, Monsieur, wertlos, außer als Erinnerungsstück an den Geber.«

»Ein Freund von Ihnen?«

»Ja, doch ich hörte, er hat die Stadt verlassen.«

Faucon nickte verstehend.

»Ja, dieses Muster macht eine sehr hübsche Goldschmiedearbeit leider ein wenig wertlos.«

Valerian Raabe besah sich den Ring ebenfalls und murmelte: »Wer weiß? Die Bourbonenlilie ist nie ganz verblüht. Halten Sie ihn in Ehren, Mademoiselle.«

Berlinde und eine Bekannte kamen hinzugeschlendert, und Marie-Anna suchte das Gespräch mit der Gouvernante einer befreundeten Familie. Mit Berlinde von Spangenberg, Madames Schwägerin, war sie bisher einfach noch nicht warm geworden. Zwischen ihnen schwelte eine unausgesprochene Abneigung. Ursula Raabe hingegen hatte ihr inzwischen weitgehend ihre neu erwachte Freundschaft mit Rosemarie verziehen, und belustigt hatte sie mitbekommen, wie sich die Dame des Hauses gegenüber ihren Freundinnen mit der »hochadligen französischen Gouvernante« brüstete.

Als Marie-Anna am Abend über ihrem Tagebuch saß, ruhte die Feder lange müßig in ihrer Hand. Das Zusammentreffen mit Faucon hatte sie daran gemahnt, dass ihre Aufgabe mehr war, als nur nützlicher Teil des Haushalts zu sein. Ein wenig, das gab sie sich selbst gegenüber zu, widerstrebte es ihr, seine Mitglieder zu bespitzeln. Mit den Kindern, vor allem aber mit Graciella zu arbeiten machte ihr Spaß. Rosemarie, die langsam auftaute und Vertrauen zu ihr gefasst hatte, zeigte sich hilfsbereit und freundlich und unter der gebildeten Fassade durchaus mit feinsinnigem Humor begabt. Die Dame des Hauses begegnete ihr zwar abwechselnd überschwänglich leutselig oder völlig gleichgültig, aber nie unerträglich. Berlinde betrachtete sie als unwichtig; sie verbrachte sowieso den größten Teil der Zeit mit Madame zusammen, und der Professor war viel zu sehr mit sich selbst beschäftigt, als dass man ihm große Beachtung schenken musste. Der Herr des Hauses hingegen gab ihr noch manches Rätsel auf. Er ging jeden Werktag morgens aus dem Haus, um sich seinen Geschäften zu widmen, nahm aber das Abendessen mit der Familie ein und verbrachte gelegentlich den Abend im Haus. Sie hatte inzwischen festgestellt, dass er die finanziellen Abwicklungen seines Haushaltes scharf kontrollierte. Sie selbst bekam wöchentlich ihr Gehalt, Rosemarie inzwischen am selben Tag den gleichen Betrag als Taschengeld, Mathilda fand sich ebenfalls samstags ein, um mit ihm die Haushaltsabrechnungen durchzugehen, und sogar Madame legte ihm ihre Rechnungen vor. Sie erhielt ansonsten nur ein kleines Nadelgeld zur freien Verfügung. Seine Anordnungen waren klar und eindeutig und wurden auf den Punkt befolgt. Bislang hatte anscheinend noch niemand Einspruch gegen irgendetwas erhoben, was er bestimmt hatte. Ihr, Marie-Annas, Einschreiten war offenkundig einmalig. Doch hatte er im Fall der Teestunde nachgegeben und sich bei der recht dramatischen Auseinandersetzung um die Prügelstrafe ebenfalls auf ihre Seite gestellt. Maria-Anna lächelte leicht bei der Erinnerung an diese Szene.

Sie hatte an einem Morgen das Schulzimmer betreten und um schriftliches Arbeiten gebeten. Dabei war ihr das seltsame Verhalten von Yannick aufgefallen, und als sie nachforschte, war zu Tage getreten, dass Professor Klein den Jungen während seines Unterrichts – wegen wiederholten Störens natürlich – mit der Gerte gezüchtigt hatte. Marie-Anna war durchaus der Meinung, besonders renitente Kinder verdienten schon mal eine Ohrfeige, aber die Hände blutig zu schlagen störte ihren Sinn für Gerechtigkeit. Sie stellte das Züchtigungsinstrument sicher und bat am Abend um eine Unterredung mit dem Herrn des Hauses. Valerian Raabe wies sie kurz ab und stellte die Bestrafung als Nichtigkeit hin, die vermutlich gerechtfertigt war.

»Ich bin als Junge von meinen Lehrern und meinem Vater ebenso durchgeprügelt worden und habe dennoch überlebt. Und auch Sie werden so etwas erlebt haben, widersätzig, wie Sie sind.«

»Natürlich, Herr Kommerzialrat. Aber man hat mir – pardon – den Hintern versohlt. Nicht die Handflächen blutig geschlagen. Und Ihnen, Herr Kommerzialrat?«

Es schien, als ringe er kurz um seinen gewohnten Ernst, doch dann fasste er sich und meinte: »Was für einen Unsinn berichten Sie da. Sie übertreiben mit Ihrer Empfindsamkeit. Niemand wird hier blutig geschlagen!«

»Glauben Sie mir nicht? Sie sollten sich Yannicks Hände mal ansehen.«

»Womit sollte er geschlagen worden sein?«

»Damit. Und wenn Sie mir nicht glauben, es sei möglich, dann strecken Sie mal Ihre Hand aus!«

Er hatte trocken gelacht und seine Rechte über den Tisch gereicht. Marie-Anna hatte ihm die Gerte darübergezogen. Nicht sehr fest.

Und das wusste er.

»Teufel!«, war sein Kommentar, als er die brennende

Handfläche betrachtete. »Da werde ich wohl etwas tun müssen. Aber haben Sie auch eine Idee, wie man den kleinen Tunichtgut bändigen soll?«

»Die hätte ich, aber ich werde mich hüten, Ihnen das vorzuschlagen.«

»Weil Sie sich wieder eines Eingriffs in die Organisation meines Haushaltes schuldig machen würden, nehme ich an.«

»Wie Sie sagen, Herr Kommerzialrat.«

Es hatte aber ebenso andere Fälle gegeben, in denen sie sich, murrend zwar, anpassen musste. Insbesondere wenn es um Graciellas Unterricht und Erziehung ging. Die Lektüre bestimmte er, gemeinsame Ausflüge in die Stadt mussten von ihm gutgeheißen werden, den Gebrauch von Kosmetika, in den Marie-Anna Graciella auf deren Bitten eingeführt hatte, wurde strengstens gerügt und untersagt, ein gemeinsam genähtes, modisches Kleidchen in den Schrank verbannt, der Besuch einer Theatermatinee missbilligt und die Bitte um Aufstockung des kleinen Taschengelds abgelehnt. Zumindest kümmerte er sich als Vater eingehend um die Ausbildung seiner Tochter – etwas, das die Mutter eher lässig anging.

Valerian Raabe schien Marie-Anna noch immer rätselhaft, und besonders verblüfft hatte der Kommerzialrat sie am heutigen Tag, als er auf eine geradezu leichtherzige und belustigte Weise mit dem Sous-Préfet über sie und mit ihr geplaudert hatte.

Und nicht zuletzt fragte Marie-Anna sich, was es mit seiner heiseren und tonlosen Stimme auf sich hatte.

Am Dienstag nach Ostern war wieder Normalität eingetreten, wenn auch in modifizierter Form. Es war jetzt Rosemarie, die die Aufgabe übertragen bekommen hatte, den Kindern Geografie und Geschichte beizubringen und die Schreib- und Rechenübungen zu überwachen. Die Naturkunde, hatte Valerian Raabe angeordnet, wollte er selbst in den Sommerferien übernehmen, wenn sie gemeinsam auf das Gut seiner Eltern fuhren. Rosemarie war ein wenig verunsichert gewesen, aber erstaunlicherweise verhielten sich ihre drei Schüler geradezu mustergültig.

»Ich weiß, Papa ist ein wirklich großer Gelehrter«, bemerkte sie zu Marie-Anna, als sie nachmittags bei ihren Zeichnungen saßen. »Aber er vermittelt sein Wissen unsagbar trocken. Außerdem hält er es für unter seiner Würde, Kinder zu unterrichten. Ich glaube, im Grunde ist er ganz froh, dass ich ihm diese Bürde abnehmen soll. Auch wenn er ein missmutiges Gesicht gezogen hat.«

»Kann er – pardon, Rosemarie – überhaupt ein anderes ziehen?«

»Schon lange nicht mehr. Es hat ihn tief getroffen, als die Franzosen die Universität aufgelöst haben.«

»Er hätte in eine andere Stadt, an eine andere Universität gehen können.«

»Ich weiß nicht. Ich glaube, er hasst Veränderungen.«

»Nun ja, seine Arbeit hier ist ja auch sehr nützlich. Ich finde es sogar recht interessant, diese Sachen zu katalogisieren. Man lernt eine Menge dabei. Übrigens – du bist doch in Latein bewandert. Kannst du mir übersetzen, was das heißt?«

Marie-Anna reichte Rosemarie einen Zettel über den Tisch.

»Mors Porta Vitae – der Tod ist die Pforte des Lebens. Woher hast du das denn?«

»Das steht in dem Ring, den ich besitze.«

»Woher stammt er?«

»Ich weiß es nicht, ein Freund hat ihn mir geschenkt.«

»Ein Freund?«

»Rosemarie, wirst du auf deine alten Tage noch neugierig?«

Rosemaries blasses Gesicht rötete sich etwas.

»Psst, ich wollte dich nur foppen.«

Es klopfte an der Tür, und Valerian Raabe trat von der Bibliothek her ein.

»Meine Damen«, unterbrach er sie freundlich. »Dürfte ich Sie bitten, uns Ihren Sachverstand zur Verfügung zu stellen?«

»Aber gerne, Onkel. Was können wir für Sie tun?«

»Ich habe einen Herren empfangen, der mir ein interessantes Angebot gemacht hat. Bitte geben Sie Ihre Meinung dazu ab.«

Marie-Anna und Rosemarie folgten ihm in die Bibliothek, einen Raum, der in helles Licht von den beiden großen Fenstern getaucht war. Die vier Ecken füllten weiße kannelierte Säulen, dazwischen befanden sich deckenhohe Regale, die eine wohl geordnete Fülle von Büchern enthielten. Ursula Raabe stand am Fenster und begutachtete etwas in ihrer Hand. In einem Fauteuil saß der Besucher in lässiger Haltung. Er trug einen ausnehmend modischen Frack mit hoher Taille, eine auffällig gemusterte Weste und helle Pantalons. Bemerkenswert war sein gut frisiertes, volles Haar, dessen blonde Locken im Sonnenlicht schimmerten. Ein Schnauzbart verdeckte seine Oberlippe, aber man sah das strahlende Lächeln, mit dem er die beiden jungen Frauen begrüßte. Eilfertig erhob er sich von seinem Sitz.

»Darf ich Ihnen Herrn Markus Bretton vorstellen? Meine Nichte, Fräulein Klein, und Mademoiselle de Kerjean.«

Markus Bretton verbeugte sich mit mustergültiger Eleganz, aber sein Blick blieb mit großer Intensität an Marie-Anna hängen. Sie schüttelte beinahe unmerklich den Kopf, und er wandte sich Rosemarie zu.

»Dem Urteil dieser beiden reizenden Damen beuge ich mich selbstverständlich. Welche wird das Geschmeide tragen dürfen?«

»Weder die eine noch die andere, Herr Bretton«, rügte ihn die Dame des Hauses scharf. »Sie gelten lediglich als fachkundig. Beide erstellen den Katalog der Sammlung meines Gemahls.«

Valerian Raabe erklärte zu den beiden jungen Frauen gewandt: »Hier ist ein außerordentliches Schmuckstück, das man mir zum Kauf anbietet. Geben Sie bitte Ihre Meinung dazu ab.«

Ursula Raabe legte das rote Samtkissen auf den Tisch. Darauf befand sich ein wirklich ausgefallenes Collier. Es bestand aus sieben Gemmen, Intaglienarbeiten in schwarzem Onyx, in filigranes Gold gefasst.

»Erstaunlich.«

Rosemarie beugte sich darüber, und auch Marie-Anna trat näher.

»So etwas habe ich in ähnlicher Form bisher nur bei einigen römischen Schmuckstücken gesehen«, stellte sie fest. »Aber die Fassung scheint mir sehr neuzeitlich.«

»Kein antikes Collier demnach.«

»Nein«, fügte Rosemarie bestimmt hinzu. »Möglicherweise die Gemmen, nicht die Fassung. Älter als zehn Jahre wird sie nicht sein. Diese Art Ornamente werden noch nicht lange hergestellt.«

»Sie hören, Herr Bretton?«

»Mir ist es als antik verkauft worden.«

»Ich kaufe es Ihnen aber nicht als antik ab.«

»Das bedauere ich, aber ich werde wohl andere Käufer finden.«

»Trauen Sie denen ebenfalls einen gewissen Sachverstand zu?«

»Valerian, Ihre beiden Sachverständigen bezweifeln nicht das Alter der Gemmen!«, bemerkte Ursula spitz.

»Sehr richtig, Herr Raabe.«

»Nun gut, ich kaufe Ihnen die Gemmen ab. Zu einem angemessenen Preis. Meine Damen …«

Marie-Anna und Rosemarie nickten dem Besucher zu, zogen sich lautlos zurück und schlossen die Tür hinter sich.

»Oh!«, entfuhr es Rosemarie.

»Tja, Markus Bretton ist beeindruckend.«

»Ihr kennt euch. Ich habe seinen Blick gesehen. Ist er der – Freund?«

»Nein. Aber ich kenne ihn flüchtig. Dein Onkel hat sehr Recht, wenn er misstrauisch seinen Angeboten gegenübersteht. Markus Bretton verfügt über eher dubiose Quellen.«

»Andererseits sind die Gemmen wirklich schön. Ich würde sie mir gerne näher betrachten.«

Sie kamen noch in der nächsten Stunde dazu.

»Ich danke Ihnen für die Unterstützung, meine Damen. Hier ist das Objekt. Ich erwarb es zu einem passenden Preis.«

Die schwarzen Steine schimmerten dramatisch auf dem roten Samt.

Marie-Anna griff zur Lupe: »In der Mitte Jupiter, in den Wolken thronend, majestätisch, den Blitze schlagenden Stab in der Hand.«

»Rechts daneben die Gemme mit der flammenden Sonnenscheibe und links die des Mondes«, beschrieb Rosemarie.

»Neben der Sonne Mars, mit Schwert, Lanze und Schild, ziemlich spärlich bekleidet. Ebenso wie Venus zur Linken des Mondes. In ihrer Hand der Spiegel.«

Valerian Raabe fügte hinzu: »Der flügelfüßige Merkur ganz rechts und links außen der strenge Saturn mit Sense und Sanduhr. Ein Planetencollier. Es heißt, Kaiserin Josephine habe solches Geschmeide in Mode gebracht. Ihre Beurteilung war richtig. Über die Herkunft kann ich jedoch nur spekulieren. Wir nehmen es nicht in die Sammlung mit auf. Meine Frau wird es tragen.«

Als er gegangen war, murmelte Rosemarie: »Wahrscheinlich lässt sie sich eine rote Samtrobe dazu machen.«

»Auf dem roten Sofakissen sahen sie doch prächtig aus.«

»Eben.«

Marie-Anna und Rosemarie kicherten. Die derzeitige Mode, die ohne Korsagen und heimliche Stützen getragen wurde, unterstrich schlanke, zierliche Figuren. Derart üppige Gestalten wie die von Ursula Raabe brachte sie eher unvorteilhaft zur Geltung.

»Und hiermit endet das erste Tagebuch der Marie-Anna.«

»Und es könnte den schönen alten Titel tragen: ›Im Hause des Kommerzialrats‹.«

»Eugenie Marlitt, genau. Oder war es die Courts-Mahler?«

»Wovon sprecht ihr?«, wollte Cilly wissen.

»Von zwei berühmten Schriftstellerinnen des neunzehnten Jahrhunderts. Bekannt als Massenproduzentinnen von Schmachtromanen. Ich gestehe, sie in meiner sündigen Jugend ebenfalls verschlungen zu haben.«

»Du auch? Ich fand es immer so ermutigend, wenn diese armen Komtesschen hinterher doch das ihnen vorenthaltene Vermögen und ihren heimlichen Geliebten bekamen. Ganz wie im richtigen Leben.«

»Andererseits haben beide Autorinnen dazu zeitauthentische Sittengemälde geliefert. So völlig verachten sollte man diese Werke nicht. Der Gefühlsüberschwang mag zwar manchmal mit ihnen durchgaloppiert sein, aber die Atmosphäre stimmt.«

»Und wir haben auch mal wieder alle Beteiligten beisammen, nicht wahr? Sogar der Ring ist aufgetaucht.«

Cilly schien sehr befriedigt darüber.

Ich genauso.

»Gut, ich werde mich also diese Woche auf das nächste Heft stürzen. Für euch hätte ich hier eine Einladung zum Ball und weitere Zeitungsartikel. Wollt ihr daraus etwas machen?«

»Au ja, gib her. Wann hast du das zweite Tagebuch fertig gelesen?«

»Cilly, wir hatten uns auf die Wochenenden geeinigt, nicht wahr?«

»Könnten wir nicht schon am Mittwochabend weitermachen? Roses Finissage am Donnerstag fällt ja aus. Und wir haben ihr ganzes Gelump doch schon hertransportiert.«

»Nun ja, viel zu tun haben wir im Augenblick ja nicht...«, sinnierte Rose.

»Du hast Schule, Cilly. Hausaufgaben, Klassenarbeiten, Referate...«

»Aber doch nicht den ganzen Tag. Abends hab' ich frei, und ich finde die Geschichte besser als fernsehen.«

»Da ist was dran.« Das musste ich zugeben. »Na gut, Mittwoch am späten Nachmittag. Ihr versorgt mich mit Nahrung, dafür übersetze ich für euch. Ich hoffe nur, Uschi bringt mich nicht so aus dem Konzept, dass ich mich nicht mehr konzentrieren kann.«

»Ach Gott, ja. Sie ist heute zurückgekommen, nicht wahr?«

»Ja, und ich werde sie morgen besuchen. Der Befehl hat mich schon ereilt.«

10. Kapitel

Ein unangenehmer Verdacht

Um vier Uhr war ich am Montag zu meiner Mutter bestellt. Sie war am Sonntag gegen Mittag eingetroffen und hatte von Tilly natürlich von meinem Besuch gehört. Dass ich Julians Zimmer aufgesucht hatte und vom Dachboden den Koffer mitgenommen hatte, wusste sie ebenfalls.

»Hallo, Uschi, du siehst wunderbar aus. Der Urlaub ist dir gut bekommen!«, begrüßte ich sie freundlich, als mir Tilly die Tür zum Wohnzimmer öffnete.

»Du schaffst es, die gesamte Erholung mit einem Schlag zunichte zu machen!«, war ihre kalte Antwort.

»Aber warum denn? Ich habe dir doch nichts getan!«

»Nicht? Du bist, kaum dass ich das Haus verlassen habe, hier eingedrungen und hast herumgeschnüffelt. Was hast du eigentlich gesucht?«

»Darf ich mich setzen?«

»Tu nicht so höflich. Was wolltest du hier?«

»Unterlagen über Julians Familie sicherstellen.«

»Über Julians Familie? Du bist in seinem Zimmer gewesen. Da sind keine Unterlagen.«

»Richtig.«

»Was hast du von dort mitgenommen?«

»Ein Buch mit Gedichten.«

»In dem Zimmer sollte nichts angerührt werden. Ich will nicht, dass jemand seinen Raum betritt. Dort hat er noch am Abend vorher…« Sie schluchzte auf, aber diesmal rührte mich ihre Theatralik nicht im Mindesten.

»Uschi, du hast eine neue Frisur, ein superchices neues Kostüm und einen neuen Mann in deinem Leben. Hör auf, die gebrochene Trauerweide zu geben. Das zieht bei mir nicht mehr.«

»Wie redest du eigentlich mit mir!«

»Wie du es verdienst.«

»Ich bin deine Mutter, ich habe meinen Mann verloren. Hast du denn gar kein Mitgefühl? Du nimmst mir die letzten Erinnerungen an ihn.«

»Quatsch. Du hast doch selbst schon die Schränke im Schlafzimmer ausgeräumt. Wird Herr Schwartz dort in Bälde einziehen?«

»Hast du auch in meinem Schlafzimmer herumgewühlt? Ist denn hier gar nichts mehr vor dir sicher?«

»Hab' ich nicht, Tilly hat es mir verraten. Was willst du eigentlich von mir? Julians Sachen gehören dir nicht alleine. Seine Familie ist gleichzeitig auch meine. Und wenn ich Unterlagen darüber haben will, dann stehen sie mir zu.«

»Was für Unterlagen meinst du überhaupt? Doch nicht das Gedichtbuch?«

»Nein, alte Tagebücher.«

»Julian hat nicht Tagebuch geführt! Das wüsste ich. Was immer ihn bewegt hat, hat er mir anvertraut.«

Außer so delikaten Dingen wie eine weitere Tochter und eine heimliche Brieffreundin, dachte ich. Antworten tat ich jedoch: »Nicht Julians Tagebücher, die seiner Vorfahren. Und diese Hefte waren in dem Koffer, den ich mitgenommen habe.«

»Was willst du mit dem Schrott?«

»Familienforschung betreiben!«

Sie fixierte mich mit ungläubigem Blick.

»Jetzt fängst du genauso damit an. Es hat mir gereicht, dass Julian ständig auf seiner ach so bedeutenden Familie herumgeritten ist. Ich bin ja bloß die Tochter eines kleinen Konditors. Mit den vornehmen Kaisers konnten wir es nie aufnehmen.«

»Sag mal, beglückst du deinen neuen Freund eigentlich auch pausenlos mit derartigen Giftattacken?«

»Anahita!«

»Ist doch wahr. Meine Güte, können wir uns denn nicht mal vernünftig unterhalten?«

»Worüber? Dass du mein Haus plünderst?«

»Dein Haus? Nicht ganz, Uschi. Nicht ganz. Darüber haben wir ebenfalls noch ein Wort zu verlieren.«

»Wie meinst du das?«

Sie wurde misstrauisch.

»Du willst es doch verkaufen.«

»Was geht dich das an?«

»Ziemlich viel, Uschi. Ich habe das Vorkaufsrecht. Du wirst dich also mit mir darüber verständigen müssen.«

Sie war sprachlos. Ich nahm an vor Wut.

Ich hatte Recht. Als sie wieder über ihre Stimme gebot, machte sie mich verbal derartig nieder, wie ich es noch nie erlebt hatte. Doch seltsamerweise prallte ihre Gehässigkeit an mir ab. Es war etwas geschehen, das mir Schutz gab, das mich nicht mehr verletzlich machte. Sie war nicht mehr meine Mutter, die das Recht hatte, mein Verhalten zu kritisieren, die mit Verboten und Strafen mein Leben reglementieren konnte oder deren Liebesentzug mir Schmerzen bereitete. Sie war eine Fremde für mich geworden, die auf der Klaviatur der Emotionen spielte, ohne wirklich echte, tiefe Gefühle zu kennen.

»Bist du jetzt fertig?«, fragte ich, als ihr Lamento sich dem Ende näherte.

Auch sie war plötzlich beherrscht und kühl.

»Du hast noch einen Haustürschlüssel für dieses Haus. Gib ihn mir. Und dann lass dich hier nie wieder blicken!«

Ich nahm den Schlüssel aus der Tasche und legte ihn vor mich auf den Tisch.

»Wie du wünschst, Mutter.«

Ich stand auf und ging ohne Gruß. Die zukünftige Verständigung würde über Dr. Schneider, den Notar, laufen. Der Ärmste, er würde einiges abbekommen.

Ich fuhr konzentriert und vorsichtig zurück, aber auf halber Strecke musste ich dann doch anhalten. Ich fuhr auf einen kleinen Parkplatz, eine Sammelstelle für Jogger und Inlineskater, die sich auf den Waldwegen austoben wollten. Bis zu diesem Moment hatten meine Nerven bewundernswert mitgespielt, jetzt versagten sie. Ich legte den Kopf auf das Lenkrad und wartete, dass das Zittern aufhören würde.

Irgendwann vernahm ich wieder das Zwitschern der Vögel und sah das helle Grün der eben aufbrechenden Blattknospen. Ein Kuckuck rief ganz in der Nähe seinen Namen, und ein Windstoß trieb eine Wolke weißer Blütenblätter über die Scheiben meines Autos. Ich stieg aus und atmete die süße Frühlingsluft ein. Die dunkle Wolke, die mich umgeben hatte, löste sich allmählich auf. Eine halbe Stunde lang ging ich durch den lichten Wald, freute mich an den weißen Buschwindröschen, die sich unter den kaum belaubten Bäumen ausbreiteten, und den blauen Veilchen am Wegesrand. Ich wollte nur in der Gegenwart, ganz im jetzigen Augenblick sein und sowohl Vergangenheit als auch Zukunft vergessen. Beides schien zu übermächtig geworden zu sein in der letzten Zeit.

Es half. Mein inneres Gleichgewicht war einigermaßen wiederhergestellt, als ich zum Parkplatz zurückkam. Ich setzte mich ins Auto und stellte den Motor an. Aus dem Radio klang eine süße, einschmeichelnde Melodie, und ich nahm sofort die Hand von der Gangschaltung. Eine Frauenstimme, ein rauchiger Alt, sang das »Lied«.

Fassungslos hörte ich zu. Es war eine wunderbar gefühlvolle Interpretation, und erneut war es ein tiefer Trost, der daraus klang und mich umgab.

Danach kam es. Ein Interview mit der Sängerin, die sich Denise nannte. Eigentlich, erklärte sie, sei sie Konzertsängerin, klassisch. Gelegentlich mal Chansons. Aufnahmen gab es auch von ihr, doch nur mit anderen Interpreten zusammen. Dieses war ihr erstes und einziges Solostück. In Memoriam. Einem Musiker gewidmet, den sie sehr verehrt habe, Julian Kaiser. Von ihm komponiert und arrangiert.

Anschließend brachten sie die Nachrichten.

Ich fuhr nach Hause und nahm die Briefe aus der Mappe, die mir Rose wieder mitgegeben hatte.

»Die eine namenlose, immerwährende Sehnsucht erträgt.«

Natürlich, D-e-n-i-s-e.

Welche Denise?

Da gab es verschiedene Möglichkeiten. Den Sender anrufen, das Internet befragen, in ein Musikgeschäft gehen, Julians Agenten anrufen.

Letzteres schien mir das Einfachste. Doch bevor ich die Nummer herausgesucht hatte, klingelte das Telefon.

»Hallo, Ana? Anahita Kaiser?«

»Ja, die bin ich nun mal.«

»Ich bin's, Jan. Leg nicht gleich wieder auf, Ana. Bitte.«

»Aber nein, warum sollte ich? Wie geht's dir, Jan?«

»Ich lebe. So irgendwie. Ich hab' gehört, du bist durch mich in Schwierigkeiten gekommen.«

»Aber nein, Jan. Haben sie dich auch vernommen?«

»Ja, und die ganzen alten Kamellen wieder aufgewärmt. Jennifers Tod und so. Ich hab' die letzten Tage viel an dich gedacht. Bei dir ist auch einiges passiert, nicht?«

»Ja, das ist es wohl.«

»Du hast eine neue Adresse, nicht? Hab' deine Telefonnummer ziemlich suchen müssen.«

»Na, du hast sie ja gefunden. Und was machst du jetzt? Bist du mit dem Studium fertig?«

»Nee. Abgebrochen. Es ging nicht mehr, weißt du. Ich… ich hab jetzt mit ein paar Freunden einen Entrümplungsdienst. Sag mal, wär das sehr blöd, oder könnten wir uns mal wieder treffen? Ich wohne noch in Köln. Ist doch nicht weit. Nur mal so einen Kaffee trinken.«

Ich sah den schlaksigen Jan vor mir, drei Jahre jünger als ich, wissbegierig, hilfsbereit und mit viel zu vielen Nerven an der Oberfläche. Dass er seine Zwillingsschwester, seinen Halt im Leben, verloren hatte, war ihm erschreckend nahe gegangen; als man ihn anschließend wegen Drogenbesitz festgenommen hatte, warf es ihn beinahe aus der Bahn. Ich verlor ihn, nachdem wir unsere gemeinsame Wohnung aufgelöst hatten, aus den Augen. Vielleicht war es ganz gut, wenn wir uns wieder einmal trafen. Ich sagte zu, mich am folgenden Tag in unserem ehemaligen Stammcafé mit ihm zu treffen.

Dann rief ich Julians Agenten an und erfuhr, dass die Sängerin Denise einen bürgerlichen Namen und eine Adresse in Ahrweiler besaß.

Was ich mit diesem Wissen anfangen sollte, fiel mir im Augenblick noch nicht ein. Darum machte ich mich über Marie-Annas Tagebücher her, was mich bis spät in die Nacht beschäftigte.

Jan sah genauso aus, wie ich ihn in Erinnerung hatte. Mit schlenkernden Armen kam er auf mich zu und umarmte mich. Brüderliches Küsschen, Küsschen, ein strahlendes Lächeln. Er setzte sich zu mir an den Tisch.

»Hübsch siehst du aus. Fast noch hübscher als früher. Darf ich doch sagen, oder?«

»Natürlich. Ich trage die Schramme da in meinem Gesicht mit Anstand.«

»Ist das bei dem Unglück passiert?«

»Ja, ein Vermächtnis. Die Plastikchirurgen wollten sie wegbügeln, aber ich glaube, ich behalte sie.«

»Ja, man braucht seine Erinnerungen, selbst an solche Dinge.«

Es war warm genug, um draußen zu sitzen, und vor uns lag das Rheinufer.

»Woran arbeitest du derzeit, Ana? Hab' gehört, du hast deinen Doktor gemacht. Kann man als Kunsthistoriker damit etwas anfangen?«

»Wenn man nicht gerade das Opfer der Skandalpresse ist und unter dem Verdacht steht, den eigenen Vater aus Habgier um die Ecke gebracht zu haben. Ach ja, was meinst du? Könnte ich noch eine Karriere in der Entrümpler-Branche starten?«

»Gerne, wenn du nichts gegen schmutzige Arbeiten hast.«

»War nicht ernst gemeint. Zurzeit helfe ich meiner Schwester beim Restaurieren alter Glasfenster. Das hält in Übung. Aber erzähl mal von deinem Job.«

»Der ist ganz o.k. Es waren ein paar Studenten, die damit angefangen haben. Ich hab' ein paarmal ausgeholfen. Dabei hab' ich gemerkt, dass die da zum Teil ganz schön wertvolle Sachen abschleppen und auf den Müll gekippt haben. Also hab' ich den Vorschlag gemacht, dafür einen Absatzmarkt zu finden.«

»Auf diese Weise sind Leute schon zu Millionären geworden.«

»So weit geht's noch nicht, aber es bringt was ein. Erst haben wir es mit Flohmärkten versucht. Ich meine, du kannst dir gar nicht vorstellen, was manche Leute so in ihren Garagen, Kellern, Schuppen oder Dachböden ansammeln. Die sind immer heilfroh, wenn jemand ohne groß zu fragen das Zeug abschleppt. Zahlen tun die zusätzlich dafür!«

»Was findest du denn so? Schon mal einen alten Meister oder ein geschnitztes Altarbild?«

»Da wart' ich noch drauf. Nee, aber alte Bücher, manchmal richtig gut erhalten. Geht an die Antiquariate. Klamotten, da haben wir ein Mädchen, das die ganz nett wieder herrichten kann. Sie gehen in den Secondhand-Laden. Manchmal finden wir auch Pelze, vertitschen wir an einen Kürschner. Metalle liefern wir beim Altwarenhändler ab. Einmal haben wir eine ganze Rolle Kupferkabel abgeräumt. Das hat richtig Knete gebracht. Einen alten Patentherd haben wir gefunden, den haben wir inseriert. Ging weg wie nix. Eine komplette Modelleisenbahn – ich sag dir, die Leute haben uns beinahe die Bude eingerannt. Es ist zwar zu einem Großteil wirklich alter, dreckiger Mist, den wir ausräumen, aber ich hab' da eine Adresse aufgetan, bei der wir unsere besseren Funde anbringen können. Weißt du, so altes Geschirr, Nippes, Gläser, Bestecke. Neulich hatten wir mal ein Silberbesteck, Marke Jahrhundertwende. Unvollständig, aber gut zum Ergänzen.«

»Wer nimmt euch das ab?«

»Du wirst es nicht glauben, ein renommiertes Haus, R&C-Antiquitäten. Kennst du das?«

»Ja, zufällig. Machst du deine Geschäfte mit Valerius Corvin?«

»Ja. Supertyp, der Mann. Echt fair.«

»Mh.«

»Hey, kennst du den etwa?«

»Mh.«

»Hey, Ana! Der Typ ist auch ziemlich sexy, was?«

»Auch.«

»Erzähl!«

»Nein, erzähl du mir erst ein bisschen von ihm. Ich habe da Lücken auszufüllen.«

Jan grinste mich mit Verständnis in den Augen an. Er war ein guter Freund. Darum erzählte er, ohne weiter zu fragen.

»Na ja, ich kam da vor ungefähr zwei Jahren mal hin und wollte den Chef sprechen. Die Sekretärin ist süß, ein chinesisches Porzellanpüppchen. Aber pfiffig. Die taxierte mich und meine Meißener Schäferin und schickte mich dann nach hinten. Nach hinten ist gut, dachte ich. Das war eine Werkstatt, voller halb zerfallener Möbel. Ich wollte schon meine Jungs anrufen und sagen, hier gäb's 'ne ordentliche Fuhre Brennholz abzukarren. Aber dann fiel mein Blick auf die andere Seite des Raumes, und da standen ein paar exquisite Kommödchen. Zwischen dem Schrott und den Edelteilen werkelte ein Blaumann rum. Schliff, dass es nur so staubte, an einem grässlich lackierten Schrank herum und war daher mehr oder weniger grün gesprenkelt. Er hatte so eine Schutzmaske auf, darunter war er bärtig. Ich also hin und frag ihn, wo der Chef ist. Fragt er zurück, was ich wolle, und ich sag ihm, das erklär ich nur dem Chef und nicht dem Werkstatt-Fuzzi. Hat mich einen Moment komisch angesehen, der Typ, dann gegrinst, die Schutzmaske hochgeschoben und sich mit einem Tuch den Staub aus dem Gesicht gewischt. ›So, da ist der Chef!‹, hat er gesagt. Ich kam mir ziemlich dämlich vor, aber das hatte ich nicht erwartet von jemandem, dem dieser piekfeine Laden gehört. Er meinte, er arbeitet gerne selbst Möbel auf, und ich sag dir, er macht das saugut. Dann haben wir uns über die Schäferin unterhalten, kamen ins Schwatzen über Stilrichtungen und Geschichte, und dann hatte ich ihm plötzlich vom Studium erzählt, mit ihm eine Flasche Rotwein geleert. Er kam dann ebenfalls ins Reden und hat mir erzählt, dass er auch mal so anfangen musste. Also, alten Kram aufkaufen und verwerten. Dabei hat er wohl hin und wieder die Leute beduppt. Also nicht das bezahlt, was es wirklich wert war. Na ja, er ging wohl beruflich einige Zeit mal ziemlich mit dem Hintern auf Grundeis. Jedenfalls, als wir die Flasche leer hatten, bekam ich von ihm den Auftrag, was immer ich Verwertbares fände, es erst einmal zu ihm zu bringen. Seither fluppt der Handel.«

»Was ist mit Belinda?«

»Die Schnepfe im Laden? Brauchst du dir keine Gedanken drum zu machen. Ich meine, wenn's dir ernst ist, hast du mit ganz anderer Konkurrenz zu rechnen. Auf den Typen fliegen die Frauen. Ich hab' ihn bisher mindestens drei verschleißen sehen.«

»Mh.«

»In diesem Jahr noch keine.«

»Mh.«

»Oder doch?«

»Weiß ich noch nicht.«

»Komm, jetzt bist du aber dran mit Erzählen.«

»Na gut.«

Also erzählte ich eine halbwegs jugendfreie Fassung von meiner Beziehung zu Valerius. Stellenweise brüllte Jan vor Lachen, aber als ich fertig war, meinte er nachdenklich: »Verfahrene Situation. Aber wahrscheinlich ist es das Beste, was du machen kannst. Du wirst ihn tiefer beeindruckt haben, als es ihm lieb ist, und darum hat er wahrscheinlich ein Problem. Er kann dich nicht einfach anrufen und sagen: ›Hey, Mädchen, waren zwei hübsche Quickies, aber mehr ist nicht drin.‹ Also, ich könnte das nicht. Ich denke, er wartet ab, bis sich die Wogen gelegt haben.«

»Kann sein.«

»Du bist anders als die Frauen, mit denen ich ihn bisher gesehen habe. Das waren smarte Geschäftsfrauen, kühl bis ans Titanstahlpümpchen in ihrer Brust. Belinda war ein echter Ausrutscher, vermutlich ein unzeitgemäßer Testosteronschub oder so. Du wärst schon ganz richtig für ihn. Er braucht jemanden mit mütterlichen Fähigkeiten.«

»Ach, du großer Gott. Na, die gehen mir aber gänzlich ab, Jan.«

»Überhaupt nicht, Ana. Wenn ich an Jennifer denke…«

»Jan, sie war krank. Valerius ist ein reichlich gesunder und erfolgreicher Mann.«

»Eben. Er ist unheimlich diszipliniert, wahnsinnig ehrgeizig, knallhart im Geschäft und auf Auktionen ein echtes Erlebnis. Wird Zeit, dass was Weiches in sein Leben kommt.«

»Hör mal, ich bin weder das Muttertier, noch falle ich unter die Gattung der Kuschelpuschel.«

»Nach außen hin nicht, Ana. Das ist ja das Gute dran. Was hast du eigentlich gegen Mütterlichkeit?«, fragte er sanft. »Es bedeutet Schutz und Heimkommen, und das braucht gerade ein erfolgreicher Mann, der sich täglich dem Kampf stellt. Ich sag' ja nicht, du sollst das Heimchen am Herd sein. Es ist mehr die geistige Einstellung, weißt du. Dass man irgendwohin zurückkommen kann, wo einem die zerschrammten Knie verbunden werden und der heiße Tee bereitsteht, so im übertragenen Sinn, meine ich. Ohne großes Theater drum. Ja, und wo man festgehalten wird, ohne dass man darum bitten muss. Ich weiß nicht, ob ich mich richtig ausdrücke, Ana. Aber ich glaube, du könntest das ganz gut.«

»Woher nimmst du diese Weisheit, Jan?«

»Ich laufe nicht blind durch die Welt.« Er lächelte traurig. »Außerdem hat mir Jenny das mal so erklärt. Sie hat dich so gesehen.«

»Ja, Jennifer war eine gute Beobachterin. Wahrscheinlich viel zu gut.«

»Du versteckst dich gerne hinter der kühlen Maske, Ana. Wirst schon wissen, warum.«

Dem gab es nicht viel hinzuzufügen.

Jan wischte schließlich mit einer Handbewegung die Melancholie aus seinem Gesicht und erzählte mit einem spitzbübischen Grinsen: »Übrigens, du müsstest mal erleben, wie Sweet Cosy mit deinem Valerius umgeht. Die hat ihn voll im Griff.«

»Was bedeutet?«

»Sie kommandiert ihn! Im Geschäft, nicht privat. Die Baustelle könntest du übernehmen. «

»Ich finde dich erfrischend, Jan.«

»Immer gern zu Diensten. Wer hatte denn nun wirklich die Finger im Spiel bei dem Unfall deines Vaters?«

»Gehen wir ein Stück am Rhein entlang?«

»Gehen? Du meinst wirklich – gehen?«

»Wir gehen. Es ist gut für die Ohren.«

»Oh, ich verstehe. Na, dann gehen wir eben. Aber nicht so weit.«

»Faulpelz!«

»Wenn du wüsstest, was ich zu schleppen habe.«

»Schon gut.«

Wir spazierten hinunter zum Ufer, und ich warf den Enten ein paar Krümel meines zu trockenen Kuchens zu, den ich nur zur Hälfte gegessen hatte.

»Na los, Ana, was geht ab in der Sache?«

»Es hat etwas mit der Mütterproblematik zu tun, Jan. Der peinliche Verdacht, der mich seit den letzten Gesprächen mit Kommissarin Frederika – du kennst sie vermutlich auch – bewegt, ist, meine liebende Mutter könne die Bonbons mit pulverisierten Beruhigungsmitteln versetzt haben.«

»Scheiße.«

»Kann ich meine Mutter anzeigen? Ich stehe mich nicht gut mit ihr, aber – erstens, ich muss es nicht, denn sie ist meine nächste Verwandte, und – zweitens, trotz allem, ich bringe es nicht über mich. Meine Nächte sind derzeit nicht besonders erholsam, weißt du.«

Ich drehte mich um und lehnte mich an ihn. Er wickelte seine langen Arme um mich und streichelte meinen Rücken.

»Das glaube ich dir.«

»Du bist der Erste, dem ich das überhaupt anvertraue, Jan. Noch nicht einmal Rose habe ich davon erzählt.«

»Meine Güte, du sitzt aber auch in vielen Zwickmühlen.«

»Ja, das Zwicken will überhaupt nicht aufhören.«

»Willst du nicht doch mit Corvin darüber sprechen? Ich meine, er ist ein Mann, der solche Dinge irgendwie anpacken kann.«

»Klar, vor allem, weil sein Neffe Falko Roman der ermittelnde Staatsanwalt in dieser Sache ist.«

Jetzt gab Jan noch nicht einmal ein »Scheiße!« von sich. Aber er hielt mich fester. Dann murmelte er leise: »Anahita, du trägst den Namen der Mondgöttin. Und der Mond hat seine helle und seine dunkle Seite. So wie es gute und schlechte Mütter gibt. Das wirst du wohl so akzeptieren müssen.«

Ich befreite mich vorsichtig aus seiner Umarmung, und wir gingen zurück.

»Danke, Jan. Ist gut, dass ich darüber sprechen konnte.«

»Ich denk mal drüber nach, Ana. Kann ich dich anrufen?«

Ich zog eine meiner Karten aus der Tasche und reichte sie ihm.

»Hier stehen alle möglichen Nummern und Adressen drauf.«

»Danke. Hier sind meine. Über die Entrümpler kriegst du mich immer. Auch über Cosy.«

»Ach ja?«

»Ja.«

»Nett?«

»Leider nur geschäftlich.«

Die neuesten Entwicklungen und meine vielen Gedanken dazu behielt ich zunächst einmal für mich, als wir uns am Mittwoch zu unserer Geschichtsstunde zusammensetzten. Dafür war die Zeit noch nicht reif.

Cilly hatte die Zeitungsartikel ausgewertet und Nachforschungen angestellt. Was herauskam, das war eine stimmige Angelegenheit, die sich nahtlos in die Aufzeichnungen einfügte, die Marie-Anna erstellt hatte.

Tagebuch 2

11. Kapitel

Schmuggelfahrt

Mit selbstbewusstem Blick und schwingenden Röcken verließen die beiden vierzehn- und fünfzehnjährigen Mädchen die »Fliegende Brücke« und traten an das Rheinufer. Sie warfen den Zöllnern ein paar Scherzworte zu und wollten durch das Tor an der Markmannsgasse in die Stadt eintreten.

Dieses Mal hatten sie Pech.

Einer der Zöllner hielt sie an und befahl sie barsch in das Zollhäuschen. Hier erwarteten sie zwei der Zöllnerinnen, die die Verwaltung eigens dazu ernannt hatte, um die Leibesvisitationen verdächtiger weiblicher Personen durchzuführen. Schmähworte und Beschimpfungen nutzten den Mädchen nichts, selbst Handgreiflichkeiten wussten die beiden stämmigen Zöllnerinnen zu unterbinden. Sie wurden fündig – unter ihren Schürzen hatten die beiden Mädchen jeweils ein Bündel Tabak verborgen. Ihnen drohte nun eine sechsmonatige Haftstrafe.

Wie schon zur Zeit der römischen Besiedlung war der Rhein wieder die Grenze zwischen dem gallischen Reich und Germanien. Eine feste Brücke existierte nicht, in diesen Tagen verband die »fliegende Brücke« das französische Köln mit dem rechtsrheinischen Deutz. Diese von Seilen gezogene Fähre war neben den vielen Nachen und Bötchen die einzige Verbindung zum anderen Ufer, und sie fuhr viele Male täglich hin und her, um Passagiere, Gefährte und Waren überzusetzen.

Durch die Verordnungen der französischen Besatzer

war der früher sehr lebhafte und florierende Handel zwischen den links- und rechtsrheinischen Ländern unterbrochen, was naturgemäß die kriminelle Energie der Bewohner auf den Schmuggel lenkte. Vor allem, da die seit 1806 angeordnete Kontinentalsperre gewisse Handelsgüter in Köln knapp werden ließ.

Die beiden Bündel Tabak wanderten zu dem Haufen anderer konfiszierter Waren. Bohnenkaffee, indischer Tee, weißer Rohrzucker, irische Spitze und indischer Baumwollmusselin, vornehmlich indigoblaue Variationen, beispielsweise. Kleine Mengen immer nur, denn die zumeist jugendlichen Schmuggler und Schmugglerinnen betrieben das Geschäft nicht im großen Maße. Das gewinnträchtige Geschäft des organisierten Schmuggels lag in fähigeren Händen. Etwa denen der großen Handelshäuser.

Man wusste darum, aber die Hintermänner waren den Zöllnern bisher durch die Netze geschlüpft.

»Ei, ei, das wäre etwas für dich gewesen, Cilly.«

»Ja, nicht? Mit meiner geballten kriminellen Energie gäbe ich eine gute Schmugglerin ab. Muss aufregend gewesen sein, die Zeit.«

»Sechs Monate Haft scheinen mir nicht sonderlich aufregend, aber wenn du meinst.«

»Och, da lernt man bestimmt ordentlich fürs Leben bei.«

»Ganz bestimmt! Hören wir uns jetzt mal an, was Marie-Anna dazu zu sagen weiß.«

»Los, Anita. Erzähl!«

12. Kapitel

Beim Sous-Préfet

Marie-Anna hatte sich wie befohlen an ihrem freien Donnerstag in die Sous-Préfecture begeben, um ihrer Unterredung mit Faucon nachzukommen. Im Haus allerdings hatte sie vorgegeben, sie wolle ein paar Einkäufe erledigen.

Faucon gab sich leutselig, er kam hinter seinem Schreibtisch hervor und bot ihr einen Sessel an.

»Nun, konnten Sie mit der Liste der Gegenstände etwas anfangen, die ich Ihnen am Ostersonntag gegeben habe?«

»Ich habe sie mir genau angesehen, Monsieur, doch bisher war es mir noch nicht möglich, eines der Teile davon als aus dem Hause stammend zu identifizieren. Die gesamten bisher angelegten Kataloge einzusehen dauert seine Zeit. Ich habe jedoch die Wissbegierde meiner Schülerin ausgenutzt, die sich für die Sammlung ihres Vaters interessiert. Unsere Konversationsstunde halten wir nun über die Kunstwerke ab, die sich im Hause befinden. Dazu habe ich mir eine der älteren Zusammenstellungen erbeten.«

»Das ist zumindest ein sinnvoller Ansatz. Machen Sie weiter in dieser Form. Und nun erzählen Sie mir etwas über die Mitglieder des Hauses. Wer könnte ein Interesse daran haben, staatsfeindliche Aktivitäten zu unterstützen?«

»Ein großes Wort, Monsieur Faucon. Staatsfeindliche Aktivitäten! Flugblätter drucken lassen, kritische Schriften verteilen, Spottverse dichten…«

»Unsere Soldaten überfallen, verletzen und töten, Waffen und Munition entwenden, Wachen und Zöllner bestechen – Sabotage also, Mademoiselle.«

»Oh.«

»Genau, Mademoiselle.«

»Derartige Dinge möchte ich niemandem im Haus unterstellen.«

»Jemand hat bereits zumindest einmal einen Aufruf zur Rebellion finanziert. Sie erinnern sich an den Bernsteinring? Also bitte!«

»Nun gut, meine drei Zöglinge darf ich wohl ausschließen. Graciella ist dreizehn, die beiden anderen sieben und acht.«

»Schließen wir sie aus.«

Marie-Anna saß grübelnd in ihrem Sessel. Obwohl sie sich schon seit Tagen Gedanken gemacht hatte, fiel es ihr schwer, über die Menschen zu sprechen, die sie wohlwollend aufgenommen hatten. Faucon schien das zu ahnen und formulierte seine Frage anders.

»Wer hat Zugang zu der Sammlung, Marie-Anna?«

»Oh, der Kommerzialrat an erster Stelle, denke ich. Er hat niemandem Rechenschaft abzulegen, wenn er sich die Stücke ansehen, bewerten oder gar verkaufen möchte.«

»Richtig. Wer noch?«

»Professor Klein, der Kustos selbstverständlich. Er ordnet die Stücke ein, bewertet sie und achtet auf ihre sachgerechte Lagerung.«

»Was ist dieser Professor für ein Mann?«

»Ich weiß nicht sehr viel von ihm. Er war mit der Schwester des Hausherren verheiratet, Cosmea Raabe, die vor zwölf Jahren gestorben ist. Gleichzeitig musste er die Universität verlassen. Raabe hat ihn und seine Tochter in seinen Haushalt aufgenommen und ihm die Aufsicht über die Sammlung übertragen.«

»Was für ein Mensch ist er?«

»Hatte ich das nicht schon mal erwähnt – ein staubiger.«

Faucon sah sie missbilligend an.

»Pardon, er ist Altertumskundler, und ich habe den Eindruck, er erachtet seine jetzige Tätigkeit für würdelos. Er hat seine Tochter selbst unterrichtet, dann Graciellas Ausbildung übernehmen müssen, und nun hat er auch noch die beiden Kleinen unterrichten sollen.«

»Wie äußert er sich zum politischen Geschehen?«

»Gar nicht. Er ist nicht eben mitteilsam. Wenn er etwas zur gesellschaftlichen Unterhaltung beitragen soll, was der Kommerzialrat oft des Abends anordnet, dann hält er langweilige Vorträge über die römische und griechische Geschichte.«

»Ein Sujet ohne Anziehungskraft für Sie?«

»Nicht unbedingt. Die Art der Unterrichtung hat etwas Einschläferndes.«

»Über den Verlust seiner Professorentätigkeit klagt er nicht?«

»Meiner Meinung nach dürfte er den französischen Behörden nicht unbedingt wohlgesonnen sein, weil sie die Universität geschlossen haben.«

»Er hätte eine andere Anstellung bekommen können.«

»Seine Frau starb im nämlichen Jahr. Unter Umständen sollte man dies bedenken.«

»Woran?«

»Ich weiß es nicht. Ich werde mich erkundigen.«

»Wer hat sonst noch Zugang zur Sammlung?«

»Professor Kleins Tochter Rosemarie. Ich berichtete Ihnen ja, dass wir gemeinsam den Katalog erstellen.«

»Wie steht sie zu ihrem Vater?«

»Distanziert. Er ist kein herzlicher Mann. Sie ist sehr gebildet, aber ein wenig weltfremd.«

»Hat sie einen Freund oder Verlobten?«

»Nicht dass ich es wüsste.«

»Finden Sie heraus, ob es da jemanden gab oder gibt.«

»Ungerne, Monsieur Faucon. Rosemarie ist meine Freundin geworden.«

»Sie haben eine Aufgabe erhalten, Mademoiselle. Ihre Gefühle sind dabei nebensächlich!«

»Wie Sie befehlen, Monsieur le Sous-Préfet!«

»Wie steht es mit der Hausherrin? Kümmert auch sie sich um die Sammlung?«

»Madame pflegt ihre eigenen Sammlungen.«

»Was heißt?«

»Sie kümmert sich um ihren eigenen Schmuck. Ich spreche von zeitgenössischen Pretiosen. Die unmodernen alten Stücke scheinen nicht ihren Gefallen zu finden. Aber Sie kennen Madame ja selbst.«

»Ja.«

»Dann ist da noch Berlinde von Spangenberg, ihre Schwägerin und Gesellschafterin. Über sie kann ich wenig berichten. Soweit ich weiß, hat sie keinen Zugang zur Sammlung. Es sei denn, sie entwendet Professor Klein den Schlüssel und stöbert nachts heimlich im Keller herum.«

»Ist das denkbar?«

»Nur von der Lage ihres Appartements her.«

»Versuchen Sie, ihr Vertrauen zu gewinnen.«

»Kaum machbar, Monsieur Faucon. Sie schätzt Hochstaplerinnen wie mich nicht sonderlich und pflegt mich zu übersehen. Ich erwidere das mit gleicher Intensität.«

»Welcherart sind die Einstellungen der Damen zur gegenwärtigen Lage?«

»Indolent. Madame hat jedoch eine schwärmerische Ader, die Seiner Majestät dem Kaiser und vor allem seiner Gemahlin schmeicheln würde.«

»Wer sind bevorzugte Gäste des Hauses?«

Marie-Anna zählte einige Nachbarn, Geschäftsfreunde und entfernte Verwandte auf, die Faucon notierte.

»Im Übrigen werden Sie es bemerkenswert finden, dass Markus Bretton seit zwei Wochen bevorzugter Gast bei Madames ‚Jour fixe' ist.«

»Bemerkenswert, ja. Ich dachte nicht, dass sie ihn als gesellschaftsfähig einstuft.«

»Er hat eine charmante Art, sich angenehm zu machen.«

»Wie viel wissen Sie von seiner Vergangenheit, Marie-Anna?«

»Dass er zu den Stadtsoldaten gehörte, den roten Funken, wie sie genannt wurden. Aber 1794 musste er vor der Revolutionsarmee die Stadt verlassen. Er erzählte einmal, sie seien in Kämpfe verwickelt worden, die nur wenige überlebten. Ein Jahr bevor ich nach Köln kam, 1801, nach dem Frieden von Luneville, kehrte er zurück. Er musste quittieren. Seither führt er die Pfandleihe seines Vaters weiter.«

»Dann wissen Sie recht viel von ihm.«

»Er sprach gerne davon. Ich denke, er ist stolz auf seine militärische Vergangenheit. Den roten Rock hat er nur ungern abgelegt.« Mit einem Zwinkern fügte Marie-Anna hinzu: »Er muss prächtig darin ausgesehen haben.«

»Vermutlich. Frauen fallen auf Uniformen immer herein.«

»Sie neigen zu Verallgemeinerungen, Monsieur Faucon.«

»Sie fielen auf ihn herein, als er den Rock des Vaterlandes bereits abgelegt hatte?«

»Wollten wir einen gewissen Teil meiner Vergangenheit nicht ruhen lassen?«

»Markus Bretton ist sehr gegenwärtig. Haben Sie Ihre Beziehung zu ihm wieder aufgenommen?«

»Ich habe jegliche Bekanntschaft geleugnet und ihm

auch zu verstehen gegeben, dass sein Kontakt zu mir höchst unerwünscht ist. Er wird sich daran halten.«

»Nun gut, hoffen wir es für Sie. Man sagt ihm nach, er hasse die Franzosen. Wohl nicht die weiblichen, wie mir scheint. Haben Sie damals in seinem Auftrag die Karikaturen unseres Kaisers verfasst?«

Marie-Anna senkte den Kopf.

»Nun ja, also vergessen wir es. Wie steht es mit dem Kommerzialrat?«

»Sie meinen, ob er Teile seiner Sammlung an Aufrührer und Rebellen weitergibt? Mon Dieu, Monsieur Faucon!«

»Sie halten es für unmöglich?«

»Ehrlich gesagt, ich halte ihn für äußerst integer.«

»Ich habe den Verdacht, Sie schätzen ihn.«

»Behalten Sie Ihren Verdacht für sich.«

»Sie sind erheblich zu gefühlvoll, Mademoiselle.«

»Dann werde ich wohl besser die Stelle aufgeben und schauen, ob ich wieder im Theater unterkomme.«

»Sie bleiben. Haben Sie ein Auge auf den Professor und seine Tochter. Prüfen Sie so bald wie möglich die Kataloge. Notieren Sie für mich die Gäste, die im Haus empfangen werden. Wir sprechen uns im Mai wieder. Jeden dritten Donnerstag des Monats von jetzt an!«

Marie-Anna war einigermaßen schlecht gelaunt nach Hause gegangen. Doch sie vergaß nicht, ihre Einkäufe zu tätigen, und das munterte sie wieder ein wenig auf.

»Rosemarie, schau, was ich bekommen habe!« Marie-Anna trat in das Zimmer und öffnete ihren Korb. Blassroter Stoff lag darin, dunkelrote Seidenbänder, eine Rolle Häkelspitze. »Das wird ein hübsches Kleid werden, meinst du nicht auch?«

»Bist du sicher? Ich meine, es ist sehr rot, nicht wahr?«

»Du hast selbst behauptet, du bist die tristen Farben leid. Also. Das hier wird ein wenig Farbe in deine Wangen bringen. Morgen fange ich an, es zuzuschneiden. Anschließend können wir beide daran nähen.«

»Besonders gut bin ich nicht mit der Nadel.«

»Schon recht, die feinen Arbeiten übernehme ich.«

Am nächsten ‚Jour fixe', den Madame stets am Dienstagnachmittag abhielt, trat Rosemarie zum ersten Mal in ihrem neuen Kleid in den Salon. Marie-Anna hatte ihr vorgeschlagen, die schwarzen Haare ein wenig vorteilhafter zu frisieren, die ihr nun in weichen Locken über die Schulter fielen. Markus Bretton zollte der Aufmachung die gebührende Achtung, Madame und ihre blasse Trabantin Berlinde jedoch maßen sie mit strenger Miene. Marie-Anna bemerkte, wie ihre Freundin sich deshalb gleich wieder in ihr Schneckenhaus zurückziehen wollte und verwickelte sie und Bretton daher in ein lebhaftes Gespräch. Das Schneckenhaus war bald vergessen, und Rosemarie blühte sichtlich auf. Doch als gegen Abend der Kommerzialrat zu der Gesellschaft hinzukam, machte er alle ihre Bemühungen zunichte.

»Ein wenig sehr auffällig, dieses Gewand, Rosemarie. Vermutlich bist du fremden Einflüsterungen erlegen.«

»Nein, Herr Onkel. Es war mein Wunsch. Aber ich werde es nicht mehr anziehen, wenn Sie es nicht wollen.«

»Sie bewundern offensichtlich junge Frauen in Mausgrau und Mausbraun, Herr Kommerzialrat. Vor allem, wenn sie dazu auch huschen und kuschen wie die Mäuse. Haben Sie eine besondere Vorliebe für diese Tierchen?«, fragte Marie-Anna, die seine Bemerkung gehört hatte.

»Lästige Nager sind sie!«

»Die Frauen oder die Mäuse?«

»Beide. Und im Übrigen: Sie tragen selbst ja auch keine roten Kleider.«

»Es wäre verheerend, zu meinen blonden Haaren. Nur Frauen mit einem so blassen Teint und so schwarzen Haaren wie Rosemarie dürfen diesen Ton tragen.« Ein sprechender Blick auf die ebenfalls in Rot gekleidete Dame des Hauses war die erste Reaktion, die Marie-Anna sich in Bezug auf die Sonderstellung von Ursula Raabe erlaubte. Gleichgültig was der Kommerzialrat für die Mitbewohner seines Haushaltes anordnete, für sie galt es nicht. So viel hatte sie inzwischen herausgefunden. Und es gab nie einen Hinweis darauf, dass sich Valerian Raabe dieses Paradoxes bewusst war. Darum erwartete sie eine scharfe Zurechtweisung, doch sie erfolgte nicht.

»Tragt, was ihr wollt, solange ihr keine Schmuggelware dazu verwendet«, antwortete er kurz.

»Gilt das auch für Ihre Tochter?«

»Was sie trägt, bestimmt ihre Mutter.«

Rosemarie, mit flammenden Wangen, warf ein: »Sie wird erwachsen, Onkel Valerian. Oder sollte Ihnen das entgangen sein?«

»So wird ihre Mutter für entsprechende Kleider sorgen.«

»Ich erlaube mir einzuwenden, dass Marie-Anna einen ausgezeichneten Geschmack in modischen Dingen hat.«

»Möglicherweise. Aber wie ich sehe, wirken die Kleider, die sie entwirft, äußerst schädigend auf das Benehmen ihrer Trägerinnen.«

»Wünschen Sie Ihre Tochter als graue oder als braune Maus in die Gesellschaft schlüpfen zu lassen?«

»Mademoiselle de Kerjean, Graciellas Erscheinen, wo und in welcher Art auch immer, hat nicht Ihr Anliegen zu sein.«

»Natürlich nicht, Herr Kommerzialrat.«

Marie-Anna senkte bescheiden den Kopf und spielte mit den Fransen ihres dunkelblauen Schals. Er ließ die beiden jungen Frauen ohne weiteren Kommentar stehen und widmete sich den anderen Gästen.

Leise flüsterte Marie-Anna Rosemarie zu: »Ich glaube, wir können bald anfangen, für Graciella eine neue Garderobe auszusuchen.«

»Was macht dich da so sicher?«

»Hast du deinem Onkel schon mal in die Augen gesehen, wenn er derart rumpelige Antworten gibt?«

»Das traue ich mich nicht.«

»Es lohnt sich aber. Ich möchte nur mal wissen, warum Madame sich alles erlauben darf.«

»Psst, reden wir später drüber.«

Marie-Anna nahm zwei Äpfel aus dem Korb, der stets gefüllt in ihrem Zimmer stand, und klopfte leise an Rosemaries Zimmertür.

»Komm rein, aber lass uns leise sprechen. Berlinde schleicht manchmal hier noch herum, wenn sie von Madames Räumen nach unten geht. Ich habe sie im Verdacht, an Türen zu lauschen.«

»Den Verdacht habe ich auch. Also, was ist mit Madames Sonderstellung?«

Sie biss herzhaft in ihren Apfel, und Rosemarie beknabberte den ihren. Dann erzählte sie: »Tante Ursula ist eine Tochter aus altem, angesehenem Geschlecht, musst du wissen, aber ihr Vater hat so ziemlich alles durchgebracht, was sie an Vermögen hatten. Ich habe das Gefühl, die Ehe zwischen ihr und Onkel Valerian ist eine geschäftliche Abmachung gewesen. Er hat als Mitgift eine Mühle übernommen. Sie soll sehr rentabel arbeiten und ihn mit dem notwendigen Kapital für seine Sammlungen versorgen, soweit ich weiß. Na ja, du siehst ja, sie haben nur eine Tochter…«

»Rosemarie, du wirst rot.«

»Man spricht nicht über solche Dinge…«

»Man tut sie aber. Was willst du andeuten? Dass das Ehebett nicht gerade inniglich geteilt wird? Das ist offensichtlich.«

»Es… Nun… ähm, es heißt, Onkel Valerian, na ja…«

»…vergnügt sich außerhäusig? Rosemarie, das ist üblich. Sogar mein Vater, der meine Mutter herzlich geliebt hat, hatte zwei Bastardsöhne. Was also ist so dramatisch daran?«

»Du sprichst sehr frei darüber.«

Marie-Anna zuckte die Schultern.

»Ich bin auf einem großen Landgut aufgewachsen, Rosemarie, nicht zwischen ehrwürdigen Altertümern. Selbst die verehrten Römer und Griechen haben sich fortgepflanzt, und wie man liest, mit großer Lust und Freude daran.«

Rosemarie biss sich auf die Unterlippe, und Marie-Anna vermutete, ihr könnten die einen oder anderen Schriften dazu auch schon in die Hände gefallen sein.

»Unseres Kommerzialrates Nachsicht mit den Exzessen seiner Gemahlin beruht vermutlich also auf einer stillschweigenden Vereinbarung, sich gegenseitig keine Vorhaltungen zu machen und nach außen hin den Anschein einer harmonischen Ehe aufrechtzuerhalten.«

»So ungefähr.«

»Und darum, Rosemarie, kann man seine strikten Anweisungen relativ leicht außer Kraft setzen. Man muss ihn nur, sehr dezent, darauf hinweisen, dass er an einer Stelle duldet, was er an anderer verbietet.«

»Du bist couragiert genug, das zu tun. Ich könnte das nicht.«

»Nein, du bist zu schamhaft dazu.«

»Sag mal, Marie-Anna…«

»Ich glaube, ich muss kalte Kompressen holen, du

glühst ja richtiggehend!«, kicherte Marie-Anna. »Willst du wissen, welche Erfahrungen ich in meinem sündigen Leben schon gesammelt habe?«

Rosemarie nickte stumm, rot wie der Apfel in ihrer Hand.

»Erzähle ich dir ein andermal. Sonst wird die Nacht zu lang.«

13. Kapitel

Kinderkrankheiten

Der Frühling schritt voran, gelegentlich mit stürmischem Wetter, das die Blütenblätter der Sträucher und Bäume wie Schnee über die Wege treiben ließ, aber auch mit zunehmend wärmeren, sonnigen Tagen. Graciella bekam tatsächlich ihre neue Garderobe, bei deren Ausgestaltung Marie-Annas Stimme gehört wurde. Und zu ihrem Geburtstag, der in diesem Jahr auf Pfingsten fiel, erhielt sie die Erlaubnis, an den Tanzstunden ihrer Freundinnen teilzunehmen. Damit entfiel für Marie-Anna die samstägliche Konversationsstunde, und sie nutzte die Zeit, da keine andere Anordnung ergangen war, um sich mit den Katalogen zu beschäftigen. Es war mühselig, die einzelnen Exponate mit den Skizzen und Beschreibungen von Faucons Liste zu vergleichen. Einige Male hatte sie gedacht, auf eines der verdächtigen Stücke gestoßen zu sein, aber es erwies sich jedes Mal als Täuschung. Anfang Juni jedoch wurde sie fündig. Und das versetzte ihr einen gelinden Schock. Ein kleines, aber mit kostbaren Edelsteinen besetztes Kreuz war ganz eindeutig in dem Verzeichnis der Schmuckstücke beschrieben. Rosemaries Hand hatte die Zeichnung angefertigt und das Datum, wie sie es gewöhnlich tat, darunter geschrieben. Zwei Monate später war das Kreuz Faucon bei einer Razzia in die Hände gefallen. Es gab also wirklich jemanden im Haus, der sich an den Schmuckstücken vergriff und sie zu unlauteren Zwecken verwendete.

Rosemarie und Graciella wunderten sich über Marie-Annas Wortkargheit in jenen Tagen, aber von Faucon erhielt sie eine trockene Anerkennung und die Anweisung, niemandem, aber auch wirklich niemandem im Haus von dieser Entdeckung zu berichten. Auch dem Kommerzialrat gegenüber verpflichtete er sie zum Schweigen.

Das war leichter zu bewerkstelligen als gedacht, denn Valerian Raabe hatte sich auf eine geschäftliche Reise begeben, die ihn erst im Juli wieder nach Köln zurückführen würde. Dann aber war vorgesehen, dass der Haushalt nach Wesseling umzog, um die heißen Monate dort auf dem Gut zu verbringen, das seine Eltern bewohnten. Dieser Alterssitz wurde von einem tüchtigen Verwalter bewirtschaftet und diente der gesamten Familie als Sommerresidenz. Er lag ein wenig entfernt von der alten Römerstraße, deren Reste noch immer genutzt wurden, und war von Wald und Feldern umgeben. Graciella hatte Marie-Anna in leuchtenden Farben davon berichtet, und in solchen Momenten verlor sie all die neue Erwachsenenwürde, mit der sie seit einigen Wochen herumexperimentierte, und wurde wieder zu einem ausgelassenen Kind.

Doch alle Planungen wurden zunichte gemacht.

Graciella kam am ersten Samstag im Juli frühzeitig von ihrer Tanzstunde zurück und meinte bedauernd: »Irmlinds kleine Schwester hat die Masern. Wir werden wohl die nächsten Wochen nicht mehr üben können.«

Die Nachricht löste eine gewisse Hektik im Haus aus. Berlinde bestand sofort darauf, mit Yannick und Guenevere nach Wesseling abzureisen, um sie vor der Ansteckung zu schützen. Und Madame, die nicht auf ihre Gesellschaft verzichten wollte, beschloss, sie zu begleiten.

»Ihr werdet die eine Woche, bis der Kommerzialrat zurück ist, ohne uns fertig werden«, sagte sie zu Rosemarie. »Immerhin ist Mathilda eine tüchtige Haushälterin. Und dein Vater ist ja auch noch im Haus.«

»Kann ich nicht mitkommen, Frau Mama?«

»Ausgeschlossen, Graciella. Du warst in Kontakt mit den Kindern. Was, wenn du meine beiden ansteckst!«, fuhr Berlinde scharf dazwischen.

Madame leuchtete diese Argumentation ein, und Graciella wurde auf ihr Zimmer verbannt. Am Montagmorgen reisten Berlinde, die beiden Kinder, das Kindermädchen, Madame und ihre Zofe ab.

»Ich weiß nicht, Rosemarie. Als Mutter wäre ich sicherlich hier geblieben. Was ist, wenn Graciella sich mit den Masern infiziert hat? Sie meint, sie hat sie noch nicht gehabt.«

»Dann darf ich Krankenpflegerin spielen, dazu sind arme Verwandte ja da.«

»Hoffentlich kommt dein Onkel wirklich pünktlich zurück. Mir ist nicht wohl bei der Angelegenheit.«

Marie-Annas Misstrauen war gerechtfertigt. Eine Woche später kam ein Billet des Kommerzialrates, das besagte, seine Reise verzögere sich um zehn Tage, und tags darauf erschien Graciella hustend und mit verquollenen Augen zum Frühstück.

»Hast du dich erkältet, Graciella?«, fragte Rosemarie.

»Wahrscheinlich. Obwohl ich gar nicht weiß, wo. Es war doch so warm die letzten Tage.«

»Graciella, mach mal den Mund auf!«, bat Marie-Anna. Nach einem kritischen Blick auf die Schleimhaut nickte sie bestätigend. »Ab ins Bett. Die Masern wollen ihr Opfer haben.«

»Bist du sicher?«

»Die Flecken im Mund sind ziemlich eindeutig.«

»Oh, Mist.«

»Das kannst du wohl sagen. Und, Liebes, du wirst dich ein paar Tage lang ziemlich scheußlich fühlen.«

»Hast du die Masern mal gehabt?«

»Ja, als ich neun war. Jetzt sei so gut und geh in dein

Zimmer. Ich bespreche mich mit Mathilda, und dann werden wir sehen, was wir tun können.«

Zum Glück war die Haushälterin eine verständige Frau, die wusste, was zu unternehmen war. Sie begann sofort, einen Fiebertrank zu brauen, überprüfte die Hausapotheke und gab Marie-Anna den Auftrag, die fehlenden Mittel bei ihrem Gang in die Stadt zu ergänzen.

Graciella, die sich am Morgen noch unwillig in ihr Zimmer zurückgezogen hatte, war gegen Mittag dankbar dafür, dass Marie-Anna die Vorhänge vor das Fenster zog und das grelle Sonnenlicht ausschloss.

»Mir tun die Augen weh und der Hals auch. Ich bin so schlapp, Marie-Anna.«

»Du bekommst Fieber, Ciella. Ich habe dir kalten Tee gebracht und ein Mittelchen, das die Temperatur senkt. Komm, wir stellen diesen Tisch hier an dein Bett, dann kannst du alles bequem erreichen.«

»Danke.«

Sie trank ein wenig, sank dann aber teilnahmslos in die Kissen zurück. Marie-Anna suchte Rosemarie auf, die im Arbeitszimmer weiter fleißig an ihren Zeichnungen arbeitete.

»Das wird anstrengend, fürchte ich. Hast du die Masern als Kind gehabt?«

»Weiß ich nicht genau, Mumps ja und Röteln und Kuhpocken, daran kann ich mich erinnern. Ich glaube, auch einmal Scharlach. Oder waren das die Masern?«

»Uh, wenn du sie noch nicht hattest, dann steht uns ja einiges bevor. Am besten, du gehst nicht in Graciellas Zimmer. Vielleicht ist es noch nicht zu spät.«

»Aber wer soll sie denn dann pflegen?«

»Mathilda und ich, denke ich mal. Die Sammlung wird eine Weile auf mich verzichten müssen.«

»Schon gut. Ich komme auch alleine weiter. Habe ich ja früher auch geschafft.«

»Dein Vater könnte dir helfen. Er hat doch zurzeit wenig zu tun.«

Rosemaries Blick sprach Bände.

»Ich verstehe, das war kein besonders guter Vorschlag.«

Graciellas Fieber stieg wie erwartet weiter, und Marie-Anna hatte eine lebhafte Nacht vor sich. Das Mädchen war unruhig, wälzte sich abwechselnd heiß und von Schüttelfrost gebeutelt in den Kissen, jammerte über Kopf-, Ohren- und Gliederschmerzen und fiel in den Morgenstunden in einen fiebrigen Schlaf.

Mathilda schickte Marie-Anna zu Bett, aber gegen Mittag stand sie wieder an dem Bett des Mädchens und überredete sie, einige Löffel gesüßten Breis zu essen und sich den Mund dann mit einem Gurgelwasser auszuspülen. Schließlich gab sie ein paar Tropfen eines Beruhigungsmittels auf einen Teelöffel und bat sie, die auch noch einzunehmen.

»Das schmeckt so scheußlich, das will ich nicht«, klagte sie.

»Ciella, das solltest du aber. Es ist gut, wenn du viel schläfst. Komm, sei brav, Chérie.«

Es war keine leichte Arbeit, das Mädchen zu überreden, diverse unangenehm schmeckende Mittel zu nehmen, sie mit kalten Tüchern abzureiben, ihr bei den körperlichen Bedürfnissen zu helfen und ihr Bett in einem frischen, behaglichen Zustand zu halten.

Zwei Tage später brach der Ausschlag aus. Er bedeckte ihren ganzen Körper mit roten Flecken.

»Nicht kratzen, Ciella. Komm, ich habe kühlende Salbe für dich. Aber wenn du die Stellen aufkratzt, bleiben später Narben zurück.«

Zu allem Überfluss hing eine glasige Sommerhitze über der Stadt, und die unbewegte, stickige Luft machte den Ausschlag und das Fieber für die Patientin zu einer

Qual. Mathilda und Marie-Anna badeten sie in kühlem Wasser, legten ihr feuchte Kompressen auf die Stirn, salbten und betupften den schuppig werdenden Ausschlag. Mit viel Überredung versuchten sie, sie mit Milchbrei, Pürees und Puddings zu füttern oder ihr Tee und Fruchtsäfte zu trinken zu geben. Schlimmer als die Tage waren die Nächte, denn das Fieber ließ noch immer nicht nach.

»Es müsste allmählich abklingen«, bemerkte Mathilda besorgt. »Es könnte sonst auf andere Organe übergreifen.«

»Ich weiß. Sollen wir einen Arzt holen?«.

»Was kann der schon mehr machen? Sie muss es durchstehen. Sie pflegen sie gut, Mamsell. Das muss man Ihnen lassen.«

»Danke, Mathilda, aber Sie sind eine genauso große Hilfe.«

»Die Kleine ist ja auch ein liebes Ding. Ich verstehe Madame nicht, muss ich ehrlicherweise gestehen. Es war doch abzusehen, dass das hier passiert.«

»Hätte Madame sie besser pflegen können?«

Mathilda sah Marie-Anna mit einem seltsamen Lächeln an.

»Haben Sie die Kleine jemals in den letzten Tagen nach ihrer Mutter rufen hören?«

Das hatte sie nicht getan; wenn sie Hilfe brauchte, rief sie »Anna«.

Dann, endlich, in der siebten Nacht, fiel das Fieber ganz plötzlich. Erleichtert wischte Marie-Anna dem blassen, mageren Mädchen den Schweiß von der Stirn, wechselte die Bettwäsche und nickte dann neben ihr auf dem Stuhl ein.

»Anna? Oh, Anna, mir tut nichts mehr weh!«

»Nein, jetzt nicht mehr, Chérie, das Schlimmste ist vorbei.«

Zwei Tage lang ging es aufwärts mit ihr, und Marie-Anna fand endlich wieder zu etwas geregeltem Schlaf. Dann kam die Hiobsbotschaft.

»Marie-Anna, ich fürchte ...«

»Ja, Rosemarie, ich fürchte auch. Ins Bett mit dir. Keine Sorge, ich habe jetzt Übung darin.«

»O Gott.«

Als die Krankheit bei Rosemarie sich ihrem Höhepunkt näherte, traf Valerian Raabe in seinem Haus ein. Er fand Marie-Anna, in einem losen, braunen Kleid, eine fleckige Schürze umgebunden, einen unordentlichen Zopf über den Rücken baumelnd, dabei, ein Tablett in die Küche zu tragen.

»Mademoiselle, wie wagen Sie es denn, hier zu erscheinen? In meiner Abwesenheit scheint wohl das Lotterleben eingezogen zu sein!«

Müde, denn sie hatte seit Tagen nun wenig Schlaf bekommen, stellte Marie-Anna das Tablett ab und meinte: »Es war ein wenig schwierig in den letzten Tagen. Verzeihen Sie. Ich werde mich gleich umziehen.«

»Darum möchte ich aber auch gebeten haben. Und wieso sind Sie nicht bei Ihrer Arbeit, sondern tragen – «, er warf einen Blick auf die Reste, die auf dem Teller lagen, »Kuchen und Puddings im Hause herum. Ja, wird denn hier alles auf den Kopf gestellt, wenn ich einmal für ein paar Wochen das Haus verlasse?«

Seine heisere Stimme klang zischend vor Zorn.

»Lassen Sie mich erklären, Monsieur ...«

»Nicht solange Sie in diesem Aufzug hier herumlaufen. Wir sprechen uns in exakt einer halben Stunde in der Bibliothek!«

»Sehr wohl, Herr Kommerzialrat.«

Sie holte tief Luft, brachte das Tablett in die Küche und lief dann in ihr Zimmer. Mit müden Bewegungen wusch sie sich ein wenig, schlüpfte in das graue Kleid, kämmte sich, flocht ihren Zopf neu und wollte hinuntergehen. Mathilda kam jedoch aus Rosemaries Zimmer.

»Können Sie mir bitte helfen, Mamselle, das Fräulein erbricht sich ständig.«

»Ja, sofort. Meine Schürze…«

Rosemarie ging es elend, elender als Graciella, deren junger Körper mit der Kinderkrankheit leichter fertig geworden war als der einer erwachsenen Frau. Marie-Anna vergaß, dass sie dem Herren des Hauses Rechenschaft abzulegen hatte, und kümmerte sich um die Freundin.

Er kam eine Stunde später, zornig und ungehalten, die Treppe empor. Marie-Anna hörte seine Schritte und öffnete die Tür von Rosemaries Zimmer, um ihm entgegenzutreten.

»Was geht hier eigentlich vor, verdammt noch mal? Ein Schwatz mit meiner Nichte ist Ihnen wohl wichtiger als der Termin mit mir?«

Mathilda, die ebenfalls seine Stimme gehört hatte, kam aus dem Badezimmer, nasse Tücher in den Händen.

»Sie täten gut daran, Mamsell Marie-Anna tiefen Dank auszusprechen, Herr Kommerzialrat. Sie hat zwei Kranke zu pflegen, und manchmal gehen diese Dinge vor. Sogar vor Ihre wichtigen Termine.«

»Kranke?«

Marie-Anna antwortete ihm: »Graciella und Rosemarie haben die Masern. Ciella ist aber schon wieder auf dem Weg der Besserung, Monsieur. Sie brauchen keine Sorge zu tragen, es ist ohne Komplikationen abgelaufen.«

Er sah sie einen Moment schweigend an.

»Ich scheine Ihnen Abbitte leisten zu müssen.«

»Nein. Sie konnten es nicht wissen. Ciella würde sich bestimmt freuen, wenn Sie sie besuchten.«

»Ich gehe zu ihr. Wir beide sprechen später darüber, Marie-Anna. Wann immer Sie Zeit finden.«

Es wurde Abend, bis Marie-Anna so weit war, nach unten gehen zu können. Der Tisch war nur für zwei Personen gedeckt, Professor Klein zog es in den letzten Tagen vor, in seinem Zimmer zu speisen, statt alleine im Esszimmer aufgewartet zu bekommen.

»Ich habe inzwischen erfahren, was vorgefallen ist, Marie-Anna. Ich bin Ihnen zu großem Dank verpflichtet.«

»Schon gut, Monsieur.«

Marie-Anna war so müde, sie konnte kaum noch die Gabel halten. Halb im Schlaf nahm sie einige Bissen zu sich, aber Konversation konnte sie keine mehr führen.

»Was ist los mit Ihnen? Sind Sie auch krank?«

»Nein, nur ein wenig erschöpft. Entschuldigen Sie mich bitte.«

Marie-Anna stand auf, er erhob sich ebenfalls, und als sie zur Tür gehen wollte, versagten ihr plötzlich die Beine. Er war mit einem Schritt bei ihr und fing sie auf. An seine Brust gelehnt flüsterte sie mühsam: »Pardon«, und versuchte, wieder Halt auf den eigenen Füßen zu finden. Doch er ließ es nicht zu, und mit einem Ruck hatte er sie auf die Arme genommen und trug sie aus dem Zimmer.

»Sie müssen ruhen, Marie-Anna.«

Sie war zu müde, um zu protestieren. Wie ein Kind wurde sie die Treppe hinaufgetragen. Sie ließ es sich auch gefallen, auf ihr Bett gelegt zu werden, und sie wehrte sich nicht, als er ihr Kleid löste und die Schuhe von ihren Füßen streifte.

»Morgen früh ist eine Pflegerin im Haus«, versprach er, als er die Decke über sie zog. »Schlafen Sie!« Dann strich er ihr sanft mit den Fingerspitzen über die Stirn, verweilte an ihrer Schläfe und glitt dann über ihre Wangen. »Schlafen Sie sich aus, mein Kind.«

Sie öffnete noch einmal die Augen, sah ihn an und senkte dann die Lider. Mit einem leisen Seufzer drehte sie das Gesicht zur Seite und schlief sofort ein.

14. Kapitel

Der Herbstball

»Hilf mir suchen, Marie-Anna. Wir wollen doch heute rechtzeitig fertig werden.«

Rosemarie bat Marie-Anna mit leichter Verzweiflung in der Stimme, ihr in den staubigen Kisten und Kästen, die auf dem Boden im Arbeitszimmer standen, einen Ring zu finden, der in der Inventarliste aufgeführt war.

»Was soll ich denn finden?«

»Einen antiken Gemmenring. Ein Siegelring mit einem roten Stein, in den ein sich aufbäumendes Pferdchen geschnitten ist.«

»Könnte es auch eine Stecknadel im Heuhaufen sein? In dem Durcheinander werden wir ihn heute nicht mehr finden. Wir suchen morgen früh weiter, so lange kann das noch warten.«

»Meinst du?«

»Rosemarie, es ist bereits halb fünf, wir sollten hier aufhören. Das Mädchen hat den Badeofen schon angeheizt. Ich gehe jetzt in die Wanne.«

Rosemarie, nach der Krankheit noch blass und ein wenig spitz im Gesicht, setzte sich an den Tisch und begann, ihre Arbeitsutensilien zusammenzuräumen. Sie hatte die Masern zum Glück ebenfalls ohne Folgen überstanden, hatte aber länger als Graciella gebraucht, um wieder auf die Beine zu kommen. Jetzt, im September, war es das erste Mal, dass sie sich wieder in Gesellschaft begab.

Die »Société«, eine Vereinigung angesehener Kölner Bürger, die sich um Kultur und gesellschaftliche Ereignisse kümmerte, hatte einen Herbstball im Gürzenich angekündigt. Natürlich ging »tout le monde« zu diesem Fest.

Marie-Anna, in ein wollenes Negligé gewickelt, eilte eben vom Badezimmer aus in ihr Zimmer, als Graciella ihre Nase aus dem ihren steckte.

»Was ziehst du an, Anna?«

»Komm rein und hilf mir, wenn du willst.«

»Darf ich? Danke. Nächstes Jahr gehe ich auch auf den Ball, das kannst du glauben!«

»Nächstes Jahr bist du vierzehn, ich fürchte, das wird noch nichts.«

»Abwarten. Ich wachse ziemlich schnell!«

Marie-Anna lachte und holte Wäsche, Kleid und Schuhe aus dem Schrank. Unter den leichten, fließenden Kleidern, die die Mode vorschrieb, trug man wenig. Eine dünne, knielange Caleçon aus weißem, zart besticktem Leinen, ein kurzes Bustier und ein »Brassière«, ein hauchdünnes Hemdchen. Die darüber getragenen Chemisenkleider waren üblicherweise weiß, elfenbeinfarben oder blass pastellig. Marie-Anna hatte sich aus einem zarten Seidenstoff ein schlichtes Abendkleid genäht, das hinten in einer kurzen Schleppe auslief. Viel Zeit hatte sie auf die Bestickung mit blauen und goldenen Fäden verwendet. Ein transparenter Shawl in dunklerem Blau würde gegebenenfalls das sehr tiefe Dekolleté verhüllen und ansonsten dekorativ um die Ellenbogen geschlungen werden. Dieser Shawl, und auch der rote von Rosemarie, waren erstaunlicherweise Geschenke von Valerian Raabe. Ein Dank für Graciellas Pflege, hatte er erklärt.

»Ich helfe dir beim Frisieren, gib mir die Bürste!«, bot Graciella an, und Marie-Anna ließ sich das gerne gefallen. Ihre Haare reichten bis über die Hüfte, und sie alleine zu einer mehr als praktischen Frisur aufzustecken war harte Arbeit. Da es außer für Madame keine Zofe im Haus gab, waren die drei jungen Frauen gewohnt, sich gegenseitig beim Frisieren zu helfen. Graciella war ungewöhnlich geschickt darin, Rosemarie einigermaßen anstellig, Marie-Anna nach dem Urteil der beiden anderen eine echte Heimsuchung. Dafür war sie im Umgàng mit Pinsel, Puderquaste und Pinzette geübt und zupfte Augenbrauen zu hohen Bögen, legte Rouge hauchzart auf bleiche Wangen, färbte helle Wimpern dunkel und schminkte blasse Lippen zu köstlichen Rosenmündchen. Doch ihre Werke wirkten natürlich, nie angemalt oder ordinär.

Nachdem ihre Haare zu einem hohen Chignon aufgesteckt und mit blauen Bändern geschmückt waren, ging Marie-Anna zu Rosemarie und half ihr, sich zurechtzumachen.

»Du hast dich richtiggehend gemausert, Rosemarie. Wahrscheinlich wirst du ein großer Erfolg werden heute Abend.«

»Glaubst du?«

»Wenn du nicht immer die Lider niederschlägst und den Mund verschließt! Vergiss nicht, ein wenig Lächeln, ein bisschen Wimpernklimpern, den Fächer spielen lassen – ich habe es dir doch gezeigt. Du hast schöne Augen, Rosemarie. Flirte mit ihnen ruhig mal.«

»Deine sind viel faszinierender, Marie-Anna. Man weiß nie, welche Farbe sie haben. Manchmal sind sie grau, manchmal grün, und heute, mit dem blauen Shawl, schimmern sie blau.«

»Man muss sich eben anpassen. Ein Tupfer Parfum noch. Mhhh, ist das neu?«

»Markus Bretton. Er hat es vergangene Woche mitgebracht.«

»Ei, ei, Rosemarie!«

Pünktlich um halb acht traf man sich in der Eingangshalle, um in die Equipage zu steigen, die sie zum Gürzenich bringen würde – Madame in scharlachrotem Samt, das Planetencollier auf dem schwellenden Busen, die braunen Haare zu koketten Püffchen und Rollen um die Stirn gesteckt, die hagere Berlinde in hochgeschlossener violetter Seide, ein schauriger Kontrast daneben. Der Kommerzialrat in strenger schwarzer Abendkleidung mit hoher Halsbinde, den Zylinder korrekt auf den glatt gebürsteten Locken, den grau-schwarzen Bart lockig auf der Brust liegend.

»Berlinde ist nur fünf Jahre älter als wir«, wisperte Rosemarie. »Aber sie gibt sich wie achtzig.«

Berlinde hatte mit ihren zweiunddreißig Jahren, zumindest modisch, mit dem Leben abgeschlossen.

»Sind Sie so weit, meine Damen?«, fragte Valerian Raabe.

Der Ball war erwartungsgemäß gut besucht. Rosemarie und Marie-Anna unter Aufsicht von Madame und Berlinde blieben eine Weile beieinander und suchten nach bekannten Gesichtern. Sie tauschten Grüße und höfliche Floskeln aus, ließen sich kleine Erfrischungen bringen, und als die Musik begann, hatten sie beide schon einige Tänze vergeben.

Romain Faucon verbeugte sich vor Marie-Anna. Er sah beeindruckend aus in seiner offiziellen Uniform, und sie schenkte ihm ein strahlendes Lächeln, obwohl sie seine Gesellschaft lieber gemieden hätte. Doch er gab sich leutselig.

»Mademoiselle, Sie sehen charmant aus. Darf ich um diesen Tanz bitten, oder ist der Walzer Ihnen nicht genehm?«

»Ich tanze Walzer gerne, so mein Partner meine Füße schont.«

»Sie können sich darauf verlassen, dass ich meine

gesellschaftlichen Pflichten kenne. Auf diesem Parkett, Mademoiselle, trete ich Ihnen nicht auf die Füße!«

Sie lachte.

»Manchmal, Monsieur Faucon, können sogar Sie mit Esprit überzeugen.«

»Tanzen wir?«

»Mit Vergnügen.«

Sie drehten formvollendet einige Runden, erst dann fragte Faucon nach: »Sie haben unsere Treffen vernachlässigt, Mademoiselle. Ich nehme an, es gab Gründe?«

»Krankheitsbedingte, wie Sie bestimmt erfahren haben.«

»Ja, ich hörte davon. Sie haben sich gut gehalten, Marie-Anna.«

»Ich habe sogar noch mehr getan, Monsieur le Sous-Préfet. Ich habe drei Ihrer Objekte identifiziert.«

»Wahrhaftig.«

»Ein weiteres ist in den vergangenen Tagen verschwunden. Ein Siegelring, rote Gemme, mit Pferdchenfigur. Inschrift im Reif: ›Ad Perpetuam Memoriam‹.«

»Und wir haben den Überfall auf zwei Gendarmen zu verzeichnen, die in den Rhein geworfen worden sind, in ein Waffenarsenal ist eingebrochen und die Gewehre darin sind zerstört worden. Wollen wir hoffen, dass Ihre Pferdchen-Gemme im Hause des Kommerzialrates wieder auftaucht und nicht bei mir.«

»Diese Sabotageakte sind geschehen, während er auf Reisen war.«

»Natürlich. Er wird sie schwerlich eigenhändig ausgeführt haben.«

Marie-Anna schüttelte abwehrend den Kopf.

»Warum sollte er Dinge aus seinen Sammlungen entfernen, die auf den Listen stehen, die wir noch bearbeiten müssen? Das ist doch idiotisch.«

»Kann sein. Einen hübschen Shawl tragen Sie da.«

»Ein Dankeschön meines Arbeitgebers.«

»Dieses Indigoblau ist derzeit schwer zu bekommen.«

»Bitte?«

»Die Einfuhr von Indigo ist durch die Kontinentalsperre streng untersagt.«

»Unterstellen Sie Valerian Raabe Schmuggelgeschäfte?«

Faucon lächelte hintergründig.

»Ich werde ihn nach dem Siegelring fragen, Monsieur!«

»Tun Sie das, Marie-Anna.«

»Sie meinen …«

»Nach den alten Sachen nicht, nach dem hier schon. Seine Nichte weiß ja ebenfalls davon. Und kommen Sie im nächsten Monat wieder donnerstags vorbei. Seine Reaktion interessiert mich.«

»Wie Sie wünschen.«

»Übrigens – halten Sie sich beide, auch Mademoiselle Rosemarie, von dem Abenteurer Bretton da fern, Marie-Anna. Er ist ein lockerer Geselle!«

Rosemarie, sanft errötet und mit einem verzückten Lächeln auf den Lippen, tanzte eben mit dem lockeren Gesellen vorbei.

»Ich werde versuchen, was in meiner Macht steht.«

»Danke.«

»Wenn Sie mir verraten, was Sie von Jules Coloman wissen.«

Er lächelte sie noch einmal leicht spöttisch an.

»Ein Mann wie eine Katze! Er ist auf seine Füße gefallen, Mademoiselle. Eine Wanderbühne ist derzeit sein Betätigungsfeld. Eine mit gutem Niveau, wie ich hörte. Er hat seinen Namen geändert, und es würde mich nicht wundern, wenn ein Césare de Colon im Laufe des nächsten Jahres auch in der Stadt wieder auftauchte.«

»Sie werden ihn wieder verhaften.«

»Nicht, wenn er sich unauffällig verhält. Sollten Sie ihm begegnen, richten Sie ihm das ruhig aus.«

»Danke, Monsieur Faucon.«

»Der Tanz mit Ihnen war mir ein Vergnügen.«

Marie-Anna ließ sich von einem anderen Kavalier zu den Buffets führen und sah später dann, wie Faucon mit Rosemarie über die Tanzfläche glitt. Sie pflegten eine leichte, offensichtlich vergnügliche Unterhaltung dabei. Sie selbst hatte keine Lust mehr zu tanzen, nach Faucon waren alle anderen Partner, die sie aufgefordert hatten, ihr wie wahre Bauerntrampel vorgekommen. Also schlenderte sie durch die Räume, auf der Suche nach einem Konversationspartner.

In einer Nische an einem geöffneten Fenster sah sie Valerian Raabe sitzen. Er blickte in die Dunkelheit hinaus, neben ihm stand ein Glas mit schwerem, rotem Wein. Plötzlich wurde ihr klar, dass derartige Veranstaltungen für ihn eine rechte Qual sein mussten. Das Stimmengewirr, die Musik, die Luft, stickig durch Kerzenflammen und Tabakrauch, machten es ihm unmöglich, sich mit seiner heiseren, tonlosen Stimme zu verständigen.

Sie trat nahe zu ihm heran und fragte: »Darf ich Ihnen für eine Weile Gesellschaft leisten, Herr Kommerzialrat?«

Er drehte sich ruckartig um und betrachtete sie.

»Tanzen Sie lieber mit den jungen Männern, Marie-Anna. Ich bin kein guter Gesellschafter.«

Sie musste seine Worte fast von den Lippen ablesen und kam noch näher.

»Aber ich bin eine gute Gesellschafterin, Monsieur. Und des Tanzens ein wenig müde.«

»Dann wird sicher eine Anzahl Herren gerne bereit sein, Konversation mit Ihnen zu pflegen.«

»Ich zöge die Konversation mit Ihnen vor, Monsieur.

Ich bin eine aufmerksame Zuhörerin.« Sie lächelte ihn an. »Auch in lauten Ballsälen.«

Er verstand ihre Anspielung, war aber nicht beleidigt.

»Sie würden sich sehr nahe zu mir setzen müssen.«

»Würde Sie das stören?«

»Mich stört es nicht, mit einer schönen jungen Frau eng zusammen in einer Fensternische zu sitzen.«

Sie setzte sich neben ihn auf die Bank, so dicht, dass sich ihre Beine berührten, um ihm das Sprechen möglichst wenig anstrengend zu machen.

»Nun, dann kann es nur noch die Welt als solche stören.«

»Wer mich kennt, weiß, warum es nötig ist. Wer nicht, braucht mich nicht zu kümmern.«

Marie-Anna lachte.

»Ich habe nie gefragt, aber gehören Sie auch der ›Société‹ an, die uns diese reizenden Gesellschaften ausrichtet?«

»Nein, dieser Gesellschaft gehöre ich nicht an, jedoch einige meiner Bekannten. Ich selbst ziehe es vor, dem ›Conseil de Commerce‹ und der ›Olympischen Gesellschaft‹ meine Zeit zu widmen.«

»Die Kunstfreunde um Wallraf, ich verstehe.«

Sie unterhielten sich eine Zeit lang über Sammler und ihre Vorlieben, als plötzlich eine junge Frau mit lustig wippenden, ein wenig aufgelösten roten Locken mit ausgestreckten Armen auf Marie-Anna zutrat.

»Liiiiebelein! Liebelein, du hier? Du bist noch in der Stadt? Warum hast du dich nicht gemeldet, Marie-Anna? Wir haben uns solche Sorgen gemacht, als es hieß, dass Jules Köln verlassen musste.«

»Frizzi, ich bin in Gesellschaft!«

Die überschwängliche Dame sandte Valerian Raabe einen koketten Seitenblick und meinte: »Pardon, meine Liebe, habe ich dich bei einem intimen Tête-à-Tête gestört? Monsieur Raabe! Ich verschwinde gleich wieder.« Sie nickte dem Kommerzialrat spöttisch zu, wandte sich dann aber wieder an Marie-Anna. »Liebelein, komm doch die Tage bei uns vorbei. Wir sind noch am alten Platz.«

»Frizzi!«

»Bin schon weg!«

Valerian Raabe schenkte Marie-Anna einen fragenden Blick, sagte aber nichts.

Marie-Anna biss sich auf die Unterlippe.

»Aus welcher Gegend Frankreichs stammen Sie eigentlich, Marie-Anna? Ich habe mich nie danach erkundigt.«

»Vom Ende der Welt, Herr Kommerzialrat.«

»Das ist weit entfernt, das Finistère. Also aus der Bretagne. Übrigens könnten Sie mich durchaus auch mit Namen anreden, Marie-Anna, der steife Titel klingt so unnahbar.«

»Frizzi kam Ihnen demnach schon näher, Monsieur Raabe?«

Er schmunzelte.

»Ihnen ist sie ja auch nicht unbekannt.«

»Monsieur, danach haben Sie ebenso nie gefragt. Aber mir scheint, es wäre besser, wenn ich Ihnen etwas über die Zeit erzählte, die vor meiner Anstellung in Ihrem Hause lag.«

»Sie müssen es nicht, Marie-Anna. Ich habe schon bemerkt, es gibt da eine Lücke zwischen Ihrer Zeit bei DuPont und dem Tag, da Faucon Sie mir empfohlen hat. Wenn Sie möchten, lassen wir es auf sich beruhen.«

»Danke, Sie sind sehr großzügig. Aber Begegnungen wie diese ...«

»... machen allerdings ein wenig neugierig.«

»Es war nicht gerade meine rühmlichste Zeit, Monsieur Raabe. DuPont ...«

»Ich kenne DuPont. Ist er Ihnen zu nahe getreten?«

»Er versuchte es. Ich habe ihn leider mit einem recht drastischen Mittel von seinen Handgreiflichkeiten abhalten müssen. Das hatte Konsequenzen.«

»Drastische Mittel?«

»Ich stieß ihm mein Knie – ähm …«

»Drastisch, Mademoiselle. Und gewöhnlich wirkungsvoll auf zudringliche Männlichkeit. Madame hat Sie des Hauses verwiesen. Ich verstehe. Und dann?«

»Arbeitete ich als Hilfsschneiderin im Atelier einer Bekannten. Ich musste es aber verlassen, weil ihr Freund einen mehr als wünschenswerten Gefallen an mir fand.«

»Sie kamen ihm entgegen?«

»Nein.«

Er sah sie mit einem Zwinkern an.

»Nein. Oder … nun ja, ein wenig.«

Er sah sie weiterhin an.

»Na gut, ja.«

»War es Liebe?«

»Ein bisschen.«

»Er hat Ihnen ein gebrochenes Herz beschert?«

»Ein wenig.«

»Das ein anderer geheilt hat?«

»Es heilte von alleine.«

»Aber Ihren Lebensunterhalt verdienten Sie auf ehrbare Weise?«

»Ich bin nicht ungeschickt im Nähen, ich fand Beschäftigung in einer Boutique. Dort lernte ich auch Frizzi kennen. Sie vermittelte mir die Stelle als Gardeробenschneiderin im Theater in der Schmierstraße. Am Karnevalsabend wurden wir gemeinsam von den Gendarmen gefasst, und drei Tage lang teilten wir uns eine Zelle. Bis der Sous-Préfet mich dann freiließ.«

»Wie kam er dazu? Befand er Sie für unschuldig?«

»Er kannte mich von der Zeit bei DuPont als anständiges Mädchen, Monsieur Raabe. Er … es war wohl ein

Akt der Barmherzigkeit. Er wollte mir wieder auf den rechten Weg helfen.«

»Faucon ist alles Mögliche, aber nicht barmherzig. Er wird Gründe gehabt haben. Aber lassen wir das. Kennen Sie aus jener Zeit auch diesen Markus Bretton?«

»Sie sind ein erschreckend guter Beobachter. Ja, mit ihm hatte ich vor sechs Jahren eine kurze Affäre, Monsieur. Doch er ist ein Hasardeur.«

»Ich weiß. Warnen Sie meine Nichte vor ihm. Das wird wirkungsvoller sein, als wenn ich es tue.«

»Natürlich. Aber Sie machen Geschäfte mit ihm und dulden ihn in Ihrem Haus.«

»Geschäfte mache ich mit vielen unterschiedlichen Menschen. In meinem Haus dulde ich ihn, da Madame es wünscht.«

Marie-Anna nickte verstehend. Doch dieses Thema wollte sie nicht vertiefen.

»Wenn ich es sehr diskret angehe, Monsieur Raabe, dürfte ich dann gelegentlich einmal meine alten Freunde besuchen? Ich weiß, sie sind nicht standesgemäß, aber sie haben mir in schlimmen Zeiten sehr geholfen.«

»Sehr diskret dürfen Sie das tun. Und was Sie dort ohne Zweifel erfahren werden, Mademoiselle, muss ich Sie bitten, ebenfalls sehr diskret zu behandeln.«

»Selbstverständlich, Monsieur.«

Er nahm ihre Hand und küsste sie.

Ausgerechnet in diesem Augenblick sah Ursula zu ihnen hin.

»Wir müssen es ihm mitteilen, Rosemarie!«

»Ja, ja, du hast ja Recht. Aber wenn er uns die Schuld gibt? Die Kästen stehen seit drei Tagen hier bei uns.«

»Unsinn. Warum sollten wir ihm den verschwundenen Ring beichten, wenn wir ihn selbst genommen haben? Es wäre viel einfacher, ein Stück zu nehmen und darauf zu vertrauen, dass er sich um die Einzelheiten ja doch nicht kümmert. Deinem Vater würde es am ehesten auffallen, und er würde gewiss Meldung machen.«

»Das stimmt natürlich. Na gut, bringen wir es hinter uns.«

Es war der Sonntagmorgen nach dem Ball, Rosemarie und Marie-Anna hatten sich gleich in der Frühe auf die Suche nach dem verschwundenen Siegelring gemacht, alle Kistchen und Beutelchen durchgesehen, die Kästen ausgeleert, das Fragment eines alten Stundenbuchs mehrmals durchgeblättert und die Verpackungen um und um gewendet. Der Ring mit der Gemme, der in der Liste aufgeführt war, blieb verschwunden.

Valerian Raabe war ebenfalls früh aufgestanden, obwohl sie alle erst weit nach Mitternacht nach Hause gekommen waren. Madame und ihre Gesellschafterin hingegen ruhten noch. Er saß in der Bibliothek und las in einer Zeitung.

»Guten Morgen, Monsieur Raabe.«

»Guten Morgen, Onkel Valerian.«

»Na, schon ausgeschlafen, junge Damen? Ihr seid früh auf!«

»Nun ja, wir haben Grund gehabt, Monsieur. Es gibt da etwas zu berichten.«

»Was denn? Ihr seht beide ein wenig bedrückt aus. Rosemarie, was ist passiert. Ist dir jemand zu nahe getreten?«

»Nein, nein, Onkel Valerian. Es hat mit der Sammlung zu tun.«

»Aha. Ihr habt also schon am frühen Morgen eure Arbeit aufgenommen. Setzt euch doch. Und berichtet.«

»Monsieur, die Sachen, die Sie aus dem Stiftsschatz von Maria im Kapitol erworben haben, sind eben die, die wir katalogisieren. Wir haben eine Diskrepanz zwischen der Auflistung und den einzelnen Stücken festgestellt. Es fehlt ein goldener Ring, ein Ring mit einem roten Stein, in den ein Pferdchen geschnitten ist.«

»Die Kästen hat Freund Schlegel im Äbtissinnenhaus gefunden und mir letzte Woche angeboten. Zu einem sehr günstigen Preis. Ich habe den Inhalt flüchtig durchgesehen, aber ich kann mich an keinen roten Siegelring erinnern. Doch wenn ihr behauptet, er stünde auf der Liste meiner Erwerbungen, müsste ich ihn wohl bekommen haben. Sollte er wertvoll sein?«

»Möglicherweise recht wertvoll, wenn er antik ist. Aber wir haben ja nur seine Beschreibung. Danach kann man das nicht beurteilen.«

»Ich denke, diese alte Handschrift ist deutlich mehr wert als das armselige Ringlein eines Stiftsfräuleins. Die wirklich kostbaren Dinge, die das Stift besaß, sind schon lange unter den Hammer gekommen. Macht euch nicht so viele Gedanken darum.«

»Wenn Sie meinen, Onkel Valerian.«

»Ich meine, und nun nehmt euch heute einen freien Tag. Am heiligen Sonntag solltet ihr nicht arbeiten. Geht heute Nachmittag mit Graciella zum Rhein hinunter und verschwendet euer Taschengeld auf ein paar Leckereien.«

»Danke, Monsieur Raabe.«

Graciella freute sich auf den Spaziergang, und auch die beiden jungen Frauen genossen das warme Herbstwetter.

»Er ist freundlicher geworden, seit du bei uns bist, Marie-Anna.«

»Dein Papa? Ja, er hat sogar gestern sehr nett mit mir geplaudert.«

»Und nun redest du ihn auch nicht mehr mit seinem Kommerzialrat an.«

»Er selbst hat es so gewollt.«

»Erzählt, wie war es gestern auf dem Ball?«

Fröhlich schwatzend verbrachten die drei den Nachmittag.

Der Abend aber versetzte dann Marie-Annas heiterer Stimmung einen herben Schlag.

Als sie von ihrem Ausflug zurückkamen und auf ihre Zimmer gingen, hörten sie in den Zimmern des Hausherren Madames Stimme. Ihr Tonfall war scharf und laut. Was sie jedoch vorbrachte, konnte man nicht verstehen. Marie-Anna schüttelte energisch den Drang zum Lauschen ab und schloss die Tür ihres Zimmers hinter sich, um sich umzuziehen. Als sie fertig war und Rosemarie aufsuchen wollte, begegnete sie der Dame des Hauses auf dem Gang. Ihr Gesicht war stark gerötet, ihre Lippen zu einem bitteren Strich zusammengepresst. Sie musterte Marie-Anna mit kalter Verachtung und schlug dann energisch die Tür zu ihrem Zimmer hinter sich zu. Sehr verwundert war Marie-Anna nicht darüber. Schon häufiger in der letzten Zeit hatte auch sie, nicht nur Rosemarie, unter den Launen von Madame leiden müssen. Der Glanz der »hochadligen Gouvernante« war verblasst, nachdem sie sich geweigert hatte, sich von ihr über ihre Familienverhältnisse ausfragen zu lassen.

Marie-Anna zuckte mit den Schultern und klopfte an Rosemaries Tür.

»Da hat es aber gewaltigen Krach gegeben, scheint mir.«

»Ja, Madame kam gerade zornschnaubend über den Gang gerauscht. Puh, das wird ein gemütliches Abendessen heute.«

»Mir tut Onkel Valerian manchmal Leid. Steckst du mir den Zopf auf? Ich habe es schon zweimal versucht, aber er sitzt immer schief.«

Marie-Anna übernahm die kleine Handreichung, und danach gingen sie gemeinsam nach unten ins Esszimmer. Valerian Raabe stand am Kamin, aufrecht und augenscheinlich sehr beherrscht.

»Wir haben einen schönen Nachmittag verbracht, Onkel Valerian. Sie hätten mitkommen sollen. Es war wundervoll am Rhein unten.«

»Ich hatte zu tun.«

»Am heiligen Sonntag, Monsieur Raabe?«, erlaubte sich Marie-Anna leise zu spötteln.

»Halten Sie sich mit Ihren Vertraulichkeiten zurück, Mademoiselle!«, fuhr er sie so scharf an, dass sie förmlich zurückzuckte. Rosemarie schnappte nach Luft und wollte etwas dagegenhalten, aber Marie-Anna ergriff ihren Arm.

»Pardon, Herr Kommerzialrat. Es wird nicht mehr vorkommen.«

Gegenwart

15. Kapitel

Denise

»In den folgenden Monaten, so sagt dieses Tagebuch noch, hat sich Valerian Raabe weitgehend von den gemeinsamen Familienaktivitäten zurückgezogen, Marie-Anna so gut wie nicht mehr beachtet und nur noch das Allernotwendigste mit ihr gesprochen«, sagte ich.

»Ob sich die Geschichte eigentlich immer wiederholt?«, fragte Rose. »Männer sind solche Idioten!«

»Manchmal haben sie ihre Gründe.«

»Klar, dein Valerius hüllt sich in Schweigen, weil du eine Verbrecherin bist. Aber was hinderte Valerian daran, Marie-Anna freundlich zu begegnen? Diese Ursula ist nun weiß Gott nicht der liebenswerteste Charakter, will mir scheinen.«

»Wir vergessen, dass die Sitten ein wenig anders waren als heute. Ich denke mal, das Arrangement, das die beiden Raabes getroffen haben, war schon recht freizügig nach innen hin. Aber mehr Freiheit, als gelegentlich eine Geliebte außer Haus zu besuchen, konnte Madame ihm wohl nicht gestatten. Das erachtete man sozusagen als medizinisch notwendig. Aber Marie-Anna wurde zu einer anderen Art von Bedrohung. Was, wenn er sich wegen ihr scheiden ließ?«

»Ja, ging das denn überhaupt?«, fragte Cilly.

»Der von Napoleon eingeführte Code Civil war recht großzügig in Scheidungsfragen. Natürlich nur zu Gunsten der Männer. Die Frauen waren damals wirklich die Gekniffenen. Gesellschaftlich völlig unten durch und meist finanziell nicht abgesichert.«

»Der edle Valerian wollte das seinem angetrauten Weib natürlich nicht zumuten und behandelt prompt und auf Befehl Marie-Anna wie Luft. Ich sag doch, Männer sind Idioten.«

»Wir wissen nicht, was Madame noch so alles gegen ihn in der Hand hat, nicht wahr?«

»Wann werden wir es wissen?«

»Vermutlich wenn ich das nächste Tagebuch durchgelesen habe.«

»Also morgen?«

»Liebelein!«

»Jetzt fängst du auch noch damit an!«

Rose und Cilly kicherten, und ich bemühte mich, ein strenges Gesicht zu machen.

»Tut mir Leid, aber ich kann nicht alles auf einmal machen. Aber wenn ihr euch mit Wörterbuch und Lexikon herumschlagen wollt, habe ich nichts dagegen. Ich muss etwas ungemein Wichtiges erledigen.«

»Ich glaube, das kriegen wir hin. Was ist denn so Dramatisches geschehen?«

Ich seufzte tief.

»Anita, was ist passiert?«

»Vieles. Ich habe mich jetzt drei Tage mit der Vergangenheit betäubt. Aber die Gegenwart lässt sich nicht ausschließen. Also, ich weiß, wer die Briefe geschrieben hat.«

Rose fuhr von ihrem Platz auf.

»Wer, Anita?«

»Eine Sängerin namens Denise.« Ich berichtete von dem »Lied« und dem Anruf bei Julians Agenten. »Ich werde bald anrufen müssen und fragen, ob wir uns treffen können.«

»Meinst du, Julian ist zu ihr gefahren, nachdem er von mir fort ist?«

»Ich bin mir fast sicher.«

»Meine Güte, warum meldet sie sich nicht bei der Polizei?«

»Aus demselben Grund, Rose, weshalb du es auch nicht getan hast. Sie wollte ihn nicht bloßstellen, denke ich.«

»Aber uns in Verdacht bringen!«

»Deshalb will ich sie ja sprechen. Sie soll ihre Aussage machen, wenn er denn tatsächlich bei ihr war. Ihm tut es nicht mehr weh, uns kann es nur helfen. Und wenn meine Mutter deswegen ihren Koller kriegt, ist mir das inzwischen auch weidlich egal.«

»Endlich. Wurde langsam Zeit, dass du mit der Rücksichtnahme aufhörst.«

Ich ließ mich gegen das Polster des Sofas fallen. Das Schwerste stand mir noch bevor. Seit meinem Gespräch mit Jan war mir immer klarer geworden, dass ich mich mit meinem Verdacht ernsthaft auseinander setzen musste.

Rose und Cilly saßen mir gegenüber still nebeneinander, waren dicht zusammengerückt und sahen mich an.

»Was ist los, ihr zwei?«

»Anita…?«

»Rose, was ist?«

»Wir haben… also, Cilly und ich haben…«

»Schwester, lass mich. Anita kann das ab, glaub mir.« Cilly kam zu mir auf das Sofa und kuschelte sich neben mich. »Anita, ist dir eigentlich schon mal der Verdacht gekommen, deine Mutter könnte selbst etwas mit dem Unfall zu tun haben?«

»Seit Wochen schon, Cilly. Und das ist, ehrlich gesagt, nicht sehr angenehm. Sie hatte die Möglichkeit, und an Motiven fehlt es ihr nicht, selbst wenn es nur krankhafte Eifersucht war. Aber es ist für mich schwer, damit fertig zu werden, sie könne ihn vorsätzlich kaltblütig umgebracht haben.«

»Darum also schweigst du.« Rose kniete inzwischen vor mir am Boden und streichelte meinen Arm.

»Richtig, darum schweige ich. Und hoffe, Kommissarin Frederika findet selbst etwas heraus. Vielleicht hilft ihr Denise.«

»Dann ruf sie so bald wie möglich an, Anita. Wenn's geht, schon heute. Es ist Freitagabend, kein schlechter Termin, oder?«

»Ja, wahrscheinlich ist es kein schlechter Termin. Lasst ihr mich bitte alleine?«

Sie waren beide gegangen, und ich nahm das Telefon zur Hand. Sehr langsam tippte ich die Nummer ein. Mein Herz klopfte mir bis zum Hals.

Eine wundervolle, tiefe Frauenstimme meldete sich. Denise, unverkennbar.

»Mein Name ist Anahita Kaiser, ich…«

»Anahita! Anahita, wie gut, dass Sie anrufen. Sie sind doch Julians Tochter, nicht wahr?«

»Ja, ja natürlich.«

»Es ist entsetzlich von mir, ich wollte mich immer bei Ihnen melden, aber ich habe nie den Mut gefunden.«

»Und ich habe erst vor ganz kurzer Zeit von Ihnen überhaupt erfahren.«

»Wir müssen miteinander reden, Anahita. Nicht am Telefon. Wo wohnen Sie?«

Ich gab ihr meine Adresse.

»Das ist ja gar nicht weit. Wann haben Sie Zeit?«

»Morgen?«

»Ich komme zu Ihnen, wenn es Ihnen recht ist.«

»Ich kann auch zu Ihnen kommen.«

»Nein, es gibt einen Grund… Sagen wir, am frühen Nachmittag?«

»Gegen zwei?«

»Wunderbar. Bis dann, Anahita. Und vielen Dank!«

Es war also um vieles leichter gewesen, als ich gedacht hatte. Andererseits, gestand ich mir ein, Julian hatte Denise wohl geliebt, und eine Frau, die über so viele Jahre seine Vertraute war, musste wohl auch etwas Verständnis für seine Tochter haben, nach der sie sich stets so ausführlich erkundigt hatte.

Sie kam pünktlich, einen riesigen Strauß duftenden weißen Flieders in der Hand.

»Aus meinem Garten!«, erklärte sie, legte ihn auf die Garderobe und streckte die Arme aus. Sie war eine schöne Frau, ihr Lächeln so warm und herzlich, dass ich meine Zurückhaltung aufgab und ihre Umarmung erwiderte.

Dann fehlten uns beide die Worte, und wir betrachteten uns gegenseitig schweigend. Sie war mittelgroß und gut proportioniert, aber nicht übermäßig schlank. Ihre Haare hatten einen Aufsehen erregenden Rotton, sie mochte ihn nicht ausschließlich der Natur zu verdanken haben, aber er stand ihr ausgezeichnet. Ihr Gesicht war ebenmäßig, dezent geschminkt und überaus lebendig im Ausdruck. Auf der Bühne würde sie bezwingend wirken.

»Du bist ihm ähnlich, Anahita. Sehr ähnlich. Auch wenn du ganz anders aussiehst. Es ist deine Ausstrahlung, die seiner gleicht.«

»Danke. Möchten Sie nicht hereinkommen?«

»Lass die Förmlichkeiten. Ich bin Denise.«

»Gut. Hier bitte.«

Wir setzten uns an den Tisch, auf den ich die Briefe und die Kassette gelegt hatte. Auch die Tagebücher lagen hier.

»Wie bist du auf mich gestoßen?«

»Zwei Spuren, Denise. Es war nicht ganz leicht, denn Julian hat einen Hang zur Geheimniskrämerei gehabt, das weißt du ja. Alles fing mit seinem Tod an…«

Ich erzählte ihr, wie ich meine Schwester gefunden hatte, den Siegelring und die dazugehörige Geschichte, das Stundenbuch und auch dessen Geschichte und zu guter Letzt die Tagebücher und über die Tagebücher die Briefe.

»Kurz darauf hörte ich dich das ›Lied‹ singen.«

»Es ist wundervoll, nicht wahr? Julian war Künstler, ein Sänger und ein Barde, Anahita. Ein Barde war er im besten und wahrsten Sinne des Wortes. Das beweisen zudem seine Geschichten. Ich kenne Teile davon und weiß, dass er sie euch erzählt hat. Er hat Muster im Gewebe des Lebens erkannt, die andere nicht sehen können. Er hat die Fäden darin verfolgt und Parallelen entdeckt. Ich komme mir vor wie die Verwalterin seines Wissens.« Sie öffnete die Umhängetasche und holte einen Ordner heraus. »Hier sind seine Briefe. Kopien, Anahita, von den Originalen trenne ich mich nicht. Aber du sollst sie lesen. Manches, was ihn bewegt hat, wird dir dann klarer werden.«

»Danke, das ist sehr großzügig von dir.« Ich war aufrichtig gerührt. Dennoch musste ich die wichtigste Frage stellen. »Was ist mit dem letzten Abend gewesen, Denise? An dem siebten Juli vergangenen Jahres?«

»Er war bei mir. Es ist nicht so, dass wir uns all die Jahre nicht gesehen hätten. Wir sind uns begegnet, bei offiziellen Anlässen, auf Partys, bei der Arbeit. Alleine habe ich ihn nie mehr gesehen, seit wir uns vor über fünfundzwanzig Jahren getroffen und ineinander verliebt haben. Er kam auf meinen Wunsch abends um halb sechs zu mir und ist kurz vor acht aufgebrochen, um nach Koblenz zu fahren. Soll ich diese Aussage der Polizei gegenüber machen? Wird dir damit geholfen?«

»Mir und Rose. Ja, wahrscheinlich. Aber du läufst Gefahr, in die Schmuddelpresse zu geraten.«

»Manchmal, Anahita, kommt man an einen Punkt, wo man entscheiden muss. Es wird zwar unangenehm, aber wenn es denn der Gerechtigkeit dient …«

»Ja, es dient. Aus einem ganz bestimmten Grund.«

»Bevor du mir den nennst, möchte ich dich um etwas bitten. Ich würde gerne zu seinem Grab gehen, Anahita. Ich weiß noch nicht einmal, wo er seine letzte Ruhe gefunden hat.«

»Ich war auch noch nicht dort. Aus vielen Gründen. Aber du hast Recht, einmal muss auch das sein. Er wollte auf dem alten Friedhof an der Godesburg in dem Familiengrab beigesetzt werden, und so ist es geschehen. Fahren wir.«

Zuerst verlief die Fahrt schweigend, aber dann fragte ich sie doch: »Er hat seinen Tod geahnt, Denise. Er hat dir davon geschrieben.«

»Ja, er hat etwas geahnt. Das ist der Fluch derer, die erkennen, wie sich die Dinge von einem Punkt aus entwickeln. Aber, Anahita, er war nicht besonders beunruhigt darüber. Es war ganz seltsam. Selbst an diesem Abend noch sprach er davon, dass sein Weg sich seinem Ziel näherte. Ich habe das leider nicht so wörtlich genommen, wie er es gesagt hat. Mein Gott, Anahita, was war ich entsetzt, als ich von dem Unfall hörte. Allerdings glaubte ich, es handele sich wirklich um einen Unfall. Den verlogenen Presseberichten habe ich nie ein Wort geglaubt.«

»Ich wollte es genauso wenig glauben, Denise. Bis die Kommissarin dann mit den neuen Fakten aufwartete. Aber dazu später. Hier ist der Friedhof.«

Wir gingen gemeinsam zu der Stelle unter den alten Zypressen, die er schon bei Lebzeiten für sich gewählt hatte. Ein steinerner Engel mit ausgebreiteten Flügeln wachte über dem Grab der Familie Kaiser. Denise stellte eine Schale auf die Marmorplatte, feiner, zitternder Farn und Maiglöckchen. Als sie sich wieder aufrichtete, liefen ihr die Tränen über die Wangen.

»Vielleicht, dass ich gedenke, vielleicht, dass ich vergess«, flüsterte sie. »Ich werde nie vergessen, Julian.«

»Ich auch nicht.«

Wir standen Hand in Hand still an seinem Grab, dann aber schnäuzte sie sich und fragte: »Also, was gibt es noch, Anahita? Was hat man herausgefunden? Es liegt dir etwas auf der Seele, nicht wahr?«

»Lass uns von hier fortgehen. In die Rheinaue. Der Park ist im Frühling so schön.«

Es war zwar etwas trüb gewesen an diesem Tag, aber gelegentlich brach die Sonne hervor. Sie wärmte uns, als wir unseren Spaziergang begannen, und das helle, grüne Laub, die bunten Rabatten, die blühenden Sträucher und Büsche wischten die Traurigkeit fort. Durch das Tor traten wir in den japanischen Garten. Ich liebte ihn, diesen kleinen, umschlossenen Hort mit seinen Steinlampen, den bizarr gewachsenen Bäumen und dem stillen Teich mit seinen goldenen Fischen. Die Azaleen blühten wie eine pinkfarbene Wolke über den hellen, grauen Steinen, und der Blutahorn flammte in den Sonnenstrahlen auf. Als wir eine Weile auf der hölzernen Bogenbrücke gestanden hatten, die sich über den Wasserfall schwang, fragte Denise schließlich: »Was ist es?«

»Uschi!«

»Sie hatte einen Verdacht, ja?«

»Sie hat immer steif und fest behauptet, Julian habe die letzte Nacht bei seiner Geliebten verbracht. Aber sie hat meines Erachtens keinerlei Anhaltspunkt dafür gehabt.«

»Ahnung. Frauen ahnen so etwas. Unter all ihrer Oberflächlichkeit hat Uschi eine empfindliche Stelle. Sie ist besitzergreifend bis zur Krankhaftigkeit.«

»Es wird dich in Verdacht bringen.«

»Dann müssen wir etwas dagegen tun. Hat sie ihm die Drogen verabreicht? Er war müde und unkonzentriert, als er bei mir war.«

»Das hat Rose auch festgestellt. Die Bonbons, weißt du! Sie waren mit starken Beruhigungsmitteln präpariert.«

»Du musst deinen Verdacht angeben, Anahita.«

»Warum kommen sie nicht selbst drauf?«

»Sind sie wahrscheinlich schon. Aber wenn Uschi nichts zugibt – wie sollen sie es beweisen?«

»Der perfekte Mord.«

»Ich glaube nicht, dass es Mord war, Anahita. Ich glaube nicht, dass sie ihn vorsätzlich umbringen wollte. Sie wird von dem Ergebnis selbst entsetzt sein.«

»Vielleicht male ich sie schwärzer, als sie ist. Wir stehen nicht gut miteinander.«

»Lass mich nachdenken. Übrigens, hier wird es kühl, ich würde gerne ein wenig weitergehen.«

Wir schlenderten die Wege zwischen den grünen Wiesen entlang. Beide schwiegen wir, ich kämpfte mit meinen Gefühlen, Denise schien in Gedanken versunken. Und wie der Zufall es wollte, kamen wir an der so genannten »Römerstraße« an, jenem Weg unter den alten Kastanienbäumen, der von den Abgüssen antiker Weihesteine gesäumt wird und an die Zeit erinnert, in der die Römer das Rheinland besiedelt hatten. Ich hatte ihnen nie besondere Aufmerksamkeit geschenkt, aber plötzlich blieb ich wie angewurzelt stehen. Warum hatte ich nie den Matronenstein unter ihnen bemerkt?

Auch Denise blieb stehen und betrachtete die drei Frauen unter dem Tempeldach. Zwei von ihnen trugen runde Hauben, die mittlere war barhäuptig und hielt eine Schale im Schoß.

»In all den Geschichten von Julian spielt ein solcher Matronenstein eine Rolle.«

»Ich weiß, er hat sich für die alten Formen der Religionen interessiert. Die drei Göttinnen …«

»… und die drei Marien.«

»Oder die drei Jungfrauen – Glaube, Liebe, Hoffnung.«

Sie legte den Arm um mich. Denise war eine liebevolle Frau, die körperliche Berührung nicht scheute. Ich war ihr dankbar dafür. Aber dann machte ich mich sacht los und bückte mich, pflückte zwei Gänseblümchen und legte sie mit einer andächtigen Geste in die Schale. Es waren zwei Wünsche mit ihnen verbunden. Denise folgte meinem Beispiel, legte eine Blüte hinzu und meinte dann: »Ich habe eine Idee!«

Bevor wir Denises Idee in die Tat umsetzen konnten, musste jedoch einiges geregelt werden. Sie übernahm das. Zwischenzeitlich erhielt ich dann seit langer Zeit wieder einmal eine erfreuliche Nachricht. Am Montag rief mich mein Doktorvater an, Professor Eckendorf, bei dem ich promoviert hatte. Ich freute mich darüber und richtete mich auf eine ausgiebige Unterhaltung ein. Wir waren stets gut miteinander ausgekommen, doch er neigte zur Weitschweifigkeit. Deswegen verwunderte mich ein wenig seine so kurz angebundene Art. Aber wie sich zeigte, hatte er ein Problem. Ein Projekt unter seiner Leitung im Historischen Institut, das im laufenden Semester begonnen hatte, war gefährdet, da der wissenschaftliche Mitarbeiter, der es verantwortlich führen sollte, wegen grober Verfehlungen kurzfristig entlassen werden musste.

»Das ist doch Ihr Spezialgebiet, Frau Kaiser. Daher sind Sie mir eingefallen. Ich meine, Sie sind ja inzwischen sicher andere berufliche Verpflichtungen eingegangen. Trotzdem dachte ich mir, einen Versuch könnte ich ja mal wagen.«

»Herr Eckendorf! Lieber Herr Professor, wie nett von Ihnen. Meine Verpflichtungen sind, aus privaten Gründen, derzeit verhandelbar.«

»Wirklich?«

Es klang so viel Hoffnung in seiner Stimme, dass ich unwillkürlich lachen musste.

»Wollen wir verhandeln?«

»Aber gerne. Könnten Sie morgen Vormittag ins Institut kommen?«

»Ja, ich denke schon. Sie haben noch Ihr Büro an gleicher Stelle?«

»Ja, Sie finden mich am bekannten Ort. Ist Ihnen halb zehn recht?«

Ich sagte zu.

Und dankte den Matronen das erste Mal.

16. Kapitel

Ein Geständnis

Professor Eckendorf war erfreut, ich war es ebenfalls. Die aufregendste Bezahlung war mit der Aufgabe nicht verbunden, wo gab es schon viel Geld in den Instituten? Es war auch keine Lebensstellung, sondern auf zwei Jahre befristet. Aber sie bot Möglichkeiten. Durchaus Möglichkeiten. Und sie erlaubte mir einen zeitlichen Spielraum, den ich für Rose und für meine eigene weitere Qualifikation einsetzen konnte. Nachdem das Geschäftliche verhandelt war, geriet der gute Eckendorf wieder in seine Gesprächslaune, und wir kamen von den kleinen Dingen zu den größeren, von dort zu den globalen und schließlich zu den die Zeiten umspannenden Themen. Hätte nicht eine Assistentin vorsichtig an der Tür geklopft und nachgefragt, wie sie das Schreiben – sie winkte damit in der Hand – nun behandeln sollte, wären wir noch in die äußeren Sphären abgeglitten.

»Wenn sich bei uns niemand findet, dann bemühen Sie Herrn Corvin. Er macht solche Gutachten gelegentlich für uns. Aber schmeicheln Sie es ihm so billig wie möglich ab. Der Etat ist knapp.«

»Ist gut, ich versuch's.«

»Sie wird's schaffen, glaube ich. Sofern es sich um Valerius Corvin handelt!«, meinte ich und musste ein bisschen grinsen, als ich an Jans Charakterstudie dachte.

»Sie kennen Herrn Corvin? Natürlich, ein Antiquitätenhändler wie er bleibt einer Kunsthistorikerin wie Ihnen nicht unbekannt.«

»Ich habe ihn kurz kennen gelernt. Aber ich wusste nicht, dass er für Sie Gutachten erstellt.«

»Er ist bei der Klassifizierung von englischen Möbeln der beste Fachmann, den wir hier im Umkreis haben. Gelegentlich ist er sogar bereit, sein Wissen kostenlos zur Verfügung zu stellen. Wir laden ihn dafür regelmäßig zu unseren Veranstaltungen ein.«

»Hat er hier studiert?«

»Nein, er hat in Darmstadt Innenarchitektur studiert. Aber er hat dazu eine Ausbildung als Restaurator und ist ein begnadeter Kunsttischler.«

»Ja, ich hörte, er legt gerne selbst Hand an.«

»Das hat die Firma R&C vor einigen Jahren mal gerettet, heißt es. Es ist ja ein altes Familienunternehmen, das er übernommen hat. Der Teilhaber ist verunglückt, und sein Vater hat das nicht verkraftet. Corvin hat damals sein Studium aufgegeben und erst einmal den Laden wieder in Schwung gebracht. Eine erstaunliche Leistung für einen jungen Mann. Seinen Abschluss hat er dann erst viel später nachgeholt. Ich glaube, da war er schon über dreißig.«

Eine leise Heiterkeit stieg in mir auf. Der Innenarchitekt, der Denise das Esszimmer eingerichtet hatte… Aha! Ich würde sie fragen. Ein höchst interessanter Aspekt, der da gerade auftauchte.

Ich verabschiedete mich in gehobener Laune von meinem Professor und kam heiter in meiner Wohnung an. Hier aber blinkte der Anrufbeantworter, und Rose unterrichtete mich, wir seien an diesem Nachmittag um vier bei Uschi verabredet. Das dämpfte meine Laune wieder, obgleich dieser Besuch möglicherweise endlich zu einem Ende der unseligen Situation führen würde.

Kommissarin Frederika war fast menschlich zu nennen, als sie mit Denise zu mir und Rose trat.

»Ich werde das Eingangsgespräch führen. Das, was dann daraus entsteht, werden Sie improvisieren müssen. Ein Kollege wartet im Wagen vor dem Haus, falls es zu Problemen kommt.«

»Gut, bringen wir es hinter uns.«

Tilly öffnete uns, beäugte Rose und Denise sehr misstrauisch und führte uns ins Wohnzimmer. Uschi sah mich hinter der Kommissarin eintreten und versteifte sich. Als Denise erschien, stellte sie mit einem Klirren das Glas ab, das sie in der Hand gehalten hatte, und als Rose ins Zimmer kam, sprang sie auf.

»Verschwinden Sie!«

»Frau Dr. Kaiser, Frau von Cleve und diese Dame hier bleiben. Es gibt Dinge zu klären, die Sie alle gemeinsam betreffen.«

Dann rollte die Kommissarin den Fall noch einmal auf. Sie berichtete über die einzelnen Stationen, die Julian am Abend vor seinem Tod aufgesucht hatte, diesmal unter Einbeziehung der Rolle, die Denise dabei gespielt hatte. Ihre Wortwahl war geschickt. Es entstand der Eindruck, Denise sei in der Tat die langjährige Geliebte meines Vaters gewesen.

Uschi wurde blass und gleich darauf rot. Sie sprang auf und schrie Denise an.

»Also doch! Also doch! Ich habe es gewusst. Er hat mich hintergangen. Ihr habt mich alle hintergangen! Ihr steckt alle mit drin!« Kommissarin Frederika versuchte, sie zu beruhigen, aber sie schüttelte sie ungehalten ab. »Sie also!«

Denise sprach ganz ruhig, mit Trauer in ihrer tiefen, klangvollen Stimme.

»Ja, ich, Frau Kaiser. Aber, wissen Sie, Julian und ich hatten uns lange nicht gesehen, und ich war sehr unglücklich, dass er so abgeschlagen und müde bei mir ankam. Ich konnte kaum ein vernünftiges Wort mit ihm wechseln. Dabei hatte ich mich so darauf gefreut, den Abend mit ihm zu verbringen.«

»Und mit ihm ins Bett zu gehen, was? Das hab' ich dir versaut, du Miststück.«

»Ja, Uschi, das hast du wirkungsvoll verhindert!«, bestätigte ich leise. »Glaub' mir, ich bedauere es, denn Denise hat ihn mehr verdient als du.«

Uschi fuhr herum.

»Einen Dreck hat sie. Er war mein Mann. Nehmt das bitte alle zur Kenntnis. Mein Mann! Mich hat er geheiratet, nicht diese heuchlerische Schlampe Sophia, nicht diese hinterhältige Hure hier. Mich! Und darum hab' ich dafür gesorgt, dass er bei dir keinen mehr hochkriegt.«

»Mit deinen Beruhigungsmitteln, nicht wahr?«, fragte ich sanft.

»Jawohl, mit den Beruhigungsmitteln. Hat doch gewirkt, Denise, was?«

»Ja, sie haben gewirkt, Frau Kaiser. Sehr gut gewirkt.«

»Mit tut es besonders weh, dass du ausgerechnet die Bonbondose nehmen musstest, die ich ihm geschickt habe.«

Sie starrte mich an, Wut blitzte in ihren Augen auf.

»Du mit deinen blöden Dosen. Er hat sie aufgehoben, jede einzelne. Darum habe ich ja die Bonbons auch immer da reinfüllen müssen, die ich für ihn gemacht habe. Aber jetzt sind die Dosen fort, auf dem Müll gelandet, zerquetscht, kaputt.«

»Bis auf diese hier.«

Ich zeigte ihr die besagte Dose. Und Uschi schien in ihrem von Wut vernebelten Hirn etwas zu dämmern. Sie wollte sie mir aus der Hand reißen, aber Kommissarin Frederika war schneller und stand zwischen uns.

»Was möchten Sie mit der Dose, Frau Kaiser?«

»Wegwerfen. Sie soll weg. Ich kann diese verdammten Dosen nicht mehr sehen. Sie waren sein Unglück!«

»Nicht die Dosen, die Bonbons, Uschi. Die du ihm mit Beruhigungsmitteln versetzt hast. Aus deiner eigenen kleinen Auswahl, nicht wahr?«

»Na und? War das nicht mein Recht? Er hat mich betrogen.«

Sie stand vor mir, das Gesicht verzerrt, die Hände wie zu Krallen gebogen.

Ich sah ihr in die Augen und sagte langsam und traurig: »Du hast ihn damit umgebracht. Es wird Zeit, dir das endlich einzugestehen. Du hast den Mann, den du ausschließlich für dich beansprucht hast, mit deiner Besitzgier umgebracht. Du, meine Mutter, hast den Tod meines Vaters, den ich geliebt und bewundert habe, zu verantworten.«

»Du hast den Tod meines Vaters, den ich geliebt und bewundert habe, zu verantworten!«, sagte auch Rose und stand neben mir.

»Sie haben den Tod des Mannes zu verantworten, den ich geliebt und bewundert habe«, sagte Denise und stand an meiner anderen Seite.

Uschi sah stumm von einer zur anderen. In ihrem Gesicht kämpfte es. Dann lösten sich die verkrampften Finger, sie schwankte leicht. Kommissarin Frederika trat neben sie, um sie zu stützen, doch sie hielt sich aus eigener Kraft aufrecht. Ihre Schultern sackten plötzlich nach unten, ihre Lippen zitterten.

»Ja«, seufzte Uschi schließlich tonlos. »Ja, ich habe seinen Tod zu verantworten.«

Ich atmete tief ein. »So ist es, Mutter. Dr. Schneider wird einen Anwalt für dich besorgen.«

»Verschwinde.«

»Natürlich.«

Denise, Rose und ich verließen das Haus. Der im Wagen vor der Tür wartende Kommissar stieg aus und sah uns fragend an. Ich hielt ihm die Haustür auf.

»Kommt mit zu mir«, forderte Rose uns auf.

Als wir zusammensaßen, ergriff Denise das Wort.

»Wahrscheinlich wird ihr nicht viel geschehen. Das, was eben passiert ist, wird möglicherweise nicht als Geständnis gewertet. Ein guter Anwalt kann da viel machen. Aber euch beide entlastet es endlich.«

»Ja, uns entlastet es. Aber wir werden noch eine gewaltige Schmutzkampagne über uns ergehen lassen müssen.«

»Am besten, ihr verschwindet für ein paar Wochen. Irgendwo in eine abgelegene Ecke der Welt, wo euch niemand kennt.«

Rose nickte und meinte mit einem Schmunzeln: »Ja, ans Ende der Welt, Anita, nicht wahr?«

Kläglich war es, aber es gelang auch mir ein Lächeln.

»Dort soll es sehr schön sein.«

»Ihr habt anscheinend schon ein bestimmtes Ziel vor Augen?«

»Ja, Denise. Das Finistère.«

»Oh, das ist perfekt. Dort gibt es einsame Flecken, und ein Haus könnt ihr jetzt, vor den Ferien, sicher jederzeit mieten.«

»Ja, Rose. Verschwinden wir von der Bildfläche. Für alle, nicht nur die Presse. Auch für Staatsanwälte und Antiquitätenhändler.«

»O ja. Ohne Angabe von Adressen und Telefonnummern.«

»Ich habe den Eindruck, ihr möchtet mit eurem Verschwinden noch einen weiteren Zweck verbinden.«

»Richtig, Denise.«

»Ich nehme weiterhin an, nicht Staatsanwälte und Antiquitätenhändler im Allgemeinen, sondern im Besonderen sind gemeint.«

»Du bist sehr scharfsinnig!«, stellte ich fest. »Den einen, glaube ich, kennst du sogar.«

»Entschuldige, aber mit Staatsanwälten habe ich, Gott sei Dank, noch nichts zu tun gehabt.«

»Aber mit seinem Onkel, Denise. Er hat dir mal das Esszimmer eingerichtet. Und so weiter.«

Denise sah mich einen Moment fassungslos an, dann gluckste sie leise.

»Und so weiter. Ach ja. Nun, da hast du aber einen prächtigen Fisch an der Angel.«

»Ich weiß noch nicht, ob der Haken sitzt! Ich hörte, dieser Fisch hat die Angewohnheit, sich ziemlich glatt aus allem herauszuwinden.«

»Ja, man wird ein starkes Netz brauchen, um ihn festzuhalten. Hast du eines?«

»Julian hat dran gewebt. Sag mal, kannte er Valerius Corvin?«

»Er ist ihm einmal begegnet. Vor vielen Jahren, in Frankfurt. Wir waren mit einem amerikanischen Sänger und seiner Frau unterwegs, und die wollten etwas ›altes Europa‹ erstehen. Wie Amerikaner so sind. Damit sie also nicht auf Kuckucksuhren made in Korea und Bierkrüge aus Taiwan hereinfielen, schoben wir sie zu R&C hinein. Julian hat sich mit Valerius unterhalten und schließlich einen alten Schmuck von ihm erstanden. Er hat ihn mir geschenkt. Aber ich habe ihn nie getragen. Er ist viel zu aufwändig. Ein Collier mit sieben gewaltigen, schwarzen Gemmen, üppig in Gold gefasst.«

Rose und ich riefen gleichzeitig: »Das Planetencollier!«

»Bitte? Ja, so nannte er es. Woher kennt ihr es?«

»Das – oder ein ähnliches – wird in den Tagebüchern zitiert. Ein Valerian Raabe hat es um 1810 für seine Frau erworben.«

»Himmel, Anahita! Dann gehört es in deine Familie.«

»Wenn es das ist.«

»Ich werde die Papiere suchen, die dazugehören. Ich

habe sie nie angesehen, sie liegen mit dem Collier seit Jahren unberührt im Tresor.«

»Aber was Julian mit Valerius gesprochen hat, weißt du nicht?«

»Nein, ich war damals schon nicht mehr mit ihm zusammen. Es war nur eine kurze, aber ziemlich heftige Affäre. Er hat sie sehr schmerzlos beendet. Zumindest scheint es mir heute so. Damals war mir auch von Anfang an klar, dass es sich nur um eine zeitlich begrenzte Liebelei handelte. Er hat so eine Art, einen nicht wirklich an sich herankommen zu lassen, selbst wenn es noch so leidenschaftlich zugeht. Halte dein Herz fest, Anahita.«

»Ich weiß nicht. Ich fand ihn alles andere als distanziert.«

»Nun ja …«

»In Julians Geschichten tauchte oft ein Mann auf, der den Beinamen Rabe trug und für die Frau bestimmt war, die den Namen Anna führte«, stellte Rose fest. »Valerius Corvus, Hrabanus Valens, Valerian Raabe.«

»Dann würde ich mal unterstellen, ganz gegen jeden Verstand und alle Logik, Anahita, ist dein Netz fest genug gewebt. So, und nun gehe ich. Gebt mir aber bitte noch Bescheid, wann ihr wegfahrt. Ich möchte euch vorher noch etwas bringen.«

»Machen wir, Denise. Und – danke!«

»Ja, Denise – danke.«

Als sie gegangen war, dankte ich den Matronen im Stillen ein zweites Mal. Anschließend holte ich die Unterlagen über die Bretagne hervor, die ich mir besorgt hatte, als wir mit der Auswertung der Tagebücher begannen. Das Fremdenverkehrsbüro war hilfreich gewesen, und bei den Veranstaltungskalendern, den Prospekten von Museen und Sehenswürdigkeiten war auch ein Katalog mit Ferienhäusern. Wir blätterten ihn gründlich durch und entschieden uns spontan für ein Haus bei Santec. In der Nähe der Ile de Sieck.

»Morgen frage ich an, ob ich es für uns mieten kann. Hoffentlich geht es kurzfristig. Aber vor Samstag werden wir es sicher nicht bekommen.«

»Fragen kann man ja mal. Übrigens, Cilly wird toben, wenn wir so einfach verschwinden.«

»Warum?«

»Sie hat sich unheimlich viel Mühe mit dem zweiten Tagebuch gegeben, und ich muss schon sagen, es ist spektakulär, was darin steht.«

»Wir haben ja noch vier Tage Zeit. Ich muss sowieso an etwas anderes denken und mich etwas ablenken. Die Sache mit Uschi geht mir an die Nieren.«

Cilly tobte wirklich, als wir ihr am Dienstagnachmittag von unserer geplanten Flucht in die Bretagne berichteten. Das Ferienhaus war frei, und ich hatte zwei Wochen fest gebucht, mit der Option auf eine dritte Woche.

»Das könnt ihr nicht bringen! Ich will mit! Ich will das Schloss und die Insel auch sehen! Die doofe Klassenfahrt mach' ich nicht mit! Ich bin todkrank. Ich hab' die Masern! Ich krieg' die Syph! Ich werde Schaum vor dem Mund haben und in den Teppich beißen, wenn ihr mich nicht mitnehmt!«

Sie raste zum Telefon und rief ihre Mutter an, sprudelte über vor Empörung, protestierte, schmeichelte, argumentierte und war schließlich stumm und niedergeschlagen.

Tränen vergoss sie nicht.

Ich nahm ihr den Hörer aus der Hand.

»Sophia, wenn sie die Klassenfahrt nächste Woche nicht mitmacht, bricht die Welt nicht zusammen. Danach ist Pfingsten, und die Schulwoche hat auch nur drei Tage. Es wird schon nicht ihre Versetzung gefährden, wenn sie mal fehlt, oder?«

»Nein, das wird es nicht, Anita. Aber es verstößt gegen die Prinzipien …«

»Sophia, deine jüngste Tochter hat eine Menge mit uns durchgemacht. Sie hat ihre Osterferien für uns geopfert. Sie hat mein Gejammere ertragen, sie hat beim Aufbau der Ausstellung geholfen und auch, als wir sie abbrechen mussten. Sie hat Rose gerettet, als sie umgekippt ist, und die Nächte in Angst und Sorge mit uns verbracht. Ein bisschen heftig für ein Mädchen ihres Alters, nicht?«

»Du meinst, sie hat Ferien verdient?«

»Meine ich. Ganz abgesehen davon habe ich heute Morgen den ersten Reporter verscheuchen müssen. Wär doch unangenehm für sie, wenn so ein Schmierlappen sie auf dem Schulweg anmacht.«

»Da ist was dran. Na gut, ich schreib' ihr eine Entschuldigung. Mal sehen, was mir einfällt. Aber ihr müsst euch verpflichten, sie nach zwei Wochen wieder zurückzubringen. Mehr ist nicht drin!«

»Versprochen!«

Ich legte auf und zwinkerte Cilly zu.

»Zwei Wochen!«

»In echt?«

Jetzt kamen die Tränen. Sie war, genau wie Rose und ich, ein bisschen fertig mit den Nerven.

Als sie sich wieder beruhigt hatte, wurde sie sachlich und nüchtern.

»Ich habe über die Hälfte des Tagebuchs gelesen und übersetzt. Also, es ist der Hammer.«

»Dann los!«

Tagebuch 3

17. Kapitel

Der Brand im Wachhaus

Besonders aufmerksam waren die vier französischen Gendarmen nicht, die in dem Wachhaus an der Stadtmauer ihren Dienst taten. Die Dezembernacht war ruhig, die Kölner Bürger saßen in ihren Häusern an den Kaminen und scheuten die eisigen Straßen. Um die Langeweile zu vertreiben, spielten die Gendarmen Karten und tranken das helle, herbe Bier, an das sie sich allmählich gewöhnt hatten. Es war billiger als Wein, und ein gelegentlicher Schluck von dem klaren Schnaps, den einer von ihnen aus einer Steingutflasche ausschenkte, brachte auch die nötige innere Wärme zustande.

Doch die Beschaulichkeit wurde plötzlich durchbrochen. Ein lauter Hilferuf gellte durch die einsamen Gassen. Eine Frau schrie, verzweifelt, wie in Todesnot. Die Karten flogen über den Tisch, die Männer griffen nach ihren Gewehren, stürzten aus der Wachstube und polterten aus der Tür auf die Straße. Noch einmal gellte der Schrei, brach dann abrupt ab, als ob die Bedrängte zum Schweigen gebracht worden wäre. Alle sechs rannten die Gasse hinauf, in die Richtung, aus der der Hilferuf gekommen war. Eine Frau fanden sie nicht, aber die Schritte eines Flüchtenden entfernten sich in eiliger Hast. Ihm setzten sie nach, hätten ihn beinahe zu fassen bekommen, denn sein atemloses Schnaufen klang schon ganz nahe. Doch die Straßen und Sträßchen waren verwinkelt und unübersichtlich. Sie verloren ihn schließlich und hatten alle Mühe, wieder zurück zu ihrem Wachlokal zu finden.

Doch das wurde ihnen schließlich leicht gemacht, denn heftig begann die Feuerglocke zu läuten, und helle Flammen loderten aus dem trockenen Gebälk des alten Fachwerkhauses, das sie vor kaum einer Viertelstunde verlassen hatten.

Jemand hatte sich die Abwesenheit der Gendarmen gezielt zu Nutze gemacht, um den Brand zu legen.

Der Sous-Préfet war auf das Äußerste ungehalten und setzte die Polizeikräfte ein, nach der Frau zu fahnden, die für das Ablenkungsmanöver gesorgt hatte. Über eine Woche brauchten seine Leute dafür, und das Jahr 1811 war schon angebrochen, als die widerborstige Dirne endlich in Gewahrsam genommen werden konnte. Bei ihr fand sich eine goldene Kette, an der eine Kamee mit einem Frauenbildnis hing. Woher sie dieses Schmuckstück hatte, weigerte sie sich zunächst anzugeben. Schließlich aber bezichtigte sie einen Freier, ihr es als Lohn für einen Liebesdienst überlassen zu haben. Doch behauptete sie, den Namen des Mannes nicht zu kennen. Und seine Beschreibung passte auf viele, auch auf einige der einflussreicheren Bürger Kölns.

18. Kapitel

Feiertage im Haus des Kommerzialrates

Im Hause Raabe wurde das Weihnachtsfest freudig begrüßt. In den Räumen waren Vasen mit Tannenzweigen aufgestellt, die mit roten Bändern und Schleifen geschmückt waren, und der Duft von süßem Gebäck zog von der Küche durch die Gänge. Zu Gast kamen Valerian Raabes Eltern und wurden von ihren beiden Enkeltöchtern Rosemarie und Graciella mit großer Herzlichkeit empfangen.

Sie waren es auch, die versuchten, Marie-Anna in das festliche Geschehen mit einzubeziehen. Denn Madame war betont kühl zu ihr, Berlinde ignorierte sie weiterhin, Professor Klein war wie üblich ungesellig, und der Hausherr selbst hatte es sich angewöhnt, die Abende außer Haus zu verbringen. Marie-Anna schloss sich also den weihnachtlichen Vorbereitungen an, statt ihre eigenen Wege zu gehen. Da das Klima so kühl geworden war, hatte sie in den vergangenen Wochen nicht weiter um Erlaubnis gefragt und war an ihren freien Nachmittagen in das Theater an der Schmierstraße gegangen, um ihre alten Freunde aufzusuchen. Frizzi hatte sie mit einem Jubellaut begrüßt und sofort mit Wein und Kuchen bewirtet.

»Wie hast du denn das geschafft, Liebelein? Den Herrn Kommerzialrat zu kapern? Mimmi meint, er kann ganz schön großzügig sein.«

»Mimmi?«

»Er hat vor zwei Jahren mit ihr ein Techtelmechtel gehabt. Wusstest du das nicht? Hat ihr eine eigene Wohnung bezahlt. Aber dann hat sie ihren Tenor gefunden, und die Sache war aus. Davor waren es, glaube ich, Sara und Elvira, die er ausgehalten hat. Hast du auch eine Wohnung von ihm bekommen?«

»Nicht nur das, sogar noch drei Kinder dazu.«

»Nee, nich? Du beschubst mich. Du warst doch noch im Karneval mit Jules zusammen. Oder hast du Drillinge bekommen?«

Marie-Anna lachte.

»Nein, nein, ich wohne in seinem Haus, und die Kinder sind seine Tochter, eine Nichte und ein Neffe.«

»Du hast gar kein Verhältnis mit ihm?«

»Doch, ein Dienstverhältnis.«

»Oooch. Da versäumst du wohl was. Es heißt, er sei ein ungeheuer guter Liebhaber. Trotz dieser komischen Stimme. Aber ihr wart doch sehr vertraulich miteinander, da auf dem Ball.«

»Nur ganz kurz und nur da. Er ist ein strenger Mann, Frizzi. Er achtet in seinem Haus sehr auf Formen.«

»Und du?«

»Ich achte ebenfalls streng auf die Formen.«

»Liebschen, machst du dir da nichts vor?«

Ein wenig traurig war Marie-Annas Lächeln schon, als sie antwortete: »Ich hatte einmal kurzzeitig gedacht, er würde seine harte Schale ein wenig öffnen. Aber der Panzer hat sich wieder geschlossen. Macht nichts. Vielleicht kommt Jules nächstes Jahr zurück. Er soll mit einer Wanderbühne unterwegs sein.«

»Hab' ich auch gehört. Hat einen neuen Namen angenommen. Kommst du denn ansonsten so zurecht? Ich meine, du hattest einen hübschen Fummel an, da auf dem Ball. Deswegen dachte ich ja …«

»Nicht so gut wie zu Jules' besten Zeiten, aber es geht.«

»Wenn's mal klamm wird, komm zu mir. Ich kenn' jemanden, der einem meist zuverlässig aus der Bredouille hilft.«

»Du kennst immer jemanden, Frizzi. Das scheint deine Bestimmung zu sein.«

»Na, aber der Markus ist ein besonderer Fall.«

»Inwiefern?« Marie-Anna gab sich unwissend.

»Der Mann sieht gut aus und hat eine Pfandleihe. Du weißt doch, das Geschäft betreiben normalerweise so filzige Juden in muffigen Hinterstuben. Wenn du Kleinigkeiten zu versetzen oder zu verkaufen hast, macht er wenigstens einen anständigen Preis. Übrigens, deine Arbeitgeberin habe ich bei ihm auch schon getroffen.«

»Bist du sicher? Die ist nämlich, weiß Gott, nicht klamm dran.«

»Also, sie war zwar verschleiert, aber die Figüre, Schätzchen, und die süße Stimme waren nicht zu verkennen. Und wer behauptet, dass sie ihn traf, um etwas zu versetzen, mh?«

Sie waren ins Klatschen gekommen, aber Marie-Anna behielt diese Bemerkung über Ursula Raabe im Sinn. Später im Jahr war sie noch zweimal im Theater gewesen, um mit Frizzi und anderen Schauspielern und Musikern, Tänzerinnen und Garderobieren zu plauschen. Über Raabes sprach sie nicht mehr.

Doch mit milder Erheiterung beschrieb Marie-Anna abends die persönlichen Arrangements ihrer Arbeitgeber in ihrem Tagebuch. Dass der Kommerzialrat sich aus dem Theaterfundus bediente, mochte noch hingehen, aber sich Madame als Markus' Geliebte vorzustellen, nötigte ihr ein heimliches Grinsen ab. Obwohl – Ursula Raabe hatte sich für ihre gut vierzig Jahre nicht schlecht gehalten. Sie war zwar füllig, aber gepflegt, und konnte von großer Herzlichkeit sein. Marie-Anna stellte sich mit leiser Schadenfreude vor, wie der attraktive Abenteurer von einem molligen Sofakissen erstickt wurde.

Das Christfest wurde mit dem Kirchgang eingeleitet und danach mit einem großen Familienessen begangen. Als Graciella verriet, dass Marie-Anna ganz passabel Klavier spielen konnte, wurde sie aufgefordert, weihnachtliche Melodien zu spielen. Man sang die alten Lieder mit, und die beiden Jüngsten trugen Gedichte vor. Valerian Raabe schenkte einen leichten Punsch aus, und durch ihn animiert, erklärte sich sogar Professor Klein bereit, bei den Ratespielen mitzumachen.

Ein bisschen beschwipst ging Marie-Anna später in ihr Zimmer, um sich zu Bett zu begeben. Etwas überrascht war sie, als sie auf ihrer Kommode drei Päckchen vorfand. In einem waren zierlich bestickte grüne Seidenbänder und ein Kärtchen, auf das gepresste Blumen aufgeklebt waren, was Graciella als Schenkerin auswies. Die übersetzte und kommentierte Ausgabe der Germania hatte Rosemarie ihr in ein buntes Baumwolltüchlein eingeschlagen. Marie-Anna lächelte vor sich hin – ihre Gabe an Rosemarie war ebenfalls ein Buch, doch weitaus gewagter als der Tacitus. Sie hatte ihr die »Ars Amatoria« des Ovid ins Zimmer gelegt. Nicht eben ein Geschenk, das man im Rahmen der Familie einer unverheirateten jungen Frau übergab. Das dritte Päckchen war ohne Absender. Doch Marie-Anna hatte so ihren Verdacht. Markus Bretton hatte am Nachmittag noch vorgesprochen. Mochte sein, dass er das feine, bestickte irische Leinen für sie abgegeben hatte. Bedauernd sah Marie-Anna den wundervollen Stoff an. Die Schmuggelware würde sie nicht zu einem Kleid verarbeiten können, auch wenn andere Damen das taten. Solange Faucon ein Auge auf sie hatte, konnte sie allenfalls ein Nachthemd daraus nähen. Oder äußerst luxuriöse Wäsche.

Die nächsten Tage vergingen in verhältnismäßig großer Harmonie, vermutlich vor allem deshalb, weil man häufig Besuche machte oder Gäste kamen. Für Silvester hatten der Kommerzialrat und Madame eine Einladung angenommen. Die beiden alten Herrschaften jedoch behaupteten, dass sie ein derartiges Gedränge nicht sonderlich schätzten und veranstalteten mit den Kindern, Rosemarie und Marie-Anna einen fröhlichen Spieleabend, der mit einer Runde Bleigießen endete. Die Deutung der bizarren Formen, die das geschmolzene Blei annahm, wenn es in das kalte Wasser getropft wurde, war mit heftigem Gekicher und Gealbere verbunden. Rosemarie hatte ein passables Kreuz zusammenbekommen, und Graciella sagte ihr eine Zukunft als Betschwester voraus.

»Oder als Bestattungsunternehmerin«, schlug Großvater Raabe vor, und Marie-Anna gluckste: »Du könntest auch Päpstin werden.«

Graciella produzierte eine Bleifigur, die zu allerlei Spekulation Anlass gab, und unter vielem Gelächter einigte man sich auf die makabere Deutung, es handele sich um ein geknotetes Hanfseil und sie selbst würde als Verbrecherin darin aufgeknüpft werden.

Als Marie-Anna ihr Bleistückchen aus der Schüssel fischte, herrschte einen Moment verblüfftes Schweigen. Es war vollkommen eindeutig, was es darstellte – einen Raben.

»Na ja, man kann nicht unbedingt behaupten, du seiest ein ausgemachtes Rabenaas«, versuchte Rosemarie zu spötteln.

»Raben sind Galgenvögel, wahrscheinlich kommst du mich besuchen, wenn ich an diesem Hanfseil baumele!«, meinte Graciella vorsichtig.

»Die Raben sind Göttervögel, sie sind Boten und Überbringer von Nachrichten, Graciella. Sollten wir es vielleicht so deuten, dass Fräulein Marie-Anna eine wichtige Nachricht erhält?«, schlug Großvater Raabe vor. Seine Frau hingegen strich nachdenklich über das Figürchen, aber sie schwieg dazu. Doch der Blick, mit dem sie Marie-Anna betrachtete, war seltsam verschleiert.

Es schlug Mitternacht, und man trank sich mit Champagner zu. Das Jahr 1811 hatte begonnen.

Kurz darauf kamen der Kommerzialrat und seine Frau zurück. Er zog sich wortlos in die Bibliothek zurück, aber Madame, in ungewöhnlich heiterer Stimmung, trank noch einen Schluck mit den anderen Hausbewohnern. Dann ging man zu Bett.

»Solche großen Gesellschaften machen ihm immer zu schaffen«, murmelte Valerians Mutter Marie-Anna zu. »Nehmen Sie es meinem Sohn nicht übel, wenn er sich so ungesellig zurückzieht.«

»Nein, gnädige Frau, das nehme ich ihm nicht übel. Ich weiß, wie er auf Bällen und großen, lauten Versammlungen leidet.«

»Braves Mädchen. Im Sommer müssen Sie uns auf dem Gut besuchen. Sie werden sehen, dort ist er wie ausgewechselt. Übrigens, es war sehr großmütig von Ihnen, wie Sie vergangenen Sommer Ihre Ferien für meine Enkelinnen aufgeopfert haben. Ich wollte mich schon die ganze Zeit bei Ihnen bedanken. Wenn Sie einen Wunsch haben, Fräulein Marie-Anna, dann nennen Sie ihn mir.«

»Danke, gnädige Frau. Aber ich bin ganz zufrieden hier, und der Herr Kommerzialrat zahlt mir einen durchaus angemessenen Lohn.«

»Nun, mein Angebot bleibt bestehen. Und nun schlafen Sie gut, mein Kind.«

Marie-Anna brachte noch die Gläser in die Küche, ging in den Salon zurück und räumte die Utensilien fort, die man für die Spiele und das Bleigießen verwendet hatte. Nur den kleinen Raben aus Blei steckte sie ein. Ihn wollte sie behalten. Als sie in ihr Zimmer gehen wollte, erweckte jedoch das Licht, das durch den Türspalt zur Bibliothek fiel, ihre Aufmerksamkeit. Da sie glaubte, man habe vergessen, die Lichter zu löschen, trat sie ohne anzuklopfen ein. Sie wäre beinahe lautlos wieder hinausgeschlüpft, denn Valerian Raabe saß noch bei einer Flasche Rotwein in seinem Sessel. Aber er hatte sie schon bemerkt.

»Spionierst du mir auch nach?«, fragte er heiserer als sonst.

»Nein, Herr Kommerzialrat. Ich wollte nur die Kerzen löschen. Verzeihen Sie.«

»Bleib hier!«

»Herr Kommerzialrat, es ist besser, wenn ich gehe. Sie ... Sie haben dem Rotwein reichlich zugesprochen.«

»Ich bin betrunken, meinst du? Ja, bin ich. Warum auch nicht? Der Abend war grauenvoll.«

»Was Sie tun, ist nicht meine Angelegenheit.«

»Stimmt. Und du bist wie immer sehr beherrscht, Marie-Anna.«

»Herr Kommerzialrat ist üblicherweise ebenfalls sehr beherrscht.«

»Ist er. Aber du hast Recht, ich sollte mich jetzt ebenfalls beherrschen. Zeit, zu Bett zu gehen!«

Er stellte das Glas ab und erhob sich. Aber das plötzliche Aufstehen gelang ihm nicht besonders gut. Er sackte in den Sessel zurück.

»Ich werde Ihren Kammerdiener rufen, Herr Kommerzialrat. Er wird Ihnen helfen, in Ihr Zimmer zu kommen.«

»Lass den armen Mann schlafen. Ich schaff das schon alleine!«

Marie-Anna stellte sich vor ihn.

»Sie schaffen es nur noch auf allen vieren, Monsieur.

Und das wäre doch ziemlich entwürdigend, nicht wahr, Herr Kommerzialrat? Wenn es Ihr Kammerdiener nicht sein soll, dann werde ich Ihnen helfen.«

»Das kannst du nicht.«

»Wetten?«

Er sah auf und grinste sie an.

»Du besitzt eine ganz schöne Courage. Ich bin wohl nicht der erste Mann, den du trunken ins Bett gezerrt hast?«

»Nicht der erste. Nun nehmen Sie endlich meinen Arm, Herr Kommerzialrat.«

»Hör mit dem Kommerzialrat auf!«

»Gut, für den Augenblick sollen Sie Ihren Willen haben. Aber jetzt hoch, Monsieur Raabe!«

Sie half ihm aufstehen, und als er leicht schwankend neben ihr stand, legte er seinen Arm um ihre Taille.

»Na dann los, Mädchen. Bring mich ins Bett.«

Es war eine nicht ganz einfache Aufgabe, den großen Mann möglichst leise die Stufen hochzuführen. Er war recht unsicher auf den Beinen und wurde auf halber Höhe der Treppe von einem heiseren Lachen geschüttelt. Endlich hatte Marie-Anna es bis an die Zimmertür geschafft und öffnete sie für ihn. Eigentlich wollte sie ihn an der Schwelle seinem Schicksal überlassen, doch er hielt ihre Taille weiter mit festem Griff umfangen.

»Zu Bett, hast du gesagt!«

»Sie, Monsieur, nicht ich.«

»Bestimmt nicht, Marie-Anna? Ist doch wohl nicht so neu für dich, oder?«

»Gibt Ihnen dieser Umstand das Recht, von mir einen solchen Dienst einzufordern?«

Er lachte auf.

»Hast Recht, mein Herz. Viel Freude würde ich dir jetzt sowieso nicht mehr bereiten.«

»Also, vergessen wir, was Sie eben gesagt haben!«

Sie zerrte ihn durch das Arbeitszimmer in den angrenzenden Schlafraum. Ein hohes Pfostenbett beherrschte dieses Zimmer, die Decke war bereits zurückgeschlagen, ein Nachtlicht brannte, und im Kamin verströmte die Glut noch eine restliche Wärme.

»Setzen Sie sich auf die Bettkante, dann helfe ich Ihnen aus den Stiefeln.«

»Willst du mich auch noch ausziehen?«

»Sie können mit den Stiefeln gerne zu Bett gehen, wenn Ihnen das lieber ist.«

Er lachte noch einmal und ließ sich ihre Hilfe gefallen.

»Auch schon mehr Männern die Stiefel ausgezogen?«

»Muss ich Ihnen darauf antworten?«

»Nein, Marie-Anna.« Er zerrte an seinem Halstuch. »Mistding.«

Marie-Anna lachte leise.

»Mit Halstüchern habe ich ebenfalls Erfahrung. Lassen Sie nur.«

»Finger weg, Mädchen.«

»Schon gut. Den Rest bekommen Sie selbst hin, denke ich. Gute Nacht.«

Er griff nach ihrer Hand und zog sie zu sich. Er klang plötzlich sehr nüchtern.

»Marie-Anna, ich bin ein Trottel. Verzeihen Sie mir.« Dann küsste er ihre Hand und ließ sie los. »Gehen Sie. Gehen Sie! Rasch.«

Valerian Raabe ließ am nächsten Tag durch nichts erkennen, dass er in der Nacht nicht ganz Herr seiner Sinne gewesen war. Er verhielt sich weiterhin kühl und distanziert, verließ das Haus alsbald und kam erst spät am Abend zurück. Auch Marie-Anna verhielt sich wie zuvor. Die Großeltern Raabe reisten am nächsten Vormittag ab, und es kehrte der Alltag ins Haus ein. Der Unterricht wurde erneut aufgenommen, in den Nachmittagsstunden wollten Rosemarie und Marie-Anna sich wieder der Sammlung widmen. Nach dem Essen nahm Marie-Anna wie üblich die Zeitung mit in das Arbeitszimmer, um sich eine halbe Stunde über die neuesten Nachrichten zu informieren. Rosemarie las in der Zwischenzeit in dem Werk, das Marie-Anna ihr geschenkt hatte.

Als sie zu den Lokalnachrichten kam, stockte ihr der Atem. Den Bericht über den Brand des Wachhauses kurz vor Weihnachten hatte sie bereits mit einem unguten Gefühl zur Kenntnis genommen. Jetzt war es den Ordnungskräften gelungen, die Frau dingfest zu machen, die für das Ablenkungsmanöver verantwortlich war. Das Schmuckstück, das bei ihr gefunden wurde, war in allen Details abgebildet.

Marie-Anna kannte es.

In dem Katalog, den sie vor zwei Monaten durchgesehen hatte, war diese Kamee ebenso sorgfältig abgebildet wie jetzt in der Zeitung. Rosemarie hatte die Zeichnung vor ungefähr einem Jahr angefertigt. Wieder war also ein Stück aus der Raabeschen Sammlung auf den Markt gekommen, und wieder war es in Verbindung mit einem Sabotageakt aufgetaucht. Sie würde es Faucon melden müssen. Schon überlegte sie, wie sie es anstellen sollte, ihn noch diese Woche zu sprechen, als sich Schritte dem Gang näherten. Valerian Raabe öffnete energisch die Tür und befahl: »Rosemarie, komm sofort in die Bibliothek!«

Rosemarie klappte mit rosigen Wangen das Buch zu und schob es unter einen Bogen Papier.

»Was versteckst du da?«

Er war mit seinem Schritt bei ihr und zog den Band hervor.

»Das ist ja wohl nicht die richtige Lektüre für eine sittsame junge Frau!«, herrschte er sie an. »Woher hast du das?«

Rosemarie geriet ins Stammeln, und Marie-Anna stand auf.

»Sie könnte es aus Ihren Regalen genommen haben, Herr Kommerzialrat. In der Bibliothek finden sich Schriften weit freizügigeren Charakters. Nichtsdestotrotz – dieses klassische Werk habe ich ihr geschenkt!«

»Was nicht für Ihren Geschmack spricht, Mademoiselle de Kerjean.«

»Wohl aber für meine Bildung, Herr Kommerzialrat!«

»Wir unterhalten uns später darüber. Rosemarie!«

Mit einer herrischen Handbewegung wies er seine Nichte aus dem Zimmer.

Marie-Anna faltete die Zeitung zusammen und ordnete ihre Arbeitsutensilien, um mit dem Katalogisieren einer Sammlung kleiner Reliquiare zu beginnen. Doch konzentrieren konnte sie sich nicht. Von nebenan drang Stimmengemurmel zu ihr, Valerian Raabes tonlose Stimme war nicht zu verstehen, Rosemaries war leise und plötzlich von einem Schluchzen begleitet. Worum es ging, konnte Marie-Anna sich denken. Sie nahm die Zeitung und öffnete die Tür.

Valerian Raabe sah sie ungehalten an, doch sie schlug die betreffende Seite auf und sagte: »Herr Kommerzialrat, ich denke, es geht um dieses Schmuckstück, habe ich Recht?«

»Was haben Sie damit zu schaffen?«

»Das verrate ich Ihnen unter vier Augen!«

Er musterte sie scharf, forderte aber dann: »Rosemarie, geh auf dein Zimmer!«

»Ja, Herr Onkel!«

Marie-Anna nahm unaufgefordert Platz.

»Ich fand es in einem Verzeichnis, das Rosemarie letztes Jahr angefertigt hat. Halten Sie sie für so blöde, ein Schmuckstück zu entwenden, das sie selbst katalogisiert hat?«

Valerian Raabe schaute mit steinerner Miene aus dem Fenster.

»Es scheint, ich muss etwas klar stellen, Herr Kommerzialrat. Auch wenn es meine Stellung in diesem Haus wahrscheinlich unmöglich macht.«

»Was haben Sie verbrochen, Marie-Anna?«

Es klang nicht mehr zornig, sondern seltsamerweise interessiert.

»Ich habe gestohlen, Aufruhr gestiftet, Flugblätter mit majestätsbeleidigenden Karikaturen verfasst und Spottlieder auf unsere glorreichen Besatzer gesungen. Ich wurde zusammen mit einem Komödianten, meinem Geliebten, dabei in eine Schlägerei verwickelt und festgenommen. Sie sollten auch wissen, dass mein Vater ein seit Jahren gesuchter Rebell ist. Kurzum, der Sous-Préfet hat mir die Alternative geboten, entweder ins Zuchthaus zu gehen oder die Stellung in Ihrem Haus anzunehmen. Verbunden damit war die Aufgabe, herauszufinden, wer Teile Ihrer Sammlung stiehlt und sie dazu einsetzt, Sabotageakte durchzuführen.«

»Im Zuchthaus sollen die Bedingungen noch ein wenig härter sein als in meinem Haus. Ich verstehe Ihre Entscheidung.«

»Herr Kommerzialrat?«

»Darum Ihre etwas heftige Reaktion, als ich bei unserer ersten Unterhaltung von Mäßigkeit sprach.«

»Ja, ich … ich befürchtete das Schlimmste.«

»Es ist wohl nicht eingetreten, oder?«

»Sie führen ein sehr angenehmes Haus, Herr Kommerzialrat.«

»Danke, Mademoiselle. Aber wäre es nicht eventuell ein Akt des Vertrauens gewesen, wenn Sie mich über Ihre Aufgabe gleich zu Beginn informiert hätten?«

»Herr Kommerzialrat, ich vertraue niemandem mehr.«

»Doch. Rosemarie.«

»Nicht von Anfang an. Inzwischen habe ich sie gut kennen gelernt. Sie ist es nicht, die die Stücke entwendet. Aber sie weiß nichts von meiner Aufgabe. Denn Faucon hat mir Stillschweigen über meinen Auftrag auferlegt. Auch Ihnen gegenüber.«

»Sie haben es jetzt gebrochen. Warum?«

»Weil wir so nicht weiterkommen. Das werde ich ihm genau so berichten. Alleine kann ich die Aufgabe nicht lösen.«

»Warum haben Sie nicht mit Ihrer Freundin Rosemarie darüber gesprochen?«

»Ich will sie nicht damit belasten.«

»Woher kommt Ihr plötzliches Vertrauen mir gegenüber?«

»Weil ich Sie nicht für einen Mann halte, der sich mit derartig dubiosen Mitteln gegen die Obrigkeit auflehnt.«

»Was gibt Ihnen da Gewissheit?«

»Monsieur Raabe!« Marie-Anna hatte ein kleines Lächeln um ihre Mundwinkel zucken. »Ihre Methoden halte ich, wenn, dann für bedeutend feinsinniger.«

Valerian Raabe musste einen leichten Hustenanfall überwinden, bevor er weitersprechen konnte.

»Ich kann Ihnen versichern, Mademoiselle, Ihr Eindruck trügt Sie nicht. Und nun – wer bestiehlt mich?«

»Ich weiß es nicht. Es gibt mehrere Möglichkeiten, keine davon würden Sie gerne hören.«

Er nickte. »Stimmt. Wie viel weiß Faucon?«

Marie-Anna berichtete über die drei identifizierten Schmuckstücke und erinnerte ihn an den Siegelring.

»Haben Sie alle Kataloge durchgesehen?«

»Nein. Ich musste zu einer Ausrede greifen, um sie von Professor Klein überhaupt zu erhalten.«

»Ich werde Anweisung geben, dass Sie zu allen Zugriff haben. Ich bin bedauerlicherweise die nächsten zwei, drei Monate auf Reisen. Nutzen Sie die Zeit, um vorsichtig Ihre Nachforschungen weiterzutreiben. Der Dieb sollte sich noch für eine Weile in Sicherheit wiegen. Aber halten Sie Faucon auf dem Laufenden. Ich will darauf sehen, dass er die Empfangstage von Madame demnächst häufiger aufsucht.«

»Sie werden mich nicht entlassen, Herr Kommerzialrat?«

»Wegen Ihrer rebellischen Vergangenheit? Gelegentlich war ich schon mal versucht, Ihre Widersetzlichkeiten zu korrigieren, aber – nein, Mademoiselle. Auch ich habe Sie beobachtet und kennen gelernt. Ich persönlich halte es für unklug, Machthaber zu reizen. Aber ich kann genauso einem heißblütigen und geistreichen Geschöpf nachfühlen, mit dem der Übermut durchgeht. Manche der Herren sind überempfindlich. Und wenn Sie gestohlen haben, Mademoiselle, dann vermutlich aus einem Grund, der nichts mit persönlicher Bereicherung zu tun hat. Habe ich Recht?«

Marie-Anna senkte den Kopf.

»Es war in der Boutique in der Hohen Straße. Ich hatte ein Zimmerchen mit einer Kollegin zusammen, im Hinterhof. Sie erkrankte. Wir wurden nicht besonders gut bezahlt, Monsieur Raabe, und ich war gezwungen, Essen für uns beide zu besorgen.«

»Diese Besorgungen führten zur Entlassung?«

»Und zu einer Anklage wegen Diebstahls. Das war vor drei Jahren.«

»Sie bleiben in meinem Haus. Sie werden allen anderen Mitgliedern des Haushaltes weiterhin absolutes Schweigen über Ihren Auftrag bewahren. Auch Rosemarie gegenüber. Ich werde gleich noch einmal mit ihr reden. Machen Sie sich darum also keine Gedanken.«

»Danke, Herr Kommerzialrat. Aber – haben Sie einen Verdacht, wer die Pretiosen an sich nimmt?«

»Den habe ich, aber ich werde ihn Ihnen nicht mitteilen. Wir brauchen belastende Beweise, keine Vermutungen. Doch wenn Sie während meiner Abwesenheit etwas herausfinden sollten, möchte ich Sie bitten, auf niemanden Rücksicht zu nehmen, sondern sich vorbehaltlos Faucon anzuvertrauen. Er ist ein guter Mann.«

»Ja, das ist er.«

»Und extrem scharfsinnig, Marie-Anna.«

»Ich weiß.«

»Lebt Ihr Vater noch?«

»Soweit ich weiß, ja. Er war an dem Attentat auf den Kaiser beteiligt, wurde zwar gefasst, wie viele andere, doch nicht wie sie hingerichtet. Sein Schicksal ist mir unbekannt. Meine Mutter hingegen ist gestorben, aber soweit ich informiert bin, lebt mein kleiner Bruder noch.«

»Wo?«

»Wahrscheinlich in der Obhut der Familie unseres Verwalters. Chateau Kerjean ist jedoch für uns verloren.«

Valerian Raabe stand auf und trat neben den Sessel, in dem sie saß. Er legte ihr die Hand auf die Schulter und drückte sie leicht.

»Sie haben einen langen Weg hinter sich, Marie-Anna.«

»Ja.«

»Verlieren Sie die Hoffnung nicht. Und nun schicken Sie Rosemarie herunter.«

Es war dem Kommerzialrat ganz offensichtlich gelungen, seine Nichte wieder zu beruhigen, denn anschließend arbeitete sie zwar schweigsam, aber mit ruhiger Hand an den Zeichnungen.

19. Kapitel

Erste Spuren

Zwei Wochen später saß Marie-Anna wieder bei Faucon, um ihren monatlichen Bericht abzuliefern. Diesmal hatte sie mehr als genug zu berichten.

»Sie haben also Ihrem Arbeitgeber Ihre Herkunft und Ihre Aufgabe in seinem Haus offenbart. Er sprach vor seiner Abreise mit mir.«

»Es blieb mir nichts anderes übrig.«

»Scheint so. Sie werden mich demnächst häufiger in seinem Haus antreffen. Gibt es mehr zu berichten?«

»Zwei Dinge, Monsieur Faucon. Erstens – Sie wünschten, ich solle mir Klarheit über Rosemaries Eltern verschaffen. Nun, die Geschichte ist ungewöhnlich.«

»In welcher Hinsicht?«

»Rosemarie lebt in dem Glauben, ihre Mutter sei vor Jahren bei einem plötzlichen Unfall ums Leben gekommen. Ein schwer beladenes Brauereigefährt habe sie auf der Straße überrollt, als sie vom Besuch einer Nachbarin zurückkam, erklärte man ihr. Rosemarie war damals sechzehn. Sie hat die Tote weder gesehen, noch hat sie an der Beerdigung teilgenommen. Ihr Vater, Professor Klein, hat es verhindert.«

»Bezweifeln Sie es?«

»Ja, ich bezweifle es. Ihre Mutter, Cosmea, die jüngere Schwester von Valerian Raabe, ist trotz ihres tödlichen Unfalls durchaus in der Lage, Briefe an ihren Bruder zu schreiben.«

»Tatsächlich! Werden spiritistische Sitzungen in Raabes Haus durchgeführt?«

»Nicht dass ich wüsste. Der irdische Postdienst bringt diese Schreiben aus dem westlichen Frankreich, genauer gesagt aus Bordeaux.«

Marie-Anna hatte Faucon noch nie eine Gemütsregung äußern sehen, doch jetzt spiegelte sein Gesicht eine gelinde Überraschung wider.

»Das ist eine Neuigkeit. Wie fanden Sie es heraus?«

»Ich habe, dank eines ausführlichen Gesprächs mit dem Kommerzialrat, Zugang auch zu seinen privaten Unterlagen. Es geht im Prinzip nur um Papiere, die die Sammlungen betreffen, doch ein verirrter Brief fand sich darunter. Ich habe ihn natürlich nicht an mich genommen und auch nicht kopiert. Er war vom Inhalt her eher nichts sagend, bezog sich auf alltägliche Vorkommnisse im Hause eines Monsieur Jacques Roissaint. Es scheint da auch zwei weitere Kinder zu geben, was den Schluss nahe legt, die Frau des Professors habe wohl in jenem Jahr 1798 die Stadt Köln mit besagtem Herren verlassen. Sie werden das sicher überprüfen lassen können.«

»Das werde ich. Nun, das erklärt gewiss die menschenfeindliche Haltung des Professors. Haben Sie mit seiner Tochter darüber gesprochen?«

»Nein, obwohl ich es gerne täte. Sie hing sehr an ihrer Mutter.«

»Tun Sie es auf keinen Fall. Raabe wird es machen, wenn es ihm opportun erscheint. Was gibt es noch?«

»Dass die von Ihnen sichergestellte Kamee aus der Sammlung Raabe stammt, wissen Sie sicher schon.«

»Ja, auch das war Bestandteil unseres Gesprächs. Haben Sie weitere Dinge gefunden?«

»Nein, obwohl ich jetzt so gut wie alle Kataloge durchgesehen habe.«

»Sie sprachen von zwei Dingen, die Ihnen berichtenswert erschienen.«

»Ja. Das zweite beunruhigt mich mehr.«

»Warum?«

»Es betrifft den Kommerzialrat selbst.«

»Ein Mann mit vielen Kontakten und vielen Interessen, nicht wahr?«

»Richtig. Ich halte ihn noch immer für integer, Monsieur Faucon. An Sabotage oder Aufwiegelei ist er nicht beteiligt. Auch nicht indirekt.«

»Wahrscheinlich nicht. Was also beunruhigt Sie?«

»Er widmet sich ungewöhnlichen – mh – Wissensgebieten.«

»Welchen, Marie-Anna? Staatsfeindlichen?«

»Nein, das glaube ich nicht. Äh – eher okkulten, glaube ich.«

»Wunderlich, für einen derart nüchternen Geschäftsmann. Was lässt Sie darauf schließen?«

»Ich habe eine Abhandlung über die Kabbala bei ihm gefunden und recht – symbolisches – Werkzeug.«

Der Sous-Préfet erlaubte sich ein feines Lächeln.

»So, so. Wohin tendiert Ihr Verdacht, Marie-Anna?«

»Er könnte Mitglied einer gewissen geheimen Vereinigung sein.«

»Der Franc-Maçons? Natürlich, Mademoiselle. Er ist der Meister unserer Loge.«

Marie-Anna blieb der Mund offen stehen.

»Verwundert Sie das so sehr? Valerian Raabe ist ein Mann, dem dieses Gedankengut sehr entgegenkommt. Die Freimaurer sind keine geheime Gesellschaft, die sich mit düsteren, magischen Ritualen befasst, sondern ein exklusiver Club, der sich für Toleranz, Wohltätigkeit und freiheitliches Denken einsetzt.«

»Zu dem auch Sie gehören.«

»Sicher. Genau wie Seine Majestät, der Kaiser Napoleon.«

»Manchmal frage ich mich, warum Sie mich zu ihm geschickt haben!«

»Um herauszufinden, wer in seinem Haus Schmuck entwendet, wie Sie wissen.«

»Und Schmuggelware besorgt. Bohnenkaffee, Rohrzucker, bestimmte Teesorten …«

»Gibt es die?«

Marie-Anna zögerte ein wenig, dann erklärte sie: »Ja, gelegentlich. Nicht in großem Umfang. Möglicherweise beschafft sie die Haushälterin auf dem schwarzen Markt. Mit Duldung und Wissen des Hausherren.«

»Schwerlich.«

»Ja, glauben Sie denn, Valerian Raabe betreibt selbst Schmuggelgeschäfte, Monsieur?«

»Mademoiselle, ich glaube es nicht. Ich weiß es.«

»Ja … aber …?«

»Nicht in solch kleinen Dimensionen wie ein Säckchen Kaffee oder ein Bündel Tabak. Was denken Sie wohl, welcher Art die Geschäfte sind, die er auf seiner derzeitigen Reise durch die deutschen Hansestädte tätigt?«

»Ja … aber …?«

»Warum ich nicht einschreite? Nun, wer mit verbotener Ware handelt, erfährt auch Nachrichten, die ansonsten nicht über die Grenze kommen. Ich muss informiert sein, Mademoiselle.«

»Heilige Anna, Mutter Mariens!«

»Aber was ich nicht weiß, ist, wer die kleinen, schmutzigen Geschäfte in seinem Haus abwickelt. Er selbst würde nie die Ungeschicklichkeit begehen, offen Konterbande in seiner Umgebung zu dulden.«

»Ja, aber um Himmels willen, warum kann er das nicht selbst herausfinden?«

»Weil er – wie Sie schon feststellten – ein integerer Mann ist. Ich bezweifle, dass er ein Mitglied seines Haushaltes bloßstellen würde.«

In beträchtlicher Verwirrung verließ Marie-Anna diesmal die Sous-Préfecture.

Doch wenige Tage später kam sie zumindest einer Quelle von Schmuggelwaren auf die Spur. Es war an ihrem freien Nachmittag, dem Donnerstag vor Karneval. Sie selbst hatte in diesem Jahr keine große Lust, sich dem närrischen Treiben anzuschließen, und wollte die Tageslichtstunden damit verbringen, oben im Schulzimmer an dem Nachthemd zu nähen, das sie aus dem feinen Leinenstoff zugeschnitten hatte, der Weihnachten in ihrem Zimmer gelegen hatte. Mit ihrem Handarbeitskorb am Arm trat sie in das helle Zimmer und blieb plötzlich erstaunt stehen. Zwischen bunten Samt- und Seidenstoffen kauerte ein Mädchen und schluchzte herzerweichend.

»Was machen Sie denn hier?«

Ein verquollenes, sehr junges Gesicht tauchte aus den vorgehaltenen Händen auf, und mit sehr deutlichem französischem Akzent antwortete die Kleine: »Isch bin die Lehrling von die Couturière.« Dann schnupfte sie wieder. Marie-Anna fragte: »Was ist geschehen, dass du so in Tränen aufgelöst bist?«

»Oh, Mademoiselle … Ich 'abe das hier falsch gemacht, und Madame will, dass es heute noch fertig wird. Es ist ihr Kostüm für den Maskenball. Aber ich schaffe es nicht, meine Finger sind schon ganz weh.« Sie zeigte Hände mit roten, geschwollenen Gelenken an den Knöcheln vor. »Sie wird nicht bezahlen, und die Meisterin wird mir den Lohn kürzen.«

Marie-Anna wusste nur zu gut, wie das war. Sie wechselte ins Französische über und fragte: »Was ist denn mit dem Kleid? Was soll es werden?«

»Madame will eine Robe wie eine orientalische Dame. Mit solchen weiten Hosen und einem kurzem Jäckchen. Ich habe es zu eng gemacht, meine Meisterin hat nicht gut gemessen. Ich muss alles auftrennen und sehen, wie ich es weiter machen kann.«

Marie-Anna nahm die beiden Kleidungsstücke zur Hand und betrachtete sie.

»Mehr Samtstoff hast du nicht von dieser Farbe?«

»Nein, und ich weiß nicht, was ich tun soll.«

»Aber ich. Nimm von dem Taft und setz Streifen ein. Und hör auf zu schniefen. Wie heißt du?«

»Suzette.«

»Suzette, ich kann ganz ordentlich nähen. Eigentlich wollte ich mein eigenes Hemd fertig machen, aber nun helfe ich dir halt ein wenig. Also, schau, wir machen es so!«

»Mademoiselle, danke. O danke!«

Sie stichelten gemeinsam an den voluminösen Kleidungsstücken, und Marie-Anna erwarb sich dabei die neue Kenntnis, wie man Hosen schneiderte. Sehr sorgfältig waren ihrer beide Nähte nicht, aber für ein Karnevalskostüm mochte es reichen. Als die Dämmerung hereinbrach, waren die Sachen fertig, und Suzette klopfte an die Tür von Ursula Raabes Zimmer, um sie zur Anprobe zu bringen. Offensichtlich war die Leistung diesmal zufrieden stellend, denn Suzette kam mit einem erleichterten Aufseufzen in das Schulzimmer zurück, in dem Marie-Anna nun zwei Lampen angezündet hatte, um zumindest noch die ersten Heftarbeiten an ihrem Hemd vorzunehmen.

»Lassen Sie, Mademoiselle. Ich nehme das mit und mache es für Sie fertig.«

»Ruh du deine Finger und Augen aus, Suzette. Das eilt nicht.«

»Sie waren aber so großzügig, Mademoiselle. Ich würde Ihnen gerne einen Gefallen tun.«

»Ist schon gut. Es wird sich sicher irgendwann eine Gelegenheit finden.«

Suzette räumte ihr Handwerkszeug zusammen und fragte dann plötzlich: »Mademoiselle?«

»Ja, Suzette?«

»Trinken Sie gerne Bohnenkaffee?«

»Natürlich. Wenn ich ihn bekommen kann. Hier wird er nur sehr selten serviert. Der Hausherr duldet nur Moccafaux im Haus.«

»Ach nein? Ich dachte, weil Madame in ihrem Zimmer … Hier, nehmen Sie, Mademoiselle.«

Suzette kramte in ihrem Korb herum und drückte Marie-Anna eine Papiertüte in die Hand, aus der es verführerisch duftete.

»Suzette? Sag mal, schmuggelst du etwa?«

Sie kicherte leise.

»Das ist nicht so schwer. Und die Meisterin zahlt nicht viel, wissen Sie?«

»Wer zahlt dafür?«

»Eine Menge Leute. Ich schenk es Ihnen.«

»Nein, erstens möchte ich nicht gegen die Regeln des Hauses verstoßen, und zweitens … du wirst das Geld brauchen. Also, steck es weg!«

Suzette gehorchte kopfschüttelnd. Aber Marie-Anna begann, sich Gedanken zu machen. Doch Faucon gegenüber mochte sie die kleine Schneiderin nicht erwähnen. Sie war sich nicht sicher, ob sie bei dem Kommerzialrat Gehör finden würde, wenn sie den Verdacht äußerte, dass seine Frau vermutlich über Suzette und ihresgleichen geschmuggelte Luxuswaren ins Haus brachte. Wenn es so war, wusste er es wahrscheinlich und duldete es aus irgendeinem Grund. Oder er wusste es nicht und wunderte sich lediglich über die hohen Schneiderrechnungen von Madame, grinste sie dann in sich hinein.

20. Kapitel

Ferien auf dem Lande

Der Winter nahm seinen ungemütlichen Lauf, brachte Schneematsch und düstere Wolken, vereiste Wege, feuchte Strümpfe und leidige Erkältungskrankheiten mit sich. Marie-Anna verbrachte die Woche nach Karneval in diesem Jahr hustend und niesend in ihrem Bett, steckte Rosemarie an, die sich um sie gekümmert hatte, die wiederum gab Graciella die Schnupfnase weiter. Auch Madame litt – mehr als alle drei zusammen – und wurde von Berlinde gepflegt. Dann bekamen die beiden Kinder die Grippe, Professor Klein zog sich mit Rheumabeschwerden an den Ofen zurück und las noch nicht einmal mehr aus seinen wissenschaftlichen Traktaten vor. Zu Ostern waren alle wieder so weit hergestellt, und auch der Kommerzialrat kam von seiner beschwerlichen Reise zurück. Er war hager geworden und sah müde aus. Doch darauf nahm er wenig Rücksicht. Die Tage verbrachte er wie gewöhnlich in seinem Kontor, die Abende ging er aus. Einmal erlebte Marie-Anna ihn, wie er am Samstag, dem Tag, an dem er gewöhnlich die Abrechnungen durchging, mit Madame einen heftigen Streit ausfocht. Sie wollte im Grunde nicht lauschen, doch die Tür zu seinem Zimmer war nur angelehnt, und Ursula wurde so laut, dass sie jedes Wort von ihr mitbekam. Marie-Anna wurde in ihrem Verdacht bestätigt, den sie bezüglich der Schmuggelwaren hegte. Offensichtlich hatte der Kommerzialrat seiner Frau vor seiner Reise befohlen, die Schneiderin zu wechseln, die völlig überhöhte Preise für ihre Leistungen verlangt hatte. Madame hatte dies aber nicht getan, sondern weiterhin ihre und Graciellas Frühjahrs-Garderobe bei ihr arbeiten lassen. Er weigerte sich, die Rechnungen zu bezahlen, und empfahl seiner Frau an, die gelieferten Kleider zurückzugeben. Marie-Anna musste an Suzette denken. Das Mädchen war sicher diejenige, die am meisten darunter zu leiden hatte. Sie tat ihr Leid, die Kleine, die ihr aus lauter Dankbarkeit aus dem restlichen Leinenstoff dann doch noch feine Unterwäsche genäht hatte.

Ansonsten hatte das Leben für Marie-Anna seinen Rhythmus gefunden. Neben dem Unterricht und der Arbeit an der Sammlung versuchte sie, vorsichtig herauszufinden, welche Art Konterbande Madame von den kleinen Schmugglerinnen bezog. Doch wenn sie es tat, dann sehr vorsichtig. Wohl vermeinte sie, gelegentlich einen Hauch von Kaffeeduft aus den Zimmern der Hausherrin wahrzunehmen, aber da sie die Zimmer nicht betreten durfte, konnte sie sich nicht vergewissern.

Graciella machte sprunghafte Fortschritte in allen Fächern, in denen sie sie unterrichtete. Sie musste um weiteres Unterrichtsmaterial bitten, um ihren Wissensdurst zu stillen. Gelegentlich durfte das Mädchen nun nach ihrem vierzehnten Geburtstag im Mai an kleineren Gesellschaften teilnehmen und war auch jetzt immer bei Madames »Jour fixe« anwesend.

Regelmäßig besuchte Faucon diese Treffen, oft fand sich dazu Markus Bretton ein. Er flirtete mit Hingabe mit Madame, aber seine heimlichen Blicke galten Rosemarie. Marie-Anna hatte sie einmal vorsichtig vor ihm gewarnt, aber im Grunde war ihre bisherige Tändelei eher harmlos und schien nur Faucon zu verärgern. Er sprach weniger mit Marie-Anna, sondern suchte wiederholt Rosemaries Unterhaltung, vornehmlich, wie es Marie-Anna erschien, um sie von Markus fern zu halten.

Der Juni war verregnet, so kühl, dass man abends sogar noch den Kamin anzünden musste. Doch die erste Juliwoche brachte den Sommer mit Schwüle und stickigen Tagen und Nächten in die Stadt. In diesem Jahr sollte Marie-Anna nun endlich die Ferien mit der Familie auf dem großelterlichen Landsitz verbringen. Mit großem Gepäck reiste man ab. Berlinde und ihre beiden Kinder, Graciella, Rosemarie und Marie-Anna machten sich in der voll geladenen Reisekutsche auf den Weg. Madame jedoch hatte sich in diesem Jahr entschlossen, eine Kur in Bad Ems durchzuführen, um ihre von den winterlichen Beschwerden angegriffene Gesundheit zu verbessern. Professor Klein begleitete sie. Er erhoffte sich von den Anwendungen Linderung für seine rheumatischen Leiden. Es hatte eine kurze und heftige Auseinandersetzung darüber gegeben, ob Berlinde ebenfalls nach Bad Ems gehen oder die Zeit mit ihren Kindern auf dem Gut verbringen solle. Madame bestand auf ihrer Begleitung und war der Auffassung, Marie-Anna habe sich um die Kinder zu kümmern. Valerian Raabe indes bestand darauf, dass die Mutter die beste Aufsichtsperson für ihre eigenen Kinder sei und Marie-Anna die ihr zustehende Freizeit erhalten solle. Madame schmollte, genauso wie Berlinde, aber der Kommerzialrat setzte sich durch.

Auch er würde im Laufe des Juli aufs Land fahren, um sich zu erholen.

Marie-Anna war dankbar für die Unterbrechung der Routine. Sie hatte noch zweimal kleinere Diebstähle registriert und sie sowohl Faucon als auch dem Kommerzialrat gemeldet. Sie arbeiteten derzeit an einer Sammlung Medaillons, kleine, aber sehr kostbare, goldgefasste Anhänger und Ringe antiken Ursprungs. Es war Marie-Anna aber gelungen, das Verschwinden der beiden Stücke vor Rosemarie geheim zu halten. Zweieinhalb Monate lang würde sie nun erst einmal in ihrer Aufmerksamkeit nachlassen dürfen. Auf Graciellas Anraten hatte sie sich ein paar ländliche Kleider geschneidert, nicht modische Hemdchen mit hoher Taille, sondern weite Röcke mit Blusen und Schnürmiedern, ähnlich den Trachten, die sie aus ihrer Heimat kannte. Auch die Stoffe waren eher derb und strapazierfähig statt fließend und fein bestickt. Sie hatte sogar noch etwas darüber hinaus getan, das sie aber in aller Heimlichkeit gefertigt hatte und unten in ihrer Tasche verstaut hatte. Da Graciella ihr verraten hatte, es gebe Pferde auf dem Gut und man würde häufig Ausritte machen, hatte sie sich ein paar Hosen genäht. Ob sie sich allerdings trauen würde, sie zu tragen, stand auf einem anderen Blatt. Als Kind hatte sie, Wildfang der sie war, selbstverständlich rittlings auf den Pferden ihres Vaters gesessen. Während ihres Aufenthaltes in England hatte sie jedoch auch die damenhafte Form des Reitens erlernt, und ihre gelegentlichen Ausritte später waren gemäßigte Ausflüge in Gruppen auf trägen Mietpferden gewesen.

Das Gutshaus war groß und das Gelände von einer alten, mit allerlei Kletterpflanzen und Ranken überwachsenen Mauer umschlossen. Schon im Mittelalter als der Zehnthof bekannt, stand es angeblich auf den Grundmauern einer alten römischen Besiedlung. Rosemarie wusste davon zu berichten, dass sie und ihr Vater vor fünf Jahren, als ein Anbau errichtet worden war, einige Überreste gefunden hatten, die wohl zu Töpfen und Schalen aus jener Zeit gehörten. Scherben mit einem Relief aus Rankenmustern und mit einer durch eine rote Engobe versiegelten Oberfläche. Von den alten Gebäuden hingegen gab es ansonsten keine sichtbaren Spuren mehr. Dafür hatte irgendwann im Laufe der Jahrhunderte ein standesbewusster Besitzer einen runden

Turm an das Haupthaus angebaut, wohl um dem Anwesen den Charakter einer Ritterburg zu geben.

Umgeben war das Gut von Weiden und Feldern, und an der Westseite schloss sich der Wald an. Es gab nicht nur das Herrenhaus, in dem die alten Raabes lebten, sondern auch Scheuern und Ställe, eine Remise, das Gesindehaus und das Haus nebst Kontor des Verwalters und seiner Familie. Alle diese Gebäude umgaben einen rechteckigen Hof, an dessen einer Seite ein Brunnen mit Trog und Pumpe stand. Das Herrschaftshaus war geräumig, komfortabel, aber ländlich eingerichtet. Es gab zwei Kammern in den Mansarden für die Besucher, groß genug, dass Rosemarie, Marie-Anna und Graciella sich in der einen einrichten konnten, Berlinde mit den Kindern in der zweiten. Im Turmzimmer würde Valerian Raabe wohnen.

Mit viel Gelächter und Gealbere nahmen die drei jungen Frauen ihren Raum in Besitz und verwandelten sich von mondänen Stadtfräuleins in zünftige Landmaiden. Marie-Anna fühlte einen Hauch von Heimweh, als sie die schlichten Kleider anzog und die derben Schuhe über die Füße streifte. Es war lange her, dass sie in ländlicher Umgebung geweilt hatte, und mit Wehmut dachte sie an die weiten, blühenden Wiesen, die windgepeitschten Hecken und die lang gezogenen Strände ihrer Heimat. Hier gab es ebenso Weiden und Felder, doch sie waren sanft gewellt und nicht durchsetzt von rund geschliffenen Granitfelsen. Es gab den breiten Fluss, doch nicht die flimmernde Weite des blauen Meeres. Aber es gab den Wald, und er dünkte sie seltsam geheimnisvoll und verlockend.

Sie flocht ihre Haare zu einem einfachen langen Zopf und ließ ihn über den Rücken baumeln. Rosemarie und Graciella taten es ihr gleich. Dann erkundeten sie den Hof und die Ställe. Abends gab es ein einfaches, aber gut zubereitetes Mahl, und die Großeltern behandelten ihre Gäste mit unkomplizierter Herzlichkeit. Yannick und Guenevere waren schon vor Sonnenuntergang rechtschaffen müde, und auch die anderen hatten kein großes Verlangen mehr nach abendlicher Unterhaltung.

In den nächsten Tagen unternahmen sie ihre ersten Ausflüge zu Pferd. Graciella war eine gute, manchmal übermütige Reiterin, Rosemarie eine etwas ängstliche und Marie-Anna, nachdem sie sich wieder an diese körperliche Anstrengung gewöhnt hatte, eine begeisterte Reiterin. Berlinde schloss sich diesen Ausflügen nicht an, sie hatte Nadelarbeiten mitgenommen und stickte an einem Gobelin, während ihre beiden Kinder mit den gleichaltrigen Sprösslingen des Verwalters herumtollten.

»Das machst du nicht! Nein, das wagst du nicht!«, quiekte Graciella, als Marie-Anna am vierten Tag ihres Aufenthaltes einen der Herrensättel auf die lebhafte braune Stute legte.

»Doch, ich wage es, Ciella. Es ist nämlich viel sicherer, rittlings auf dem Pferd zu sitzen.«

»Aber man sieht doch deine Beine!«

Marie-Anna lüpfte die Röcke.

»Hosen? Woher hast du Hosen?«

»Habe ich mir genäht.«

»Lieber Himmel, wenn das Tante Berlinde sieht!«

»Sieht sie ja nicht. Ich trage schließlich den Rock drüber.«

»Ich nehme auch den anderen Sattel!«

»Dann sieht man aber deine Beine, Ciella.«

»Moment!«

»Ciella, was hast du vor?«

Das Mädchen war schon auf dem Weg, um ins Haus zu laufen. Marie-Anna ließ die Stute im Stall stehen und eilte ihr hinterher. Sie fand Graciella in dem bisher noch unbewohnten Turmzimmer in einer Truhe wühlen.

»Hier verwahrt Großmutter Raabe die Sachen, die Papa früher getragen hat. Schau mal, diese Hose müsste mir passen.«

»Der Stil weist darauf hin, dass dein Herr Papa von klein auf ein Sansculotte war!«

»Na, zumindest hier auf dem Land hat er wohl kaum seidene Kniehosen getragen. Sie ist ein bisschen lang, aber ich werde sie umschlagen. Siehst du, es geht, wenn ich sie mit diesem Band in der Taille festbinde. Jetzt zeig mir, wie man im Herrensitz reitet.«

»Gerne. Den Rock ziehst du besser drüber, aber die Unterröcke kannst du hier lassen. Wir werden die Pferde am Zügel aus dem Hof führen, sonst bekommen Berlinde und wahrscheinlich auch deine Großeltern einen Schock!«

Graciella stellte sich nicht ungeschickt an, und Marie-Anna genoss es, ihr Pferd unter besserer Kontrolle zu halten als in dem ungeliebten Damensattel. Sie ritten langsam zum Waldrand hin, folgten dem Pfad, der sich dort gabelte. Die eine Richtung führte zum Dorf, die andere zu einem alten Steinbruch.

»Nicht ins Dorf, Ciella.«

»Nein. Ich wollte dir sowieso etwas zeigen. Da lang!«

Sie nahmen den ausgetretenen Weg, der von den Holzschlägern, den Zeitlern, den Köhlern und den Beeren-, Pilz- und Kräutersammlerinnen seit Jahrhunderten benutzt wurde. Keiner dieser fleißigen Dorfbewohner begegnete ihnen an diesem Vormittag. Ciella wusste offensichtlich, wohin sie sich zu wenden hatte, und Marie-Anna folgte ihr auf verschlungenen Pfaden teils durch den Wald, teils an den Hecken vorbei.

»Da vorne ist es. Wir steigen ab. Hilfst du mir bitte?«

Marie-Anna zeigte dem Mädchen, wie sie aus dem ungewohnten Sattel vom Pferderücken kam, und sie banden die Tiere an einem Bäumchen an.

Ein kleiner freier Platz am Waldrand tat sich vor ihnen auf. Er war zwar von wilden Gewächsen bestanden, doch wirkte er seltsam gepflegt, wie ein Gärtchen. Auf dem grasbewachsenen Boden stand ein behauener Stein, der ein tempelförmiges Standbild trug. Rechts von ihm rankte sich eine Heckenrose darüber, deren weiße Blüten sich über den steinernen Giebel neigten und süß dufteten. Das Laub war dicht und glänzte in dunklem Grün. Links stand ein Weißdornbusch, dessen erste Früchte rot zwischen den Blättern leuchteten. Hinter dem Stein ragte ein Vogelbeerbaum auf. Marie-Anna wurde mit einem Mal klar, was den gepflegten Eindruck hinterließ – keine einzige verblühte Blüte gab es an den Pflanzen auf dem samtigen Rasen. Doch zwinkerten ihnen die gelben Augen der Gänseblümchen zwischen den Gräsern zu, nickten gelb-violette Stiefmütterchen um den halb versunkenen Stein, und die Blätter von lange verblühten Maiglöckchen bildeten eine Insel unter den Büschen.

Sie ging näher heran, um die Inschrift zu lesen und die dargestellte Szene zu betrachten. Der behauene Stein war vom Alter verwittert, doch mit einiger Mühe entzifferte Marie-Anna die Teile der Inschrift, die noch zu sehen waren. Er galt den aufanischen Matronen und zeigte drei Frauen in langen, faltenreichen Gewändern, die nebeneinander saßen. Die beiden äußeren trugen die runden Hauben der Verheirateten, das Mädchen in der Mitte war mit offenen Haaren abgebildet. Zu Füßen der einen älteren Matrone lag ein kleines Tier, Hund oder Katze, die andere hielt ein Füllhorn im Schoß. Das Mädchen hatte eine leere Schale in den Händen. Leer von steinernen Gaben, doch gefüllt mit ein paar winzigen roten Walderdbeeren.

»Es heißt, es seien drei heilige Jungfrauen, Spes, Caritas und Fides. Sie sind wundertätig sein, sagt man.«

»Was wohl die kleinen Beerengaben erklärt.«

»Ich … ich war auch schon mal hier und habe mir was gewünscht.«

»Und, Ciella, ist es in Erfüllung gegangen?«

»Ja, ist es.« Das Mädchen streichelte über den Stein und pflückte dann vorsichtig eine Rosenknospe von dem Strauch. »Ich mache das jedes Mal. Findest du das töricht?«

Marie-Anna pflückte ein Gänseblümchen.

»Überhaupt nicht. Es ist ein sehr, sehr alter Stein, Ciella, und schon viele Menschen haben ihn verehrt und wahrscheinlich vor ihm gebetet. Die drei Jungfrauen, oder besser, Matronen sind sicher denen sehr wohlgesonnen, die diesen Platz in Ordnung halten und ihnen Achtung entgegenbringen.«

»Warum Matronen, Marie-Anna?«

»Das besagt die Inschrift. Matronen – römische Frauen also. Caritas, Fides und Spes waren ja wohl auch Römerinnen.«

»Ja, ihre Mutter hieß Sophia, und sie wurden von Kaiser Hadrian hingerichtet, weil sie Christinnen waren.«

»Sagt die Legende.«

»Glaubst du das nicht?«

»Ich weiß nicht. Ich denke, die Jungfrauen Glaube, Liebe und Hoffnung mit ihrer Mutter Weisheit stellen eine Allegorie dar. Aber ohne Zweifel befinden wir uns hier an einem uralten Heiligtum, und es wird den Matronen gleichgültig sein, mit welchem Namen sie heute angeredet werden, solange es mit Ehrerbietung geschieht.«

Sie sammelten noch ein paar abgebrochene Zweiglein und Blättchen auf, zupften zwei, drei verblühte Blüten ab und verließen dann schweigend den stillen Ort.

Sie kehrten zu den Pferden zurück, und Marie-Anna half Graciella in den Sattel.

»Und nun?«

»Zum Steinbruch hinunter und dann unten am Rhein über den Leinpfad zurück. Hier oben der Weg ist übrigens die Abkürzung, die man nehmen kann, wenn man nach Köln reiten will.«

»Ach ja? Bist du schon mal von hier nach Köln geritten?«

»Mit Papa, vor zwei Jahren. Alleine würde ich das nicht machen.«

»Das ist wohl sehr klug. Traust du dich, im Trab zu reiten?«

»Klar!«

Hungrig kamen sie am Nachmittag zurück und hatten das Pech, Berlinde unter die Augen zu geraten, die mit Guenevere und Yannick durch die Felder spaziert war.

»Graciella! Was muss ich da sehen! Komm sofort von dem Pferd herunter!«

»Wenn wir im Hof sind, Tante Berlinde!«

»Sofort, Mädchen. Auf der Stelle! Was fällt dir ein, in dieser schamlosen Haltung auszureiten. Ich muss ja wohl nicht fragen, wer dich dazu veranlasst hat. Mamsell, das wird Konsequenzen haben!«

»Natürlich, Frau von Spangenberg! Aber erst im Hof.«

Marie-Anna ritt voraus, Graciella folgte ihr kleinlaut.

»Sie wird es Papa hinterbringen.«

»Wird sie, und ich werde mit ihm reden, keine Sorge, Ciella.«

»Er kommt am Sonntag.«

»Schön, dann habe ich ja Zeit, meine Rede auswendig zu lernen.«

Graciella kicherte schon wieder.

Die erste Woche hatten die Großeltern Kinder, Mädchen und junge Frauen ihren eigenen Vergnügungen überlassen, aber am Freitag hieß es, Aufgaben zu übernehmen. An dem großen Tisch in der Essstube hielt Großmutter Raabe ihre Ansprache.

»Ein Haushalt wie dieser hat nicht so viele Bedienstete, die für euer Wohl sorgen können, wie ihr es in der Stadt gewöhnt seit. Also werdet ihr, wie jedes Jahr, einige Arbeiten übernehmen, damit unsere Mägde sich um ihre eigentlichen Aufgaben kümmern können. Die Erntezeit steht an, und sie werden alle Hände voll zu tun haben. Den Vormittag werdet ihr mit euren Pflichten verbringen, den Nachmittag könnt ihr dann wieder für eure Unternehmungen nutzen.«

Marie-Anna nickte verständnisvoll. Sie hatte durchaus nichts dagegen, im Haushalt mitzuhelfen.

»Darf ich im Stall arbeiten?«, fragte Graciella.

»Nein, Kind, du wirst diesmal bei der Wäsche helfen. Es schadet nichts, wenn ein junges Mädchen lernt, wie man Leinen bleicht und Hemden bügelt.«

»Auch gut, Großmama.« Graciella war es zufrieden.

»Yannick und Guenevere, ihr kümmert euch um das Federvieh! Ihr habt die Hühner zu füttern, die Eier zu suchen und die Gänse am Teich zu hüten.«

»Ihh, nein, die Gänse zwicken!«, jammerte Guenevere.

»Dann wirst du lernen, dir Respekt zu verschaffen!«, ermutigte sie der Großvater und zwinkerte ihr zu. »Ich zeig dir, wie.«

»Rosemarie, du hilfst mir im Garten.«

»Ja, gerne Großmutter.«

»Und Sie, Fräulein Marie-Anna, was möchten Sie übernehmen?«

»Vielleicht für die Pferde sorgen? Oder Wäsche waschen und flicken. Ich kann auch bei der Erntearbeit helfen, wenn Sie möchten. Melken kann ich leider nicht so gut.«

»Sie haben keine Angst vor groben Arbeiten?«

»Nein, gnädige Frau. Ich bin auf einem Gut aufgewachsen.«

Der alte Herr nickte anerkennend, und die Hausherrin lächelte sie wohlwollend an.

»Was halten Sie davon, unserer Köchin Helga in der Küche zu helfen, Fräulein Marie-Anna?«

»Das würde mir gefallen, gnädige Frau. Ich habe gesehen, sie backt das Brot selbst. Das würde ich gerne lernen. Aber bitte, könnten Sie nicht aufhören, mich so förmlich mit Fräulein anzureden? Ich komme mir ein wenig ausgeschlossen vor.«

»Aber gern, Marie-Anna. Dann lassen Sie auch die vornehme Anrede der gnädigen Frau fallen, Kind. Wir sind hier eine große Familie. Fühlen Sie sich ganz zugehörig.«

»Du solltest sie Grandmère nennen, Marie-Anna. Das hört sich sehr würdig an.«

»Ciella gibt mit ihren Französischkenntnissen an!«, zog Rosemarie sie auf und stupste das Mädchen in die Seite.

»Also, ich wäre damit einverstanden!«

»Danke, wenn Sie es wünschen, werde ich Sie gerne so anreden, Grandmère.«

»Ach ja, eure Zimmer werdet ihr selbst in Ordnung halten. Alle, ohne Ausnahme. Auch Sie, Berlinde.«

Berlinde, die keine weitere Aufgabe erhalten hatte, sah missmutig drein.

»Ich habe mich um meine beiden Kinder zu kümmern, Frau Raabe. Das lastet mich völlig aus.«

»Ich glaube nicht, dass ein wenig Bettenmachen und die Kammer fegen Sie überfordern. Die Mägde haben wirklich Besseres zu tun, als Ihnen hinterherzuräumen.«

Helga, die Köchin, war umgänglich, wenn auch ein wenig schwatzhaft. Außerdem probierte sie gerne alles, was sie zubereitete, und hatte sich dadurch über die Jahre hinweg eine stattliche Figur zugelegt. Allerdings war sie dazu unglaublich kräftig, und Marie-Anna bewunderte, mit welcher Ausdauer sie Brotteig knetete, Fleisch und Knochen zerkleinerte, das Butterfass bediente und mit den schweren Pfannen und Töpfen hantierte. Anfangs hatte sie »dem Fräulein« mit dem leichten französischen Akzent etwas misstrauisch gegenübergestanden. Aber schon am Montag, als Marie-Anna mit geschickter Hand Kräuter wiegte und sich auch nicht scheute, mit tränenden Augen Zwiebeln zu schneiden, wurde sie gemütlich. Das »Fräulein« verschwand in der Mehlkiste, das »Sie« zwischen den Graupen, und die beiden fingen an, über die verschiedenen Zubereitungsformen des täglichen Essens zu fachsimpeln.

21. Kapitel

Skandale

Valerian Raabe war am Sonntagnachmittag eingetroffen und hatte sein Turmzimmer bezogen. Abends war er allerdings noch ins Dorf geritten, um dem Pfarrer seine Aufwartung zu machen, und so sah Marie-Anna ihn erst am Montag wieder, als sie das Essen zusammen mit dem Dienstmädchen auftrug. Es hatte ihr einen gelinden Schock versetzt, ihn in dieser Umgebung zu sehen. Verschwunden war der schwarze Frack, verschwunden die hohe Halsbinde, die Brokatweste, die feinen Pantalons und Lackschuhe. Er trug derbe Baumwollhosen, ein weites, gestreiftes Leinenhemd, darüber eine Lederweste, und ein blaues Baumwolltuch ersetzte die Krawatte und halbhohe Stiefel die Lackschuhe. Ein Landmann, kaum von dem Verwalter zu unterscheiden.

»Ich sehe, Frau Mutter, Sie haben Ihre Gäste schon in ihre Pflichten eingewiesen. Danke, Marie-Anna, Sie müssen mir nicht auflegen. So hinfällig bin ich noch nicht, dass ich mir nicht ein Hühnerbein selbst auf den Teller legen kann.«

»Ich habe deine Bettwäsche selbst gelüftet und gebleicht, Papa!«

»Schön, dann werde ich ja keine Alpträume bekommen. Und du, Rosemarie?«

»Erbsen aufgebunden, Unkraut gejätet und die Kübelpflanzen gegossen.«

»Ah, dieses Jahr bist du also die Gärtnerin. Und ihr beiden?«

»Wir haben Eier gesucht!«, antwortete Yannick.

»Und du hast zwei kaputtgemacht.«

»Und Körner gestreut!«

»Und du hast dem Hahn eine Schwanzfeder ausgerissen.«

»Petze!«

»Das ist nicht gepetzt. Dafür hat er dich gepickt! Und das ist viel weniger schlimm, als von Napoleon gekniffen zu werden.«

»Guenevere ist eine Jammerliese. Die hat Angst vor Napoleon.«

»Nun, man soll dem Kaiser Achtung erweisen«, murmelte Valerian Raabe belustigt.

»Quatsch, Napoleon ist der große Gänserich. Der zischt sie an, und dann läuft sie weg.«

»Sie haben, wie ich sehe, das Essen zubereitet, Marie-Anna?«

»Nicht ausschließlich alleine, muss ich gestehen.«

»Was habe ich für Aufgaben, Frau Mutter?«

»Du, Valerian, wirst dir erst einmal ein paar Tage Ruhe gönnen.«

»Aber dann muss er die Stuben kehren!«, schlug Graciella vor.

»Junge Dame, ich darf doch um etwas mehr Respekt bitten. Im Übrigen werde ich mich dem Tort unterziehen, eure Bildung zu mehren. Nachmittags.«

»Ooooch, ich dachte, wir hätten Ferien.«

»Wir werden jeden Tag nach dem Essen zwei Stunden Naturkunde betreiben. Ich hoffe, Ihr habt Skizzenblöcke und Stifte dabei.«

Auch wenn die Jungen murrten, folgten sie seiner Aufforderung, sich mit der Natur zu beschäftigen. Die beiden ersten Unterrichtsstunden erwiesen sich an diesem Tag als ausgesprochen amüsant. Eigentlich sollten sich nur die beiden Kinder und Graciella mit Valerian Raabe mit den Heckenpflanzen und ihren Bewohnern befassen, aber Rosemarie gab Marie-Anna den Wink: »Komm mit, wenn du meinen Onkel mal als richtigen Menschen erleben willst.«

»Meinst du, er hat nichts dagegen?«

»Bestimmt nicht.«

So war dann auch sie mit Ledertasche, Messer, Block und Stiften bewaffnet losgezogen, um das Leben in den Hecken zu erkunden. Weißdorn, Haselstrauch, dornige Brombeeren, Holunder, Hartriegel und Heckenrosen bestimmten sie, machten Zeichnungen von Lichtnelken und Hundsquecken, von Ackerschachtelhalm und Rauken, stöberten Igel auf und eine vorwitzige Haselmaus, lernten verschiedene bunte Schmetterlinge kennen und setzten sich rote Marienkäferchen auf die Fingerspitzen, um sie fliegen zu lassen.

Staubig, mit schmutzigen Fingern, durstig und vergnügt kehrten sie am Nachmittag in den Hof zurück und wurden auf dem Rasen unter den Kastanienbäumen mit kaltem Tee, Mandelkuchen und Erdbeeren mit Sahne empfangen. Anschließend wollten Graciella und Marie-Anna ausreiten. Rosemarie verzichtete darauf. Sie hatte die Großmutter gebeten, sie in die Kunst der Potpourri-Herstellung einzuweihen und wollte wohlriechende Kräuter und Blumen sammeln.

»Tante Berlinde hat noch nicht mit Papa geredet. Wegen der Hosen, meine ich.«

»Sie hatte wohl auch bislang keine Zeit dazu. Wollen wir es trotzdem wagen?«

»Wenn du es tust! Ich bin bereit!«

»Allons enfants!«

»Au ja, zetteln wir eine Revolution an!«

Sie entkamen ungescholten, verbrachten zwei herrliche Stunden auf den Uferpfaden am Rhein und jagten übermütig ventre à terre zurück.

Es traf sich, dass Valerian Raabe ihnen auf seinem Pferd

einige hundert Meter vor der alten Ummauerung begegnete. Sie zügelten ihre Tiere und hielten neben ihm an, Graciella mit einem herausfordernd trotzigen Gesicht, Marie-Anna mit leichter Beklemmung. Ganz wohl war ihr bei dieser Begegnung jetzt nicht.

»Ich habe schon erfahren, dass ihr wie die wilden Amazonen zu reiten pflegt. Ich muss sagen, meine Billigung findet das nicht, Marie-Anna. Sie haben nicht das Recht, meine Tochter zu gefährden.«

»Monsieur Raabe, sie ist auf diese Weise weit weniger gefährdet als im Damensattel.«

»Sie hat sich bislang recht gut auf gesittete Weise auf dem Pferd gehalten.«

»Sie ist eine mutige Reiterin. Es ist entschieden sinnvoller, auf diese Art über Stock und Stein zu reiten. Im Park und auf gepflegten Reitwegen werden wir beide wieder züchtig im Damensattel reiten.«

»Mademoiselle, das ist es nicht, was mir Anlass zur Sorge gibt. Diese Haltung auf dem Pferd schadet der weiblichen Physiologie. Insbesondere der junger Mädchen.«

»Aberglauben! Mein Vater hat mich rittlings aufs Pferd gesetzt, da konnte ich kaum laufen. Bis zu meinem zwölften Lebensjahr bin ich nie anders geritten. Und danach, so oft sich die Möglichkeit ergab, auch nicht. Ich habe nie gesundheitliche Schäden dadurch erlitten.«

»Wollen Sie mich nicht verstehen, Mademoiselle? Ich wünsche nicht, dass meine Tochter leichtsinnig ihre Unschuld aufs Spiel setzt!«

»Tut sie nicht, Monsieur. Ich erklärte Ihnen doch, ich bin von klein auf so geritten, meist sogar ohne Sattel. Dennoch war ich bis zu meinem einundzwanzigsten Lebensjahr eindeutig unschuldig.« Sie sah, wie er sich verstohlen auf die Unterlippe biss, und sie konnte es sich nicht verkneifen, leise hinzuzufügen: »Dass ich es seit jener Zeit nicht mehr bin, habe ich nicht gerade einem wilden Ritt zu verdanken.«

Er drehte sich weg, und Graciella zupfte angstvoll an Marie-Annas Rock.

»Lass, Ciella!«

Als er sich wieder umwandte, hatte er seine Züge wieder unter Kontrolle.

»Mademoiselle de Kerjean!«

»Jetzt werden Sie wieder förmlich, Herr Kommerzialrat. Kerker, nicht unter fünf Jahren?«

»Verdammt, Marie-Anna, Sie untergraben meine Autorität!«

»Naturellement, Monsieur.«

»Hören Sie auf, mich so anzulachen. Was soll meine Tochter von mir denken?«

»Dass Sie ein verständiger Vater sind und sich um ihre Sicherheit im Sattel sorgen. Haben Sie je in Ihrem Leben in einem Damensattel gesessen und versucht, sich bei einem Parforceritt darin zu halten?«

Er lenkte sein Pferd an Graciellas Seite.

»Fühlst du dich auf dem Pferd so sicherer?«

»Ja, Papa.«

»Du hast dabei auch keine Schmerzen oder Unwohlsein?«

»Aber nein, Papa. Es ist sogar viel angenehmer, als seitwärts zu sitzen.«

»Wo hast du diese – ähm – unsäglichen Beinkleider her?«

»Aus der Truhe mit Ihren alten Sachen.«

»Kann man dem Kind vernünftige Hosen zur Verfügung stellen?«

Marie-Anna zog den Rock noch etwas höher.

»Derartige? Wenn ich etwas derben Baumwollstoff bekommen könnte, nähe ich ihr solche.«

»Fragt meine Mutter danach.«

»Danke, Papa. Sie sind ... Sie sind ... also, ich mag Sie, Papa.«

»Macht, dass ihr in den Hof kommt.«

Nach zwei Wochen ohne nennenswerte Zwischenfälle hatten sich alle an das Leben auf dem Land gewöhnt. Die Einzigen, die noch vornehme Blässe zeigten, waren Berlinde und Rosemarie. Erstere, weil sie das Haus so selten wie möglich verließ und wenn, dann nur ausgestattet mit breitkrempigem Hut und Sonnenschirm, und sich vor allem im Schatten aufhielt. Letztere, weil ihr heller Teint außer einer zarten Röte keine Farbe annahm. Aber Rosemarie blühte dennoch auf, verlor ihre blaustrümpfige Steifheit endgültig und war bereit, auch an den gewagteren Ausflügen von Graciella und Marie-Anna teilzunehmen.

So kam es zu der nächsten empörenden Begebenheit.

Graciella hatte es sich, angeregt durch die naturkundlichen Studien, zur Aufgabe gemacht, ein Büchlein mit getrockneten und gepressten Kräutern und Blumen anzulegen, Rosemarie war beständig auf der Suche nach Duftpflanzen für ihre Potpourris, und Marie-Anna erfreute sich einfach an der Überfülle von Kräutern und Blumen. An einem besonders heißen Nachmittag waren sie zu dritt ausgeritten, um ihrer Sammelleidenschaft nachzugehen. Weit waren sie nicht gekommen, lediglich bis an einen Altrheinarm, dessen Auenwiesen eine reiche Beute versprachen.

»Ist das heiß heute!«, schnaufte Graciella, die in der prallen Sonne nach einer besonders exotischen Pflanze gestöbert und wahrhaftig eine wilde Orchidee gefunden hatte, die Rosemarie als geflecktes Knabenkraut klassifizierte.

Sie ließ sich neben Marie-Anna, die im Schatten gesessen hatte, ins Gras fallen und hob einen der Kränze auf, die diese aus Margeriten, blauen Glockenblumen und gelbem Hahnenfuß geflochten hatte, und setzte ihn sich auf den Kopf.

»Bleib unter den Bäumen, Ciella. Hier ist es kühler.«

»Noch kühler wäre es im Wasser! Weißt du noch, Rosemarie, früher habe ich hier oft baden dürfen.«

»Da warst du noch ein Hemdenmatz und keine junge Dame.«

»Die dürfen natürlich nicht ihre Schuhe und Strümpfe ausziehen und die Füße kühlen?«

»Also, eigentlich nicht. Aber …«

»Aber …?«

Rosemarie begann, ihre Stiefelchen aufzuschnüren.

»Aber eigentlich ist die Idee gar nicht so schlecht.«

Marie-Anna kicherte und begann ebenfalls, ihre Füße von den warmen Hüllen zu befreien. Dann lüpften alle drei ihre Röcke, steckten sie in der Taille auf wie die Bauersfrauen und wateten vom sandigen Ufer aus in das träge fließende Wasser des Seitenarms.

»Ah, ist das schön!«, seufzte Graciella. »Hast du das als Kind auch gemacht, Marie-Anna?«

»Sogar weit mehr, Ciella. Ich war häufig am Meer. In meiner Heimat gibt es lange Strände mit feinem, weißem Sand. Wenn es sehr heiß war, dann bin ich hinausgeschwommen. Das war absolut köstlich.«

»Hier könnte man ebenfalls schwimmen. Schau, da wird es tiefer!« Ein erschreckter Aufschrei und ein fröhliches Lachen erklangen, als Graciella in eine kleine Untiefe geriet und bis zu den Hüften versank.

Sie watete hinaus und begann, sich des Rockes und der Unterröcke zu entledigen, um sie zum Trocknen auszubreiten.

»Graciella, wenn jemand vorbeikommt!«

»Wer sollte hier schon vorbeikommen?« Sie kicherte übermütig und zog auch das Mieder und das Hemd aus. »Ich gehe schwimmen!«

»Mh!«, gab Marie-Anna von sich, und ihre Augen funkelten. Die Versuchung war gewaltig.

»Marie-Anna, nicht!«

Rosemarie war leicht entsetzt, doch dann ließ sie sich anstecken. Kurz darauf tummelten sich drei Nixen im kühlen Wasser, dass es nur so spritzte.

»Marie-Anna, du siehst aus wie die Fleisch gewordene Loreley«, gluckste Rosemarie, als Marie-Anna ihre nassen Haare auswand. Ihr Zopf hatte sich gelöst, und die hüftlangen blonden Haare klebten ihr in Wellen auf der Haut.

»Wer ist Loreley?«

»Eine Sirene. Eine blonde Frau, die auf einem Felsen am Rhein sitzt, ihre goldenen Locken kämmt und dabei singt. Sie betört damit alle Schiffer, die daraufhin gegen die Felsen im Strom fahren und untergehen.«

»Was für ein garstiges Weib!«

»Aber ein besonders schönes.«

»Oh, Marie-Anna, ich glaube, du solltest gerade jetzt ein betörendes Liedchen anstimmen, wir bekommen einen Gast…«

Graciella war blutrot geworden und versank bis zu den Schultern im Wasser. Rosemarie drehte sich um, stieß ein ersticktes »Oh!« aus und tauchte ebenfalls unter. Marie-Anna ließ ihre Haare los und wandte sich hoch aufgerichtet zum Ufer. Valerian Raabe, auf seinem großen Rappen, hielt eben bei ihren Kleidern an.

»Merde«, flüsterte sie.

Er machte ihr ein herrisches Zeichen, aus dem Wasser zu kommen, stieg ab und drehte ihnen den Rücken zu.

»Los, raus.«

Sie eilten den Sandstreifen hoch und warfen sich die Hemden über ihre nassen Körper. Es brauchte einige Zeit, bis sie sich präsentabel gekleidet hatten, und alle drei standen sie dann mit tropfenden Haaren wie die armen Sünderlein vor dem gestrengen Kommerzialrat.

»Ihr werdet auf der Stelle nach Hause reiten und auf euer Zimmer gehen!«

»Ja, Papa.«

»Wir unterhalten uns noch darüber!«

»Ja, Herr Onkel.«

»Das wird Konsequenzen haben.«

»Ja, Herr Kommerzialrat.«

In gedrückter Stimmung kehrten die drei Badenixen zum Hof zurück und schlüpften kleinlaut in ihre Kammer, um sich der ausgiebigen Toilette zu widmen.

»Er wird ziemlich sauer sein«, erklärte Graciella. »Es ist schrecklich, wenn er einen auszankt. Manchmal wünschte ich, er könnte richtig laut werden. Sein leises Schimpfen macht mich immer ganz fertig. Ich weiß nie, was ich sagen soll.«

»Das glaube ich dir.«

»Diesmal bin ich auch noch diejenige, die damit angefangen hat.«

»Wir haben alle drei damit angefangen!«, wandte Rosemarie ein. »Und ich schäme mich nicht. So!«

Marie-Anna lächelte sie an: »So trotzig und so tapfer? Das muss mein schlechter Einfluss auf euch sein.«

»Dich trifft keine Schuld.«

»Na, das wird er anders sehen. Aber was soll's, lassen wir das Donnerwetter über uns ergehen. Mehr, als uns Stubenarrest bei Wasser und Brot zu verordnen, kann er wohl nicht machen. Er verriet mir mal, er sei kein Freund der Prügelstrafe.«

»Vielleicht schickt er uns nach Hause.«

»Dann straft er sich nur selbst, denn er wird uns kaum alleine in Köln wohnen lassen. Also, wir wollen alle drei schön demütig und beschämt sein und keinerlei Widerworte geben. Ich glaube, das ist die beste Methode, ihn zu besänftigen«, schlug Marie-Anna vor.

»Ich mag aber nicht demütig …«

»Mir zuliebe, Graciella. Du wirst sehen, das hat seine Wirkung.«

Valerian Raabe ließ die drei durch eine Magd in sein Turmzimmer bitten. Mit sittsam gesenkten Augen, sorgsam geflochtenen, feuchten Zöpfen und ordentlich gebundenen Schürzen traten sie ein.

»Was habt ihr euch eigentlich dabei gedacht, am hellen Tag an einer von jedermann einsehbaren Stelle ohne jegliche Bekleidung ins Wasser zu steigen?«

»Es war so heiß, Papa«, flüsterte Graciella mit kleinmädchenhafter Stimme.

»Dass ein Kind wie du jedem verlockenden Einfall nachgibt, kann ich ja noch verstehen, aber was sagen die erwachsenen jungen Damen denn dazu?«

»Es war sehr heiß, Herr Onkel«, flüsterte Rosemarie mit nach Verzeihung heischender Stimme.

»Ich vermute, Sie haben sie dazu angestiftet, Marie-Anna?«

»Wissen Sie, es war wirklich heiß, Herr Kommerzialrat«, flüsterte Marie-Anna mit erstickter Stimme.

»Wir schämen uns ganz furchtbar«, fügte Graciella mit einem angedeuteten Schluchzen hinzu.

»Den Teufel tut ihr! Werdet ihr wohl bald mal die Köpfe heben und mir in die Augen sehen!«

»Aber wir schämen uns doch so furchtbar, Herr Onkel!«

»Ich habe wenigstens eine Rheintochter gesehen, die sich keinen Deut schämte!«

»Aber jetzt, Herr Kommerzialrat, schäme ich mich.«

Hilflos sah Valerian Raabe von einer zur andern.

»Was soll ich nur mit euch machen?«

»Wasser und Brot?«

»Auspeitschen?«

»Im Rhein ersäufen?«

»Weibervolk! Hört zu, das war wirklich ein selten dummer Streich. Ich bin nicht der Einzige, der den Leinpfad dort unten benutzt. Ihr seid drei schöne junge Frauen und eine verdammte Versuchung für jeden, der des Weges kommt. Seht ihr das zumindest ein?«

»Ja, Monsieur. Es war sehr unüberlegt. Es wird nicht mehr vorkommen. Wir waren in übermütiger Stimmung und…«

»Es war meine Idee, Papa. Marie-Anna hat nichts damit zu tun.«

»Und mich brauchte man ebenfalls nicht lange zu überreden«, meinte Rosemarie.

»Aber, Monsieur…«, Marie-Annas Lippen zuckten verdächtig, »es war sehr schön im Wasser.«

Er betrachtete die drei Sünderinnen streng, die ihm jetzt in die Augen sahen und aufrichtig betroffen wirkten. Plötzlich aber stahl sich ein verständnisvolles Lächeln in seine Augen.

»Ich trage mich seit einigen Jahren mit der Idee, hinter dem Haus ein Badehaus einzurichten. Sieht aus, als ob ich diese Maßnahme vorantreiben muss.«

»Ein Badehaus?«

»So wie es die Römer in ihren Villen hatten. Ich habe einige Zeichnungen alter römischer Villen studiert, wie man sie in Pompeji und Heraculaneum vorgefunden hat.«

»Waren Sie dort, Monsieur Raabe?«

»Ja, Marie-Anna, ich war dort. Als junger Mann, vor der Revolution und später noch einmal. Es hat mich tief beeindruckt.«

»Erzählen Sie uns davon, Papa?«

»Muss ich ja wohl.«

22. Kapitel

Eine Mondfinsternis

Zwei Tage später, am Montag, ritt Valerian Raabe schon am frühen Morgen nach Köln, um sich mit einem ihm bekannten Bauunternehmer zu treffen, mit dem er die Pläne zu seinem Badehaus diskutieren wollte. Er blieb zwei Tage und kam am Mittwoch um die Mittagszeit wieder zurück. In seinem Gepäck hatte er einige merkwürdige Dinge dabei.

»Unterrichten Sie uns heute wieder?«, fragte Guenevere, als sie sich zum Essen zusammensetzten.

»So wissbegierig, Kleine?«

»Mit Ihnen macht Lernen Spaß, Onkel.«

»So, so? Nun, dann wollen wir gleich mal durch den Gemüsegarten gehen und uns mit den Erbsenblüten und ihren Farben beschäftigen. Für euch Ältere habe ich heute Nacht eine Lektion vorgesehen. Es wird spät werden, also haltet jetzt besser einen Mittagsschlaf.«

»Was haben Sie vor, Papa?«

»Es gibt heute gegen Mitternacht eine Mondfinsternis.«

Die beiden Kinder protestierten, sie wollten ebenfalls an diesem spektakulären Ereignis teilhaben, aber der Hausherr vertröstete sie auf ein anderes Mal.

Marie-Anna hätte beinahe den Zeitpunkt verschlafen, und auch Rosemarie kämpfte mit der Müdigkeit. Gähnend hielten sie sich bis elf Uhr wach, dann rüttelten sie Graciella aus dem ersten Schlummer und klopften an die Tür des Turmzimmers.

»Kommt herein, wir steigen auf das Dach hoch!«

Valerian Raabe schritt die enge Treppe voran, die auf die zinnenbewehrte Plattform führte, von der man einen weiten Blick über das Land hatte. Schlafend lagen die Wiesen und Weiden im blauen Licht der Nacht unter ihnen. Schwarze Schatten warfen Bäume, Büsche und die Hütten der Schäfer und Waldbauern. Der Himmel war klar und wolkenlos, die silberne Scheibe des Mondes stand hoch über den Wipfeln des Waldes.

»Ein Teleskop? Sie haben ein Teleskop mitgebracht!« Rosemarie war begeistert, als sie das Fernrohr betrachtete, das auf einem Stativ aufgebaut war. »Ich habe noch nie durch so etwas geschaut. Darf ich?«

»Langsam, Rosemarie. Zuerst wollen wir etwas Theorie betreiben. Was wisst ihr über den Mond?«

»Er kreist um die Erde und kann mal zunehmen und mal abnehmen.«

»Und, Graciella, wodurch geschieht das?«

»Ähm …«

Das astrologische Wissen seiner Zuhörerinnen erwies sich als reichlich bruchstückhaft. Also erläuterte er ihnen zunächst einmal die Wirkung von Sonneneinstrahlung und Erdschatten auf den Trabanten, seine Phasen und die Sonderform der Verfinsterung. Alle Müdigkeit war verflogen, und begeistert untersuchten die drei mit dem Fernrohr die Mondoberfläche und beobachteten, wie sich langsam der kreisförmige Schatten der Erde über die silberne Fläche schob und sie kupferfarben färbte.

Während sich Graciella und Rosemarie am Teleskop abwechselten, begann Marie-Anna ein leises Gespräch mit Valerian Raabe.

»Können wir die Planeten ebenso durch das Glas sehen, Monsieur Raabe?«

»Wenn Sie einen ausmachen können, versuchen Sie es, Marie-Anna.«

»Das kann ich nicht. Helfen Sie mir?«

»Suchen Sie am westlichen Himmel einmal einen rötlichen Punkt.«

Intensiv studierte Marie-Anna das dunkle, sternenglitzernde Firmament und zeigte dann in die angegebene Richtung.

»Stimmt. Das dort ist der Mars«, erklärte er ihr.

»Er ist wirklich rot!«

»Warum erstaunt Sie das?«

»Ich dachte, die Farben, die man den Planeten zuordnet, seinen nur symbolisch gemeint.«

»Sie kennen sich mit den Planetenfarben aus?«

»Ein wenig.«

»Was wissen Sie noch darüber?«

»Oh, die Planeten sind nach den griechischen Göttern benannt, und die haben bestimmte Charakterzüge. So sagt man dem Mars nach, er sei ein kriegerischer Held und dass das Rot seiner Energie und Stärke entspricht.«

»Und?«

»Er ein Zerstörer sein kann.«

»Und?«

»Der fünften Sphäre zugeordnet ist.«

»Aha. Mademoiselle hört die Sphärenmusik?«

»Leise nur, Monsieur.«

»Was wissen Sie über die anderen Planeten?«

»Venus und Merkur sieht man nur in den Morgen- und Abendstunden. Jupiter ist der hellste unter ihnen und Saturn ist der äußerste.«

»Welche Eigenschaften ordnen Sie ihnen zu?«

»Merkur ist der schnelle, der Götterbote, der mit geflügeltem Schritt die Nachrichten überbringt. Aber er ist auch trickreich und nie um eine Ausrede verlegen, wortgewandt und nicht immer ganz ehrlich.«

»Nicht schlecht. Weiter!«

»Er besetzt die achte Sphäre, die des Intellekts, und seine Farbe ist gelbrot.«

»Wo sehen Sie die Venus?«

»In der siebenten Sphäre, sie soll rosa und grün sein und die Quelle der Kunst und der … der Gefühle?«

»Gut. Jupiter?«

»In der vierten Sphäre, der von Toleranz, Schutz und Güte. Sie ist purpurfarben?«

»Richtig. Sonne und Mond?«

»Sonne und Mond sind eigentlich keine Wandelsterne. Doch sie haben ihre eigenen Sphären. Die Sonne beherrscht die sechste, die der Harmonie und des Opfers. Ihre Farbe ist golden. Der silberne Mond regiert in der neunten die Träume und Visionen.«

»Kind, woher haben Sie diese Kenntnisse? Sie sind gewöhnlich nicht jedem zugänglich.«

»Ich habe eine Weile, wie Sie ja wissen, mit einem Schauspieler zusammengelebt. Die Welt sah in ihm einen Komödianten, Monsieur, doch ist er viel mehr als nur ein lachender Narr. Er ist ungemein belesen und kann fesselnd erzählen. Er ist bewandert in den modernen Stücken, aber ebenso in den alten Sagen, den griechischen und römischen Dramen und Comödien, er beherrscht viele Rollen aus den englischen Theaterstücken Shakespeares. Er hat oft darüber gesprochen, dass hinter allen diesen Geschichten sich ein Muster aus Kräften verbirgt, die immer wieder in neuen Masken, aber mit gleichen Eigenschaften wirken. Manchmal denke ich, er selbst ist dem quecksilbrigen Merkur sehr ähnlich.«

»Also nannte er diese Kräfte Planeten?«

»Sphären.«

»Sephirot.«

»Ja.«

»Und Sie haben ihm genau zugehört, wenn er darüber gesprochen hat?«

»Die Theorie hat mich fasziniert, Monsieur.«

»Sie sind ein erstaunliches Mädchen, Marie-Anna.« Dann lachte er leise auf. »Das Planetencollier gehört gerechterweise um Ihren schlanken Hals gelegt.«

»O nein, Monsieur«, wehrte Marie-Anna ab, aber sie beide lächelten sich mit neu erwachtem Verständnis an.

Der Mond war nun schon zur Hälfte wieder sichtbar, und die Welt schimmerte in seinem Silberlicht.

»Zeit, die Unterrichtsstunde zu beenden. Ihr habt morgen früh Dispens von euren Aufgaben. Geht schlafen, meine Damen!«

»Nein! Nein! Nicht!«

Graciellas Schrei gellte über den Hof, und Marie-Anna, die gerade Wasser an der Pumpe holen wollte, ließ den Eimer fallen und rannte mit fliegenden Röcken in die Küche, woher der Hilferuf erklang.

Berlinde stand am Küchentisch und drückte etwas Rotes, Kreischendes fest mit der Hand darauf. In der anderen Hand hielt sie eine große Schere.

»Was soll das denn? Lassen Sie Feli los!«, rief Marie-Anna, eher verblüfft als erschreckt.

Feli zappelte und fauchte.

»Nein, das muss sein. Wenn sie schon im Haus Mäuse fangen soll, dann darf sie nicht draußen herumstreunen.«

»Sie will ihr die Ohren abschneiden!«

»Du lieber Gott.« Marie-Anna riss der verdutzten Berlinde die Schere aus der Hand. »Sie sind ja wohl des Wahnsinns!«

»Wie sprechen Sie denn mit mir, Mamsell!«

»Lassen Sie das Tierchen los.«

»Halten Sie sich da raus!«, keifte Berlinde los, und Marie-Anna erhob ihre Stimme zu einer nicht unbeträchtlichen Lautstärke. Ihre ganze Abneigung gegen die engherzige und scheinheilige Frau brach sich plötzlich

Bahn, und ein Schwall herzhafter Schmähungen in einer Zunge, die Marie-Anna schon beinahe vergessen zu haben gemeint hatte, ergoss sich über sie.

»Was geht hier vor?«

Valerian Raabe war ebenfalls, von dem Tumult angelockt, in die Küche gekommen, und Marie-Anna verstummte. Graciella hingegen brachte mit zorniger Stimme ihre Anklage noch einmal vor.

»Sie will Feli die Ohren abschneiden.«

»Berlinde, lassen Sie die Katze los. Auf der Stelle!«

»Das ist doch eine harmlose Operation. Das Kind soll sich nicht so anstellen.«

»Marie-Anna, geben Sie mir die Schere!«

»Nein!«

»Doch. Ich werde nämlich jetzt Berlinde die Ohren stutzen. Das ist ja nur eine harmlose Operation.«

Grinsend übergab Marie-Anna die Schere, und Valerian Raabe ging drohend auf seine Schwägerin zu. Die ließ die Katze los und floh durch die Tür nach draußen. Helga, die Köchin, stand in der Ecke und versuchte ihr Lachen zu verstecken. Feli schoss wie ein roter Blitz auf den Holzkorb zu und versteckte sich dahinter.

»Das geht hier ja zu wie in der Kinderstube«, knurrte der Kommerzialrat und sah die Anwesenden kopfschüttelnd an. »Wo stammt dieses Geschöpf her?«

»Ich hab' sie im Stall gefunden. Sie ist noch ganz jung, Helga meint, sicher noch kein halbes Jahr alt. Die alte Katze ist gestorben, und sie war ganz verhungert. Darum haben wir sie ein bisschen rausgefüttert.«

»Und was hat Berlinde damit zu tun?«

Helga mischte sich ein und erklärte: »Die Gnädige hat mal gehört, Katzen würden im Haus bleiben, wenn man ihnen die Ohren stutzt. Sie behauptet, es regnet den Katzen dann in den Kopf rein, darum gehen sie nicht mehr raus.«

»Blühender Unsinn! Ich werde noch mal ein paar Worte mit ihr reden müssen. So, und jetzt beruhigt euch alle wieder. Der Baumeister, der den Anbau plant, wird gleich eintreffen und die Vermessungen vornehmen. Übrigens, Marie-Anna, in welcher barbarischen Sprache haben Sie eigentlich eben Ihre Schimpfkanonade losgelassen?«

»Ich? In welcher... War es nicht deutsch?«

»Nein, dem Herren sei Dank, das war es nicht. Es war auch nicht englisch oder französisch, Mademoiselle.«

»Oh, dann wird es die Sprache meiner Heimat gewesen sein. Ich fürchte, wenn ich mich sehr alteriere, falle ich in sie zurück.«

»Und was hast du gesagt, Marie-Anna?«

»Das übersetzen Sie dem Kind bitte nicht.«

Als er gegangen war, lag Graciella auf den Knien und lockte das kleine Kätzchen mit sanftem Gurren und einem Wurstzipfel hinter den Holzscheiten hervor. Es ließ sich besänftigen und klebte dann wie eine Pelzbrosche an der Schulter des Mädchens und schnurrte.

»Papa ist wundervoll, nicht?«

»Ja, er war formidable.« Marie-Anna kicherte, als sie an Berlindes fassungslosen Blick dachte, als er mit der Schere auf sie zuging. »Er erinnerte mich an meinen Vater.«

»Wie war dein Papa?«

»Eigentlich ganz anders als deiner, nicht so vornehm, nicht so beherrscht und maßvoll. Er arbeitete mit seinen Leuten auf den Feldern, sang laute Lieder dabei, manchmal nicht ganz anständige, polterte immer gleich los, wenn ihm etwas nicht passte. Mir hat er auch das eine oder andere Mal kräftig den Hintern versohlt, wenn ich zu ungestüm war. Aber er hat mir nie die Flügel beschnitten, und über unsere Kinderstreiche hat er oft herzhaft gelacht, während andere vor Empörung geschnaubt haben.«

»Warum meinst du trotzdem, dass er Papa ähnelt?«

»Weil ich den Verdacht habe, dass der Sinn für Humor bei beiden gleich stark ausgeprägt ist.« Auch das heiße Blut, dachte sie bei sich. Aber das sagte sie nicht laut. Dafür bemerkte sie mit Genuss: »Brior, der Schwarze hätte Berlinde allerdings wirklich mindestens ein Ohr abgeschnitten!«

Drei Tage lang waren der Baumeister Berolf und zwei Gesellen damit beschäftigt, die richtige Stelle auszusuchen, wo das Badehaus entstehen sollte. Sie fachsimpelten über Bodenbeschaffenheiten, Mauerdurchbrüche und vor allem über die Umleitung des Bächleins, das derzeit munter durch die Gärten plätscherte. Dieses kleine Gewässer sollte in einem Rohrleitungssystem eingefangen werden und die Versorgung der Becken sicherstellen. Auch ein Badeofen und ein Schwitzraum sollten entstehen. Großvater Raabe beteiligte sich ebenfalls mit großem Interesse an dem Vorhaben und diskutierte über Marmorfliesen und Granitwannen, Tonröhren und Drainagen.

Am Ende der Woche verabschiedeten sich die Fachleute und versprachen, in zehn Tagen mit den fertigen Plänen und einem kleinen Trupp Arbeiter zurückzukehren.

23. Kapitel

Das Grab des Römers

Sie begannen in der zweiten Augustwoche damit, den Boden hinter dem Haupthaus aufzugraben. Grandmère hatte wohl oder übel einen Teil ihres Gemüsegartens opfern müssen. Doch Marie-Anna, Rosemarie und Graciella hatten sorgsam alle Tomatenpflanzen, Buschbohnen, Erbsen und den Blumenkohl ausgegraben und umgebettet, die reifen Kürbisse geerntet und geholfen, sie einzulegen, und aus den geopferten Zwiebeln eine köstliche Quiche gebacken. Marie-Anna und Helga stellten die Tische unter den alten Bäumen im Garten auf, an denen sie verspeist werden sollte. Auch die drei kräftigen Gesellen, die ein lang gestrecktes Rechteck ausgruben, in das die Fundamente des Badehauses gelegt werden sollten, würden bei dem gemeinsamen Essen mithalten. Valerian Raabe, sein Vater und der Baumeister saßen über den Plänen und kalkulierten. Die Ziegel, die passende Menge Mörtel, die Holzbalken, die Schieferleyen mussten beizeiten beschafft werden. Der Baumeister übernahm diese Aufgabe, während der Kommerzialrat sich um die Fliesen, Wannen und Armaturen kümmern wollte.

»Meister!«

Einer der Arbeiter trat zu den dreien hinzu.

»Was gibt es?«

»Wir haben etwas Seltsames entdeckt, Meister Berolf. Schauen Sie sich das bitte mal an.«

Sie gingen zu der Grube und schauten nach unten. Die fruchtbare Krume reichte beinahe einen Meter tief, dann aber waren sie auf Lehm gestoßen. Doch nicht nur das – es gab auch eine steinige Lage, die das Graben unmöglich machte.

»Das ist kein Naturstein«, stellte der Baumeister fest.

»Nein, das sieht aus, als sei es gemauert.«

»Valerian, das könnte ein Teil der ursprünglichen Fundamente sein, auf denen dieser Hof gebaut ist.«

»Möglich, Vater. Obwohl …«

Valerian Raabe ließ sich eine Hacke geben, beugte sich nieder und lockerte vorsichtig den Lehm um die Steinsetzung.

»Das sieht aus wie eine Treppenstufe. Hier, etwas tiefer kommt die nächste.«

Inzwischen waren auch Marie-Anna und Rosemarie herbeigekommen und lugten neugierig in die flache Grube.

»Gab es hier nicht einmal eine römische Bebauung, Onkel Valerian? Sie wissen doch, wir haben Scherben und eine kleine Tonfigur gefunden, die auf römische Bewohner schließen ließen.«

»Möglich wäre es. Aber das hier erschwert natürlich den Weiterbau. Lasst uns sehen, wie tief es reicht.«

»Nach dem Essen!«, befahl eine weibliche Stimme. Grandmère war mit einem Krug Apfelwein aus dem Haus gekommen und scheuchte Arbeiter, Mädchen und Männer an die Tische. Das Gespräch während des Essens kreiste um die gefundenen Relikte, und es wurde sachkundig gefachsimpelt, römische Baukunst mit der gegenwärtigen verglichen und Vermutungen angestellt, was sich unter dem Gelände wohl noch verbergen würde.

»Macht euch keine zu großen Hoffnungen«, meinte Valerian Raabe. »Vermutlich ein alter Vorratskeller oder der Eingang zum Hypocaustum.«

»Können wir nicht trotzdem noch ein Stück tiefer graben, Onkel Valerian?«

»Wir werden es sogar müssen. Wenn sich ein Hohlraum darunter befindet, muss er aufgeschüttet werden, Fräulein«, antwortete ihr der Baumeister, der Gefallen an den intelligenten Schlussfolgerungen der jungen Frau gefunden hatte.

Daher wurde nach der Mittagspause die Arbeit auf jene Stelle verlagert, die das alte Gemäuer vermuten ließ.

»Eine Treppe, Herr Raabe. Sieben Stufen haben wir jetzt freigelegt. Sie scheint auf einen Vorplatz zuzuführen. Es sieht aus, als gäbe es da Reste eines Mosaiks.«

Es lag eine seltsam erwartungsvolle Spannung über der kleinen Baustelle. Alle Bewohner des Hauses hatten sich inzwischen eingefunden, um dem Fortgang der Ausgrabung beizuwohnen.

»Säulen, Monsieur!«, rief Marie-Anna plötzlich. »Das sind doch Säulen.«

»Eine scharfsichtige junge Frau haben wir da. Sie mögen Recht haben, das ist Steinmetzarbeit. Leute, vorsichtig arbeiten. Nehmt die kleinen Schaufeln, legt die Hacken fort.«

Sie gruben bis in die Dämmerung hinein, nur unterbrochen durch ein weiteres, einfaches Mahl. Selbst die Arbeiter waren angesteckt von der gespannten Atmosphäre und murrten nicht, als sie gebeten wurden, weiterzuarbeiten. Doch das Licht ließ nach, und in der lauen Sommernacht fanden sich alle, erschöpft, doch aufgeregt, unter den Bäumen ein, um die müden Glieder zu strecken. Der Hausherr hatte mehrere Flaschen eines kühlen, hellen Weins gespendet, und Helgas frischem Brot und dem Griebenschmalz, duftend nach Äpfeln und Thymian, wurde lebhaft zugesprochen.

Am nächsten Morgen grub man vorsichtig weiter.

Langsam erkannte man eine Treppe, die zu einer Wand führte, auf der an manchen Stellen Fragmente einer Bemalung sichtbar wurden. Was aber am Nachmittag noch größeren Wirbel auslöste, war die Tatsache, dass man vor einem Eingang zu einem weiteren Raum stand.

»Solide Arbeit«, beurteilte der Baumeister, was er sah. »Ich vermute, der Raum dahinter ist nicht eingestürzt. Diese Balken hier sehen von oben intakt aus. Was mag sich dahinter verbergen?«

Valerian Raabe, staubig, die Ärmel seines Leinenhemdes weit über die Ellenbogen aufgerollt, den Ausschnitt bis weit über die Brust offen, stand breitbeinig, gestützt auf einen Schaufelstiel, vor der uralten, massiven Holztür und fuhr sich mit den Fingern lockernd unter dem verschwitzten Halstuch entlang.

»Die Tür ... Es wundert mich, dass sie so gut erhalten ist, Meister Berolf.«

»Sie war viele Jahre, wahrscheinlich Jahrhunderte lang unter der Erde verborgen. Es ist nicht feucht hier, und dieses Eichenholz ist verdammt widerstandsfähig. Werden Sie sie aufbrechen?«

Diese Frage stellten sich auch alle anderen, die sich nun wieder versammelt hatten.

»Je nun. Das ist keine einfache Sache, Meister Berolf. Ich habe schon Ausgrabungsstätten gesehen und die Berichte der Archäologen gelesen. Manches, was solide aussah, ist bei unvorsichtiger Berührung unvermittelt zusammengestürzt. Anderen Hohlräumen sind giftige Dämpfe entstiegen und haben die Übermütigen vergiftet. Es wäre bestimmt sinnvoll, einen Fachmann zu Rate zu ziehen.«

»Aber Papa!«

Graciella konnte sich vor Aufregung kaum noch halten.

»Bezähme dich, Mädchen!«, mahnte er, doch ungehalten war er nicht. »Gebt mir ein wenig Zeit, nachzudenken und mich mit Großvater und Meister Berolf zu beraten.«

Sie sprachen lange miteinander, und Marie-Anna machte sich daran, ihren vernachlässigten Pflichten nachzukommen. Mit Helga buk sie Brötchen und bereitete einen mit Kräutern gefüllten Lachs zu, der morgens aus dem Rhein gefischt worden war. Dann ging sie nach oben in ihre Kammer, um ihre Arbeitskleider abzulegen und die Haare neu aufzustecken. Zu ihrer Überraschung fand sie Rosemarie vor, die dabei war, einen Brief zu schreiben. Ein Schreiben, das neben ihr auf dem Tisch lag, ließ sie flink in ihrer Rocktasche verschwinden, als Marie-Anna eintrat.

»Hoppla, Rosemarie. Habe ich richtig gesehen? Geheimnisvolle Korrespondenz?«

»Ich schreibe nur einer Freundin.«

»Deshalb bekommst du so rosige Wangen?«

»Du hast mich erschreckt, du bist so leise die Treppen hochgekommen.«

»Soll ich demnächst poltern? Welcher deiner zahllosen Freundinnen schreibst du denn? Einer, die ich kenne? Dann grüße sie von mir.«

Die Röte vertiefte sich auf Rosemaries Wangen.

»Sollte es jedoch ein Freund sein, dann grüße ihn ebenfalls«, neckte Marie-Anna sie.

»Ist ja schon gut, ist ja schon gut!«

»Ah, also doch ein Billet doux, mh? Aber Süßigkeiten sind ungesund, das weißt du doch!«

»Du verrätst mich nicht?«

»Nein, ich verrate dich nicht. Kenne ich ihn?«

Rosemarie nickte und senkte die Augen.

»Markus?«

Sie schüttelte heftig den Kopf.

»Na, dann bleibt es erst einmal dein Geheimnis.

Wenn du fertig bist, kannst du mir helfen, das Essen nach draußen zu bringen. Die Männer haben einen Bärenhunger.«

»Ich komm schon. Gibt es etwas Neues?«

»Werden uns dein Großvater und dein Onkel wahrscheinlich gleich erzählen.«

Sie hatten beschlossen, das Wagnis einzugehen. Am nächsten Vormittag sollte unter größten Sicherheitsvorkehrungen die Tür geöffnet werden.

»Rosemarie und Marie-Anna, ihr seid geschickt mit dem Stift. Macht zunächst Skizzen von der Tür und der Mauer. Dann werden wir sehen, was sich dahinter verbirgt. Ich habe die Vermutung, dass es sich womöglich um die Grabstätte der ehemaligen Bewohner handelt. Wenn das der Fall ist, werden wir vielleicht wertvolle Schätze finden. Sie müssen *in situ* gezeichnet werden. Also haltet euch auch dafür bereit. Habt ihr genügend Zeichenmaterial?«

»Ja, Monsieur.«

»Ihr habt keine Angst vor den Geistern der Toten?«

»Nein, Monsieur.«

»Nein, Onkel Valerian.«

»Dann holt euer Handwerkszeug.«

Sie zeichneten rasch auf ihren Skizzenblöcken die Tür aus verschiedenen Perspektiven, und Meister Bertolf sah ihnen mit Achtung zu.

»Wenn Sie jemals in die Verlegenheit geraten sollten, eine bezahlte Tätigkeit aufnehmen zu müssen, dann kommen Sie zu mir, junge Fräuleins. So ordentliche Bauskizzen habe ich schon lange nicht mehr gesehen. Sehr gut beobachtet!«

Dann geschah es.

Meister Berolf und Valerian Raabe öffneten die Holztür, indem sie die verrosteten Riegel heraussprengten.

Zwei der Arbeiter standen mit hell leuchtenden Öllampen bereit, ein dritter hatte Spaten und Hacken neben sich und einen Stapel Stützhölzer. Doch das Gewölbe erwies sich als stabil, nichts krachte, nichts stürzte ein, als die Tür kreischend in ihren seit Jahrhunderten nicht mehr benutzten Angeln aufschwang.

»Licht!«, befahl Valerian Raabe.

Man reichte ihm eine der Lampen. Er musste sich ducken, um durch den niederen Türsturz einzutreten.

Marie-Anna, Graciella und Rosemarie standen nebeneinander und hielten den Atem an.

Der Kommerzialrat kam zurück, und sein Gesicht trug einen seltsamen Ausdruck.

»Allmächtiger Gott!«, stieß er hervor. Und seine gewöhnlich tonlose Stimme klang tief bewegt. »Mädchen, kommt. Nehmt ausreichend Licht mit.«

Vorsichtig folgten ihm die beiden Älteren und leuchteten den Raum aus. Er war höher als ein gewöhnliches Zimmer, der Fußboden mit einem kunstvollen, schwarz-weißen Mosaik belegt. An jeder der drei Seiten gab es bogenförmige Nischen, jeweils eine große in der Mitte, kleinere rechts und links davon. Zwei aus Stein gehauene Sessel in feinem Flechtmuster standen davor, auf dem Boden zwei hohe Keramikurnen.

In den Nischen aber standen Marmorbüsten.

»Macht zuerst eine Skizze des gesamten Raumes und der Anordnung der Gegenstände. Nur oberflächlich, keine Details.«

»Ja, Monsieur!«

Marie-Annas Stimme klang ehrfürchtig.

»Habt ihr einen Block und einen Stift für mich? Ich will die Inschriften kopieren.«

»Hier, Onkel Valerian.«

Sie arbeiteten schweigend, nur das Papier raschelte dann und wann.

»Bringt mehr Lampen!«, forderte Valerian Raabe. Er wandte sich den beiden Zeichnerinnen zu: »Könnt ihr die Portraits abbilden?«

»Natürlich.«

»Dann beginnt.«

Marie-Anna stellte die Lampe vor die Büste eines Mannes, der kurze lockige Haare und einen ebenso kurzlockigen Bart trug. Es war ein markantes, kraftvolles Gesicht, und es wäre beinahe vollkommen zu nennen gewesen, hätte nicht eine lange, wulstige Narbe, die sich von der Stirn über das Auge bis zu den Lippen zog, es entstellt.

»Titus Valerius Corvus«, flüsterte Marie-Anna. »Er muss eine entsetzliche Verletzung erlitten haben.«

Sie zeichnete mit raschen, kundigen Strichen, doch erschien es ihr, als entwickele ihre Hand ihren eigenen Willen. Der Kopf auf dem Papier war von vibrierendem Leben erfüllt.

Rosemarie hatte sich des Frauenportraits daneben angenommen.

»Ulpia Rosina. Sie ist hübsch. Ob sie seine Frau war?«

»Die Inschrift bekundet es«, antwortete ihr Onkel auf die leise Frage.

Marie-Anna beendete ihr Werk und betrachtete die Schale, die zwischen der Männer- und der Frauenbüste stand. Es war eine erlesene Arbeit, eine sanft glänzende Terra Sigillata mit zierlichem Rankenmuster. In ihr hingegen lagen wundersamerweise die Reste von Blütenblättern. Als sie näher heranging und ihr Atem sie streifte, da zerfielen sie zu Staub. Und unten, auf dem Boden der Schale, leuchtete Gold auf. Ein Halsring war es, ein massiver, goldener Halsring, nicht ganz geschlossen, und die beiden Enden zierte jeweils ein Vogelkopf.

»Monsieur, schauen Sie!«

»Ein keltischer Torques«, murmelte Valerian Raabe.

»Und ein kleinerer Ring.«

Sie beugten sich beide über die Schale und betrachteten den Ring, der innerhalb des Torques lag. Wie aus einzelnen Stäbchen schien er zusammengefügt zu sein, deren Enden oben und unten in kleinen Kügelchen endeten.

»Er hat eine Gravur«, hauchte Marie-Anna. Valerian Raabe nahm sehr vorsichtig den Ring hoch und hielt ihn ins Licht.

»Omnia Vincit Amor – Alles besiegt die Liebe.«

»Legen Sie ihn zurück, Monsieur. Bitte.«

»Natürlich.«

»Ich zeichne die Schale.«

»Tun Sie das. Was zeichnest du, Rosemarie?«

»Valeria Gratia, ein junges Mädchen.«

»Die Tochter des Valerius, nehme ich an.«

Es war ein junges Gesicht, eine sechzehn oder achtzehnjährige Römerin, ihrem Vater sehr ähnlich, mit einem festen, energischen Kinn und einem offenen Blick. Nicht unbedingt schön, aber charaktervoll und ein wenig spitzbübisch.

Als Letztes nahm sich Marie-Anna des Bildnisses des Martius an. Unerklärlicherweise stand er nicht als Marmorbüste in seiner Nische, sondern lag als gerade faustgroßes Glasköpfchen inmitten eines bronzenen Halsreifes. Leicht grünliches, fast klares Glas, doch er war deutlich zu erkennen. Ein ebenfalls noch junger Mann, doch von einer Ähnlichkeit mit Valerius war nichts zu bemerken. Aber darüber zu spekulieren verbat sich Marie-Anna im Moment noch. Konzentriert arbeitete sie weiter. Nur einmal blickte sie auf und sah, wie Rosemarie mit verzücktem Gesicht die Büste des Lucius Aurelius Falco zeichnete. Wie ein Leuchtfunke durchfuhr es ihre Gedanken! Mit einem Mal wusste sie, welchem Falken der Brief galt, an dem ihre Freundin so eifrig geschrieben hatte.

»Genug für heute!«, befahl Valerius Raabe.

Sie verließen die Grabkammer, und Meister Berolf und seine Männer bekamen den Auftrag, den Eingang zu schließen und zu sichern.

Sie wurden mit Fragen bestürmt, mussten ihre Skizzen ausbreiten, und wildes Spekulieren begann.

»Was werden Sie mit dem Fund machen, Herr Kommerzialrat?«, wollte der Baumeister wissen.

»Ich weiß es noch nicht. Wahrscheinlich sollte ich die Archäologische Gesellschaft informieren. Hätten wir noch eine Universität, würde ich mich dorthin wenden. Mal sehen.«

»Werden Sie meinen Vater informieren, Onkel Valerian?«

»Er würde wahrscheinlich spornstreichs aus seiner Trinkkur hereilen. Ich denke darüber nach.«

Es wurde spät an diesem Abend, und erst als die Pendeluhr in der Wohnstube elf Uhr schlug, waren alle in ihren Zimmern verschwunden. Graciella schlief schon fest, Feli leise schnarchend auf ihrem Kopfkissen. Rosemarie hatte noch einmal den Brief gelesen, den sie erhalten hatte, und war dann ebenfalls, das Schreiben unter ihrem Kopfkissen, in tiefen Schlummer gesunken. Nur Marie-Anna fand keinen Schlaf. Nachdem das leise Klingen der Uhr die nächste halbe Stunde läutete, nahm sie ihren Shawl und verließ die Kammer. Auf Zehenspitzen schlich sie an dem Turmzimmer vorbei die Treppen zum Dach empor.

Es war schwül, die Luft stand unbewegt über dem Land, aber hoch droben am Himmel ballten sich Dunstwolken, und vereinzelt zuckten Blitze zwischen dem schwarzen Gewölk hin und her. Doch Donner erklang nicht, still war die Nacht, nur das jagende Käuzchen ließ seinen unheimlichen Ruf ertönen.

Marie-Anna lehnte an einer Zinne, die ihr bis an die Brust reichte, und schaute dem Wetterleuchten zu.

»Sie können auch nicht schlafen, Marie-Anna?«, flüsterte es neben ihr.

»Nein. Habe ich Sie gestört, Monsieur?«

»Überhaupt nicht. Hier, ich habe uns Wein mitgebracht. Trinken Sie einen Schluck mit mir.«

Valerian Raabe stellte zwei Tonbecher und eine Flasche Rotwein auf die Fläche zwischen den Zinnen. Er goss ein und reichte ihr das Gefäß. Sie nippte daran.

»Sie lieben einen starken Wein, Monsieur.«

»Ja, ich liebe einen schweren Wein. Er vertreibt die Schmerzen.«

»In Ihrer Kehle.«

»Dort auch.«

Sie setzten sich auf die niedere Brüstung, Marie-Anna ein wenig befangen in ihrem Nachthemd, das nur von dem leichten Shawl bedeckt war, er hingegen entspannt und gelassen. Sein weißes, am Hals offenes Hemd leuchtete in der Dunkelheit, der schwarze Bart bedeckte seinen Hals, um den er, wie üblich ein Tuch gebunden hatte.

»So erfahre ich also tatsächlich, was aus dem Stoff geworden ist. Ich hatte mich schon gefragt, wie lange eine Frau widerstehen kann, ihn zu etwas Hübschem zu verarbeiten. Allerdings hatte ich nicht an ein Nachtgewand gedacht.«

»Monsieur!« Marie-Anna hatte ihre Stimme wie er zu einem Flüstern gesenkt. Aber sie lachte leise auf. »Oh, das war ein Geschenk von Ihnen? Ich… pardon, ich hatte einen anderen Geber im Verdacht.«

»Daher das Hemd fürs Bett?«

»Aber nein, Monsieur. Dieses Leinen ist Konterbande,

wenn mich nicht alles täuscht. Ich wollte niemanden in Verlegenheit bringen.«

»Viele Damen tragen Kleider aus geschmuggeltem Stoff. Es scheint derzeit geradezu der bon tone zu sein.«

»Ich fürchtete, in Ihrem Haus ...«

»Schon gut, Marie-Anna. Es ist zwar eine kostbare Nachtwäsche, aber sie schmeichelt der Trägerin. Warum konnten Sie nicht schlafen?«

»Das Grab, Monsieur.«

»Ja, das Grab. Auch mich treibt um, was wir sahen.«

»Wie alt mag es sein?«

»Genau bestimmen wird das nur ein versierter Altertumskundler. Ich habe keine Zeitangaben in den Inschriften gefunden. Doch es gibt den Hinweis, dass Kaiser Traian die Dienste des Stadtrates Titus Valerius Corvus gerühmt hat. Also nehmen wir einmal an, er hat zumindest zur Regierungszeit dieses Caesaren gelebt, und die lag im ersten Jahrhundert unserer Zeitrechnung.«

»Also ist das Grab 1700 Jahre alt. Unfassbar.«

»Vieles ist daran unfassbar, Marie-Anna. Die Art der Kunstwerke, die Tatsache, dass es völlig unberührt ist, und auch, dass es offensichtlich nur sechs Personen als Grab dient.«

»Ja, und genauso die Beziehungen dieser Menschen untereinander zum Beispiel. Wer war Valerius Martianus Rayan? Der Sohn der Ulpia Rosina? Rosemarie ist der Meinung, er habe ihnen die Gräber gerichtet. So sagen die Inschriften, doch von ihm gibt es keine Büste.«

»Er könnte ein Sohn aus ihrer ersten Ehe sein.«

»Würde er dann nicht den Namen seines Vaters tragen?«

»Sie haben Recht. Und der Name Rayan klingt unrömisch. Dafür gibt es einen Martius, den Mann ohne Zunamen, der einen keltischen Halsreif getragen hat. Sein

Grab trägt nur den Hinweis, dass er Soldat der Legio Minerva war.«

»Der Vater des Martianus?«

»Möglicherweise, doch offensichtlich dann nicht verheiratet mit Ulpia Rosina, denn sie stammt aus einem sehr edlen Geschlecht. Der Kaiser Traian war ein Ulpier, meine ich mich zu erinnern.«

»Dagegen ist Valeria Gratia wohl die eheliche Tochter des Valerius?«

»Tochter oder Schwester. Das sagen die Namen nicht aus, und da wir keine Daten haben, wer wann geboren oder gestorben ist, können wir nur vermuten.«

»Sie war verheiratet mit Lucius Aurelius Falco.«

»Einem verdienten Mann aus einem ebenfalls hochadligen Geschlecht, der eine steile Karriere vom Praefecten der Legio Minerva bis hin zum Statthalter von Britannien durchlaufen hat. Erstaunlich, dass er in diesem Grab beigesetzt wurde.«

»Ja, wie so vieles. Diese Schale ...!«

»Sie ist es, die Sie so tief beeindruckt?«

»Ja, Monsieur, aus verschiedenen Gründen.«

»Möchten Sie sie mir nennen?«

Marie-Anna nahm noch einen Schluck aus dem Becher und bemerkte verwundert, dass sie ihn bereits geleert hatte. Valerian Raabe schenkte ihr nach. Sie sah in die dunkle Nacht hinaus und zögerte. Was sie bewegte, ging sehr tief und rührte an Gefühle, über die nachzudenken, geschweige denn zu sprechen, sie sich bisher nicht getraut hatte.

»Fällt es Ihnen schwer?«

Marie-Anna seufzte.

»Ja, ein wenig.«

Er reichte ihr den Becher. Sie trank und stellte dann fest: »Die Schale ist ein Meisterwerk römischer Töpferkunst, nicht wahr?«

»Ja, das ist sie.«

»Und doch – sie hat einen Sprung. Ich habe beim Zeichnen bemerkt, dass er nicht zufällig entstanden ist. Jemand hat einen spitzen Gegenstand an einer Stelle angesetzt und sie auf diese Weise angeschlagen.«

»Das habe ich ebenfalls bemerkt. Ein Kunstwerk, dem wissentlich und willentlich ein Fehler zugefügt wurde. Es scheint mir einen tiefen Sinn zu haben.«

»Und eine Verbindung …«

»Zu jener ungewöhnlichen Büste des Valerius Corvus.«

»Ja.«

»Künstler jener Zeit hätten eher ein ideales Bildnis von ihm geformt und die entstellende Narbe verschwinden lassen. Meinen Sie das?«

»Ja, ich glaube schon. Was bedeutet die Inschrift unter der Schale, Monsieur? Meine Lateinkenntnisse sind leider gering.«

»Sie beginnt mit einem üblichen Grabspruch: ›Dieses Denkmal setzte Titus Valerius Corvus der Töpferin Annik, Tochter der Deneza.‹«

»Sie sehen eine Verbindung zwischen der Töpferin und diesem Mann?«

Valerian Raabe nickte.

»Es ist ein ungewöhnliches Arrangement, da stimme ich Ihnen zu. Eines, das sehr nachdenklich macht. Uns beide zumindest. Stand noch etwas auf dem Gedenkstein?«

»Ja, Marie-Anna. Es folgt:›Era! Möge die Erde dir leicht sein.‹«

»Era?«

»Herrin, Geliebte.«

»Ulpia Rosina war seine Gattin.«

»Ja.«

»Und in der Schale lag der Ring mit der Inschrift: ›Omnia Vincit Amor‹.«

»Ja.«

Marie-Anna stand auf und schritt über das Dach, blieb eine Weile entfernt von Valerian Raabe stehen und kam dann nachdenklich zurück.

»Wie muss er sie geliebt haben.«

Ganz leise hatte sie es ausgesprochen, und der Mann neben ihr bestätigte ebenso leise: »Ja.«

Sie trank wieder von dem schweren Rotwein und lehnte den zurückgeneigten Kopf an die kühlen Steine. Ein Wind war aufgekommen und ließ einige lose Haarsträhnen um ihr Gesicht flattern. Zwischen den Wolken leuchtete der halbe Mond hervor, und in seinem Licht schimmerten die Tränen auf Marie-Annas Wangen.

»Weinen Sie um Ihre Liebe?«

»Ich weiß es nicht. Ich weiß nicht, warum ich weine.«

»Nein, manchmal weiß man das nicht. Und doch, etwas rührt Sie zutiefst. Noch etwas mehr, nicht wahr?«

»Ja, Monsieur, noch etwas mehr.« Sie richtete sich auf und wischte mit einem Zipfel ihres Shawls die Tränen fort. »Die Töpferin, Monsieur, war keine Römerin.«

»Wahrscheinlich nicht. Der Halsreif deutet auf ihre gallische Herkunft, würde ich meinen.«

»Aber eine gallische Töpferin, die einen derart kostbaren Schmuck trägt …?«

»Die Tochter der Deneza muss von hoher Geburt gewesen sein.«

»Und …«

»Ja, Marie-Anna?«

»Ihr Name, Monsieur. Ihr Name! Er ist in meiner Heimat üblich. Mein Vater, und manchmal auch meine Mutter, nannten mich Annik. Kleine Anna. Meine Mutter hieß Denise, mein Vater nannte sie in seiner Sprache Deneza.«

»Ja, mein Herz, das ist ein seltsames Zusammentreffen. Und noch mehr als das. Denn Titus Valerius trägt den Zunamen Corvus. Das bedeutet Rabe.«

Sie schwiegen beide, Valerian Raabe war aufgestanden und blickte über das dunkle Land. Marie-Anna stellte sich neben ihn und sah empor. Am aufgeklarten Himmel leuchteten die Sterne, und ab und zu huschte ein glühender Streif durch das Gefunkel.

»Sternschnuppen – die Tränen des Laurentius«, murmelte Valerian Raabe. »Wussten Sie, dass die keltischen Druiden, die Weisen Ihrer Vorfahren, glaubten, die Seele des Menschen wandere? Sie sagten, sie geht nach ihrem Tod in eine andere Welt ein, um dort so lange zu leben, bis sie sich entschließt, in diese Welt in anderer Gestalt zurückzukehren.«

»Aber wenn das so ist, dann müssten wir uns doch erinnern! Monsieur, dann müssten wir uns an irgendetwas erinnern.«

»Tun wir das nicht, Marie-Anna? Mag es nicht sein, dass unsere Seelen sich erinnern? An Valerius Corvus und seine Töpferin Annik. Hast du deswegen geweint, mein Herz? Ohne zu wissen, warum?«

Marie-Anna drehte sich zu ihm um, aber der ungewohnte und schwere Wein hatte seine Wirkung getan, und sie schwankte. Er fing sie auf und zog sie an sich.

»Ich … mir ist so schwindelig.«

»Ich verstehe. Der Wein. Ich habe nicht daran gedacht, dass du ihn nicht gewöhnt bist. Verzeih mir.«

Sie lehnte ihren Kopf an seine Brust und kämpfte mit einem Schluckauf.

»Ich benehme mich unmöglich«, flüsterte sie zwischen zwei Schlucksern und musste plötzlich kichern.

»Komm, diesmal erweise ich dir den Dienst und bringe dich zu Bett.« In seiner Stimme lag ein leises Lachen.

»Ja, ich schaffe es wohl nicht alleine.« Marie-Anna, jetzt von einer überwältigenden Heiterkeit geschüttelt, sah zu dem Mann hoch, der sie nach wie vor umfasst hielt, und kicherte: »Wissen Sie, wenn Sie endlich diesen zipfeligen, alttestamentarischen Prophetenbart ablegen würden, dann sähen Sie dem Titus Valerius Corvus ziemlich ähnlich.«

»Freches Weib! Zu Bett, los!«

Er half ihr die schmale Treppe hinunter und führte sie sanft, aber bestimmt in ihre Kammer. Graciella schlief tief und ohne sich zu rühren, aber Rosemarie wachte auf.

»Was ist passiert?«

»Nichts Schlimmes. Hilf mir, Marie-Anna zu Bett zu bringen. Wir haben oben auf dem Dach Wein getrunken, und ich habe ihr zu viel eingeschenkt.«

»Ach herrje, ist sie betrunken?«

»Müde, Rosemarie, müde. Lass sie morgen früh ausschlafen.«

Sie legten Marie-Anna auf ihr Bett, und Valerian Raabe zog die Decke über sie und steckte sie fest.

»Onkel Valerian?«

»Rosemarie, du hast das hier heute Nacht nie gesehen.«

»Nein, ich habe es nur geträumt.«

Marie-Anna erwachte, als das Tageslicht schon hell durch die Fenster fiel. Etwas drückte sie der Kopf, und nur nebelhaft konnte sie sich an die Ereignisse der Nacht erinnern. Dann aber war auf einmal alles wieder da, und sie rieb sich die Augen, um richtig wach zu werden.

Als sie später zur Ausgrabungsstätte ging, waren Rosemarie, Graciella und Valerian Raabe damit beschäftigt, weitere Zeichnungen zu machen. Mit ihrem Tagebuch in der Hand gesellte sie sich zu ihnen.

»Darf ich ein paar Skizzen für mich machen, Monsieur?«

»Nur zu. Es ist Ihre letzte Gelegenheit. Ich habe beschlossen, das Grab wieder zu verschließen. Die Toten sollen ihre Ruhe haben.«

»Danke, Monsieur«, sagte Marie-Anna leise. Er lächelte sie an.

»Zeichnen Sie. Ist das Ihr Tagebuch?«

»Ja, ich führe es seit einer Weile.«

»Das freut mich, dass Sie auch dieses Geschenk von mir angenommen haben.«

»Sie haben die Bücher in mein Zimmer gelegt?«

»Ich dachte, es würde Ihnen helfen, Ihre Eindrücke zu ordnen.«

»Es hilft, ja.«

Sie schloss sich den beiden eifrig zeichnenden Gefährtinnen an und wurde von Graciella auf eine kleine Kuriosität aufmerksam gemacht.

»Schau mal, Marie-Anna, hier, in dieser kleinen Nische, steht die Tonfigur einer Katze. Ist die nicht süß?«

»Hier wurde Felis Felix begraben, innig geliebt von Valeria Gratia«, übersetzte Rosemarie die Inschrift. »Eine glückliche Katze also.«

»Und ich habe das rote Kätzchen Feli genannt! Als hätte ich es geahnt, dass eine wie sie hier schon einmal gelebt hat.«

»Ja, als ob du es geahnt hättest«, bestätigte Marie-Anna und streichelte Graciella über die Wange. Dann begann sie damit, Titus Valerius Corvus und die Schale der Annik noch einmal sehr sorgfältig zu zeichnen. Sie fertigte danach ein Bild des goldenen Torques an, und als sie damit fertig war, fiel ihr auf, dass der Ring mit der Inschrift nicht mehr in der Schale lag. Doch darüber schwieg sie.

Gegenwart

24. Kapitel

Helden und Götter

»Da hast du ihn, deinen Titus Valerius Corvus!«, jubelte Cilly und legte das aufgeschlagene Tagebuch vor mich hin. Eine sauber ausgeführte Bleistiftzeichnung füllte die ganze Seite. »Er sieht ihm ähnlich, nicht wahr?«

Der Römer sah genauso aus, wie ich ihn mir vorgestellt hatte. Und er sah, bis auf die längeren Haare, dem gegenwärtigen Valerius nicht unähnlich. Sie hätten nicht gerade Brüder sein können, aber beide verkörperten den gleichen Typus.

»Seht ihr, das beweist es, sie haben wirklich gelebt!«, triumphierte Cilly. »Ihr wolltet mir immer einreden, die Geschichte sei nur von eurem Vater erfunden worden.«

»Herzchen, Logik ist nicht deine Stärke! Das Einzige, was diese Zeichnungen beweisen, ist, dass es ein Grab gab mit den Büsten der besagten Personen. Julian kannte dieses Tagebuch, und aus diesen mageren Fakten hat er seine Geschichte gewoben. Es gibt keine Zeitangaben, es gibt keinen Hinweis auf Todesart und Datum, nicht auf Cullen, den Barden, nicht auf Ursa, die Haushälterin.«

Cilly senkte den Kopf. Als sie ihn wieder hob, beharrte sie: »Und Feli? Feli war da, und Graciella wusste, dass die rote Katze auf dem Hof schon mal dort gelebt hat.«

»Katzen haben neun Leben, sagt man.«

Ich lächelte sie an.

»Und Menschen?«

»Wer weiß?«

Rose betrachtete die Zeichnung der zusammengeringelten Katzenstatue, die sich ebenfalls in dem Tagebuch befand.

»Wir werden es nie wissen, Cilly. Ich finde es aber einfach wundervoll, die Quelle von Julians phantastischen Erzählungen gefunden zu haben. Eines, Cilly, ist wenigstens sicher – Rosemarie und Graciella haben tatsächlich gelebt.«

»Ja, sie haben deutliche Spuren hinterlassen. Und ich denke, wenn wir uns die Skizzenblöcke genauer ansehen, werden wir auch die Zeichnungen des Grabes und der anderen Büsten finden. Ich muss sagen, bisher habe ich nur die ersten Seiten angeschaut, sie zeigen Blumen und Blätter und Schmetterlinge. Ich dachte, es seien die Unterrichtsarbeiten der jungen Mädchen. Wir werden sie in Ruhe durchgehen müssen.«

Diesmal hatten wir drei Tage gebraucht, um uns durch das dritte Tagebuch zu arbeiten. Zwei waren jetzt noch übrig.

»Wir nehmen die beiden anderen Bücher mit, schlage ich vor. Morgen muss die Vergangenheit mal ruhen.«

»Ist in Ordnung. Ich denke, das Sensationellste haben wir wahrscheinlich in diesem hier schon gefunden.«

»Ich weiß nicht, ich weiß nicht. Dieser Ring, Rose, der in der Schale lag und verschwunden ist …«

»Ja richtig, Anita, das hatte ich beinahe vergessen. Das ist der Ring, den du gesehen hast, als du den Lilienring an den Finger gesteckt hast. Meine Güte, mir wird ganz kalt!«

»Der goldene Ring, den nach Julians Erzählung Valerius Corvus seiner Annik geschenkt hat. Ja, daher kannte ich ihn.« Ich lächelte die beiden an. »Seht ihr, so funktioniert Erinnerung. Man kann es sehr schön rational erklären. Man hat etwas gehört oder gesehen, wieder vergessen, und ein unerwarteter Reiz lockt die verlorenen Bilder in einem anderen Zusammenhang wieder hervor.«

»Du bist einfach grauenvoll vernünftig, Anita.«

»Ja, das bin ich. Sonst würde ich wohl verrückt werden.«

Rose sah mich eine Weile schweigend an, aber ihr Gesicht spiegelte die unterschiedlichsten Gefühle wider.

»Du hast Recht. Wir bleiben wirklich besser bei deiner Betrachtungsweise. Ich möchte lieber nicht wissen, was passiert, wenn ich die Zeichnung von Lucius Aurelius Falco finde.«

Cilly, die nur mit einem halben Ohr zugehört hatte, fragte plötzlich: »Hast du schon in die letzten Bücher hineingeschaut, Anita?«

»Nein, wofür haltet ihr mich? Das wäre doch völlig gegen die Spielregeln. Ich denke, wir sollten uns Zeit nehmen für sie. Unser Urlaub scheint mir sehr geeignet für die Lektüre. So, und jetzt fahre ich nach Hause, Rose. Übrigens, morgen Nachmittag kommt Denise noch mal bei mir vorbei. Wollt ihr auch kommen?«

»Gerne, wann?«

»So gegen drei, denke ich.«

Ich verabschiedete mich von meiner Schwester und Cilly und fuhr in der Dämmerung nach Hause. Meine Gedanken weilten aber bei Marie-Anna und Valerian, denn auch mir war die Dokumentation des alten Grabfundes sehr nahe gegangen. Wäre ich an Marie-Annas Stelle gewesen, ich hätte sicherlich dieselben Gefühle entwickelt. Eine feine Melancholie überkam mich, als ich an die gesprungene Schale und die Inschrift von Anniks Grab dachte. »Geliebte, möge die Erde dir leicht sein.« Ja, auch Julian hätte das als Zeichen einer tiefen Liebe gedeutet. So tief, dass sie Zeiten und Welten überdauern würde. Eine romantische Idee, aber eine herzergreifende. Gab es eigentlich wirklich eine solche Liebe?

Für mich nicht, wenn ich weiter derart unaufmerksam Auto fuhr. Ich rief mich zur Ordnung und konzentrierte mich auf das Fahren. Als ich in meinen Stellplatz vor dem Haus einparken wollte, gab ich einen unfeinen Fluch von mir. Er war belegt. Und zwar durch einen roten Porsche. Wohlbekannt, und heute sehr unwillkommen, denn ich wollte den Abend mit mir und meinen Gedanken verbringen. Zu allem Überfluss musste ich zweimal um den Block kreisen, um einen freien Platz zu finden. Grimmig näherte ich mich dem besagten Sportwagen. Marc saß hinter dem Steuer, ein wenig zusammengesunken, und schien zu schlafen. Ich überlegte kurz, ob ich ihn seinem Schicksal überlassen sollte, aber dann würde er nur später bei mir aufkreuzen. Also klopfte ich hart mit dem Schlüssel an die Scheibe.

Sein Gesicht fuhr hoch, und ich hätte mich beinahe auf die Straße gesetzt. Es war blutüberströmt. Mit einer schnellen Bewegung riss ich die Tür auf.

»Marc, was ist passiert?«

»Kleine Schlägerei. Kannst du mir helfen?«

»Sofort. Ich rufe den Notarzt …«

»Lass den Scheiß. Hilf mir aus dem Auto und nach oben. Hab' mir den Fuß verrenkt!«

»Arzt.«

»Nein. Hoch zu dir. Erklär' ich dir später.«

»Mann!«, entfuhr es mir, als er sich unter Ächzen und Stöhnen aus der niedrigen Sitzposition quälte.

»Kannst du mich stützen?«

»Wird schon gehen.«

Er humpelte, seinen Arm um meine Schulter gelegt, zur Haustür und die Treppe hoch. Ich hoffte nur, die Nachbarn würden uns nicht allzu neugierig mit ihren Blicken verfolgen. Ich schob ihn in mein Schlafzimmer und wollte ihn sich vorsichtig auf der Bettkante niedersetzen lassen.

»Bloß nicht hinlegen, Anita. Dann komm ich nie wieder hoch!«

»Gut, dann der Sessel.«

»Danke, Herzchen. Hast du was zu trinken für mich?«

»Wasser.«

»Ich dachte an eine kreislaufstabilisierende Infusion.«

»Wasser. Nichts anderes. Innerlich und äußerlich. Wenn du keinen Arzt willst, musst du mit dem vorlieb nehmen, was ich von meinem Erste-Hilfe-Kurs noch weiß. Und da hieß es – kein Alkohol.«

»Mist.«

Ich brachte ihm ein Glas Mineralwasser und holte dann eine Schüssel mit warmem Wasser und einen Lappen, um ihm vorsichtig das Blut vom Gesicht zu wischen. Er ließ es sich mit geschlossenen Augen gefallen. Die Verletzung schien nicht sehr schlimm zu sein, eine Platzwunde am Haaransatz, zwar geschwollen, aber schon verkrustet.

»Daran zumindest wirst du nicht sterben. Was noch, du Held?«

Er zeigte seine Hände vor, an der rechten war die Haut über den Knöcheln ziemlich tief aufgerissen.

»Wie viele Zähne?«

»Mindesten zwei!«

Er grinste schon wieder, als ich die Wunde auswusch und Salbe darauf strich.

»Jetzt die inneren Organe. Zieh dich aus, mein Junge!«

»Hättest du das vor zwei Stunden angeregt, wäre ich nicht in diese blödsinnige Lage geraten.«

»Schaffst du es alleine?«

»Nein, wenn ich mich bücke, dreht sich alles. Also, mit den Schuhen musst du mir schon helfen. Wahrscheinlich mit dem Rest auch.«

Es ging einigermaßen, aber ein paar geprellte Rippen und der verstauchte Knöchel entlockten ihm bei der Prozedur einige Schmerzlaute.

»Scheint eine Runde Bodenkampf gegeben zu haben, so wie deine Sachen aussehen.«

»Mh.«

»Gib her, sie kommen in die Waschmaschine und du unter die Dusche. Ich stell' dir einen Hocker hinein, dann kannst du dich im Sitzen waschen. Und deine Gschamigkeit kannst du auch gleich vergessen. Ich bleibe dabei, damit du mir nicht aus Versehen in der Duschwanne ertrinkst.«

»Hast du eigentlich mal auf Krankenschwester gelernt, Süße?«

»Kein bisschen, das rät mir der gesunde Menschenverstand. Da rein.«

Ich bugsierte ihn unter die Dusche, und wenn ich nicht so heftig zwischen Mitleid und Ärger geschwankt hätte, hätte ich mich sicher an seinem prächtigen, wenn auch zerschrammten Körper erfreut. Während er sich wusch, stopfte ich Jeans, T-Shirt, Jacke und Wäsche in die Maschine.

»Du wirst meinen Bademantel anziehen müssen, bis der Trockner fertig ist. Hast du eigentlich Hunger?«

»Ach, essen darf ich?«

»Ja, und dazu bekommst du auch ein Glas Wein. Eins, und nichts Stärkeres!«

»Ja, Oberschwester Anita!«

Mein Bademantel bedeckte notdürftig seine Blöße, und um die Nähte musste ich bei jeder größeren Bewegung fürchten. Aber Marc verhielt sich sehr ruhig und aß schweigend die Brote, die ich ihm gerichtet hatte. Als er fertig war, gönnte ich ihm noch ein Glas Wein.

»So, und nun erzähl mal. Muss ich damit rechnen, dass ein Sondereinsatzkommando im Laufe der Nacht das Haus umstellt? Das wäre mir sehr lästig, denn ich bin grade erst den Klauen der Justitia entkommen.«

»Hab' ich gehört. Das ist genau der Anlass, warum ich ein wenig angeschlagen bei dir gelandet bin.«

»Aha.«

»Drei Jungs von der Schmuddelpresse hatten einen hübschen Plan, wie sie euch drei Grazien auflauern und in möglichst schmackhafter Weise dem Publikum servieren könnten. Deine Mutter hatten sie schon im Kasten.«

»Verdammte ...«

»Spar dir den Atem, den Fotoapparat können derzeit nur noch Taucher bergen.«

»Versuchst du jetzt, die Konkurrenz mit schlagenden Argumenten aus dem Weg zu räumen?«

»Was heißt hier Konkurrenz, Mädchen. Ich war dein Ritter und habe die blutrünstige Meute zurückgeschlagen.«

Ich betrachtete ihn nachdenklich. Früher hätte ich ihm nicht geglaubt. Er war nie abzuhalten gewesen, einer Sensation nachzujagen. Mir hatte er mehr als einmal damit Probleme gemacht. Aber irgendetwas war anders geworden.

»Die Waschmaschine ist in einer Stunde fertig. Dann sind die Sachen auch getrocknet. Bügeln tue ich sie dir aber nicht.«

»Schon klar. Anita, ich würde gerne ein, zwei Stunden schlafen. Ich bin ziemlich fertig.«

»Mhm, ja, das bist du wohl. Komm mit.« Ich half ihm auf, brachte ihn in mein Schlafzimmer und schlug die Bettdecke zurück. »Leg dich, mein Held.«

»Danke«, seufzte er ungewöhnlich fügsam, quälte sich aus dem Bademantel und legte sich hin. Ich kam noch einmal in den Genuss, einen wohlgeformten Männerkörper in seiner ganzen Schönheit zu bewundern, zog aber sehr schnell die Decke über ihn und strich ihm mit einem kleinen Lächeln über die Wange. Er stöhnte leise und schloss die Augen. Er musste sich wirklich ziemlich angeschlagen fühlen.

Es war halb elf geworden, ich räumte die Küche auf, goss die Blumen, machte einen Zettel für die Nachbarin fertig und packte die Unterlagen aus Julians Koffer sorgfältig in eine Aktentasche. Nach kurzem Zögern nahm ich auch die Dokumentenmappe zur Hand. Es war gewiss nicht ganz richtig, diese Originale mit in ein Ferienhaus zu nehmen, ohne vorher Kopien davon zu machen. Aber vielleicht kam ich morgen noch dazu. Das Beutelchen mit dem Lilienring und dem Goldkreuzchen packte ich ebenfalls ein. Danach steckte ich meinen Kopf ins Schlafzimmer und fand Marc in tiefem Schlummer. Leise packte ich meine Reisetasche mit urlaubsgerechter Garderobe, also unter Verzicht auf jedwede Eleganz und Firlefanz. Darüber war es allmählich Mitternacht geworden, und ich fand mich gähnend vor dem Badezimmerspiegel wieder. Mein Gesicht war abgeschminkt, die feine Narbe, die von der Stirn bis zur Oberlippe verlief, war auf der gebräunten Haut nur noch als dünner, weißer Streifen sichtbar. Ganz anders als die, die Valerius Corvus verunstaltet hatte. Die feine Stickerei der heutigen Medizin hatte die Bildung wulstigen Narbengewebes natürlich verhindert. Dennoch – es war ein seltsames Zusammentreffen von Zufällen, dass nun gerade ich dieses Zeichen in meinen Zügen trug.

»Julian, was hast du alles gewusst?«, fragte ich leise den Spiegel. Wieder kam die Wehmut über mich. Für einen Moment überließ ich mich ihr, dann schüttelte ich mich energisch. Ich würde ein wenig Schlaf brauchen, morgen stand uns ein langer, anstrengender Tag bevor.

Mein Lager würde ich am besten auf dem Sofa im Wohnzimmer aufschlagen, aber ein Kopfkissen und eine Decke musste ich noch aus dem anderen Zimmer holen. Leise schlich ich mich im Dunkeln hinein und tastete nach dem zweiten Kissen, das ich immer im Bett hatte.

»Anita?«

»Habe ich dich geweckt?«

»Nein, ich bin so wach geworden. Was machst du denn da?«

»Ich versuche, dir ein Kopfkissen zu entwenden.«

»Aber warum denn?«

»Weil ich auf dem Sofa ein Mindestmaß an Bequemlichkeit haben möchte.«

»Aber Süße, du kannst doch in deinem Bett schlafen. Wie spät ist es?«

»Mitternacht durch.«

»Mh, nicht gut. Rita wird mich jetzt nicht mehr so freudig begrüßen.«

»Rita?«

»Eine Freundin. Ich übernachte gelegentlich bei ihr, wenn ich in der Gegend bin.«

»Ich glaube nicht, dass du noch irgendwo hinfahren solltest.«

»Nein, möchte ich eigentlich auch nicht. Aber warum legst du dich nicht zu mir? Platz ist doch genug da.«

Einen Moment blieb ich unschlüssig stehen. Ja, es war genug Platz in dem breiten Bett. Und ja, es war viel bequemer als das Sofa. Und – ja, ich sehnte mich danach, von jemandem in den Armen gehalten zu werden. Von irgendjemandem, gleichgültig von wem. Die Wehmut, die mich seit dem Nachmittag umfangen hielt, wollte und wollte nicht weichen. Es mochten mir ein bisschen Zärtlichkeit und menschliche Wärme helfen, um zu vergessen.

»Anita?«

»Ja, rück ein Stückchen.«

»Oh, gut!«

Ich schlüpfte neben ihn und wurde von Wärme und einem starken Arm umfangen.

»Autsch!«, jammerte er leise und lachte in meine Halsbeuge. »Ich bin ein verwundeter Krieger, Mylady! Seid sanft mit mir.«

»Gut so, das hält dich von weiteren Zutraulichkeiten ab.«

»Glaubst du wirklich?«

Seine Hand streifte über meinen bloßen linken Arm, und der Träger meines Nachthemdes verrutschte dabei weit genug, dass er auf dem Rückweg die nackte Haut meines Busens berührte.

»Es fühlt sich sehr schön an, Schätzchen«, flüsterte er. »Wie eine schmerzstillende Medizin.«

»Marc!«

»Anita, habe ich nicht ein wenig mehr verdient?«

»Nur weil du dich für mich geprügelt hast?«

»Weil ich mich bisher immer sehr nach deinen Wünschen gerichtet habe. So, wie ich es nie bei einer anderen Frau getan habe.«

Für seine Verhältnisse mochte er Recht haben. Es war angenehm, in seinem Arm zu liegen. Es war auch schön, seine sehr kundige Hand auf der Brust zu spüren. Mehr oder weniger gegen meinen Willen drehte ich mich etwas weiter zu ihm um und berührte seine glatte, muskulöse Brust. Es gibt Momente, in denen eine Frau derartigen Reizen nicht völlig widerstehen kann.

»Anita!«

Er suchte meine Lippen und küsste mich mit wachsendem Verlangen. Mein Hemd wurde hochgeschoben, plötzlich war es über meinen Kopf gezogen und fiel neben dem Bett zu Boden. Offensichtlich waren die Prellungen nicht so gravierend, dass sie Marc daran hinderten, sich mit ausgesuchter erotischer Kunstfertigkeit meinem Körper zu widmen. Eine Weile wuchs auch das Flämmchen in mir, und ich erwiderte seine Zärtlichkeiten mit steigendem Begehren. Doch – warum auch immer – das kleine Glutnest, das er in meinem Bauch entflammt hatte, erlosch statt weiter aufzulodern zu jenem verzehrenden Verlangen, das für mich nötig war, um mich ihm mit ganzem Herzen hinzugeben.

Er bemerkte es nicht.

Schließlich tat ich, was so viele Frauen tun, aus Mitleid vielleicht oder um das Drängen endlich zu beenden – ich zog ihn über mich und erlaubte ihm, zu mir zu kommen. Ich hielt ihn fest, als das Zittern ihn übermannte und er meinen Namen stöhnte. Dann entspannte sich sein Körper, er glitt ein wenig zur Seite – und schlief ein.

Marc, mein Held und Ritter.

Ich schlief auch irgendwann ein, wachte aber früh auf, weil mir die Decke fehlte und mir kalt wurde. Der angeschlagene Krieger hatte sich fest in sie eingewickelt. Ich stand auf und duschte heiß, wusch mir mit Genuss die Haare und zog mir ein warmes Sweatshirt an. Es war inzwischen kurz nach sechs, und die Vögel hatten ihren triumphierenden Frühgesang angestimmt. Eine Stunde noch döste ich auf dem Sofa, aber dann packte mich die Energie. Ich bereitete den schwarzen Höllentrunk vor, den Marc als Kaffee bezeichnete, und brachte ihm eine Tasse davon ans Bett.

»Auf, auf! Zurück zu den Lebenden!«

Er schlug die Augen auf und streckte sich.

»Oh, Kaffee ans Bett. Ich muss gut gewesen sein, heute Nacht!«, grinste er. Ich ließ ihn in dem Glauben und stellte die Tasse auf den Nachttisch. »Und so gut wie neu. Nur noch ein bisschen steif hier und da.«

Ich ignorierte diese Anspielung.

»Eine kalte Dusche wird das alles vertreiben. Danach wirst du besser aufbrechen, denn ich habe noch zu tun.«

Er trank die schwarze Sumpfbrühe mit wenigen Schlucken aus und fragte: »Hast du noch so einen? Deine Kaffee-Kochkünste gewinnen allmählich.«

»Einen bekommst du noch, aber dann aus den Federn!«

»Sei nicht so unbarmherzig zu einem kranken Mann.«

»Lieber Marc, eben warst du noch so gut wie neu.«

»Eben, so gut wie. Um vollkommen zu genesen, bräuchte ich die Dienste einer versierten Krankenschwester. Komm, Herzchen.«

»Nein.«

»Bestimmt nicht?«

»Ganz bestimmt nicht. Ich muss noch einen vernünftigen Copyshop aufsuchen und ein paar wichtige Unterlagen zusammenstellen, danach bekomme ich Besuch und spätestens um vier bin ich unterwegs.«

»Das hört sich alles sehr mysteriös an, Süße. Und so schrecklich energisch! Aber wenigstens mit dem Copyshop könnte ich dir helfen. Was sind das für komplizierte Unterlagen?«

»Sehr alte Dokumente. Die müssen handverlesen kopiert werden, und das dauert.«

»Schätzchen, ich habe eine Idee. Ein Freund von mir hat mir für drei Tage sein Studio zur Verfügung gestellt. Ich wollte ein paar Aufnahmen machen. Bisschen experimentieren. Er hat zwei supergute Kopierer da stehen. Komm mit, und ich helfe dir.«

So ganz verkehrt schien mir der Vorschlag nicht zu sein, also willigte ich ein. Eine Stunde später nahm ich die Dokumentenmappe aus dem Aktenkoffer, und wir begannen, jedes einzelne, Vorder- und Rückseite, zu kopieren.

»Wie alt sind die Dinger nur? Das Papier ist ja ganz brüchig.«

»Zum Teil gut zweihundert Jahre.«

»Was bedeuten sie? Heiratsurkunden, Geburtsanzeigen, Beileidsschreiben ... Betreibst du Ahnenforschung?«

»Genau das tue ich.«

»Reicht es dir nicht zu wissen, wer du bist?«

»Wer bin ich denn, Marc?«

»Die süßeste Frau, die ich je an meine Brust gezogen habe«, schmeichelte er und versuchte, genau das zu tun.

»Vorsicht mit den alten Zeitungsausschnitten!«

»Gott, kannst du streng sein.«

Wir arbeiteten jedoch einträchtig weiter, und eine Stunde später hatte ich die Dokumente säuberlich kopiert in einem Stapel modernen Papiers vor mir liegen.

»Als Belohnung, Herzchen, dass ich dir so hilfreich zur Hand gegangen bin, solltest du mir jetzt endlich meinen größten Wunsch erfüllen.«

»Schmeichler. Ich dachte, das sei schon geschehen?«

»Das war mein allergrößter.«

Seine Frechheit war bestechend.

»Was ist dein größter Wunsch?«

Er sah mich plötzlich ernst und ein wenig bittend an.

»Ich möchte Aufnahmen von dir machen, Anita. Das weißt du doch. Dein Gesicht ... Es fordert mich heraus. Ich möchte dir zeigen, wie schön du bist.«

Ich merkte, wie mein Lächeln ein wenig traurig geriet. Er schaffte es immer wieder, Gedanken und Gefühle in mir zu wecken, die ich lieber vermieden hätte.

»Na gut, Marc. Bis ein Uhr, dann muss ich aber nach Hause.«

»Komm mit, das Atelier ist im Keller.«

Es war ein altes Gewölbe, leer bis auf die Scheinwerfer, Reflektoren und eine Reihe beweglicher Hintergründe. Marc zog einen dunkelroten Stoff über ein Podest und den Boden darum, schob eine der Wände dahinter und machte sich an den Beleuchtungselementen zu schaffen. Er schaltete die Musikanlage ein und ließ eine der neueren Soft-Pop-Aufnahmen laufen. Schließlich bat er mich, auf dem Podest Platz zu nehmen und wischte sachte mit mattierendem Puder über mein Gesicht.

»Jetzt beginnt deine Arbeit, Herzchen«, befahl er und verschwand hinter der Kamera.

Ich folgte also seinen Anweisungen, lächelte oder schaute ernst, drehte ihm mein Ohr zu oder schaute in die Ferne, aber nach einer halben Stunde hörte er auf, Anweisungen zu geben.

»Süße, ich weiß nicht. Ich bekomme nicht die wahre Anita aus dir heraus. Was ist los?«

»Marc, ich bin nicht in der Stimmung dazu. Oder ich bin nicht so fotogen, wie du gehofft hast.«

»Du bist so fotogen, wie ich von Anfang an meinte. Aber ich möchte etwas Leben in deinem Gesicht sehen.«

»Ich kann nicht auf Befehl heiter sein oder glaubwürdig lachen.«

»Musst du ja gar nicht.« Er betrachtete mich nachdenklich. Seine Stimme war ungewöhnlich weich und verständnisvoll, als er sagte: »Ich weiß schon, es war nicht die Offenbarung heute Nacht, nicht wahr?«

Ich drehte mich mit einem Ausdruck echten Erstaunens zu ihm herum.

Klick.

»Es scheint, ›wahre Bekenntnisse‹ entlocken dir doch noch Gefühle«, meinte er dann mit einem schiefen Grinsen.

Ich musste lachen.

Klick.

»So, Liebste, jetzt zieh endlich dieses grässliche Sweatshirt aus, damit ich ein bisschen mehr Haut auf die Bilder bekomme. Keine Sorge, ich arbeite.«

Ich lachte noch einmal.

Klick.

Und zog das graue Sweatshirt aus. Auf einen BH hatte ich verzichtet.

»Genug Haut?«

»Nie genug, aber für den Anfang reicht es. Löst du die Haare für mich?«

»Nein.«

Er kam hinter der Kamera hervor und betrachtete mich prüfend von oben herab.

»Leg den Zopf nach vorne.«

»Gerne.«

»Nein, geht so nicht. Wie kann ich dich überreden, mit offenen Haaren zu posen? Wie, Anita?«

Mir schoss plötzlich ein Gedanke durch den Kopf. Einer, den ich die ganze Zeit versucht hatte, zu unterdrücken. Er musste sich wohl in meiner Miene widergespiegelt haben.

»Wow!«, stieß Marc aus und sprang zur Kamera.

»Ich löse die Haare, wenn du mir ein Versprechen gibst, Marc.«

»Jedes, das ich zu erfüllen in der Lage bin.«

»Abzüge der Fotos mit den offenen Haaren schickst du an Valerius.«

»Die zu erfüllen ich in der Lage bin, sagte ich, Anita.«

»Dann schließen wir jetzt die Session.«

Ich griff nach meinem Sweatshirt.

»Nein! Nicht!«

»Marc!«

»Ich verspreche es! Ehrlich. Aber…« Er fuhr sich durch die blonden Locken. »Möglicherweise gar keine so schlechte Idee, die du da hast.«

Ich konnte seinen Gedanken mühelos folgen. Marc würde seinen Namen groß auf die Rückseite eines jeden Fotos drucken. Um Valerius zu zeigen, dass er gewonnen hatte. Nun ja. Vielleicht. Ich flocht den Zopf auf und ließ mir eine Bürste geben, um die Haare zu entwirren. Sie fielen schwarz, glänzend und leicht gewellt über meinen Rücken. Ich tat Marc sogar unaufgefordert den Gefallen, die Jeans auszuziehen.

»Phantastisch, Schätzchen. Und jetzt so…«

Er gab Anweisungen, ich folgte ihnen einige Male. Doch dann verlor ich das Interesse daran, die von ihm gewünschten Posen einzunehmen. Wenn er die wahre Anita fotografieren wollte, dann musste er es schon mir überlassen, wie ich mich gab. Ich lauschte der Musik, der CD-Wechsler hatte auf ein Album mit bittersüßen Chansons umgestellt, die meiner Stimmung mehr entgegenkamen als der süßliche Kuschelrock. Meine Gedanken wanderten wieder zurück in die Vergangenheit, zurück zu den Bildern des alten Grabes, zu der kunstvoll getöpferten Schale mit dem willentlich herbeigeführten Sprung.

»Was alles wusstest du, Julian? Konntest du wissen, dass ich ebenfalls einmal eine Narbe im Gesicht tragen würde? Julian, erst mit deinem Tod erhielt ich die Narbe.«

Ich merkte, wie das Blitzlicht wieder und wieder aufflammte, doch Marc sprach kein einziges Wort. Er war vollkommen still. Ich vergaß die Kamera wieder. Ich vergaß, wo ich war, und dachte an die Nacht zurück, an das seltsam unbefriedigende Erlebnis, das mir ein überaus gut aussehender, vermutlich heftig in mich verliebter junger Mann beschert hatte. Warum fühlte ich mich so erloschen in seinen Armen? War die Leidenschaft in mir mit der Wehmut erstorben? Traurig fuhr ich mir mit den Händen über die Stirn und breitete meine Haare aus.

Und dann erklang es – das »Lied«.

Denises schöne Stimme sang, und ich sah ihn plötzlich vor mir.

Valerius.

Die Flamme zuckte heiß auf und überwältigte mich. Schauder fuhren über meinen Körper, ich bewegte den Kopf heftig, wie um der Erkenntnis auszuweichen, und meine Haare fielen vorne über meine Brust. Ich richtete mich auf, warf sie wieder nach hinten, zog die Knie an und stützte mein Kinn auf die Hände.

Sie war nicht erloschen, die Leidenschaft. Nein, kein bisschen. Sie war da, und sie schmerzte. Die Sehnsucht nach ihm schmerzte so sehr, dass mir die Tränen über die Wangen flossen.

Das »Lied« war zu Ende, das Licht veränderte sich plötzlich.

»Hier, Süße.«

Marc reichte mir ein Papiertuch. Ich wischte mir die Tränen ab und sah ihn an. Heiser klang meine Stimme, als ich fragte: »Authentisch genug?«

»Du bist hinreißend, Anita. Lag das an der Musik?«

Ich nickte stumm.

»Das Lied bedeutet dir sehr viel, nicht wahr?«

»Es ist das Letzte, was mein Vater komponiert hat, Marc.«

Er streichelte meine Haare und zog mich an sich. Tröstend, brüderlich.

»Armes. Solche Trauer wollte ich nicht in dir wachrufen. Geht es wieder?«

»Ist schon o.k. Aber jetzt sollten wir Schluss machen.«

»Natürlich. Ich mache die Abzüge für dich gleich heute Nachmittag. Soll ich sie dir abends vorbeibringen?«

»Da bin ich schon fort, Marc.«

»Fort?«

»Urlaub, mein Lieber. Oder auf der Flucht, wenn du so willst. Damit du nicht ständig in Prügeleien mit der Journaille verwickelt wirst.«

Er nickte.

»Das mag ganz klug sein. Wohin geht's?«

Es lag wohl keine große Gefahr darin, wenn ich Marc den stecknadelgroßen Punkt auf der Landkarte nannte, den wir aufsuchen wollten.

»Ile de Sieck.«

»Klar, dahin fährt heuer jedermann.«

Ich wunderte mich, dass er nicht weiter nachfragte. Erstaunlich, wie sehr man Menschen unterschätzen konnte.

Ich ging alleine in der Stadt essen und traf kurz vor Denise zu Hause ein.

»Du siehst ein bisschen müde aus, Anahita.«

»Ich habe ja in der Nacht auch Samariterdienste leisten müssen und gerade eine ausgiebige Fotosession hinter mich gebracht. Einen Kaffee?«

»Mit Vergnügen.«

»Rose und Cilly kommen auch gleich. Wir fahren nachher los. Entschuldige, dass wir nicht so viel Zeit haben, aber ich möchte gerne vor zehn Uhr abends in Caen sein.«

»Es klappt mit dem Ferienhaus?«

»Kein Problem. Sogar in dem Ort, den wir uns gewünscht hatten.«

Meine Schwester klingelte, Cilly kam mit breitem Grinsen mit ihr ins Zimmer.

»Dem Joch entronnen. Zwei Wochen Ferien außer der Reihe!«, jubelte sie.

Rose allerdings musterte mich kritisch, und ich wiederholte den Hinweis auf eine arbeitsreiche Zeit, die hinter mir lag.

»Was hat dich zur Samariterin werden lassen?«

Ich erzählte es ihnen. Cilly zuliebe ließ ich einen Teil der Geschehnisse fort. Warum ihr wehtun?

»Tja, ich habe ihm schließlich das Versprechen abgenommen, die Abzüge von den Fotos an Valerius zu schicken. Ich hoffe, er hält sich dran.«

Denise, die zwischen den Zeilen hören konnte, biss sich leicht auf die Unterlippe.

»Hast du an seinen Stolz appelliert?«

»Nicht zu ausdrücklich.«

»Macht er gute Fotos?«

»Ich denke schon. Ich habe einen Bildband mit Landschaftsaufnahmen von ihm, aber wie er bei Portraits ist, weiß ich nicht. Ich habe die Bilder noch nicht gesehen, die er heute gemacht hat. Er hat sie zwar auf den Bildschirm gebracht, aber ich hatte keine Lust, sie mir anzusehen.«

»Ich brauche ein paar gute Pressefotos«, sinnierte Denise.

»Er hat morgen und übermorgen noch das Atelier.«

»Gib mir mal seine Nummer.« Ich reichte ihr Marcs Kärtchen, und sie steckte es ein. »Ich sorge dafür, dass Valerius die Fotos ganz sicher erhält! Irgendwelche Einschränkungen?«

»Nicht gerade solche, auf denen ich wie ein Halbaffe grinse. Ansonsten jede Art. Vor allem die mit offenen Haaren.«

»Oha!«

Das entfuhr Cilly, und ich musste lachen.

Wir tranken unseren Kaffee, und dann legte Denise einen quadratischen Kasten aus schwarzem Leder auf den Tisch.

»Anahita, ich habe es aus meinem Safe geholt, ebenso

die Unterlagen.« Sie legte eine Mappe mit Papieren daneben. »Es gehört in deine Hände. Wenn du willst, auch um deinen Nacken. Die Papiere sind eindeutig.«

Sie öffnete das Kästchen, und auf blutrotem Samt lag das Planetencollier. Sieben Onyx-Gemmen, in die die Göttergestalten geschnitten waren. Gefasst in Gold und winzige Brillanten. Ein wahrhaft prächtiges Geschmeide. Es verlangte eine Trägerin, die Mut und Selbstbewusstsein hatte, ein königlicher Schmuck, der nur mit majestätischer Haltung getragen werden konnte.

»Das ist ein Vermögen wert, Denise. Das kann ich unmöglich annehmen.«

»Soll ich es verkaufen?«

»Nein!«, entfuhr es mir spontan.

»Dann nimm es, Anahita, als Erinnerung an deinen Vater.«

Scheu fuhr Rose mit den Fingern über die Steine.

»Nimm es an, Anita. Du kannst es tragen. Allerdings wirst du ein Vermögen für ein passendes Kleid ausgeben müssen.«

»Nein«, stellte Denise trocken fest. »Sie kann es genauso gut zu einem Müllsack tragen. Anahita hat die Haltung dafür.«

»Danke«, sagte ich und umarmte meine mütterliche Freundin.

»Schon gut. So meine Lieben, ich lasse euch jetzt die letzten Reisevorbereitungen treffen. Meldet euch, wenn ihr zurück seid.« Und zu mir meinte sie mit einem Zwinkern in den Augen: »Wenn er der Mann ist, für den ich ihn halte, dann wirst du nicht mehr lange warten müssen.«

»Wir werden sehen.«

»Ja, werden wir.«

Sie stand auf und verabschiedete sich.

»Was machen wir mit dem Schmuck, Anita? Das Ding kannst du nicht einfach hier in der Wohnung herumliegen lassen.«

»Nein, das sollte ich besser nicht. Ich könnte zur Bank fahren und ein Schließfach mieten.«

»Nö«, meinte Cilly. »Wir bringen es zu unserer Mutter, Rose. Die hat doch den Tresor in der Werkstatt.«

»Aber natürlich! Manchmal hast du echt lichte Momente, Schwesterchen.«

Ich nickte zustimmend. Sophia war Goldschmiedin und hatte stets sehr wertvolle Materialien und Schmuckstücke bei sich. Ihr Tresor war mehr als geeignet, der Inhalt versichert. Außerdem würde sie mit großem Vergnügen das Halsband sorgfältig untersuchen. Ich nahm die Original-Dokumente, die Unterlagen des Colliers und das Lederkästchen, steckte alles in meine Umhängetasche und legte sie zu dem anderen Gepäck. Dann griff ich zum Telefonhörer. Eine letzte Regelung war noch zu treffen.

»Wen rufst du an?«

»Brauchen wir damit«, ich wies auf die Tasche mit dem kostbaren Inhalt, »nicht einen Bodyguard?«

»Blödsinn. Aber warte mal. Ich muss dich noch was fragen, Anita…«

»Ja, Rose?«

»Wie wird Valerius dich eigentlich finden? Es hat ja niemand außer meiner Mutter unsere Adresse. Und die wird sie nicht herausrücken.«

»Wolltest du nicht eigentlich fragen, wie Falko *dich* finden wird?«

»Mh, ja.«

»Sie werden sich ein wenig anstrengen müssen, nicht wahr? Aber keine Panik, Schwester, es gibt noch jemanden, der die Adresse von mir kriegt.«

Ich wählte die Nummer.

»Hallo, Jan, wie geht's?«

»Anahita, ich wollte mich die ganze Zeit schon melden. Hab's gelesen, was passiert ist. Mit deiner Mutter, meine ich. Tut mir Leid, dass das alles für dich so gekommen ist. Übrigens hab' ich die Tage mal wieder bei R&C vorbeigeschaut, um die Stimmung für dich zu testen. Valerius war nicht da, aber Cosy hat ein bisschen aus dem Nähkästchen geplaudert. Der Herr ist seit einem Monat recht schlecht gelaunt. Sie meint, er habe sie sogar zwei Mal richtig heftig angeraunzt. Ganz ungewöhnlich. Scheint so, als ginge er aus einem bestimmten Grund ein bisschen auf dem Zahnfleisch.«

»Das kann viele Gründe haben.«

»Mit seinem Neffen hat er sich ebenfalls angemufft.«

»Cosy hat ja sehr tiefe Einsichten in seine Privatangelegenheiten.«

»Mach dir nix draus, sie ist schon seit über zehn Jahren bei ihm. Und mit ihr hat er nie was gehabt. Sie hat einen Freund. Leider.«

»Armer Jan.«

»Ach, na ja, ist nicht so schlimm. Ich habe mich an dem Tag länger mit ihr unterhalten und erwähnt, dass ich dich kenne. Das muss eine ziemliche Show gewesen sein, als du im März da in sein Büro marschiert bist. Warst du wirklich weiß wie die Wand?«

»War ich!«

»Und ohne Stimme.«

»Fast.«

»Und er hat dich wortlos abgeschleppt?«

»Hat er.«

»Sie hat gesagt, so hat sie ihn noch nie erlebt. Musst ihn wirklich tief beeindruckt haben, Ana. Hab' ihr gesagt, du seist wohl ein Wink des Schicksals für ihn. Und sie meint, sein Verhalten lässt auf so was Ähnliches schließen. Wär' nicht schlecht, wenn er zur Ruhe käme, meint sie. Soll ich ihr einen Tipp geben, dass sie ihren Chef mal ans Telefon fesselt, damit er dich anruft?«

»Darauf muss er schon von selbst kommen. Aber, Jan, wir sind jetzt erst einmal für eine ganze Weile nicht erreichbar.«

»Ah, eine schlaue Idee. Aber wer ist wir, und wo seid ihr?«

»Wir, das sind meine Schwester und ihre Schwester, kurz, Rose, Cilly und ich. Wo wir sind, das ist eben ein Geheimnis.«

»Soll ich es hüten?«

»Genau daran dachte ich, Jan.«

»Schön, dann gib mir die Adresse. Ich werde sie mir nur unter scharfer Folter entreißen lassen.«

»Nicht gerade ein Versprechen, das auf Zuverlässigkeit schließen lässt.«

»Na, mit in den Tod soll ich sie doch nicht nehmen, oder?«

»Nein. Schreib auf!«

Ich diktierte ihm die Adresse des Ferienhauses und die Telefonnummer des Vermieters.

»Ich liebe Verschwörungen und Intrigen! Unter welchen Umständen soll ich sie wem geben?«

»Cosy scheint ja sozusagen an der Schaltzentrale der Macht zu sitzen und mit typisch weiblichem Einfühlungsvermögen Einfluss zu nehmen. Meinst du, sie macht bei einer solchen Verschwörung mit?«

»Aber sicher. Sie fand dich nett.«

»Ich sie genauso. Lass dich von ihr leiten. Valerius erhält wahrscheinlich im Laufe des Montags ein paar Fotos. Mag sein, dass die in ihm den Wunsch auslösen, Kontakt mit mir aufzunehmen. Wenn nicht, wirst du improvisieren müssen.«

»Schöne Fotos oder erpresserische?«

»Sagen wir – anregende.«

»Uiih. Von dir?«

»Von mir. Halte deine schmutzige Phantasie im Zaum.«

»Schade. Also, dann schätze ich mal, er wird ziemlich bald anfangen zu telefonieren.«

»Und niemanden erreichen.«

»Und wen er erreicht, der wird nichts wissen oder nichts verraten. Klar. Bis wann?«

»Auch da wirst du mit der hochgeschätzten Cosy zusammenarbeiten müssen.«

»Machen wir. Hast du den Neffen noch auf der Pfanne, Ana?«

»Falko? Warum?«

»Der Junge ist Staatsanwalt. Der hat Möglichkeiten, euch ziemlich hurtig zu finden.«

»Schwerlich.«

»Du hast doch dein Handy dabei. Was meinst du, wie schnell die jemanden orten können.«

»Mist.«

»Wenn es eingeschaltet ist.«

»Das lässt sich vermeiden. Guter Tipp. Jan, ich melde mich von dort über das Festnetz. Angeblich hat das Haus einen Telefonanschluss, dann gebe ich dir die Nummer durch, damit du uns auf dem Laufenden halten kannst.«

»Gut, dann macht euch auf die Söckchen. Ich werde den Trenchcoat anziehen, den Kragen hochschlagen und den Schlapphut in die Stirne ziehen, um meiner Rolle gerecht zu werden.«

25. Kapitel

Ferien am Meer

Wir luden die Originaldokumente und das Collier bei Sophia ab und nahmen dann noch Cillys quietschblaues Handy mit. Sie hatte es sich zum Geburtstag gewünscht, dieses Statussymbol aller Jugendlichen, und es vor einer Woche erhalten. Ein paar Regelungen mussten wir noch treffen, um den Auslandseinsatz zu ermöglichen, und endlich fuhren wir, mit etwas Verspätung, los.

Wir hatten Roses Kombi genommen, um unser Gepäck bequem unterzubringen, und rollten in moderatem Tempo der untergehenden Sonne entgegen. Die belgische Autobahn war noch recht gut frequentiert, doch nach Valencienne wurde es ruhiger. Rose und ich wechselten uns einmal ab, und als wir uns der alten Hafenstadt Caen näherten, musste ich meine ganze Aufmerksamkeit auf Karte und Hinweisschilder richten, um das Hotel zu finden, in dem wir übernachten wollten. Zweimal verfuhren wir uns hoffnungslos, dann hatten wir es endlich gefunden. Es war nicht komfortabel, aber nützlich. Sogar zu der späten Stunde gab es noch einen Salat für uns, und am Morgen begannen wir den Tag mit frischen Croissants und Milchkaffee, was vor allem Cilly entzückte.

Es lagen noch weitere sechshundert Kilometer vor uns, aber am frühen Nachmittag erreichten wir das winzige Dorf, das fast am äußersten Ende des Finistère lag. Die Vermieter, ein altes Ehepaar, die im Dorf selbst ein mit Blumenkästen geschmücktes Feldsteinhaus neben der Kirche bewohnten, begrüßten uns herzlich, führten uns umständlich und behäbig zu dem Ferienhaus nahe dem Strand und übergaben es uns mit vielen freundlichen Hinweisen und Ratschlägen zur Nutzung.

Ich war hingerissen. Meine gelegentliche Tätigkeit im Tourismusgewerbe hatte mich schon in alle möglichen Ecken der Welt und alle möglichen Formen der Behausungen geführt, von Bambushütten-Dörfern bis zu Fünf-Sterne-Hotels, von topmodernen Bungalow-Siedlungen bis zu umgebauten Klöstern. Allen war eigen, dass sie unter Obhut einer organisierten Feriengesellschaft standen. Hier gab es nichts dergleichen. Das Haus, aus dem üblichen grauen Stein gemauert, mit einem bemoosten Schieferdach, musste über hundert Jahre alt sein. Es hatte den Großeltern der Vermieter gehört. Sie und ihre offensichtlich zahlreichen Familienangehörigen hatten es vor Zeiten selbst als Urlaubsunterkunft genutzt. Inzwischen aber waren sie über ganz Frankreich verstreut und hatten das Interesse daran verloren, an einem so entlegenen Ort ihre Ferien zu verbringen. Also hatten sich die jetzigen Besitzer entschlossen, es an Fremde zu vermieten.

Ein lukratives Geschäft, wie es schien, denn vor wenigen Jahren hatten sie es völlig auf den Stand der Zeit gebracht. Es waren eine Gasheizung, eine moderne Küche und Badezimmer eingebaut worden, innen hatten sie es mit Rauputz versehen und überall Terracotta-Fliesen verlegt. Die alten, wuchtigen bretonischen Bauernmöbel hingegen bildeten weiterhin die Einrichtung, und das glänzende Kupfergeschirr, das früher in der Küche gedient haben mochte, hing an den Wänden als Schmuck. Ein gewaltiger Kamin beherrschte das Wohnzimmer. Davor standen altmodisch geblümte Sofas und Sessel und ein absolut schauriger Tisch, der aus einem riesigen alten Blasebalg gefertigt worden war. Auf dem Kaminsims hatten sich allerlei Erinnerungsstücke vormaliger Mieter angesammelt – ein scheußliches Muschelkästchen, ein bizarres Treibholzstück, ein Strauß getrockneter Blumen und Gräser, ein recht gutes Aquarell einer Seelandschaft und eine kleine Herde bemalter, runder Kiesel. In einer Wandnische neben dem Kamin stand die fein geschnitzte Figur der heiligen Anne, die ihrer Tochter Maria liebevoll die Hand auf die Schulter legte. Ein Kerzenleuchter befand sich ebenfalls in der Nische, und ich wusste schon, was auf unsere Einkaufsliste kommen würde.

Die Schlafzimmer befanden sich unter dem Dach in kleinen Kammern mit schrägen Wänden und kitschig bunten Blümchentapeten. Aus den Gaubenfenstern aber sah man draußen das Meer glitzern.

»Ich nehm das!«, jauchzte Cilly auf und warf sich auf ein mit einem rosa Rüschen-Baldachin versehenes Bett. Sie versank. Und tauchte abrupt wieder auf. »Das ist ja ein Trampolin und kein Bett«, stellte sie ernüchtert fest.

»Französische Qualität. Man schläft weich.«

Rose fand ein Zimmer mit einem Doppelbett und einer Liege für sich passend, und ich bezog mit meinem Gepäck das Zimmer am Kopfende des Hauses, in dem nur ein breites französisches Bett stand. Auf den ersten Blick gab es keinen Kleiderschrank, und ich fürchtete schon, aus der Tasche leben zu müssen, als sich die mit Holzpaneelen vertäfelte Wand plötzlich als geräumiger Einbauschrank erwies.

»Ist das schön hier!«, stellte Rose fest. »Schau mal, wir haben einen riesigen Garten.«

Windgezauste Hecken umstanden ein großes, grasbewachsenes Grundstück. Ein paar Beete mitten darin waren mit Hortensien bepflanzt, die in allen Blau-, Rosa- und Violetttönen blühten. Weiße Gartenmöbel reihten sich an der Hauswand auf, ein steinerner Tisch mit einer ebensolchen Bank stand im Windschatten der Hecke, und in der Vogeltränke aus Granit tummelten sich zwei Rotkehlchen.

»Völlig still ist es. Wir sind wahrhaftig am Ende der Welt angekommen! Es sieht so aus, als ob es hier nur derartige Ferienhäuser gibt. Oder sind das ganz normal genutzte Häuser?«

»Nach der Wäsche, die dort auf der Leine flattert, würde ich mal behaupten, da wohnen Einheimische. Ah – kein Pool, kein Club, keine Animation – himmlisch!«

»Ich hoffe, wir müssen jetzt nicht aufs Meer hinausziehen und unsere Fische zum Abendessen selbst fangen«, bedachte Cilly kritisch.

»Ich habe unterwegs den Hinweis auf einen Supermarkt gefunden. Versuchen wir unser Glück. Ich kann mir nicht vorstellen, dass wir völlig am Rande der Zivilisation gelandet sind.«

Diese Vermutung bestätigte sich, und wir plünderten kurz darauf den erstaunlich gut ausgestatteten modernen Markt. Mit Kisten und Beuteln bepackt kehrten wir zurück, bereits genussvoll an den knusprigen Broten kauend.

»Ich will das Meer sehen!«, forderte Cilly, nachdem wir unsere Vorräte verstaut und einen leichten Imbiss eingenommen hatten.

»Das kann nicht weit von hier entfernt sein. Ich rieche es «, antwortete Rose und stand auf. »Erkunden wir mal die Umgebung. Kommst du mit, Anita?«

»Aber sicher.«

Es war zwar sonnig, aber ein recht frischer Wind ließ es angeraten sein, eine warme Jacke über die dünnen Pullover zu ziehen. Die Strümpfe ließen wir jedoch zu Hause und gingen barfuß in unseren Sandalen die Straße entlang, die der Richtung nach an den Strand führen musste. Straße war sicher ein zu vornehmes Wort für den kaum befestigten Schotterweg, der rechts und links von hohen Hecken eingegrenzt war. Wir waren kaum fünf Minuten gegangen, als ein Pfad abzweigte, der mit einem hölzernen Hinweisschild gekennzeichnet war. Das Piktogramm wies ihn als Küstenwanderweg aus.

»Hier lang.«

Wenige Schritte mussten wir noch durch niedriges, verfilztes Gras voller kleiner Blumen gehen, dann wurde der Boden sandig unter unseren Füßen, und wir standen oben auf der Düne.

Es war unbeschreiblich.

Über den blauen Himmel hetzte der Wind die Wolken, die ihr Licht- und Schattenspiel über dem weißen Halbmond einer weiten Bucht trieben. Diese Bucht war von der hohen Düne umgeben und schien menschenleer zu sein. Die graublaue Wasserfläche glitzerte weit draußen, es war die Zeit der Ebbe. Vereinzelte braune Tangballen lagen auf dem nassen Sand, und in flachen Rinnsalen floss das Wasser ab. Rund geschliffene graue Felsformationen ragten hier und dort aus dem Watt auf und dienten ganzen Scharen von weißen Möwen als Ausguck.

Ich atmete die salzige, reine Luft tief ein und schloss die Augen. Erst als ich mich mutig genug fühlte, öffnete ich sie wieder und drehte mich nach rechts.

Da lag sie, die kleine, grüne Erhebung. Nicht weit vom Ufer entfernt, nur fünf-, sechshundert Meter etwa. Jetzt war sie trockenen Fußes zu erreichen, doch wenn die Flut kam, würde sie eine vom Festland abgeschnittene Insel sein. Die Ile de Sieck. Zwei Häuser standen darauf, beide in der typischen Bauform des Landes. Aus grauem Stein, mit schwarzem Schiefersatteldach, rechts und links jeweils mit dem hohen Kamin abschließend,

Holzläden an den Fenstern, Hortensien vor der Tür. Ein mit weißem Kies bestreuter Weg führte vom Watt hinauf zu dem ersten Haus und verzweigte sich zu einem Fahrweg, der sich offensichtlich zu dem zweiten Gebäude hinzog. Ein Teil des winzigen Eilands schien landwirtschaftlich genutzt zu sein, Hecken umgaben Felder mit wogendem, noch grünem Getreide. Eine kleine Mole war an der zur Bucht gewandten Seite ins Meer hineingebaut, darin dümpelten drei blau, weiß und rot angemalte Fischerboote.

»Anniks Insel?«, flüsterte Cilly neben mir.

»Wer weiß?«

»Du, Anita.«

Ja, ich wusste es. Oder – es war nicht unbedingt Wissen, das sich bei mir einstellte. Es war ein Bewusstsein, ein unbeschreibliches Gefühl, nach Hause gekommen zu sein. Ich verbannte es sofort. Noch war nicht die Zeit dafür.

»Los, dieser unberührte Sand schreit danach, unsere Fußabdrücke aufzunehmen.«

»O ja, erobern wir ihn. Setzen wir unsere Zeichen!«

Wir rissen uns die Sandalen von den Füßen und rannten los.

Erschöpft, hungrig, windzerzaust, mit sandigen, salzigen Beinen vom Waten im Meer kamen wir später zurück und stürmten die Küche. An diesem Abend war keine von uns noch in der Lage, sich mit Marie-Annas Aufzeichnungen zu befassen. Wir sanken mit der Dämmerung in die weichen Betten und tauchten erst im hellen Licht des Morgens wieder auf.

Das Wetter erwies sich an diesem Tag als leicht unbeständig. Es wechselte sehr schnell zwischen sonnigen Abschnitten, dicken Wolken und gelegentlichen Schauern. Dazu pfiff ein scharfer Wind von Osten. Also blieben wir vorerst im Haus und nahmen uns das vierte Tagebuch vor.

Zu dritt übersetzten wir, mit Wörterbuch und Lexikon bewaffnet, zunächst ein paar Seiten, und zuletzt fasste Rose als Erste das Gelesene zusammen.

»Ei, ei, ei, da hat unsere Marie-Anna aber in ein Wespennest gestochen!«

»Sieht ganz so aus. Wer will eine Geschichte draus machen?«

»Wenn ihr für mein leibliches Wohl sorgt, dichte ich etwas zusammen. Schließlich geht es ja unter anderem um mich«, meinte Cilly grüblerisch.

Der Nachmittag wurde sonniger, und im Windschatten des Hauses machten wir es uns in Badeanzügen bequem. Cilly erzählte.

Tagebuch 4

26. Kapitel

Madames Verärgerung

Die Grabkammer war wieder fest verschlossen worden, Baumeister Berolf hatte neue Pläne angefertigt, um das Badehaus einige Meter weiter zu versetzen. Doch Valerian Raabe hatte angeordnet, es solle an der Stelle, unter der das Grab lag, ein Gedenkstein gesetzt werden, und Grandmère dachte über einen kleinen Rosengarten nach.

Der August neigte sich allmählich dem Ende entgegen. Der Kommerzialrat war, kurz nachdem die Baugrube zugeschüttet worden war, nach Köln abgereist, um sich dringenden Geschäften zu widmen, die ihn unter anderem einige Tage nach Belgien führen würden. Es waren ruhige letzte Ferientage für Marie-Anna, Rosemarie und Graciella, denn Berlinde war kurz darauf ebenfalls mit den Kindern abgereist, um den Haushalt in der Stadt wieder zum Laufen zu bringen. Hauptgesprächsthema der drei Freundinnen waren natürlich die früheren Bewohner der römischen Villa, und sie baten die beiden Arbeiter, ihnen jedes Fundstück aufzuheben, das eventuell einen weiteren Hinweis auf die Vergangenheit liefern konnte. Es gab derer einige. Keramikscherben, möglicherweise aus jener Zeit, eine verrostete Klinge, vermutlich ein Stilett, Teile von grünlichen, blinden Glasscheiben, zerbrochene Ziegel, zwei elfenbeinerne Haarnadeln, sehr gut erhalten, sogar zwei Kupfermünzen tauchten auf. Der beeindruckendste Fund aber war eine beinahe vollständig erhaltene Glasschale mit feiner Rankengravur, ähnlich der, wie sie die Schale im Grab aufwies.

Dann, in der ersten Septemberwoche, hieß es, nach Köln heimzukehren und das gesellschaftliche Leben in der Stadt wieder aufzunehmen. Madame und Professor Klein waren bereits am Sonntag von ihrer Kur zurückgekehrt. Am Montag verabschiedete sich Marie-Anna nicht ohne tiefes Bedauern von den beiden alten Herrschaften. Grandmère schenkte ihr eine hübsch bestickte, weiße Schürze, bedankte sich herzlich für ihre Hilfe und lud sie ein, sie jederzeit wieder zu besuchen. Rosemarie war nicht ganz so betrübt, das Gut zu verlassen. Zwei weitere Briefe waren in den letzten Wochen eingetroffen, und sie schien begierig zu sein, den Absender in persona wieder zu treffen. Graciella hingegen freute sich darauf, weiter in die Geheimnisse des Gesellschaftslebens eindringen zu dürfen. Ihr Vater hatte ihr versprochen, sie zu Theateraufführungen und Konzerten mitzunehmen.

»Nur schade, dass Feli hier bleiben muss.«

»Sie wird sich auf dem Gut viel wohler fühlen als in der Stadt. Da droht keiner mit der Schere...«

»Hoffentlich habe ich bald wieder eine vornehme Hautfarbe«, seufzte das Mädchen, als sie sich in der Reisekutsche die gebräunten und nicht besonders gepflegten Hände betrachtete.

»Nur Rosemarie hat noch den Anschein von Vornehmheit«, lächelte Marie-Anna. Auch sie war braun gebrannt, ihre Fingernägel kurz geschnitten und ihre blonden Haare mit hellen Streifen durchsetzt. »Wir sehen wie rechte Landtrampel aus.«

»Trotzdem, es war schön!«

»Das war es. Und lehrreich. Ich hoffe, dein Papa wird in der nächsten Zeit genauso umgänglich bleiben, wie er es in den letzten Wochen war.«

»Onkel Valerian wird wahrscheinlich wieder unter Madames Knute geraten. Und dann ... Pfff!«

»Was für ein undamenhaftes Geräusch, meine Liebe!«

»Auf jeden Fall werde ich über diesen Grabfund schweigen wie ein solches.«

»Ich glaube, das werden wir alle. Ich bin froh, dass er es wieder versiegelt hat. Es wäre nicht gut, wenn irgendetwas daraus ans Tageslicht gebracht worden wäre. Finde ich.«

Marie-Anna aber dachte an den goldenen Ring, der am zweiten Tag nicht mehr in der Schale gelegen hatte. War auch er ein Beutestück des geheimnisvollen Diebes? Wenn, dann konnte ihn nur jemand genommen haben, der auch auf dem Gut gewesen war. Und das schloss natürlich den mürrischen Professor und Madame aus. War es Rosemarie selbst? Möglich wäre es, aber ob sie wahrhaftig so kaltblütig war, gleichzeitig mit dem Sous-Préfet zu liebäugeln und Aufrührer zu bezahlen? Graciella kam wohl nicht in Frage, wenn es sich um Entwendungen handelte, mit denen Saboteure bezahlt wurden. Dazu war sie zu jung und zu unbedarft. Blieb noch Berlinde. Sie war nicht umgänglich, sie hegte Groll gegen jedermann, sie hatte etwas Verschlagenes an sich. Aber Marie-Anna hielt sie gleichzeitig für ziemlich dumm. Es könnte natürlich auch Valerian Raabe selbst gewesen sein. Aber hätte er den Ring dann nicht besser erst im letzten Moment an sich nehmen sollen? Er war der Letzte, der das Grab noch einmal betreten hatte, bevor es versiegelt wurde. Alles das passte nicht zusammen, und daher bezweifelte Marie-Anna nach reiflicher Überlegung, dass es sich hier um einen Diebstahl handelte, der in die Serie der vorhergehenden fiel. Hier mochte Habsucht im Spiel sein, und damit waren wieder alle Beteiligten, aber dazu der Baumeister und die Arbeiter im Spiel. Sie beschloss, bei Gelegenheit mit dem Kommerzialrat unter vier Augen darüber zu sprechen.

Er war noch nicht von seiner Reise zurück, als sie am

Nachmittag im Haus eintrafen. Mathilda erwähnte, er würde erst am Ende der Woche zurückerwartet.

Marie-Anna hatte kaum ihre Tasche ausgepackt und den Reisestaub abgewaschen, als Madames Zofe an ihrer Tür klopfte und sie zu der Dame des Hauses befahl. Mit einem freundlichen Ausdruck betrat sie die üppig ausgestatteten Räume und wollte eine herzliche Begrüßung äußern, als sie der missbilligenden Miene der fülligen Frau gewahr wurde. Ursula Raabe lehnte in den schwellenden Polstern eines Fauteuil, neben sich die unvermeidliche Schale mit Pralinés und gezuckerten Früchten. Einen Platz bot sie Marie-Anna nicht an, sondern schoss ihren ersten Pfeil direkt auf die Eintretende ab.

»Man hat mir berichtet, dass Sie sich in höchst unbotmäßiger Weise benommen haben, Mamsell.«

»Bitte?«

»Bitte? Bitte?«, äffte sie Marie-Annas erstaunten Ton nach. »Sie wissen ganz genau, was ich meine. Schauen Sie sich doch nur mal an. Verwildert ist überhaupt kein Ausdruck. Und meine Tochter sieht ebenfalls braun gebrannt wie ein Zigeunerkind aus. Sie benimmt sich noch dazu so. Niemals habe ich derart aufsässige Bemerkungen von diesem Mädchen gehört. Der Umgang mit Ihnen, Mamsell, scheint die schlimmsten Seiten in ihr zu wecken.«

»Was, Madame, werfen Sie mir eigentlich vor? Wir standen die gesamte Zeit unter Aufsicht der Eltern des Herrn Kommerzialrates, und er selbst war einen Großteil der Zeit zugegen. Hat er sich über mich beklagt? Dann wäre es doch wohl passender gewesen, er hätte mir gleich dort einen Wink gegeben.«

»Auf den Sie ja wohl keinen Deut gegeben hätten, Mamsell!«

»Ich bitte Sie, was unterstellen Sie mir?«

»In höchstem Maße unkultiviertes Benehmen, rebellisches Verhalten und Hochstapelei, Mamsell de Kerjean.«

»Mag schon sein, dass wir auf dem Lande ein etwas weniger geziertes Benehmen an den Tag gelegt haben als in feiner städtischer Gesellschaft, Madame. Aber unkultiviert war es sicher nicht.«

»Sie sind im Herrensattel ausgeritten und haben meine Tochter unglaublicherweise dazu verführt. In Hosen, Mamsell. Das ist anstößig und geschmacklos.«

»Es geschah nicht ohne Billigung!«

»Mein Gatte, Mamsell, neigt leider gelegentlich genauso zu Geschmacklosigkeiten. Sie werden einer Mutter schon noch das Recht einräumen, über die Erziehung ihres Kindes selbst zu bestimmen. Mit einer gewissen Feinfühligkeit, die Ihnen bestimmt vollständig fremd ist, hätten Sie einen derartigen Verstoß gegen die guten Sitten wohl vermieden.«

Marie-Anna zuckte mit den Schultern. Auf solche Anschuldigungen gab es wenig zu erwidern.

»Sie schweigen, Mamsell?«

»Was soll ich sagen, Madame?«

»Ich erwarte Ihre Entschuldigung!«

»Dann entschuldige ich mich hiermit.«

Ursula Raabe sah sie mit verächtlichem Hochmut an. Es war nicht die Form der Entschuldigung, die sie hören wollte, der Gleichmut in Marie-Annas Stimme war zu deutlich.

»Sie haben sich weiterhin auf geradezu ungehörige Weise gegen Frau von Spangenberg benommen.«

»Ich entschuldige mich auch dafür.«

»Sie glauben wohl, so einfach geht das, was, Mamsell? Hochnäsig und arrogant hier herumzustehen und mit gelangweilter Miene Entschuldigungen zu äußern. Sie aufsässiges, eingebildetes Frauenzimmer! Mir sind

Sachen zu Ohren gekommen, die mehr als skandalös sind. Wenn ich nur ein Wort davon dem Kommerzialrat gegenüber erwähne, Mamsell, dann haben Sie die längste Zeit unter diesem Dach geweilt.«

»Wie Sie zu glauben belieben, Madame.«

»O nein, ich glaube nicht, ich habe Beweise. Französische Adlige, was? Mademoiselle de Kerjean, was? Ein Theaterflittchen sind Sie! Darum hat es jetzt ein Ende, sich hier groß aufzuspielen. Sie werden zukünftig auf Ihrem Zimmer essen. Ihre Anwesenheit bei meinem »Jour fixe« ist unerwünscht, Ausflüge mit meiner Tochter sind nicht mehr erlaubt, und bei den Konversationsstunden wird meine Schwägerin Sie beaufsichtigen. Haben wir uns verstanden?«

»Selbstverständlich.«

»Und wenn ich noch einmal mitbekomme, dass Sie an Ihren freien Tagen das Theater aufsuchen, um sich mit Ihren schmuddeligen Freunden zu treffen, werde ich Ihnen den Lohn streichen.«

»Kann ich jetzt gehen, Madame?«

»Verschwinden Sie aus meinen Augen!«

Madame hatte Ernst gemacht. Es gab für Marie-Anna keine Möglichkeit, mit Rosemarie oder Graciella alleine zu sprechen. Es war Berlinde, die bei den Unterrichtsstunden anwesend war und jedes unpassende Wort notierte. Ihre Französischkenntnisse waren zwar nicht überwältigend, und sie sprach es mit einem grauenhaften Akzent, aber im Großen und Ganzen konnte sie einer Konversation folgen. Während ihrer Arbeit an der Sammlung saß nun Professor Klein mit im Arbeitszimmer und rief seine Tochter und Marie-Anna jedes Mal zur Ordnung, wenn sie einen Satz miteinander wechselten, der nichts mit den zu bearbeitenden Gegenständen zu tun hatte. Das Teetablett gehörte ebenfalls der Vergangenheit an.

Doch als Marie-Anna am Mittwoch nach dem Unterricht in ihr Zimmer kam, fand sie unter ihrer Haarbürste einen klein zusammengefalteten Umschlag. Graciella hatte ihr geschrieben. Auch sie hatte das Strafgericht ereilt, ebenso Rosemarie. Aber tröstend schloss das Brieflein: »Papa wird das schon wieder in Ordnung bringen!«

Marie-Anna hoffte es. Doch ganz sicher war sie sich des Einflusses von Ursula Raabe auf ihren Mann nicht. Er hatte sich nach dem Herbstball als überraschend stark herausgestellt. Sie fürchtete weniger die Offenbarungen aus ihrer Vergangenheit, die Umstände ihres Lebens kannte der Hausherr sowieso besser als Madame. Aber die inzwischen eingetretene freundschaftliche Beziehung zwischen ihnen würde ihr ein mächtiger Dorn im Auge sein. So gesehen war vermutlich ihres Bleibens in diesem Haushalt nicht mehr viel länger. Faucon würde es erfahren müssen. So schnell wie möglich. Auch, dass ein weiterer Wertgegenstand verschwunden war, ein sehr fein gearbeiteter Rosenkranz aus Amethystperlen mit einem passenden goldenen Kreuz.

Am Donnerstagnachmittag machte sie sich also auf den Weg zur Préfecture. Madame hatte nicht verhindern können, dass sie das Haus verließ, aber sie hatte ihr noch einmal die Warnung mit auf den Weg gegeben, sich ja vom Theater fern zu halten.

»Marie-Anna, Sie sehen wohl aus!«, begrüßte Faucon sie.

»Unzivilisiert, braun wie eine Zigeunerin. Völlig verwildert und bäuerisch. Wie es einer Hochstaplerin meiner undurchsichtigen Vergangenheit entspricht.«

»Haben Sie sich mit Raabe angelegt?«

»Mit Madame.«

Faucon schüttelte unwillig den Kopf.

»Etwas Diplomatie könnte gelegentlich auch Ihnen das Leben leichter machen.«

»In diesem Fall ist es schwierig. Ich verhalte mich so still wie möglich, aber alleine mein Anblick stört Madame. Darum ist es mir auch nicht mehr so ohne weiteres möglich, Ihrem Auftrag nachzukommen, Monsieur Faucon.«

»Wie steht der Kommerzialrat zu der Situation?«

»Er kennt sie noch nicht. Er wird erst morgen oder übermorgen zurückerwartet.«

»Sie hatten vor den Ferien ein recht gutes Verhältnis zu ihm entwickelt, wie mir schien.«

»Ja, das schon. Es hat auch auf dem Lande nicht gelitten. Aber ich fürchte, Madame hat ihn auf irgendeine Weise in der Hand.«

»Wie kommen Sie darauf?«

Marie-Anna erzählte von dem Herbstball und Rosemaries Deutung seiner ehelichen Beziehung.

»Offensichtlich gab oder gibt er Frau Raabe das Recht, Einfluss auf seine Handlungen und sein Verhalten zu nehmen. Aus diesem Grund befürchte ich, es bleibt ihm über kurz oder lang nichts anderes übrig, als mich aus dem Haus zu werfen.«

»Ich war der Meinung, sie hielten Valerian Raabe für einen integeren Mann?«

»Monsieur, das ist er, doch unter dem – pardon – Pantoffel einer Frau wie dem Madames …«

Marie-Anna musste erleben, wie Faucon, den sie nur als sehr ernsten, fast strengen Mann kennen gelernt hatte, schallend auflachte.

»Unterschätzen Sie Valerian nicht, Marie-Anna. Tun Sie das nie! Es ist richtig, er ist die Ehe mit Ursula Becker damals aus überwiegend geschäftlichen Gründen eingegangen. Ob und wie weit er je Zuneigung für sie empfunden hat, weiß ich nicht. Aber zu jener Zeit war das Handelshaus auf Grund gewisser Fehler, die der alte Raabe begangen hatten, ziemlich heruntergekommen. Um es zu sanieren, heiratete Valerian eine reiche Mitgift. Sie hat sich auch als Danaergeschenk erwiesen – eine halb marode Mühle. Doch er bekam sie in kurzer Zeit wieder flott, und aus den Einnahmen schaffte er es, auch das Handelsgeschäft wieder in Schwung zu bringen.«

»Mir wurde es anders geschildert. Die Mühle sei es, die ihn mit dem Kapital für seine Sammlungen versorgt. Von seinen geschäftlichen Problemen wusste ich nichts.«

»Heute mag es so sein, dass er die Gewinne aus der Mühle für diese Zwecke verwendet. Aber wenn Ursula Raabe glaubt, damit ihren Mann in der Hand zu haben, täuscht sie sich gewaltig.«

»Es gibt noch andere Dinge, mit der eine Frau ihren Mann erpressen kann.«

»Natürlich. Sie spielen auf seine gelegentlichen Liebschaften an?«

Marie-Anna zuckte mit den Schultern.

»Sie haben wieder Kontakt mit den Leuten vom Theater aufgenommen und das eine oder andere erfahren, nehme ich an.«

»So ist es.«

»Nehmen Sie die Affären nicht so wichtig. Wenn es das ist, womit sie ihn versucht zu beeinflussen, könnte es sein, dass Madame hier zu weit geht.«

»Nun, ich wollte Ihnen nur rechtzeitig von den Entwicklungen Kenntnis geben, Monsieur Faucon. Im Übrigen ist ein Rosenkranz verschwunden, und nach einem kleinen Reliquiar aus Bergkristall halte ich noch Ausschau.«

»Haben Sie die Beschreibungen?«

»Hier sind sie.«

»Geben Sie Raabe Bescheid?«

»Selbstverständlich.«

»Gut, teilen Sie ihm mit, wir werden noch ein wenig abwarten, bevor diese Dinge bekannt werden. Wie Sie wissen, wird Seine Majestät, der Kaiser Anfang November die Stadt besuchen.«

»Nein, das ist mir bislang nicht bekannt gewesen. Aber auf dem Lande war ich ein wenig nachlässig mit der Zeitungslektüre.«

»Nun ja, verständlich. Aber wie Sie sich vorstellen können, ist dieser Besuch natürlich für unsere aufrührerischen Freunde ein Ereignis, das sie kaum ungenutzt verstreichen lassen werden. Wir hingegen werden mit erhöhter Wachsamkeit reagieren und vielleicht des einen oder anderen Rädelsführers habhaft werden.«

»Ich verstehe. Aber da gibt es noch etwas, das möglicherweise von Interesse ist. Doch in diesem Fall muss ich Sie um äußerste Diskretion bitten.«

»Sie machen mich neugierig, Marie-Anna.«

»Es ist nichts Ehrenrühriges, es handelt sich eher um Pietät, Monsieur.«

Marie-Anna berichtete von dem Grabfund und dem verschwundenen Ring.

»Ich denke, Ihre letzte Schlussfolgerung ist richtig. Es wird jemand der Versuchung nicht widerstanden haben können, ein Erinnerungsstück aus dem Grab mitzunehmen. Dennoch nehme ich die Beschreibung des Ringes auf. Und nun verraten Sie mir, ob Madames Empfangstag weiterhin der Dienstag ist.«

»Ich habe nichts Gegenteiliges gehört. Nur, ich werde daran nun nicht mehr teilnehmen. Rosemarie hingegen werden Sie allerdings antreffen«, erwähnte sie mit einer Andeutung von Lächeln.

Er gab es ihr zurück und nickte.

»Nun, ich werde kommen und gegebenenfalls nach

Ihnen rufen lassen. Was hat Madame eigentlich zu dem Vorwurf der Hochstapelei inspiriert?«

»Meine schmuddeligen Theaterfreunde, aus deren Kreisen dieses Flittchen vor Ihnen hier stammt.«

»Wir werden sehen, was sich da tun lässt, Mademoiselle de Kerjean, Tochter der Denise D'Angoulmême.«

»Woher wissen Sie denn das?«

»Erkundigungen einzuziehen ist meine Aufgabe. Übrigens lebt Cosmea Raabe tatsächlich in Bordeaux, sie ist von Professor Klein geschieden und nun rechtsgültig mit Jacques Roissaint verheiratet. Er war nach der Übernahme der Stadt durch unsere Truppen Colonel einer hier stationierten Einheit, hat aber bald darauf quittiert und ist mit einer deutschen Frau auf das elterliche Gut gezogen. Es heißt, er sei recht wohlhabend und vergöttere seine Familie.«

»Arme Rosemarie. Cosmea hätte sie mitnehmen sollen.«

»Eine gewisse Rücksichtslosigkeit ist allen Raabes eigen, Marie-Anna. Das sollten Sie nie vergessen. Von Cosmea heißt es, sie sei eine sehr lebenshungrige Frau. Ihrem Bruder im Übrigen nicht unähnlich.«

Faucon erlaubte sich eine winzige Andeutung eines Lächelns in Richtung Marie-Anne. Sie aber übersah es geflissentlich und meinte: »Wohingegen Rosemarie ein verschlossenes, schüchternes Mädchen war und vermutlich mehr nach ihrem Vater kommt. Andererseits, wenn ihre Mutter sie heute erleben würde …«

»Ich halte Rosemarie für eine sehr angenehme junge Frau.«

»Ich auch, Monsieur Faucon. Sie ist meine beste Freundin.« Und offen lächelnd setzte sie hinzu: »Aber dennoch in manchen Dingen außerordentlich verschwiegen.«

Mit etwas leichterem Herzen kehrte Marie-Anna in das Haus mit der ungemütlichen Atmosphäre zurück und verbrachte den Rest des Nachmittags damit, ein Brieflein an Rosemarie zu schreiben, in dem sie einige Aspekte aus ihrer Begegnung mit Faucon schilderte. Das Papier schob sie unter Rosemaries Tür, während diese unten an dem Essen der Familie teilnahm.

Auch wenn sie in einsamer Majestät in ihrem Zimmer speisen musste, sorgte doch Mathilda dafür, dass sie stets die besten Stücke und auch immer reichlich von allem bekam, was in der Küche produziert wurde. Die Haushälterin hatte ihre Sympathien sehr deutlich gemacht, und Marie-Anna war froh darum. Es hätte genauso gut anders sein können.

Der Freitag verging, ohne dass der Kommerzialrat heimkehrte. Er traf erst in den späten Nachmittagsstunden des Samstags ein. Marie-Anna hörte seine Schritte auf dem Gang. Sie hätte gerne die Tür geöffnet, um ihn zu begrüßen, aber Edwin, der Kammerdiener war bei ihm und redete unablässig auf ihn ein. Dann schlug seine Zimmertür zu.

Da sie nun nicht mehr am Familientisch aß, bestand im Grunde keine Notwendigkeit für Marie-Anna, sich für das Essen umzukleiden, doch mit einem kleinen Hoffnungsfunken im Herzen wählte sie nun eines der fließenden Musselinkleider aus, die seit den Ferien ungetragen im Schrank hingen. Sie legte ein hellblaues an, eines, in dem sie sich besonders attraktiv fühlte. Sie brachte es sogar alleine fertig, ihre Haare zu einem Chignon aufzustecken, aus dem eine lange Locke über ihre Schulter fiel. Noch war ihre Haut gebräunt, sogar das Dekolleté hatte sommerliche Farbe angenommen in den weiten Blusen, die sie auf dem Gut getragen hatte. Im Spiegel fand sie selbst diese unmondäne Zusammenstellung von dunkler Haut und hellem Stoff recht interessant. Aber sie war ja nur ein unkultivierter Trampel …

Als sie sich zulächelte, blitzten ihre Augen blau auf.

In der Stille des Hauses hörte sie endlich, wie Valerian Raabe seine Zimmer verließ, um nach unten zu gehen. Dann klappten auch die Türen von Rosemaries und Graciellas Zimmer, und sie vernahm die Stimmen der beiden. Kaum fünf Minuten später klopfte es leise an ihrer eigenen Zimmertür. Sie öffnete, und Graciella, den Finger auf den Lippen, sandte einen warnenden Blick zu den Gemächern von Madame.

»Papa will dich sehen. Komm.«

Marie-Anna lief leichtfüßig hinter dem Mädchen her, diese hielt vor dem Eingang zum Salon an.

»Du wirst umfallen vor Staunen!«

»Weshalb?«

»Wirst gleich sehen!«

»Ist etwas passiert?«

»O ja!«

Graciellas Augen sprühten Funken.

Dann traten sie ein, und ein dunkelhaariger Mann löste sich vom Kamin, um ihr entgegenzugehen. Marie-Anna fiel zwar nicht um, wie Graciella es angekündigt hatte, aber sie war nicht weit davon entfernt. Valerian Raabe trug seine übliche Gesellschaftskleidung, aber seine Haare ringelten sich in kurzen, grau-schwarzen Locken um seinen Kopf, und der Bart war ebenso kurz gestutzt worden. Es sah aus, als sei der Römer aus der Grabkammer wieder lebendig geworden.

»M... Monsieur ...?«

»Mademoiselle, der zipfelige, alttestamentarische Prophetenbart ist gefallen. Entspricht das Resultat Ihren Vorstellungen?«

Marie-Anna schluckte trocken, bevor sie antworten konnte.

Graciella übernahm es für sie.

»Fesch, nicht wahr?«

»Monsieur, Sie sehen hinreißend aus.«

»Ja, Onkel Valerian, einfach phantastisch. Besser als jeder junger Mann unserer Bekanntschaft!«

Er lachte auf und reichte Marie-Anna die Hand.

»Da haben Sie eine gute Idee gehabt. Es scheint, ich werde demnächst zum aufgehenden Stern aller Salons avancieren, so wie man mich hier mit Komplimenten überhäuft.«

Die Türflügel öffneten sich erneut, und Madame, mit Berlinde und dem Professor im Gefolge, rauschte herein. Madame blieb plötzlich wie versteinert stehen.

»Mein Gott, Raabe, was hat man mit Ihnen gemacht?«

»Barbiert, Madame. Und wie ich hörte, findet es Gefallen.«

»Unmöglich! Wo bleibt Ihre Würde? Wo die Eleganz, die Ausstrahlung von Achtbarkeit und Ehre?«

»Hängen die an der Länge des Bartes, Madame?«

Valerian Raabe war äußerst gut gelaunt und zu Scherzen aufgelegt, doch Madame war es nicht. Sie erspähte Marie-Anna und fuhr sie sofort an: »Was haben Sie hier zu suchen? Habe ich nicht ausdrücklich befohlen, dass Sie auf Ihrem Zimmer zu bleiben haben, Mamsell?«

»Hat Marie-Anna sich etwas zu Schulden kommen lassen, Ursula?«

»Wir sprechen noch darüber, Raabe! Und Sie, verschwinden Sie jetzt aus dem Salon. Die Bel-Etage ist tabu für Ihresgleichen.«

Marie-Anna zog ihren Shawl zurecht und wollte hocherhobenen Hauptes den Raum verlassen, aber Valerian Raabe hielt sie sacht am Ellenbogen fest. Seine tonlose Stimme war äußerst bestimmt.

»Marie-Anna, bleiben Sie hier! Dies ist mein Haus,

und ich bestimme, wen ich um mich haben möchte. Ihre Gesellschaft ist mir angenehm. Gehen wir zu Tisch?«

Er reichte ihr jetzt den Arm und führte sie, ohne auf seine Frau zu achten, in das Speisezimmer. Mathilda, die das beobachtete, schubste das Dienstmädchen an und flüsterte ihr zu, sofort ein weiteres Gedeck aufzulegen.

Marie-Anna konstatierte, dass Faucon richtig geurteilt hatte. Eine nicht zu unterschätzende Rücksichtslosigkeit war ihrem Arbeitgeber eigen. Fast dauerte sie Madame.

Der Hausherr leitete wie gewöhnlich die Konversation bei Tisch, doch es beteiligten sich nicht alle mit gleicher Intensität daran. Professor Klein dozierte zwar über die römische Kultur, als er danach gefragt wurde, und hatte drei ungewöhnlich aufmerksame Zuhörerinnen. Doch Ursula Raabe zog es vor, dumpf grollend zu schweigen und nur gelegentlich dem servierenden Dienstmädchen scharfe Befehle zu erteilen. Besonders dunkel umwölkte sich ihre Stirne, als der Kommerzialrat sich an seine Tochter wandte und bemerkte: »Ach ja, Graciella, ich erfuhr in der Stadt, dass es in der nächsten Zeit im Comödien-Haus eine sehr beachtenswerte Aufführung eines Shakespeare-Stückes geben wird. Es nennt sich ›Kunst über alle Künste, ein bös' Weib gut zu machen‹. Und ich denke, dass die von einem großen Dichter dargestellte Zähmung einer Widerspenstigen eine sehr lehrreiche Pièce für dich sein dürfte. Und, wenn ich es richtig betrachte, für Sie ebenfalls, Mademoiselle.«

»Wie Herr Kommerzialrat meinen«, erwiderte Marie-Anna mit sittsam gesenktem Haupt.

»Ich kann übrigens auch recht widerspenstig sein, Onkel Valerian«, murmelte Rosemarie.

»Ach ja? Und darum glaubst du, eine solche Lektion auch zu verdienen?«

»Gewiss.«

»Nun, dann werde ich Karten für uns besorgen lassen. Ursula, werden Sie uns begleiten?«

»In das Comödien-Haus in der Schmierstraße? Herr Raabe, Sie sind degoutant!«

Er zuckte mit den Schultern und wandte sich wieder an Marie-Anna.

»Da mir Ihr Interesse an der Astrologie aufgefallen ist, Mademoiselle, habe ich Ihnen einen recht interessanten Artikel über einen neu entdeckten Planeten mitgebracht.«

»Ich fürchte, wissenschaftliche Artikel zu verstehen überschreitet meine Fähigkeiten. Zumal in deutscher Sprache.«

»Versuchen Sie es dennoch. Wenn Sie Fragen haben, bin ich gerne bereit, Ihnen weiterzuhelfen. Sie können den Bericht von Herschels Entdeckung sicher zusätzlich in einer der Konversationsstunden mit Graciella verwenden. Es wird meiner Tochter nicht schaden, sich über andere Themen als nur den neuesten Putz und Tand Gedanken zu machen.«

»Wie heißt der neue Planet, Papa?«

»Man hat ihn zunächst nach seinem Entdecker Herschel benannt, aber der Hamburger Astronom Johann Bode schlug vor, ihn gemäß den übrigen Planeten nach einem der antiken Götter zu benennen. Was glauben Sie, Marie-Anna, welchen er wählte? Sie sind doch in der Mythologie bewandert.«

»Sie überschätzen meine Kenntnisse maßlos, Monsieur. Ich könnte nur raten.«

»Dann raten Sie, Marie-Anna.«

»Nun, der letzte uns bekannte Planet ist der Saturn. Und Saturnus wird der Hüter der Schwelle genannt.

Sollte hinter der Schwelle die Unterwelt dräuen, so mag der Name Pluto nicht unpassend sein.«

»Ihre Schlussfolgerung ist durchaus passend, doch Bode hat einen anderen Namen gewählt. Er nannte ihn Uranus.«

»Uranus ist selbstverständlich der richtige Name für den Vater des Kronos«, wandte Professor Klein kühl ein. »Aber das wird der Mamsell sicher nicht geläufig sein.«

»Sie haben Recht, Professor Klein. Ich verstehe nicht – was hat Kronos damit zu tun?«

»Humbert, erzähle uns die Geschichte von Kronos und Uranus.«

Valerian Raabe sandte einen sehr strengen Blick an Rosemarie, die einen leichten Erstickungsanfall hinter ihrer Serviette zu bekämpfen suchte.

Mit trockener Stimme erzählte Professor Klein die Sage.

»Uranus, der Himmel, war, wie Sie alle wissen, in der griechischen Mythologie der Urvater, der aus dem Chaos entstand. Er vermählte sich mit Gaia, der Erde, und zeugte mit ihr zahllose Kinder. Der jüngste Sohn war Kronos, und ihn stiftete Gaia an, sie von den Aufmerksamkeiten ihres Gatten zu erlösen. So legte sich Kronos mit einer Sichel auf die Lauer, und als sich Uranus dem Lager der Gaia näherte, entmannte er ihn. Das Geschlechtsteil fiel ins Meer, und aus dem austretenden Schaum entstand Aphrodite, die daher auch den Namen ›Schaumgeborene‹ trägt.«

»Humbert!«

Madame und Berlinde zischten den Professor empört an.

»Bitte, meine Damen, so lautet die Sage.«

»Ersparen Sie uns weitere unfeine Details. Es sitzt ein junges, unschuldiges Mädchen am Tisch!«

»Fahr ruhig fort, Humbert. Die Mythologie spielt gelegentlich mit drastischen Mitteln, aber auch unsere Märchen, die wir den Kindern erzählen, machen nicht Halt vor den Grausamkeiten des Lebens.«

»Humbert, unterlassen Sie das!«

»Wie Sie wünschen, Madame.«

»Dann führe ich zu Ende, was er begonnen hat.«

»Graciella, verlasse augenblicklich den Raum«, befahl Ursula Raabe.

»Bleib, Tochter, und höre zu. Uranus' Blut zeugte die Titanen und Töchter der Nacht, die Erinnyen, aber auch die Nymphen der Eschen. Kronos hingegen nahm seine Schwester Rhea zur Frau und zeugte die Götter und Göttinnen. Doch es lag ein Fluch auf ihm, denn es hieß, eines seiner Kinder würde ihn einst überwältigen. Und so verschlang er sie jeweils nach ihrer Geburt. Nur einen Sohn konnte Rhea retten, Zeus, von den Römern Jupiter genannt. Er bekämpfte seinen Vater, brachte ihn dazu, seine Geschwister wieder auszuspeien, und besiegte ihn schließlich in einem heroischen Kampf der Titanen. Doch er tötete seinen Vater nicht, sondern verbannte ihn und begnadigte ihn später. So wurde er der Herrscher auf den Inseln der Seligen, und seine Regierungszeit nannte man das Goldene Zeitalter. Die Römer nannten Kronos später Saturn. Die Sichel aber behielt er auch bei ihnen in der Hand.«

Marie-Anna fasste zusammen, als er geendet hatte: »So ist Jupiter ein Sohn Saturns und Saturn der Sohn des Uranus. Jetzt verstehe ich die Logik der Namensgebung, Monsieur. Danke für Ihre Erläuterung.«

Madame hob die Tafel wortlos auf und zog sich in den Salon zurück.

»Kommt mit in die Bibliothek, ich gebe euch den Artikel«, wandte sich Valerian Raabe an die drei jungen Frauen. Sie folgten ihm bereitwillig.

»Die Sage ist wirklich ziemlich drastisch«, flüsterte Rosemarie Marie-Anna zu.

»Natürlich. Aber du kanntest sie und wusstest, was kam. Ich sah, wie du dein Kichern unterdrücken musstest.«

»Nun ja, man kommt nicht umhin, solche Dinge zu wissen, wenn man sich mit der Antike befasst. Mein Vater hat mich nie gehindert, die alten Mythen zu lesen. Er hat sie mir allerdings nicht erklärt. Das hast du erst getan. Bin ich sehr rot geworden?«

»Kein bisschen.«

»Was wispert ihr da, Demoiselles?«

»Wir dürfen eigentlich nicht mehr miteinander sprechen, Onkel Valerian. Darum versuchten wir, leise zu sein.«

»Ich habe das Gefühl, während meiner Abwesenheit hier wurden einige Arrangements getroffen, die dringend einer Überprüfung bedürfen. Ich werde mich in Kürze mit Madame darüber unterhalten. Gibt es etwas, das ich wissen müsste?«

»Tante Berlinde hat gepetzt!«, stieß Graciella hervor. »Das mit dem Reiten und Feli und dem Baden und alles. Jetzt gibt Mama Marie-Anna die Schuld daran.«

»Ah, nun denn. Rosemarie?«

»Graciella sagte es bereits.«

»Marie-Anna?«

»Meine Vergangenheit ist Madame zu Ohren gekommen, vor allem meine Beziehungen zum Theater missbilligt sie.«

»Ah, daher die Abneigung gegen Comödien. Gut, ich habe nichts dagegen, wenn ihr weiter miteinander arbeitet und lernt wie bisher. Marie-Anna wird selbstverständlich wieder mit der Familie speisen und alle die Rechte haben, die sie zuvor hatte. Entschuldigt mich jetzt.«

Er verließ die Bibliothek, und Graciella seufzte erleichtert auf.

»Siehst du, ich hab' doch gewusst, er richtet das wieder!«

»Noch hat er nicht mit ihr gesprochen.«

»Ach sei nicht so eine Unke, Rosemarie. Mama ist wahrscheinlich nur grantig, weil wir uns bei den Großeltern ohne sie besser unterhalten haben als sie sich in ihrer langweiligen Kur.«

»Na gut, warten wir es ab. Lasst uns inzwischen diesen Artikel über den anstößigen Uranus lesen, damit wir in den nächsten Tagen sinnreich darüber Konversation führen können.«

27. Kapitel

Wiedersehen mit alten Freunden

Madame zog es vor, das Wochenende über mit einer heftigen Migräne ihre Zimmer zu hüten, und verwehrte außer Berlinde jedermann den Zutritt. Erst am Dienstagnachmittag war sie bereit, ihren Pflichten als Hausherrin nachzukommen, und hielt ihre übliche Gesellschaft ab. Marie-Anna nahm auf den ausdrücklichen Wunsch des Kommerzialrates daran teil. Madame war das sichtlich nicht recht, sie machte zwar keine Bemerkungen, streifte sie nur einmal mit einem giftigen Blick und ignorierte sie ansonsten völlig.

Faucon traf am späteren Nachmittag ein, und Marie-Anna, die Rosemarie heimlich beobachtete, sah alle ihre Vermutungen bestätigt. Die Rose erblühte unter seiner herzlichen Begrüßung, und beide fanden immer wieder eine Möglichkeit, leise Gespräche miteinander zu führen. Auch Markus Bretton kam in einer seiner farbenprächtigen Westen und mit einem strahlenden Lächeln in den Salon. Er widmete sich Marie-Anna für eine Weile.

»Dieser ländliche Teint steht Ihnen bezaubernd, Marie-Anna. Wie tief durften sich die beneidenswerten Sonnenstrahlen wagen?«, fragte er mit einem frechen Blick auf ihr Dekolleté.

»Das Tagesgestirn, Monsieur, fand mich stets züchtig bedeckt vor.«

»Und das Nachtgestirn, meine Liebe?«

»Ebenso. Gleich wie die Planeten und Fixsterne des Himmels, falls Sie weiterfragen sollten.«

»Den fernen Gestirnen schenken Sie also nicht Ihre Gunst, Mademoiselle. Wie steht es mit den irdischen Wesen?«

»Verlangen Sie wirklich eine Antwort von mir, Monsieur Bretton?«

Er zwinkerte ein wenig unverschämt mit einem Auge.

»Mir scheint, Madame ist etwas verschnupft. Sonst überwältigt sie ihre Gäste doch immer mit ihrer Leutseligkeit. Trägt Ihr blühendes Aussehen eventuell die Schuld daran? Oder die unglaubliche Veränderung, die man an dem geschätzten Kommerzialrat wahrnehmen kann?«

»Ich denke eher, es handelt sich um eine vorübergehende Indisposition. Wir haben alle unsere Launen, Monsieur Bretton. Seien Sie großmütig.«

»Natürlich. Ich werde ihr morgen zur Aufheiterung eine Schachtel Marzipan-Bonbons schicken. Oder besser noch ein Fläschchen Himbeerliqueur.«

»Ihnen scheint Liqueur angemessen?«

»Aber sicher doch, Marie-Anna. Haben Sie es tatsächlich noch nicht gemerkt? Madame säuft!«

Marie-Anna schwieg. Es war im Grunde nicht zu vermeiden gewesen, das zu bemerken. Die wechselnden Launen, die gelegentlichen Kopfschmerzen, die verdösten Stunden des Nachmittags, der anschließende Konsum starken schwarzen Kaffees waren typische Anzeichen dafür.

Markus Bretton holte sie aus ihren Überlegungen zurück und fragte: »Und Ihnen, meine Schöne? Darf ich Ihnen ebenfalls etwas schicken, um Sie geneigt zu machen?«

Marie-Anna lachte leise auf: »Sie geben nie auf, Monsieur, nicht wahr?«

»Nun, ich habe einmal von der Quelle trinken dürfen, und nun begehre ich mehr und mehr nach dieser Labung.«

»Ach, ich glaube, es gibt reichlich labende Tränke für einen Mann wie Sie in dieser Stadt, Markus.«

»Sie versiegen nach und nach. Sehen Sie, selbst die scheue Rosenknospe hat ihre Blütenblätter entfaltet und ihr Herz geöffnet.«

»Sie versuchen sich als Poet?«

»Ich versuche, einem anderen Poeten zuvorzukommen, Mademoiselle.«

»Nanu? Welchem Poeten?«

»Einem mit erlesen spitzer Zunge, der Sie schon einmal fast ins Unglück gestürzt hat, Marie-Anna.«

»Wenn Sie Jules meinen, so besteht da keine Gefahr.«

»Nein? Dann ist es ja gut. Oh, was hat unser verehrter Sous-Préfet denn mit Madame angestellt? Wenn es nicht unpassend wäre, eine solch achtbare Matrone mit einem Suppentopf zu vergleichen, so würde ich sagen, gleich schäumt sie über.«

Rosemarie erzählte es Marie-Anna etwas später, was Faucon getan hatte. Er hatte in lockerem Gesprächston etwas über den französischen Adel erzählt und über gewisse Seitenlinien, die sich bis hin zu der berühmten Gattin Ludwigs des XII. erstreckten, der charmanten und beliebten Herzogin Anne de Bretagne. Mit einem kleinen eleganten Hinweis erwähnte er, wie glücklich sich Madame doch schätzen könne, dass ihre Tochter von einer jungen Frau unterrichtet werde, in deren Adern dieses blaue Blut fließe.

»Sie schäumte wirklich, Marie-Anna. Stimmt das eigentlich, was er erzählt hat?«

»Eine sehr entfernte Seitenlinie, ja. Mütterlicherseits. Nichts, auf das ich mir etwas einbilden könnte, Rosemarie.«

Am Donnerstag suchte Marie-Anna Frizzi im Theater auf, zu groß war die Neugier, etwas über Jules zu erfahren. Er war in der Tat zurückgekommen und gastierte als Césare de Colon mit einem Shakespeare-Ensemble im Comödien-Haus. Aber getroffen hatte sie ihn noch nicht. Die Compagnie blieb streng unter sich.

»Und, wie geht es dem Kommerzialrat, Liebelein? Man hört, er hat sich den Bart stutzen lassen. Mimmi meint, sie würde am liebsten ihren Tenor wegschicken und ihn wieder in ihre weit geöffneten Arme aufnehmen.«

»Er ist ein ausnehmend gut aussehender Mann.«

»Ja, und?«

»Verheiratet.«

»Ja, und?«

»Frizzi, selbst wenn ich wollte, eine solche Affäre kann ich mir nicht leisten.«

»Aber du brauchst mal wieder eine Affäre. Schau, ich habe einen neuen Freund, einen Geiger. Er hat mir dieses süße Ringelchen geschenkt!«

Frizzi streckte die linke Hand vor, und Marie-Anna stockte der Atem. Der Ring gehörte zu den verschwundenen Gemmen.

»Woher hat er denn einen solchen alten, römischen Schmuck? Ist dein Geiger Italiener?«

»Ah bah, nein, von hier. Den hat er bei Markus bekommen. Du weißt doch, der Pfandleiher, von dem ich dir erzählt habe.«

»Zu günstigen Konditionen, nehme ich an.«

»Na, und wenn schon. Er wird ihn auch zurücknehmen, wenn mal Not am Mann ist.«

Sie schwatzten noch eine Weile, dann verabschiedete sich Marie-Anna recht früh und eilte zur Sous-Préfecture. Faucon empfing sie mit einem fragenden Blick.

»Sie scheinen etwas herausgefunden zu haben, sonst wären Sie wohl heute nicht hier, Marie-Anna?«

»Ja, eine gewisse Verkettung von Umständen, Monsieur, von denen ich glaube, ich sollte sie Ihnen unterbreiten. Die Schlussfolgerung daraus ist allerdings unangenehm.«

»Wie erwartet«, antwortete er trocken. »Berichten Sie.«

»Ich glaube, ich habe einen Ring gesehen, dessen Beschreibung zu dem vermissten Stück aus der raabeschen Sammlung passt. Er wurde von Markus Bretton erworben und an einen Geiger verkauft.«

»So weit ist das noch nicht unangenehm. Bretton ist als Hehler nicht unbekannt.«

»Ursula Raabe hat ein enges Verhältnis zu ihm.«

»Daher seine Besuche bei ihrem ›Jour fixe‹?«

»Möglicherweise. Sie ist auch schon bei ihm gesehen worden, vor einiger Zeit.«

»Bemerkenswert. Aber warum sollte ausgerechnet sie ihren Gatten bestehlen? Raabe ist vermögend genug, ihr alle Wünsche zu erfüllen.«

»Das ist der wesentliche Punkt, Monsieur Faucon. Der Kommerzialrat besteht, wie ich Ihnen schon einmal mitteilte, auf einem strengen Reglement im Haus. Soweit ich informiert bin, erhält Madame nur ein kleines Nadelgeld, ihre Rechnungen sieht ihr Gatte persönlich durch. Doch sie neigt zu größeren Ausgaben, die vor allem verschiedene Luxusgüter betreffen und die Monsieur Raabe gewöhnlich nicht in seinem Haus duldet.«

»Als da sind?«

»Zuckerwerk, Schokoladen, Liqueure, Bohnenkaffee, Tee …«

»Sie betreibt also die kleinen, schmutzigen Schmuggelgeschäfte? Mit wem?«

»Das werde ich Ihnen nicht verraten.«

»Marie-Anna!«

»Nein, Monsieur Faucon, ich werde es nicht tun, denn

ich will einen Unglücklichen nicht noch unglücklicher machen.«

»Nun gut, für den Moment mag das auf sich beruhen. Ich brauche den Namen des Geigers.«

»Den kann ich Ihnen nicht nennen, weil ich ihn nicht kenne.«

»Wer trägt derzeit den Ring?«

»Eine Freundin. Versprechen Sie mir an der Stelle, mit Delikatesse vorzugehen? Ich möchte nicht, dass sie Unannehmlichkeiten bekommt.«

»Gewährt.«

»Sie kennen sie bereits, Frizzi, die Tänzerin, die damals mit mir zusammen verhaftet wurde.«

»Ich erinnere mich.«

»Und, Monsieur Faucon, verlangen Sie bitte nicht, dass ich mit meinem Arbeitgeber über diesen Verdacht spreche.«

»Fürchten Sie sich vor Raabe?«

Sie senkte den Kopf, leicht verlegen.

»Ich möchte unser derzeit gutes Verhältnis nicht zerstören.«

»Nun, dann überlassen Sie es mir, geeignete Schritte einzuleiten. Einen Teil des Rätsels hätten wir damit möglicherweise gelöst. Doch fragt sich nach wie vor, wer die Saboteure unterstützt, nicht wahr?«

»Dazu halte ich Madame, pardon, nicht für fähig.«

»Nein, ich genauso wenig. Und es ist zudem nicht sicher, ob die anderen Stücke den gleichen Weg genommen haben.«

»Monsieur Faucon, ich könnte … also, wäre es nicht eine Möglichkeit, den Weg eines wertvollen Schmuckes zu verfolgen, den man gezielt an Bretton verkauft? Ich habe zwar nur den Lilienring, aber …«

»Behalten Sie Ihren Ring, Mademoiselle. Aber die Idee ist nicht schlecht. Ich werde Ihnen ein geeignetes Stück zur Verfügung stellen. Sie sollten es gegebenenfalls sogar ein, zwei Mal in der Öffentlichkeit tragen. Ansonsten halten Sie Ihre Augen und Ohren weiter offen, aber schweigen Sie wie bisher.« Er sah sie mit einem seiner seltenen Lächeln an und fügte im Hinausgehen hinzu: »Sie machen Ihre Sache gut, Marie-Anna.«

Eine Woche später standen am frühen Abend Graciella, Rosemarie und Marie-Anna am Fuße der Treppe, um auf den Kommerzialrat zu warten. Alle drei hatten sich sorgfältig gekleidet und frisiert. Vor allem Graciella war überwältigt davon, dass Rosemarie ihr die glatten, blonden Haare aufgesteckt und mit zwei kleinen seidenen Vergissmeinnichtrispen verziert hatte, die Marie-Anna für sie in einem Putzwarengeschäft erstanden hatte. Marie-Anna hatte den Lilienring an den Finger gesteckt und trug eine neue, mit Smaragden besetzte Brosche am Busen. Rosemarie hingegen trug an einem feinen Kettchen ein zierliches Gold-Filigran-Kreuz, das mit einem kleinen Brillanten besetzt war. Auch sie hatte dieses Schmuckstück bisher noch nie getragen.

Valerian Raabe kam pünktlich, verneigte sich mit höflicher Eleganz vor den dreien und geleitete sie zur Kutsche. Einen winzigen Augenblick lang blieb sein Blick an den Schmuckstücken hängen, doch er sprach deren Trägerinnen nicht darauf an.

Das Theater war gut besucht. Es hatte sich herumgesprochen, die Compagnie, die das Shakespeare-Stück spielte, habe außerordentlich begabte Mitglieder. Sie nahmen ihre Plätze ein, und Marie-Anna registrierte, dass es wohl die besten waren, die das Haus zu bieten hatte. Mit Genuss ließ sie sich verzaubern.

Jules spielte die Hauptrolle, den groben Petruchio, der sein widerspenstiges Käthchen zu zähmen versuchte. Sie bemerkte die Veränderung an ihm. Er war schon immer ein guter Schauspieler gewesen, der sich mit brillantem Witz in Szene zu setzen wusste. Doch nun hatte er eine Form der Zurückhaltung gelernt, die es ihm ermöglichte, auch andere neben sich gelten zu lassen. Das war neu an ihm, und unerwarteterweise machte es ihn eindrucksvoller. Er bildete sozusagen die Seele des Stückes. Das kratzborstige Käthchen wuchs an seiner Seite über sich selbst hinaus, Heiterkeit erschütterte bei ihren Wortwechseln das Haus. Trotzdem wurde es allenthalben still und nachdenklich, als dann zum Schluss das Käthchen sanft das Loblied des Gehorsams sang – und dennoch mit zarter Hand den Gatten lenkte.

»Ein seltsames Stück«, stellte Rosemarie fest.

»Ein hintersinniges. Dieser Césare de Colon ist ein meisterhafter Comödiant. Mesdemoiselles, wollen wir eine Erfrischung zu uns nehmen?«

Die drei bejahten erfreut, und Valerian Raabe führte sie in ein Weinhaus in der Trankgasse. Sie hatten ihre Gläser erhoben und tranken einander vergnügt zu, als sich der Sous-Préfet ihrem Tisch näherte. Er grüßte höflich und wurde herzlich eingeladen, sich der Gesellschaft anzuschließen. Einmal blieb sein Blick kurz an Rosemaries Halsbeuge hängen, in der das Filigrankreuz schimmerte, und sie senkte die Lider, ließ sie aber dann ganz kurz aufflattern. Marie-Anna beobachtete dieses kleine Spielchen mit Amüsement. Gleichzeitig mit ihrer Brosche war das Geschenk für Rosemarie eingetroffen. Sie war milde gespannt darauf, wann die beiden ihre Zuneigung der Öffentlichkeit kundtun würden. Ob der Professor der Verbindung zustimmen würde, war zu bezweifeln. Er hatte seine Frau an einen Franzosen verloren, seiner Tochter würde er sicher Hindernisse in den Weg legen. Valerian Raabe hingegen, glaubte sie, würde die Beziehung begrüßen. Die beiden Männer achteten einander, das war ihr inzwischen sehr deutlich geworden.

Die Unterhaltung plätscherte angeregt dahin, als plötzlich die Tür aufging und einige Mitglieder der Schauspiel-Compagnie in den Gastraum eintraten. Unter ihnen befand sich auch der Hauptdarsteller, Césare de Colon, früher bekannt unter dem Namen Jules Coloman.

Marie-Anna sog unwillkürlich die Luft ein. Wie würde der Sous-Préfet reagieren? Noch war das Urteil nicht aufgehoben, das Jules das Betreten der Stadt verbot. Sie beobachtete Faucon. Er bemerkte die Eintretenden ebenfalls, und ganz eindeutig erkannte er den Mann, den er vor anderthalb Jahren aus Köln ausgewiesen hatte. Ein feines Lächeln zuckte um seine Mundwinkel, als dieser sich umdrehte, kurz stutzte und sie mit einer höflichen Verbeugung grüßte. Faucon grüßte zurück.

»Das ist ja der Petruchio!«, japste Graciella mit hochroten Wangen vor Aufregung.

»Das ist Césare de Colon, richtig, Mademoiselle«, bestätigte ihr der Sous-Préfet. »Hat Ihnen seine Darstellung gefallen?«

»Oh, er war hinreißend, nicht wahr, Marie-Anna?«

»Ja, er ist ein ganz ausgezeichneter Schauspieler.«

»Besser als früher?«, fragte Faucon und sah Marie-Anna in die Augen.

»Erheblich besser, Monsieur.«

»Sie haben ihn schon einmal spielen gesehen, Marie-Anna? Ich dachte, er sei erstmals hier in der Stadt.«

»Er trat früher unter einem anderen Namen auf, Herr Kommerzialrat.«

»Unter welchem?«

Marie-Anna nahm einen Schluck Wein und biss sich auf die Unterlippe. Aber dann sah sie dem Frager aufrichtig in die Augen.

»Jules Coloman, Monsieur Raabe.«

Er nickte knapp.

»Ich glaube, ich verstehe. Möchten Sie ihn nicht begrüßen?«

»Ich würde es schon gerne. Wir haben einander lange nicht gesehen.«

»Nun, dann gehen Sie, Kind.«

»Danke, Monsieur.«

Marie-Anna stand auf und bahnte sich den Weg zu dem Tisch, an dem die Theaterleute Platz genommen hatten. Jules sah sie kommen und sprang auf.

»Marie-Anna, Marie-Anna, ich dachte schon, du wolltest mich nicht mehr kennen.«

Beide Hände hielt er ihr ausgestreckt entgegen, und sie ergriff sie.

»Jules, du warst wundervoll auf der Bühne!«

»Ich habe dich in der dritten Reihe gesehen. Komm – ›Küss mich, Käthchen!‹«

»›Was, hier auf offner Straße …‹«

»›Was? Schämst du dich meiner?‹«

Marie-Anna lachte. »Nein, nein, Jules, das führen wir nicht weiter auf.«

»Dann setz dich wenigstens zu uns, oder musst du zu deiner Gesellschaft zurück?«

»Ich habe Urlaub bekommen.«

Jules zog einen leeren Stuhl an seine Seite und bot ihn ihr an.

»Trink den Champagner mit uns, Mädchen. Wir haben ihn uns verdient.«

»Durch welche Tat?«

»Wir werden die Ehre haben, vor der allerhöchsten, erlauchtesten Majestät aufzutreten. Wenn Napoleon im November die Stadt besucht, sind wir ein Teil der Lustbarkeiten, die ihm und seinem Gefolge geboten werden.«

»Das ist in der Tat eine Ehre. Ich hoffe, du kannst dich bezähmen, Jules, wenn der ›Empörkömmling‹ im Publikum sitzt.«

Jules grinste erheitert.

»Warne deinen Sous-Préfet schon mal! Ich weiß nicht, zu was ich alles fähig bin, wenn ich den kleinen Korsen vor mir sitzen sehe.«

»Mein Sous-Préfet ist er nicht.«

»Nein? Der andere Herr ist dein Begleiter? Wer ist es? Er sieht nicht schlecht aus. Ein Herr von Einfluss, würde ich annehmen.«

»Valerian Raabe.«

»Sagt mir nichts. Oder… warte mal? Hatte nicht die kleine Mimmi mal etwas mit ihm? Ein ständig heiserer Mann. Gut betucht. Verheiratet.«

»Kolonialhandel, Kunstsammler. Das junge Mädchen neben ihm ist seine Tochter Graciella, die andere ist Rosemarie, seine Nichte.«

»In dieser Begleitung führt er dich ins Theater? Ich hörte, er legt gewöhnlich mehr Diskretion an den Tag.«

Marie-Anna gluckste ein wenig.

»Braucht es große Diskretion, wenn ein Vater die Gouvernante seiner Tochter mit ins Theater nimmt?«

»Oh, dergestalt sind deine Beziehungen zu ihm?«

»Dergestalt, richtig, Jules. Faucon hat sich damals für mich verwendet, als wir verhaftet wurden. Seither bin ich in seinem Haus für den Unterricht des Mädchens zuständig und arbeite an der Katalogisierung der Sammlung mit.«

»Wie spießig.«

»Es ist sehr angenehm, täglich drei Mahlzeiten zu erhalten, geheizte Zimmer zu bewohnen und die Wäsche gewaschen zu bekommen.«

»Alles das, was ich dir nicht bieten konnte, nicht wahr?«

»Es war ein wenig sehr bohème, Jules.«

»Aber aufregend.«

»Für dich.«

»Du schaust mit Verbitterung auf die Zeit zurück?«

»Nein, nein, eigentlich nicht. Es gab auch schöne Momente. Aber – ich werde älter, Jules. Ich brauche Sicherheit und Ruhe.«

»Wie lange wird das anhalten? Das Mädchen wird dir bald entwachsen sein. In zwei, drei Jahren heiratet sie. Was dann, Marie-Anna?«

»Ich werde ein gutes Zeugnis bekommen …«

»Sicherheit, Ruhe …«

»Ach, Jules, du schaffst es, mir jede Hoffnung zu rauben.«

»Welche Hoffnung hast du denn, Chérie?«

Marie-Anna blieb stumm.

»Er?«

Sie trank den perlenden Champagner.

»Gibt es denn Hoffnung?«

Marie-Annas Schulterzucken war beredt und sehr französisch.

Jules nahm ihre Hand und betrachtete sie lange.

»Du trägst den Ring, den ich damals von dem Chevalier gewonnen habe. Weißt du, das macht mich ein klein wenig glücklich. Chérie, ich bin auf dem Weg, mir einen Namen zu machen. Meine Zimmer sind heutzutage ebenfalls geheizt, und an Essen fehlt es nicht mehr. Wenn du also möchtest …«

»Danke, Jules.« Sie legte den Kopf leicht an seine Schulter. »Es ist gut zu wissen, dass man Freunde hat. Aber es wird andere Käthchen geben, die dich küssen werden. Ich will nicht wegen alter Zeiten etwas einklagen und dir die Chancen verderben, die sich ohne Zweifel bieten werden.«

»Vielleicht. Irgendwann werde wohl auch ich sesshaft werden. Sag, wie steht Faucon zu der Tatsache, dass ich wieder hier bin? Er hat mich erkannt.«

»Solange du dich nicht auffällig benimmst, wird er

vergessen, dass Césare de Colon auch einmal anders geheißen hat.«

»Dir zuliebe?«

»Nein, ich glaube einfach, er hegt eine gewisse Toleranz, solange keine Notwendigkeit des Eingreifens besteht. Andererseits wird er schnell und erbarmungslos handeln, sollte es sich als notwendig erweisen. Also, wenn Seine Majestät die Stadt besucht, vermeide alles, was ihm auffallen könnte.«

»Versprochen. Ich sehe, deine Begleiter brechen auf. Möchtest du mitgehen, oder bleibst du noch eine Weile?«

»Bringst du mich später heim?«

»Selbstverständlich.«

Sie blieb noch eine Stunde mit Jules zusammen und ließ sich von ihm berichten, wie er in den vergangenen Monaten seinen Weg gemacht hatte. Der luftige Klatsch und Tratsch des Theaters hatte ihr ein bisschen gefehlt, und sie versprach, sich gelegentlich an ihren freien Tagen mit ihm zu treffen. Dann brachte er sie durch die stillen, von Laternen erleuchteten Straßen nach Hause.

»Viel Glück, Marie-Anna. Ist sie ein großes Hindernis?«

»Wer?«

»Seine Frau?«

»Warum stellst du mir solche Fragen?«

»Weil ich, meine Liebe, ein sehr gutes Gefühl dafür habe, wie es in dir aussieht. Die Saiten sind straff gespannt, und sie schwingen, wenn er dich nur anschaut. Und er schaut oft zu dir hin, Chérie.«

»Gute Nacht, Jules.«

»Gute Nacht.«

Sie gab ihm einen zarten Kuss und klopfte dann an der Haustür. Mathilda, die in der Küche Vorbereitungen für den nächsten Tag getroffen hatte, öffnete ihr.

Marie-Anna fand noch keine Ruhe, als sie ihr Kleid abgelegt hatte und die Haare zu ihrem nächtlichen Zopf geflochten hatte. Eingehüllt in ihren warmen Morgenmantel saß sie an dem Tischchen und schrieb in ihr Tagebuch. Aber plötzlich ruhte die Feder. Sie legte sie ab und griff nach dem Zeichenstift. Auf der nächsten Seite entstand ein Portrait des Valerian Raabe.

Dann schlug sie das Buch sehr schnell zu und schlüpfte unter die Decken.

Am übernächsten Donnerstag zog sich Marie-Anna besonders sorgfältig an und machte sich auf den Weg zu Markus Brettons Pfandleihe. Sie lag zwar nicht gerade im allerbesten Viertel, doch immerhin weit genug von den Elendsquartieren und anrüchigen Straßen entfernt, dass sich auch ehrbare Kundschaft zu ihm hinauswagte. Doch Marie-Anna zog den dünnen Schleier über ihren Kopf, als sie sich durch die Schildergasse Richtung Neumarkt bewegte. Die »Bleche Botz«, das säkularisierte Klarissenkloster, das der Stadt als Frauengefängnis diente, befand sich hier an der Ecke der Krebsgasse. Nähere Bekanntschaft mit der »Blechhose« hatte sie glücklicherweise dank Faucons Maßnahmen vermeiden können. Brettons Ladenlokal lag weiter westlich. Es war nicht zu übersehen, ein farbiges Schild hing über der Tür, und in dem Fenster daneben kündigte der Besitzer An- und Verkauf von Wertgegenständen an. Einige Exponate waren verlockend ausgestellt – silberne Kandelaber, geschliffene Kristallgläser, ein kolorierter Stich, ledergebundene Bücher und ein Samttablett mit glitzerndem Schmuck aus Rheinkieseln.

Marie-Anna betrat den Laden mit nicht nur gespielter Scheu.

»Aber meine Liebe, welch ein unerwartetes Vergnügen!« Markus Bretton trat um die wuchtige Holztheke herum, die den Raum von dem Zugang zum Hinterzimmer abtrennte. »Ich hoffe, dein Besuch ist eine gesellschaftliche Geste und kein geschäftlicher Anlass.«

»Monsieur Bretton, bitte vergessen Sie die Formen der Höflichkeit nicht, selbst wenn wir hier entre nous sind.«

»So distanziert, Marie-Anna? Ich dachte, unsere gemeinsamen Erlebnisse in der Vergangenheit…«

»…geben Ihnen kein Recht, heute noch vertraulich zu tun.«

»Nun dann, Mademoiselle, was führt Sie her?«

Er lächelte sie trotz ihres Verweises verwegen an, und Marie-Anna konnte dem frechen Zwinkern in seinen Augen nicht ganz widerstehen. Vielleicht, dachte sie, war es auch besser so. Schließlich wollte sie mit ihm ein Geschäft machen und musste so tun, als sei sie auf seine Hilfsbereitschaft angewiesen.

»Ach, Markus, du hast ja Recht, ich bin nicht in der Lage, hochnäsig zu sein.«

»Oh, also doch geschäftlich hier? Kann ich dir irgendwie helfen, meine Hübsche?«

»Eine Freundin sagte mir, du könntest. Diskret und so weiter.«

»Ich bin immer diskret. Und so weiter auch. Komm mit nach hinten. Es sollte dich hier niemand sehen, denke ich.«

Das Hinterzimmer war zum einen Teil ein Arbeitsraum mit einem Schreibtisch, Katalogen und Folianten. Zum anderen gab es eine breite Chaiselongue und Fauteuils, zwischen denen Tischchen mit Kristallkaraffen und Schalen mit Bonbons standen. Offensichtlich wickelte Markus seine Geschäfte mit den Damen gerne in lauschiger Atmosphäre ab.

»Nimm Platz!« Er wies auf die Chaiselongue, doch Marie-Anna wählte einen der Sessel. »Und nun berichte, Marie-Anna.«

Sie erzählte ihm die Geschichte von der Notwendigkeit gewisser Ausgaben, die sie nicht näher erläutern wollte, und bot ihm das »Erbstück« zum Verkauf an – eine mit Smaragden besetzte Brosche. Er musterte sie kritisch.

»Wenn du eine Engelmacherin bezahlen musst, dann helfe ich dir lieber auf andere Weise, Marie-Anna. Dieses Stück hast du nicht geerbt. Dir ist es schon erheblich dreckiger gegangen als heute. Wäre es damals in deinem Besitz gewesen, hättest du dich bestimmt schon früher davon getrennt.«

»Markus!«

»Liebste, ich weiß, dass du an Raabes Sammlungen arbeitest. Ich werde dir das Stück nicht abkaufen. Um keinen Preis. Hat er dich in Schwierigkeiten gebracht?«

»Ich habe es nicht aus seiner Sammlung!«

»Hat er es dir geschenkt?«

Marie-Anna schüttelte den Kopf und erhob sich. Das hier verlief völlig anders, als sie erwartet hatte. Markus stand unvermittelt neben ihr.

»Ich bin bereit, dir das Geld vorzustrecken, das du brauchst. Wenn du bereit bist, dich ein klein wenig an früher zu erinnern.« Er legte seinen Arm um ihre Taille und zog sie an sich. »Die Franzosen im Allgemeinen mag ich nicht besonders, aber das Vergnügen, das mir dein süßer Leib geschenkt hat, ist mir lange im Gedächtnis geblieben.«

»Lass mich los, Markus. Es gibt keine Erinnerung.«

Er flüsterte ihr zärtlich in die Haare: »Dann gibt es eben kein Geld.«

Sie sah zu ihm auf und sagte leicht spöttisch: »Ich finde einen anderen Weg.«

»Aber keinen so köstlichen.«

Er küsste sie schnell auf die Lippen und hielt sie dann

fester, um diese Tätigkeit mit etwas Nachdruck zu wiederholen. Marie-Anna wehrte sich nicht. Es war ihr nicht zur Gänze unangenehm, und nichts war schlimmer, als sich durch hilfloses Zappeln die Frisur zu verderben.

»Markus, es hat keinen Zweck.«

»Der andere ist es also?«

Sie wand sich aus seiner Umarmung und machte einige resolute Schritte dem Ausgang zu. Er verstellte ihr den Weg.

»Marie-Anna, Jules ist noch nicht lange genug in der Stadt, um dich geschwängert zu haben. Aber deine Besuche bei Faucon haben sich bis zu mir herumgesprochen. Hat er dich ins Unglück gebracht?«

»Lass mich gehen, Markus.«

»Seltsam, ich fühle mich beinahe noch für dich verantwortlich. Wie viel Zeit hast du noch? Ich arrangiere etwas für dich, Mädchen. Und wenn du dich revanchieren willst, dann kannst du es ebenso mit dem Zeichenstift tun. Ich brauche gelegentlich jemanden mit einer spitzen Feder, so wie du sie einst zu führen verstandest.«

»Nein, ich erklärte doch, es gibt einen anderen Weg. Bitte! Lass mich gehen!«

»Für heute ja, aber bevor du dir ein Leid antust, solltest du zu mir kommen, Schätzchen.«

»Auf jeden Fall.«

»Wir sehen uns bei Madame!«

Zu Hause schrieb sie Faucon vom Scheitern ihres Auftrags und auch, dass sie ihm bei nächster Gelegenheit die Brosche zurückgeben würde. Ihr war nicht wohl dabei, Markus diese Comödie vorgespielt zu haben. Er war bei weitem gefährlicher und scharfsinniger, als sie bislang angenommen hatte. Auch den Hinweis auf die

Zeichenarbeiten hatte sie sehr wohl verstanden. Markus mochte in der Tat gelegentlich bösartige Karikaturen in Umlauf setzen, der Besuch des Kaisers stand bald bevor.

28. Kapitel

Graciellas Leiden

Ein herbstlicher Sturm klapperte an den Läden, und vor dem Fenster sah man braune Blätter wie aufgeschreckte Schmetterlinge vorbeiflattern. Das Feuer im Kamin des Schulzimmers aber knisterte gemütlich, und hin und wieder fiel ein Stückchen verbranntes Holz raschelnd durch den Rost. Die Wolken hingen so tief und dunkel am Himmel, dass sie schon eine Lampe entzünden mussten, um den Absatz des Artikels zu lesen, der ihnen den Konversationsstoff bieten sollte.

»Können wir den dummen Uranus nicht mal ein wenig ruhen lassen, Marie-Anna? Was nützt mir das eigentlich zu wissen, wie weit er von der Sonne entfernt ist und wie lange er braucht, um sie einmal zu umkreisen? Ich werde ihn ja doch nie besuchen. Und diese mythologischen Geschichten sind ebenfalls so staubig, dass man beinahe niesen muss.«

»Da magst du Recht haben, Ciella. Aber stell dir vor, du lernst demnächst einmal einen absolut hinreißenden jungen Astronomen kennen. Was glaubst du, wie beeindruckt der von deiner Konversation ist, wenn du beiläufig derartiges Wissen einfließen lässt?«

»Ich sehe mich schon kokett mit dem Fächer wedeln und beiläufig über scharfe Sicheln und abgeschnittene Geschlechtsteile plaudern«, prustete sie los.

»Ähm… eventuell solltest du dieses Sujet mit etwas mehr Zartgefühl behandeln.«

»Na also. Lass uns endlich mal wieder über nützlichere Themen plaudern.«

»Schlag eins vor!«

»Erzähl mir von deiner Zeit mit dem Schauspieler. Warst du seine Geliebte?«

»Thema abgelehnt! Ist nicht in der gepflegten Konversation zu verwenden.«

»Bäh. Wir wollen über das Buch sprechen, das du Rosemarie zu Weihnachten geschenkt hast.«

»Thema abgelehnt. Hast du etwa darin gelesen?«

»Natürlich.«

»Heilige Anna! Du bist ein entsetzliches Mädchen.«

»Was hat die heilige Anna damit zu tun?«

»Ah, das ist ein brauchbares Thema. Die heilige Anna wird in meiner Heimat sehr verehrt, wusstest du das?«

»Thema ist langweilig. Aber, na gut, also die langweilige Anna.«

Marie-Anna konnte ihren Unterricht und ihre Konversationsstunden mit den Kindern und Graciella inzwischen wieder ohne Aufsicht durchführen. Madames offener Zorn hatte sich zwar gelegt, und eine mürrische Entschuldigung für die Unterstellung der Hochstapelei hatte sie ebenfalls geäußert. Aber sie schaffte es, ihr sehr wohl zu verstehen zu geben, dass sich ihre grundlegende Meinung nicht geändert hatte. Marie-Anna hätte ganz gut mit der geringen Beachtung leben können, die ihr die Dame des Hauses zuteil werden ließ, hätte sich das Klima zwischen ihr und dem Kommerzialrat nicht wieder stark abgekühlt. Nach jenem Theaterbesuch war er wieder merklich zurückhaltender geworden. Er verbrachte jetzt erneut die Abende weitgehend außer Haus und kam häufig erst spät in der Nacht zurück.

Es war seine Zimmertür, die etwas lauter als gewöhnlich zugeschlagen wurde, die Marie-Anna in dieser Nacht aufweckte. Sie wollte sich eigentlich gleich wieder umdrehen und weiterschlafen, als sie von nebenan ein seltsames Geräusch hörte. Es klang, als versuche Graciella, ihr Bett zu verrücken. Quietschen und gelegentliches Rumpeln waren die Geräusche, die sie erzeugte. Da es ansonsten im Haus völlig still war, empfand Marie-Anna es als sehr störend, zumal der Schlaf ohnehin nicht wiederkommen wollte. Also warf sie sich den Morgenmantel über und klopfte leise an die Tür des Nebenzimmers.

Dort verstummte plötzlich jedes Geräusch. Sie klopfte noch einmal. Graciella musste wach sein, aber sie antwortete nicht. Etwas beunruhigt öffnete sie die Tür einen Spalt und flüsterte in das dunkle Zimmer: »Ciella, ich bin es, Marie-Anna. Ist etwas nicht in Ordnung?«

Ein halb ersticktes Schluchzen kam vom Bett.

»Marie-Anna. Hilf mir.«

»Himmel, Kind, was ist passiert. Moment, ich hole mein Licht, es ist ja so finster wie im Bauch des Wales hier drin. Wieso hast du denn das Nachtlicht ausgemacht?«

»Nicht ich.«

Marie-Anna huschte zurück in ihr Zimmer und kehrte mit einer angezündeten Kerze zurück.

»Heilige Anna!«

»Bitte...«

»Sofort, mein Herzchen, sofort.«

Marie-Anna hob die auf den Boden geglittene Bettdecke auf und legte sie über das frierende Mädchen, dann löste sie mit flinken Fingern die festen Stoffbänder, mit denen Graciellas Hände an die beiden oberen Bettpfosten gefesselt waren. Als sie befreit war, krümmte sich das Mädchen sofort zusammen und legte die Arme über den Kopf. Vollkommen aufgelöstes Weinen schüttelte sie. Marie-Anna setzte sich auf die Bettkante, und als sie die Kleine in den Arm nahm, spürte sie, wie kalt sie geworden war.

»Wer war das?«

Aber Graciella war nicht in der Lage oder nicht bereit, ihr zu antworten. Mit milder Panik sah sich Marie-Anna im Zimmer um. Es deutete nichts auf Gewaltanwendung hin. Sie beleuchtete auch die Laken unter der Decke. Auch hier keine verräterischen Spuren.

»Ciella, hier, trink ein Glas Wasser. Das vertreibt den Schluckauf.«

Graciella schüttelte nur abwehrend den Kopf.

»Mäuschen, ich kann dir nur helfen, wenn du mir erklärst, was hier vorgefallen ist. Was immer es war, es kann nicht so schlimm gewesen sein, dass ich es nicht verstehe. Ich bin doch deine Freundin, Ciella. Bitte, sprich mit mir. Hat dir jemand wehgetan?«

Sie schüttelte nur wieder den Kopf.

Langsam begann Marie-Anna, einen Verdacht zu schöpfen.

»Ciella, Petite. Ist es etwas, wofür du dich schämst?«

Ein ganz leichtes, ganz zaghaftes Nicken war zu erkennen.

»Und irgendwer hat dich dabei erwischt?«

Das Nicken wiederholte sich.

»Dein Papa?«

Heftigstes Kopfschütteln.

»Wer, Mäuschen?«

»Berlinde«, stöhnte es unter den Armen hervor.

»Diese gottverdammte alte Ziege! Schleicht die immer noch durch die Gänge und lauscht an den Türen? Ciella, hat sie dir die Hände ans Bett gefesselt?«

Nicken.

»War es das erste Mal?«

Kopfschütteln.

»Schon oft?«

»Gestern. Und heute.«

»Warum hast du nicht um Hilfe geschrien? Ciella, wenn sie das nächste Mal in dein Zimmer kommt, dann brüllst du bitte das gesamte Haus zusammen. Du kannst gewiss sein, ich schneide ihr beide Ohren und die Nase ab!«

»Aber sie hat gesagt, es muss sein.«

»Was muss sein? Dass deine Hände gefesselt werden?«

Nicken.

»Ciella, komm ein bisschen aus deiner Höhle heraus. Wir müssen miteinander reden.«

Langsam tauchte ein rotes, tränenverquollenes Gesicht aus den Kissen auf.

»Was hat sie dir angedroht?«

»Dass ... dass ich hysterisch werde und Krämpfe kriege. Und Pickel und Pusteln bekomme. Und nicht mehr wachse. Und ewig krank sein werde. Und dass mein Gehirn aufweicht.«

»Liebe Graciella, mir scheint, Berlinde leidet an all diesen Symptomen. Zumindest ist deren Gehirn reichlich aufgeweicht.«

»Aber ich hab' doch schon Pickel ...«

»In deinem Alter kriegt man nun mal Pickel. Aus allen möglichen Gründen. Davon, dass man seinen Körper entdeckt und seine Gefühle erkundet, sicher nicht. Weißt du was, Ciella? Wenn alles das stimmen würde, was sie behauptet, wäre die Menschheit wahrscheinlich schon komplett zu schwachsinnigen, pickeligen, hysterischen Zwergen zusammengeschrumpft.«

»Glaubst du?«

»Ich glaube, alle Menschen tun früher oder später das, was du getan hast.«

»Bestimmt?«

»Wenn du jetzt wissen willst, ob auch ich, dann antworte ich dir mit Ja.«

»Aber der Arzt hat gesagt, das sei eine Krankheit. Woher weißt du, dass es anders ist?«

»Weil ich Sophy hatte, meine Gouvernante. Die hat es vorgezogen, eine sehr deutliche Sprache in diesem Punkt zu sprechen. Sie war der Meinung, es sei wenig hilfreich, vor einer Sache zu warnen, ohne sie wirklich zu nennen. Was zwischen Frauen und Männern passiert, hat sie mir beschrieben, und auch wie ihre Körper beschaffen sind und reagieren. Von Krankheit war dabei nie die Rede.«

»Marie-Anna, trotzdem – ich schäme mich. Was soll ich nur machen, wenn Berlinde das wieder tut? Ich kann doch nicht kreischen, denn dann kommt Papa und will wissen, warum. Das … das kann ich einfach nicht sagen.«

»Dann müssen wir eben verhindern, dass Berlinde dein Zimmer betritt.«

»Aber …«

»Also, in meiner Zimmertür steckt ein Schlüssel im Schloss. Ich bin mir sicher, auch für diese Tür gibt es einen. Und den erhältst du morgen.«

»Aber das wird man mir nicht erlauben!«

»Wart es ab.«

»Du verrätst mich aber nicht?«

»Nein, Petite. Ich verspreche dir hoch und heilig, dass ich dich nicht verrate. Du versprichst mir dagegen, dass du dir deinen kleinen Trost nicht zu häufig gönnst. Ein bisschen wirr im Kopf kann das nämlich schon machen. Dein Vater ist ein kluger Mann, wenn er von Maßhalten spricht.«

»Ich schwör's dir, Marie-Anna.«

»Gut, und wenn Berlinde morgen früh Theater macht, dann verweise sie an mich.« Marie-Anna grinste das Mädchen an. »Zu mir wird sie nämlich als Letztes kommen.«

»Aber wenn sie zu Papa …?«

»Ja, glaubst du denn, dass diese Zimperliese derart delikate Themen vor Männerohren ausbreiten kann? Die zuckt ja schon bei der Erwähnung der Schaumgeborenen zusammen.«

Es war ein winziges Kichern zu hören.

»Na siehst du. So, und nun leg dich gemütlich hin. Hier, dein Kopfkissen schütteln wir auch noch mal auf. Ist dir wieder warm geworden?«

»Mh.«

»Jetzt schläfst du gleich ein. Sollte doch noch irgendwas sein, rufst du laut nach mir.«

»Danke, Marie-Anna.«

Berlinde sprach natürlich nicht mit Marie-Anna, sondern mit Madame. Die ließ sie zu sich rufen und erteilte ihr einen scharfen Verweis. Die Erziehung ihrer Tochter sei ausschließlich ihre Sache, und Einmischungen, wie in der Nacht geschehen, würde sie nicht mehr dulden. Doch das eigentliche Thema war offensichtlich Madame zu peinlich, um es laut auszusprechen. Marie-Anna nahm den Tadel gelassen entgegen und schwieg. Die Angelegenheit mit dem Schlüssel würde sie mit dem Hausherren diskutieren.

Er kam zur Zeit des Abendessens, und es gelang ihr, ihn auf dem Treppenabsatz aufzuhalten.

»Herr Kommerzialrat, ich muss Sie um eine dringende Unterredung bitten. Hätten Sie wohl heute noch eine halbe Stunde Zeit für mich?«

»Warum, Mademoiselle? Wollen Sie uns verlassen?«

Erstaunt sah sie ihn an.

»Aber nein, Monsieur. Es ist viel wichtiger.«

»Nun, dann werde ich mir wohl die Zeit nehmen müssen.« Er wirkte plötzlich belustigt, aber ihr Gesicht behielt seinen ernsten Ausdruck. »Ist etwas passiert, Marie-Anna?«

»Ja, Monsieur. Bitte, wenn es geht gleich nach dem Abendessen?«

»In der Bibliothek.«

»Danke.«

An diesem Abend war es Graciella, die nicht an der Mahlzeit teilnahm. Sie hatte sich mit Bauchgrimmen zurückgezogen, und Marie-Anna hatte Mathilda den heimlichen Wink gegeben, ihr dennoch ein Tablett mit Leckerbissen ins Zimmer zu bringen.

»Es herrscht mal wieder eine unerquickliche Stimmung in meinem Heim, Marie-Anna. Was haben Sie getan?«

»Herr Kommerzialrat, was kann ich tun, damit Sie nicht stets als Erstes davon ausgehen, dass ich diejenige bin, die für eine unerquickliche Stimmung sorgt?«

»Nichts, Mademoiselle. Sie sind immer die Urheberin. Und nun gestehen Sie.«

»Es gibt nichts zu gestehen. Ich möchte Sie lediglich bitten, Ihrer Tochter den Schlüssel zu ihrem Zimmer zur Verfügung zu stellen.«

»Blödsinn.«

»Herr Kommerzialrat, Graciella ist ein junges Mädchen, das einen Anspruch auf seine Privatsphäre hat. Ich möchte Sie sehr bitten, ihr den Schlüssel auszuhändigen.«

»Ein vierzehnjähriges Mädchen ist weit davon entfernt, eine Privatsphäre zu haben. Welche Heimlichkeiten hat sie zu verstecken? Naschkram, Putz, Schminkereien?«

»Nichts davon, Herr Kommerzialrat.«

»Dann braucht sie auch keinen Schlüssel. Ich schließe mein Zimmer auch nicht ab.«

»Ihr Zimmer würde wohl auch niemand wagen, unaufgefordert zu betreten.«

»Das ist ja auch etwas anderes. Wenn Graciellas Mutter das Zimmer betreten möchte, hat sie zum Beispiel jedes Recht der Welt dazu.«

»Sicher. Wahrscheinlich wird Graciella ihr auch jederzeit öffnen.«

»Also, wozu den Schlüssel?«

»Um ihr ein Mindestmaß an Ungestörtheit zu garantieren.«

»Wer stört sie denn?« Valerian Raabe betrachtete Marie-Anna eine Weile schweigend, dann fragte er plötzlich scharf: »Hat sich etwa einer unserer männlichen Bediensteten so weit vergessen…?«

»Nein, nein, Monsieur. Ganz gewiss nicht.«

»Marie-Anna, ich habe Sie gelegentlich als verständige junge Frau kennen gelernt, ihre Argumentation in diesem Fall ist jedoch äußerst dürftig. Also – zur Sache, Mademoiselle!«

»Ich bitte darum, Ihrer Tochter den Schlüssel zu ihrer Zimmertür auszuhändigen.«

»Und ich sage nein. Also, der Fall ist erledigt.«

»Nein, Herr Kommerzialrat. Das ist er nicht.«

»Dann geben Sie mir einen guten Grund an.«

»Ich bin an ein Versprechen gebunden.«

»Großer Gott, was für eine Theatralik! Man könnte meinen, Sie wollten einen Straftäter decken.«

»Herr Kommerzialrat, ich…«

»Hören Sie, verdammt noch mal, mit dem ewigen Kommerzialrat auf!«

Marie-Anna faltete die Hände im Schoß und begann erneut: »Monsieur Raabe, darf ich sie inständig bitten, Ihrer Tochter…«

»Nennen Sie mir Gründe, Mädchen!«

Marie-Anna schwieg.

»Sie sprechen nicht, weil es ein Mitglied meines Haushaltes betrifft?«

»Ja, Monsieur.«

»Wen? Herrgott, Marie-Anna. Ich reiße Ihnen nicht den Kopf ab. Los.«

»Es ist Ihre Schwägerin, Frau Berlinde. Sie kujoniert das Mädchen.«

»Kujoniert? In welcher Form?«

»Bitte, Monsieur.«

»Sie betritt unaufgefordert Graciellas Zimmer, richtig? Und meine Tochter regt sich darüber auf. Richtig?«

»Richtig.«

»Berlinde ist ihre Tante. Sie und Madame kümmern sich um die weibliche Seite ihrer Erziehung. Sie, Mademoiselle, kümmern sich um die wissenschaftliche und sprachliche Ausbildung. Mischen Sie sich nicht ständig in die Gebiete ein, die Sie nichts angehen. Meine Tochter entwickelt sich zu einem verzogenen Balg.«

»Ihr Vorwurf ist ungerecht.«

»Ja, stimmt, sie ist nicht verzogen. Und sie ist kein Balg. Aber sie neigt zum Eigensinn.«

»Und einen eigenen Sinn schätzen die Herren nicht an den jungen Mädchen.«

»Sehr richtig.«

»Sie auch nicht?«

»Nein, auch ich nicht.«

»Glauben Sie eigentlich, dass Frauen eigensinnige Männer mehr schätzen?«

Verblüfft starrte er sie an.

»Männer sind die natürlichen Führer des schwachen Geschlechts.«

»›Dein Licht, dein Haupt, dein Fürst, er sorgt für dich…‹«

»Ich sehe ein, es war ein gewaltiger Fehler, Sie mit in das Theater zu nehmen.«

»Ach, Käthchen bestätigt doch nur, was Sie sagen!«

»Mademoiselle, der Ton macht die Musik. Ihr blendender, junger, schauspielender Freund hat sehr klar gemacht, wer da von wem gezähmt wurde.«

»Ein Jammer, nicht? Und eine Schande für die männliche Welt. Ein Weib hat mit seiner wohlkalkulierten Untertänigkeit den stolzen Herren gezähmt. Einen der natürlichen Führer des schwachen Geschlechts.«

»Beizeiten, Mademoiselle, könnten Sie mit etwas Nachgiebigkeit sicher mehr erreichen.«

»Nicht möglich, Monsieur. Der Fall hier liegt anders. Petruchio liebte im Grunde den Eigensinn seines Käthchens. Sie aber würden mich sofort durchschauen und diese Gefügigkeit gegen mich verwenden. Ich habe höflich und sanft gebeten, erinnern Sie sich? Zu Beginn unseres Gespräches habe ich mit ruhiger Stimme die Bitte geäußert, Graciella den Schlüssel zu ihrem Zimmer zur Verfügung zu stellen.«

»Und sich dann mit nervenzermürbender Beharrlichkeit geweigert, einen Grund dafür anzugeben.«

»Schätzen Sie Wankelmut mehr als Beharrlichkeit?«

»Sie lenken vom Thema ab.«

»Stimmt. Geben Sie ihr den Schlüssel bitte, verehrter Monsieur Raabe.«

»Wenn Sie mir in dem gleichen lieblichen Ton einen triftigen Grund nennen.«

»Frau Berlinde kujoniert Graciella.«

»Sie gehen mir auf die Nerven, Marie-Anna.«

»Ich werde Ihnen so lange auf die Nerven gehen, bis Sie meine Bitte erfüllen.«

»Halten Sie endlich den Mund und gehen Sie!«

»Nein. Ich werde den Mund nicht halten. Sie haben nur zwei Möglichkeiten, mich zum Schweigen zu bringen – entweder Sie stimmen zu, oder ich verlasse noch heute das Haus! Für immer!«

Sie sahen einander mit funkelnden Augen an, dann machte Valerian Raabe einen Schritt auf Marie-Anna zu. Seine heisere Stimme klang drohend, als er sagte: »Ich weiß noch eine dritte Möglichkeit.«

Standhaft blieb Marie-Anna an ihrem Platz stehen,

auch noch als sich seine Linke langsam auf ihren Hals zu bewegte. Er hob ihr Kinn damit leicht an und fuhr dann mit dem Daumen der rechten Hand sacht erst über ihre Ober-, dann ihre Unterlippe.

»So zum Beispiel.«

Dann drückte er zart auf ihre Unterlippe, so dass sich ihr Mund ein wenig öffnete, und beugte sich vor, um ihn mit dem seinen zu bedecken. Sie legte ihre Hände auf seine Brust und hob ihm den Kopf entgegen. Der Kuss war süß, zärtlich und wurde fester, fragender, als sie sich an ihn lehnte.

Es klopfte an der Tür.

Valerian ließ Marie-Anna los und machte einen Schritt zum Schreibtisch hin.

»Marie-Anna, Papa?«, fragte es draußen.

»Komm herein, Graciella«, rief Marie-Anna, und das Mädchen schlüpfte durch die Tür.

»Bitte, ihr seid schon so lange hier drin. Ich möchte nicht, dass ihr euch meinetwegen streitet.«

»Ich habe mit Marie-Anna nicht gestritten, Graciella. Wir hatten nur eine etwas eingehendere Diskussion über die natürliche Vorrangstellung des Mannes gegenüber den Frauen. Und – ach ja, das nichtige Problem eines Schlüssels für dein Zimmer haben wir auch gestreift.«

Graciella wurde rot und sah angstvoll zu Marie-Anna hin.

»Es ist gut, Ciella.«

»Ich habe in meinem Schreibtisch oben die Schlüssel zu jedem Raum. Ich werde dir den deinen nachher auf den Nachttisch legen.«

»Danke, Papa.«

»Doch ich würde es begrüßen, wenn jemand deines Vertrauens zusätzlich einen Schlüssel besitzt. Es könnte wohl mal sein, dass dich ein Unwohlsein überfällt oder das Haus brennt. Dann muss die Tür geöffnet werden können.«

»Ja, Papa, Sie haben natürlich Recht. Kann Marie-Anna den zweiten Schlüssel haben?«

»Sie soll ihn haben. Hoffen wir nur, dass in einem Notfall ihre Türe offen ist.«

»Monsieur, ich verspreche Ihnen, meine Tür unverschlossen zu lassen.«

Er lächelte sie an und nickte.

»Und jetzt lasst mir endlich meine Ruhe!«

29. Kapitel

Nacht im Hause des Kommerzialrates

Es war spät am Abend, Marie-Anna hatte sich schon zur Nachtruhe bereitgemacht. Das zarte, bestickte Nachthemd aus feinem Leinen war eigentlich zu leicht in der Kühle des Raumes, aber den wollenen Morgenrock mochte sie nicht überziehen. Dafür hatte sie den blauen Shawl um ihre Schultern gelegt. Beim Licht der Kerze saß sie vor dem Spiegel und bürstete sich die Haare. Die Flamme ließ gelegentlich goldene Reflexe darin aufleuchten. Sie gab ab und zu einen kleinen Tropfen Parfüm auf die Bürste, mit der sie Strähne für Strähne durcharbeitete. Einmal streifte sie ein kühler Hauch, als irgendwo eine Tür geöffnet wurde. Dennoch stand sie nicht auf, um ihre eigene Zimmertür zuzudrücken. Sie war einen kleinen Spalt offen, und ein schmaler Lichtstreif fiel daraus in den dunklen Flur.

Im Spiegel sah sie, wie sich die Tür weiter öffnete und leise geschlossen wurde. Langsam ließ sie die Bürste sinken. Der Mann in dem langen, silbergrauen Hausmantel nahm sie ihr aus der Hand, und mit langen, kräftigen Strichen fuhr ihr Valerian Raabe durch die Haare.

»Sie sind wundervoll, Marie-Anna.«

Er hob die blonde Masse an einer Seite hoch und beugte sich vor, um ihren Hals gerade oberhalb des Schlüsselbeins zu küssen. Sie schloss die Augen.

»Mein Herz, es ist kalt in Ihrem Zimmer. Und Ihr

Hemd ist bei weitem zu dünn, um damit am Spiegel zu sitzen. Haben Sie keinen Morgenrock?«

Sie sah zu dem wollenen Ding hin, das sich ein wenig zerzaust am Fußende des Bettes zu verstecken suchte.

»Oh, nun ja, sehr dekorativ ist der wohl nicht.«

»Nein.«

»In meinem Zimmer brennt ein warmes Feuer im Kamin.«

»Ja.«

Er schüttelte den Kopf und nahm die Hand von ihren Haaren.

»Haben Sie den zweiten Schlüssel erhalten?«

»Mathilda gab ihn mir, Monsieur. Er liegt hier in der obersten Schublade.«

»Könnten Sie sich wohl überwinden, mich mit meinem Namen anzureden, Marie-Anna?«

»Nein, Monsieur. Lieber nicht.«

»Warum nicht?«

»Hier, im Halbdunkel, Monsieur, mag eine solche Vertraulichkeit noch recht sein. Doch morgen, im Licht des Tages, werden Sie wieder der Herr Kommerzialrat und ich die Gouvernante Ihrer Tochter sein.«

»Wie Sie wünschen, Marie-Anna.« Er lächelte sie an und berührte mit einem flüchtigen Kuss ihre Stirn. »Ich danke Ihnen, dass Sie dennoch die Tür unverschlossen ließen.«

Zögernd drehte er sich um und ging zum Ausgang. Marie-Anna sah ihm nach, und als er die Tür öffnete, fragte sie leise: »Warum glauben Sie eigentlich zu wissen, was ich wirklich wünsche, Valerian?«

Er kam mit zwei Schritten zurück.

»Was wünschen Sie sich, Marie-Anna?«

Sie sah zu ihm hoch und zog die Unterlippe zwischen die Zähne. Dann antwortete sie ein wenig heiser: »An einem warmen Kaminfeuer zu sitzen.«

Er nahm das Windlicht von ihrer Kommode und leuchtete voran. Es war still im Haus, und mit lautlosen Schritten überquerten sie den dunklen, zugigen Gang.

Im Arbeitszimmer des Hausherren war es warm und der Raum vom Feuer im Kamin erleuchtet. Ein schwerer Schreibtisch, mit Büchern und Papieren übersät, beherrschte die Mitte. An den Wänden zogen sich, wie in der Bibliothek, Regale voll mit ledergebundenen Büchern entlang. Einige Büsten und Skulpturen, alt, römischen und griechischen Ursprungs, und ein kleiner Globus befanden sich dazwischen. Dunkelblaue Portieren umgaben das Fenster, dicke, orientalische Teppiche bedeckten den glänzend gebohnerten Parkettboden. Vor dem Kamin standen zwei dunkle Ledersessel mit hohen Rückenlehnen, zwischen ihnen ein niedriger Tisch.

»Ich habe einen leichten, weißen Wein, wenn Sie mögen, Marie-Anna.«

»Lieber als einen roten, schweren.«

Er lachte leise auf, als er ihr einschenkte.

»Ja, ich erinnere mich. Er macht Sie schwindelig, und man muss Sie ins Bett tragen.«

»Es war mir sehr peinlich, Mon… Valerian. Damals, auf dem Turm.«

»Es war vielleicht ganz gut so – damals, auf dem Turm.«

Er füllte auch sein Glas und trank ihr mit einem kurzen Nicken zu. Sie nippte an dem ihren und fand den Wein fruchtig, kühl und köstlich. Anmutig lehnte sie sich in den Sessel zurück, zog den Shawl enger um sich und streckte die Füße in Richtung des Feuers.

»Frieren Sie noch?«

»Nicht mehr sehr. Sie arbeiten sehr viel, scheint mir.«

»Hier? Ach nein, hier lese ich zu meiner Entspannung, versuche mich dilettantisch an der Deutung alter Schriften, führe meine Korrespondenz mit anderen

Sammlern, Forschern und Professoren. Ein trockenes Steckenpferd, das ich da reite, nicht wahr?«

»Das könnte es wohl sein, wenn man es wie Professor Klein angeht. Aber ich glaube, ich habe selbst die Faszination kennen gelernt, die die Zeugnisse der Vergangenheit ausüben können. Ich kann genauso wenig behaupten, die Arbeit an den Katalogen langweilig zu finden. Ich habe Bewunderung für die Handwerker und Künstler gelernt, deren Werke ich zeichne.«

»Ja. Es waren lebendige Menschen, die wie wir gelitten und geliebt haben, heiter ihrer Arbeit nachgingen, mit Inspiration und Schaffensfreude, oder die ihre Fehler gemacht haben. Es waren Menschen, durch deren Adern Blut floss. Die zwar gestorben sind, deren Körper zu Staub zerfallen, deren Gedanken, Gefühle und Hoffnungen im Wind verweht sind. Aber deren Werke sie überlebt haben. Auf ihnen, den Menschen und dem, was sie geschaffen haben, baut unsere Kultur auf. In ihr leben sie weiter.«

»Und in uns … Aber auf dem Turm haben Sie noch etwas anderes angedeutet.«

»Ja, dass vielleicht auch unsere Seelen weiterleben, in der einen oder anderen Form. Die reine Vernunft, wie sie die Revolution anbetet, kann nicht der Weisheit letzter Schluss sein.«

»Und Fegefeuer, Hölle und Jüngstes Gericht vermutlich auch nicht.«

»Nein, das sind Schreckbilder für Kinder. Wirkungsvoll, aber nicht befriedigend für den denkenden Menschen.«

»Sie gehören den Freimaurern an, nicht wahr?«

»Entsetzt Sie das?«

»Das hat es einmal, jetzt scheint es mir passend.«

»Sie wissen selbst einiges darüber. Von Jules, oder? Gehört er eigentlich ebenfalls einer Bruderschaft an?«

»Ich kann es mir nicht vorstellen. Er ist zu sehr Einzelgänger, als dass er sich Regeln und Hierarchien unterwerfen würde.«

»Sie haben sich mit ihm getroffen?«

»Ja, vergangenen Donnerstag. Mit Graciella zusammen in ›Müllers Caffeehaus‹. Sie war begeistert, einen echten Schauspieler kennen zu lernen.«

»Und sonst?«

»Was – und sonst?«

»Haben Sie es vorhin ernst gemeint, als Sie drohten, das Haus zu verlassen?«

»Monsieur, was nützt eine Drohung, wenn sie nicht ernst gemeint ist?«

»Er hat Ihnen ein Heim angeboten?«

»Geheizte Räume und ausreichend zu essen, ja.«

»Und ein warmes Bett.«

»Nicht ausdrücklich, aber…«

»Er hat eine blendende Zukunft vor sich, erzählt man sich. Werden Sie zu ihm zurückgehen?«

»Ich weiß, wie das Leben mit ihm verläuft. Es ist unruhig und unberechenbar. Ich bin mir nicht sicher, ob ich das heute noch ertrage.«

»Liebe lässt vieles ertragen.«

»Notwendigkeit noch mehr.«

»Ist es notwendig, Anna?«

»Allerdings. Bald wird Graciella zu alt sein, um noch eine Lehrerin zu brauchen.«

»Sie werden also einen Ehemann brauchen, Marie-Anna.«

»Vielleicht«, murmelte sie.

»Könnten Sie sich die Heirat mit einem achtbaren Mann vorstellen?«

Marie-Anna sah ihm ins Gesicht, mit offenen Augen und einem leichten Lächeln.

»Ja, Monsieur.«

»Sie sind von Ihrem Vater getrennt und haben keinen Vormund. Ich könnte mich für Sie verwenden, wenn Sie möchten.«

Ein leises Glucksen musste Marie-Anna mit der Hand vor dem Mund ersticken. Dann fragte sie mit Fassung: »Sie wollen mich an einen Fremden verheiraten?«

»Nicht gerade einen Fremden, Marie-Anna. Ich hatte den Eindruck, Sie stünden mit Romain Faucon in einem recht guten Einvernehmen. Er macht Ihnen kostbare Geschenke, wie es scheint.«

Bebend vor Heiterkeit sank Marie-Anna in den Sessel zurück.

»Was gibt es da zu lachen?«

»Oh, Valerian, wie blind können Männer nur sein! Haben Sie denn noch immer nicht gemerkt, wem Faucons Neigung gilt?«

»Faucons Neigung?«

»Ihre Nichte erblüht unter seinen Blicken und Worten wie ein ganzer Rosenbusch im Sommer.«

»Oh.«

»Ja – oh!«

»Es scheint wahrhaftig, dass ich ein wenig kurzsichtig war. Ich dachte, Markus Bretton …«

»Markus? Nie. Der jagt anderer Beute nach.«

»Unter anderem Ihnen.«

Sie zuckte die Schultern. »Ja, auch bei ihm würde ich kurzzeitig Unterschlupf finden.«

»Er ist ein Halunke, aber wenn Ihnen an ihm liegt … Soll ich mit ihm reden?«

»Markus ist ein charmanter Halunke, um das richtig zu stellen. Und, Monsieur, nicht zu halten. Wie ich aus eigener Erfahrung weiß.«

»Vermutlich bin ich nicht nur kurzsichtig, sondern tatsächlich blind.«

»Ja, Valerian. Was hältst du davon, die Augen aufzumachen?«

Er stand auf und ging zu ihr.

»Wenn ich das tue, dann sehe ich dich vor mir. In meinem Zimmer. In einem Hemd, viel zu durchsichtig für eine kühle Herbstnacht. Mit offenen Haaren. Warum, Marie-Anna? Warum? Du wirst doch nicht glauben, ich könne dir eine sichere Zukunft bieten.«

»Valerian, denkst du, ich versuche ein Geschäft mit meinem Körper zu machen?«

»Wäre es nicht möglich?«

»Ja, möglich wäre es schon.« Sie erhob sich ebenfalls und zog den Shawl am Hals eng zusammen. »Ich gehe jetzt besser, Monsieur. Danke für die Wärme und den Wein.«

»Anna!«

»Es ist schon gut.«

»Nein, das ist es nicht. Ich habe es wieder falsch gemacht.« Er stand vor ihr und hob ihre Hand an seine Lippen. »Du bist hier bei mir, Anna, was wünschst du dir?«

Sie senkte den Kopf, und blonde Wellen fluteten über ihr Gesicht. Er strich sie mit einer Hand zur Seite.

»Anna?«

Ihre Stimme war nur ein Hauch, doch er verstand sie.

»In deinen Armen zu schlafen.«

»Möchtest du das wirklich, mein Herz?«

»Ja, Valerian.«

Er zog sie an sich und hielt sie fest. Zärtlich küsste er ihre Stirn und ihre Augenbrauen.

»Dann komm mit.«

Den Arm um ihre Schulter gelegt führte er sie in das Nebenzimmer, in dem das hohe Pfostenbett auf seinen Besitzer wartete. Die Decken waren zurückgeschlagen, ein langes, weites Nachtgewand lag ausgebreitet am Fußende. Er nahm es auf und meinte: »Schlüpf unter die Decke, ich schlafe nicht gerne in geheizten Zimmern, und hier ist es kühl.«

Marie-Anna legte den Shawl ab und zog fröstelnd das Plumeau über sich. Er entledigte sich seiner Kleidung hinter einem Paravent und tauchte in dem Nachthemd wieder auf. Er stellte das Nachtlicht auf den Tisch und nahm die andere Seite des Bettes ein. Sein linker Arm schob sich unter ihre Schultern.

»Dann komm auch in meine Arme, Anna. Ich verspreche dir, keusch und sittsam zu bleiben.«

»Dir bleibt bei diesem Leinenungetüm auch nichts anderes übrig. Ich frage mich, ob der alte Valerius Corvus wohl genauso in seiner Toga zu Annik ins Bett gegangen ist.«

»Lachst du etwa, du schamloses Weib?«

»Ich würde nie wagen, über jemanden zu lachen, der so würdige Kleidungsstücke trägt, Monsieur.«

»Das beruhigt mich zu hören. Es wäre schließlich undenkbar, ein so leichtes Hemd zu tragen, wie es gewisse Gouvernanten in meinem Haus vorziehen. Ich erfröre doch sonst!«

Ihre Finger hatten die Bänder gefunden, mit denen das Gewand am Hals geschlossen war, und begannen sie aufzunesteln. Dann tastete sie sacht mit den Fingerspitzen in das Gelock, das sich über seine Brust zog. Er fing ihre Hand ab, bevor sie eine Brustwarze erreichte.

»Anna, wenn du das weiter betreibst, dann wird dein Wunsch nicht zu erfüllen sein.«

»Nein?« Sie befreite sich aus dem nicht besonders festen Griff und nahm ihre Erkundungen wieder auf. »Nie?«

»Nun … vielleicht erst später.«

Er fing ihre Hand erneut ab, die sich dem Halstuch, das er sogar im Bett anbehalten hatte, näherte und an dem Knoten zupfte.

»Nicht.«

»Nicht? Gut!«

Sie rückte näher zu ihm und fuhr mit der Hand in den Ausschnitt des Nachthemdes. In dem schwachen Licht, das die Kerze spendete, hob sich seine Haut, dunkel von der Sonnenbräune des Sommers, von dem weißen Stoff ab. Sie strich über seine Schultern, die sich kräftig und straff anfühlten. Sein Maßhalten im Essen und häufige körperliche Betätigungen hatten Valerian Raabe einen ansehnlichen Körper erhalten. Sie fuhr mit den Fingernägeln ein Stück über die Rippen bis zur Achsel entlang, er stöhnte unwillkürlich leise auf und griff nach ihrer Hand.

»Wenn ich die Gewissheit hätte, in meinem Bett ein wenig mitmenschliche Wärme vorzufinden, dann könnte ich auf dieses würdige Kleidungsstück eventuell verzichten.«

»Ausgeschlossen ist das nicht – das mit der Wärme.«

Er richtete sich auf und zog das geschmähte Hemd aus. Marie-Anna seufzte leise auf.

»Zu entsetzlich?«

»Nein, eigentlich … Aber das Halstuch, Valerian. Nein, das geht nicht. Weder mit Krawatte noch mit Socken.«

»Ich trage keine Socken.«

Sie kicherte und wollte wieder zum Halstuch greifen, aber er entzog sich ihr. Daraufhin wurde sie ernst. Sie wartete, bis er wieder neben ihr lag, und beugte sich dann über ihn.

»Valerian, du trägst immer ein Tuch um den Hals. Ich weiß. Und ich bin nicht so dumm, dass ich nicht ahne, weshalb. Du bist nicht mit dieser heiseren Stimme geboren, sondern sie ist Folge einer Verletzung, nicht wahr?«

»Ja, Anna, schon vor langer Zeit. Sie ist sehr hässlich anzusehen.«

Sie streichelte sein Gesicht und betrachtete ihn mit tiefem Mitgefühl.

»Der Römer, Valerian, trug seine Narbe quer über sein Gesicht. Glaubst du, er hätte sie auf seinem Abbild geduldet, wenn jemand ihn deshalb verachtet oder sich vor ihm geekelt hätte.«

»Meine Stimme ist schon entsetzlich genug, Anna.«

Sie knüpfte das Tuch auf, und er wehrte sich nicht, sondern blieb seltsam erstarrt liegen. Das Fleisch um seinen Hals war einst zackig zerrissen, jetzt narbig und verwachsen. Doch es war lange nicht so schrecklich, wie er wohl glaubte. Marie-Anna legte ihren Arm um seinen Nacken und ihren Kopf an seine Brust. Sie war warm, und sein Herz schlug gleichmäßig und kräftig an ihrer Wange. Aber sehr schnell.

Langsam löste sich seine starre Haltung, und er atmete tief durch. Dann legte er seine Arme um sie, zog sie ein Stück höher und drehte sich so um, dass sie neben ihm zu liegen kam. Mit einer raschen Bewegung hatte er ihr die Ärmel von den Schultern geschoben und streichelte ihre Halsbeuge. Auch das Band, das das Hemd unter der Brust zusammenhielt, war plötzlich gelöst, und der Stoff rutschte über ihren Busen nach unten.

»Ich habe ebenfalls das Bedürfnis, bloße Haut zu spüren.«

Seine Hände glitten über die weichen Rundungen ihrer Brüste, und nicht nur die Kühle des Zimmers brachte es mit sich, dass sich die Spitzen aufrichteten. Vorsichtig nahm er die eine zwischen die Finger und rieb sie. Marie-Anna stöhnte leise auf, griff nach seinem Kopf und zog ihn zu sich. Er drückte ihren Busen mit der Hand etwas hoch und umfasste die rechte harte Warze mit seinen Lippen. Seine Zunge spielte mit ihr, während seine Finger sich der Erkundung weiterer empfindlicher Stellen widmeten. Wie Marie-Anna nun feststellen konnte, war an den Gerüchten, Valerian Raabe sei ein guter Liebhaber, jede Menge Wahres. Er war zärtlich und einfallsreich, lockend und fordernd. Aber dann kam der Moment, an dem er mit seinen Liebkosungen innehielt und fragte: »Und was ist das, Liebste?«

Marie-Anna, die von Schaudern durchschüttelt war, musste dennoch kichern.

»Das Band vom Schwämmchen.«

»Oh.«

»Schlimm?«

»Ich weiß Frauen zu schätzen, die wissen, was sie wollen. Und was nicht.«

»Das grenzt aber stark an Eigensinn, Monsieur!«

»Und deutet auf große Klugheit.«

Mit neuer Intensität nahm er seine Tätigkeit wieder auf, und als sie ihn empfing, löste sich die Welt für sie auf. Eine Zeit, die sie nicht zu messen imstande war, schwebte sie wie auf langsam rollenden Wogen. Nur mühsam kehrte sie zurück aus der warmen, wiegenden Weite und nahm ihre Umgebung wahr.

Die Felldecke war zur Seite geglitten, doch das Zimmer war warm, in zwei Bronzebecken glomm rote Glut. Eine dreiflammige Öllampe brannte an der Wand und eine weitere dicke Wachskerze in einem hohen Halter. Auf dem runden, dreibeinigen Tisch standen eine gläserne Karaffe mit Wein und ein Korb mit Früchten und Backwaren. Der Mann neben ihr hatte die Augen geschlossen und sah ruhig und vielleicht sogar glücklich drein. Die entstellte Seite seines Gesichtes war ihr zugewandt, doch sie zögerte nicht, die Narbe, die sich von der Stirn über das Auge bis hin zur Oberlippe zog, sanft zu streicheln. Er öffnete die Augen und sah sie an.

»Annik«, murmelte er, und sie antwortete ihm, wie er es sich wünschte.

»Dominus – Geliebter.«

»Bin ich das?«

»Ich fühle so, Valerius.«

»Ich will dich in meinen Armen halten, mein Herz. Es ist schöner, als ich es mir je erträumt habe.«

»Habt Ihr geträumt?«

»Manchmal. Ja, Annik, ich habe schon lange davon geträumt.«

Sie strich noch einmal über seine Brust und legte dann ihren Kopf wieder an seine Schulter. So schliefen sie ein.

»Valerian?«

»Marie-Anna, habe ich dich geweckt?«

»Nein, nein. Es ist so seltsam. Ich ...«

»Du hast geträumt, mein Herz. Und mich im Traum Dominus genannt, deinen Herren.«

»Ja, ein anderes Zimmer, eine andere Zeit, und doch warst du bei mir.«

»Sie wird blond gewesen sein wie du, diese Annik.«

»Und Valerius trug mehr Narben als du.«

»Ja, es hat uns beide tief bewegt, dieses alte Römergrab.«

»Dieses Haus hier, Valerian, könnte es sein, dass dieses Haus, genau wie das Gut, auf den Fundamenten eines römischen Gebäudes steht?«

»Selbstverständlich, Marie-Anna. Nur wenige Schritte von hier entfernt stand der Jupitertempel, das Kapitol, heute Sankt Maria im Kapitol. Das hier wird sogar eine bevorzugte Wohngegend gewesen sein.«

»Für die Wohnung eines Stadtrates.«

»Möglicherweise.«

Sie seufzte zufrieden auf und schmiegte sich an ihn.

Eine Weile dösten sie in ihre Gedanken versunken vor sich hin, bis zwölf Schläge der Kirchturmuhr die Mitte der Nacht ankündigten.

»Ich müsste irgendwie in mein Zimmer kommen, Valerian. Kannst du mir behilflich sein? Ich weiß nicht, wer noch draußen auf dem Gang herumschleicht.«

»Niemand schleicht auf dem Gang um Mitternacht herum. Warum willst du in dein kaltes Zimmer?«

»Das Schwämmchen …«

»Hinter dem Paravent dort findest du mein Privé.«

Marie-Anna schob die Decken beiseite und nahm das Nachtlicht aus seiner Hand entgegen. Als sie zurückkam, fröstelte sie leicht.

»Komm wieder unter die Decke.«

»Soll ich wirklich die Nacht über bei dir bleiben?«

»Du wolltest doch in meinen Armen schlafen, Liebste.«

»Ja, schon. Aber …«

»Ich möchte das ebenfalls.«

»Aber …«

Sie kuschelte sich an ihn.

»Es schleicht niemand auf dem Gang herum und belauscht uns.«

»Da wäre ich nicht so sicher.«

»Weil Berlinde abends noch bei Graciella hineinschaut?«

Marie-Anna nickte an seiner Schulter.

»Was ist vorgefallen, Marie-Anna? Willst du es mir jetzt nicht sagen? Es muss offensichtlich etwas Gravierendes gewesen sein, da du so vehement für meine Tochter in die Schlacht gezogen bist.«

»War es auch. Aber ich habe ihr versprochen, darüber kein Wort zu verlieren, sondern ihr nur zu helfen.«

»Das hast du getan. Aber mir wäre es sehr lieb, wenn ich wüsste, ob damit das Problem auch behoben ist.«

Marie-Annas Hand stahl sich wieder über Valerians Brust und spielte mit den Locken.

»Es heißt, du würdest die Bedürfnisse der Frauen gut kennen«, gurrte sie dabei leise.

»Sagt man das?«

»Ja, und ich finde diese Ondits durchaus bestätigt.«

»Marie-Anna, du lenkst von meiner Frage ab. Wenn auch sehr geschickt und mit Schmeicheleien.«

»Valerian, hast du viele Maitressen gehabt?«

»Du hast dich doch schon umgehört, wie mir scheint.«

»Ein wenig.«

»Und bist entsetzt?«

»Aber nein. Ich denke, mit Madame ...«

»Richtig, mit Ursula führe ich keine Ehe im körperlichen Sinn. Aber du lenkst von meiner Frage ab. Was ist mit Graciella?«

»Ein Mann hat Bedürfnisse, nicht wahr? Darum erfreuen sich verschiedentlich bereitwillige Damen deiner Aufmerksamkeit.«

Er lachte leise und hielt ihre Hand fest, die sich in den dunklen Tiefen unter dem Plumeau zu schaffen machte.

»Du verhörst mich sehr geschickt. Ich habe, seit ich verheiratet bin, drei Geliebte gehabt, wenn du es genau wissen willst. Affären, die ein, zwei Jahre dauerten. Aber ...«

»Was tust du eigentlich, wenn du keine nette kleine Mimmi oder Elvira oder Sara zur Hand hast?«

»Du kennst sogar die Namen?«

»Frizzi. Also, was ...?«

»Marie-Anna, das geht zu weit.«

»Valerian?«

»Wirst du wohl deine Finger im Zaum halten?«

»Willst du mir nicht antworten?«

»Himmel, Marie-Anna, was tut ein Mann wohl, wenn er zu lange alleine ist? Du bist doch so unwissend nicht.«

»Nein!« Sie kicherte leise, wurde dann aber ernst und fragte: »Hat dir nie jemand eingeredet, das sei eine gefährliche Krankheit, die das Gehirn erweicht, wovon man Pusteln und Pickel bekommt und die zu Ohnmachten und hysterischen Krämpfen führt?«

»Sag mal ... Marie-Anna?« Er drehte sich zu ihr herum und betrachtete im flackernden Lichtschein der Kerze ihr Gesicht. »Ich habe das Gefühl, ich sollte dir wohl etwas genauer zuhören, was?«

»Und nie hat jemand dafür gesorgt, dass deine Hände an die Bettpfosten gefesselt werden müssen, damit du dich nicht selbst befleckst.«

»Hat Berlinde das getan? Graciella ans Bett gefesselt?«

Marie-Anna legte schweigend ihren Kopf an seine Schulter und schnaufte zufrieden.

»Du hast dein Versprechen meiner Tochter gegenüber gehalten, meine loyale Liebste.«

»Sie ist, wie jedes Mädchen in diesem Alter, neugierig. Aber natürlich furchtbar verschämt.«

»Sprich mit ihr, Marie-Anna. Es ist besser, sie weiß, worum es geht.« Mit einem leisen Lachen fügte er hinzu: »Du bist nicht scheu und verschämt, und das finde ich wundervoll. Erkläre ihr auch den Sinn und Zweck von Schwämmchen und solchen Dingen!«

»Ja, Valerian.«

»Ich hingegen werde mit den anderen Damen des Hauses über verschiedene andere Dinge zu sprechen haben. Mir scheint, ich habe einiges versäumt in den vergangenen Wochen. Jetzt aber – Marie-Anna, willst du das wohl bleiben lassen?«

»Soll ich wirklich?«

»Nein ... ach nein!«

Der Morgen war angebrochen, und Edwin, Valerians Kammerdiener, zog die Vorhänge vor dem Fenster zurück. Marie-Anna erwachte bei dem Geräusch und rutschte noch etwas tiefer in die Decken. Doch der knorrige Alte hatte sie schon gesehen und schaute diskret über das Bett hinweg auf einen fernen Punkt.

»Herr Kommerzialrat, es ist halb sieben. Wünschen Sie wie üblich Ihr Bad?«

»In einer Stunde, Edwin. Verschwinde!«

»Wie Sie befehlen, Herr Kommerzialrat.«

Die Tür klappte zu, und Marie-Anna befreite sich von den erstickenden Kissen.

»Das wird Tratsch geben!«

»Nein. Edwin ist diskret. Aber du hast dennoch Recht, mein Herz, wir werden uns der Welt stellen müssen.«

»Du musst nicht. Wenn dein Edwin mir behilflich ist, werde ich ungesehen über den Gang huschen.«

»Und nachts gelegentlich ungesehen in mein Zimmer schlüpfen? Liebst du den Reiz der Heimlichkeiten?«

»Wünschen Sie denn, dass ich gelegentlich in Ihr Zimmer schlüpfe, Herr Kommerzialrat?«

»Ich habe verschiedene Wünsche, Mademoiselle de Kerjean. Ich bin äußerst geneigt, sie mir zu erfüllen. Ich werde im Laufe des Tages einige Klärungen herbeiführen, und wenn das geschehen ist, möchte ich mich mit dir unterhalten.«

»Und wenn das geschehen ist?«

»Mit dir schlafen.«

»Oh.«

»War ich zu direkt?«

»Eine gewisse Rücksichtslosigkeit ist den Raabes eigen!«

»Wer hat das gesagt?«

»Faucon.«

»Mh, mag stimmen.«

»Was mich auf das Thema verschwundener Schmuckstücke und Rosemarie bringt …«

»Worüber wir uns gerne unterhalten können. Aber für mich liegen die Themen Marie-Anna und Graciella erst einmal näher.«

30. Kapitel

Glückliche Tage

»Er hat ihnen eine höllische Szene gemacht, Marie-Anna«, stellte Graciella zu Beginn ihrer Konversationsstunde fest. »Was hast du Papa gesagt?«

»Nichts. Wie versprochen.«

»Aber er hat mir vorgeschlagen ... Oh heilige Mutter Gottes, war mir das peinlich, Marie-Anna! Er wusste es. Und er hat gemeint, ich soll mit dir darüber reden.«

»Ciella, dein Vater ist nicht ganz unwissend, was das Erwachsenwerden anbelangt. Wir unterhalten uns später darüber, und du stellst mir all die Fragen, die du hast.«

»Bist du Papas Geliebte?«

»Das gehört eigentlich nicht zu den Fragen, die ich beantworten will.«

»Du bist es. Deshalb werden Mama und Berlinde heute zu Mamas Eltern abreisen.«

»Werden sie das?«

»Ja, Papa hat eigenhändig Mamas Koffer gepackt und ihr befohlen, um sechs Uhr in die Kutsche zu steigen. Ich sagte doch, eine höllenmäßige Szene.«

»Du hast gelauscht!«

»Sagen wir so, es ließ sich nicht vermeiden, Mamas und Berlindes Geschrei zu hören.«

»Er hätte das nicht tun sollen.«

»Ich weiß nicht, Marie-Anna. Mama ist nie sehr freundlich zu ihm gewesen. Natürlich ist sie meine Mutter, und ich müsste sie lieben, aber sie hat sich um mich auch nie viel gekümmert. Du kümmerst dich mehr um mich. Und wohl ebenso um ihn, nicht wahr?«

Ursula Raabe und ihre getreue Trabantin verließen tief verschleiert und mit etlichen Gepäckstücken pünktlich um sechs Uhr das Haus, um nach Siegburg zu reisen, wo Madames Eltern lebten. Yannick und Guenevere aber blieben im Haus; Mathilda hatte sich bereit erklärt, sich um ihr leibliches Wohlergehen zu kümmern. Eine Tätigkeit, die sie sowieso oft genug übernehmen musste, wenn Berlinde ihre Zeit in Madames Räumlichkeiten verbrachte.

Zum Abendessen fand sich eine verkleinerte Runde im Esszimmer ein, und die Atmosphäre war während der Mahlzeit seltsam gespannt. Valerian Raabe sprach wenig und versuchte erst gar nicht, ein Konversationsthema vorzugeben. Professor Klein leerte wie üblich systematisch seine Teller, Rosemarie spielte gelegentlich verträumt mit dem Filigrankreuzchen an ihrem Hals, und Graciella ließ ihre Blicke neugierig zwischen Marie-Anna und ihrem Vater hin und her wandern, schwieg aber dazu. Marie-Anna selbst war ebenfalls in Gedanken versunken. Die unerwartete Entwicklung, die eingetreten war, irritierte sie. Es waren viele Fragen offen, die sie gerne beantwortet haben wollte. Einige davon betrafen Valerian Raabe. Andere würde sie sich selbst beantworten müssen.

»Kommst du bitte in einer halben Stunde in mein Arbeitszimmer, Marie-Anna. Ich habe mit dir zu reden«, forderte Valerian Raabe sie schließlich auf, als der Tisch abgeräumt war. Er erhob sich und verließ den Raum. Eine leichte Verblüffung lag auf Rosemaries Gesicht, als sie die vertrauliche Anrede bemerkte.

»Was ist zwischen euch vorgefallen?«

»Ich weiß es noch nicht.«

»Madame und Berlinde sind ziemlich überstürzt abgereist.«

»Lass es gut sein, Rosemarie.«

»Das kann ich nicht. Marie-Anna, du siehst nicht glücklich aus.«

»Nein, nicht?«

»Rosemarie, lass sie«, schaltete sich Graciella ein.

»Ich bin auf meinem Zimmer.«

Marie-Anna erhob sich und verließ den Raum. In ihrem Zimmer angekommen, fand sie auf dem Bett eine Schachtel, und als sie sie öffnete, lag darin ein dunkelgrünes Samtneglígé mit weißem Pelzbesatz an Kragen und Ärmeln. Sie seufzte bei seinem Anblick, ließ es aber liegen, setzte sich an das Tischchen und schlug ihr Tagebuch auf. Es half ihr ein bisschen, das Geschehen zu notieren. Doch als sie aufschrieb, was sich in der Nacht abgespielt hatte, errötete sie über ihre eigene Dreistigkeit. Valerian musste sie für eine überaus schamlose Dirne halten, so wie sie sich benommen hatte. Die Folgen hatte sie nun zu tragen. Gefallen hatte es ihm wahrscheinlich, aber nun würde er ihr vermutlich wie Mimmi oder Sara oder Elvira ein Appartement in der Stadt anbieten und sie dort besuchen, wenn ihm der Sinn nach weiblicher Unterhaltung stand. Und irgendwann würde eine jüngere, attraktivere Frau ihre Stelle einnehmen. Das Dasein einer Maitresse aber war nicht das, was sie sich für ihr Leben erhofft hatte. Sie verfluchte ihr leidenschaftliches Blut und saß mit hängendem Kopf über den Aufzeichnungen, als es an ihrer Tür klopfte. Schnell schlug sie das Buch zu und rief: »Herein!«

»Hast du vergessen, dass ich mit dir sprechen wollte, Marie-Anna?«

»Verzeihen Sie, ja. Ich war in Gedanken versunken.«

»Komm in mein Zimmer.«

»Ja, Monsieur.«

»Wieder so förmlich, Marie-Anna?«

Er lächelte sie an, als sie mit ernster Miene an der von ihm aufgehaltenen Tür vorbeiging.

»Es scheint mir angemessener.«

»Schau mich an, Marie-Anna.« Er ergriff ihre Ellenbogen und drehte sie zu sich herum. »Habe ich dich beleidigt oder verletzt, ohne es zu bemerken?«

»Nein, Monsieur. Das … das Problem liegt in mir. Ich habe mich nicht sehr korrekt verhalten. Ich wünschte, ich könnte es ungeschehen machen, Monsieur.«

»Was heute Nacht geschah?«

Sie nickte.

»Warum? Ich fand es sehr … beglückend. Und ich hatte auch das Gefühl, es sei für dich ähnlich gewesen. Täusche ich mich da so sehr?«

Sie sah ihn an und schüttelte dann langsam den Kopf.

»Das ist ja das Problem.«

»Setzen wir uns vor den Kamin.« Er wies auf die Sessel und reichte ihr das Glas mit dem leichten Wein, den er für sie bereitgehalten hatte. »Hast du jetzt Angst vor der eigenen Courage?«

»Ja, wahrscheinlich.«

»Dann lass mich nun berichten, was heute geschehen ist. Ein Teil davon ist dir sicher schon zu Ohren gekommen, nicht wahr?«

Wieder nickte sie.

»Ich habe meine Frau zu ihren Eltern geschickt, Berlinde bleibt bei ihr. Beiden habe ich mein Missfallen über die Erziehungsmethoden ausgesprochen, die sie Graciella angedeihen lassen. Ich kann dir versichern, es sind sehr deutliche Worte gesprochen worden. Marie-Anna, bist du mit den gegenwärtigen Rechtsgepflogenheiten vertraut?«

»In welcher Beziehung?«

»In Eheangelegenheiten?«

»Nicht sehr. Worauf möchten Sie hinaus?«

»Ein Ehemann verfügt über weit gehende Rechte seiner Frau gegenüber. Unter anderem kann er bestimmen, wo sie ihren Wohnort aufzuschlagen hat, wer sich um ihre Kinder kümmert, wie ihr Lebenswandel auszusehen hat und was mit ihrem Vermögen geschieht. Ich war bisher Ursula gegenüber mehr als großzügig, wie du sicher hin und wieder mit Verwunderung festgestellt hast. Ich bin kein Freund davon, ein anderes denkendes Wesen zu unterdrücken.«

»Ach!«, entfuhr es Marie-Anna.

Er lachte heiser.

»Es hat für dich einen anderen Anschein?«

»Sie haben zumindest wohl heute gegen diesen Grundsatz gehandelt.«

»Es gibt Menschen, die die ihnen gegebenen Freiheiten nicht recht zu gebrauchen wissen. Es hat nicht nur etwas mit dir zu tun, Marie-Anna. Es ist eine Angelegenheit, die schon seit Jahren zwischen Ursula und mir schwelt. Doch sie hat es jetzt zu einem Eklat geführt, der meinerseits Konsequenzen erforderlich macht.«

Marie-Anna fragte sich, ob Faucon ihm inzwischen von den Diebereien und den Geschäften mit den Schmugglerinnen erzählt hatte, aber sie traute sich nicht, ihn zu fragen. Stattdessen hörte sie weiter schweigend zu.

»Zunächst wird sie für drei Wochen in Siegburg bleiben, doch ich kann es aus verschiedenen Gründen im Moment nicht vermeiden, dass sie zum Besuch des Kaisers hier wieder Wohnung nimmt. Wir haben gesellschaftliche Pflichten in diesem Zusammenhang, die ihre Anwesenheit notwendig machen. Doch danach wird es ein neues Arrangement geben. Welches, Marie-Anna, das hängt auch von dir ab.«

»Von mir? Nun ja, ich weiß, Sie halten Ihre Maitressen sehr großzügig aus.«

»So heißt es. Du legst einen bewundernswerten Pragmatismus an den Tag. Aber deine Stimme ist traurig.«

»Notwendigkeit lässt vieles ertragen.«

»Warum so bitter? Oh, ich verstehe. Die Rücksichtslosigkeit der Raabes, nicht wahr? Wir sind gut darin, Beziehungen plötzlich und konsequent zu beenden. Du musst von Cosmea gehört haben. Faucon, nicht wahr?«

»Und ein verirrter Brief von ihr.«

»Aber Rosemarie hast du nichts gesagt. Weißt du, dass ich dich manchmal bewundere?«

Ein Lächeln stahl sich in ihre Augen.

»Dafür, wie ich Geheimnisse zu wahren pflege?«

»Ja. Eine seltene Eigenschaft bei Frauen. Marie-Anna, willst du uns beiden eine Chance geben?«

»Was meinst du damit, Valerian?«

Er trat hinter ihren Sessel und legte ihr die Hand auf die Schulter.

»Bleib bei mir, Anna.«

»Soll ich?«

»Ja, meine eigensinnige Freundin. Jetzt, morgen, die nächsten Tage, und wenn wir uns vertragen, dann auch noch darüber hinaus.«

Sie lehnte den Kopf an seinen Arm und schloss die Augen.

»Wollen wir es so halten?«

»Ja, Valerian. Gerne.«

Er reichte ihr die Hand, und sie stand auf. Als sie vor ihm stand, zog er sie an sich und küsste sie.

»Deine so sorgsam versiegelten Lippen sind eine Versuchung.«

»Empfandest du sie eben als versiegelt?«

»Nur in Bezug auf Geheimnisse.«

Er berührte ihre Lippen sacht mit dem Zeigefinger, fuhr ihre Konturen nach und nahm sie dann wieder mit seinem Mund in Besitz.

Ein wenig atemlos trennten sie sich, als es an der Tür klopfte. Valerian Raabe gab mit der Glocke auf seinem Schreibtisch das Zeichen zum Eintreten.

»Haben Sie heute Abend noch Wünsche, Herr Kommerzialrat?«, fragte Edwin, der Kammerdiener, höflich nach und vermied es wiederum, Marie-Anna anzusehen.

»Wie du sicher bemerkt hast, Edwin, habe ich einen Gast, der auch zur Nacht bleibt. Richte mein Bett dementsprechend. Außerdem wünsche ich ein Feuer im Kamin im Schlafzimmer«

»Sehr wohl, Herr Kommerzialrat.«

»Und weck mich morgen nicht vor halb neun.«

»Wie Sie wünschen, Herr Kommerzialrat.«

Er ging nach nebenan und machte sich im Schlafzimmer zu schaffen.

»Ein guter Kammerdiener, doch sein Gesicht spricht Bände.«

»Missbilligt er mein Hiersein?«

»Im Gegenteil. Es verschafft ihm ein großes Vergnügen, mich in den Klauen eines eigensinnigen Weibes zu sehen. Doch wir wollen ihm keine weitere Zurschaustellung unserer Zuneigung liefern, damit er ruhig schlafen kann. Komm her und schau dir das hier an. Eventuell kannst du dir einen Reim darauf machen.«

Valerian Raabe führte Marie-Anna zu seinem Schreibtisch, zog einen weiteren Stuhl heran und deutete auf die ausgebreiteten Blätter. Es waren Doppelbögen. Zwei Seiten lagen aufgeschlagen. Ein geradezu plastisches Rankwerk bildete den Rahmen für die rechteckige Fläche in der Mitte. Eine davon enthielt ein Bild, die gegenüberliegende Seite war an dieser Stelle jedoch leer.

»Das muss ein großer Künstler gemalt haben, die Blumen kann man förmlich vom Blatt pflücken.«

»Es steht zu vermuten, dass es eine Künstlerin war, die dieses Werk hergestellt hat.«

»Was ist es?«

»Es ist ein Teil eines unvollendeten Stundenbuches.

Ich erhielt es zusammen mit der Sammlung, die du letztes Jahr mit Rosemarie bearbeitet hattest. Du erinnerst dich, es war die, bei der ein Siegelring fehlte.«

»Die Sachen aus dem Äbtissinnenhaus von Maria im Kapitol.«

»Genau. Wir haben es hier mit einem höchst eigenwilligen Werk zu tun, das nur sehr schwer zu erklären ist.«

»Meine Mutter besaß ein altes Stundenbuch, erinnere ich mich. Ich habe als Kind gerne darin geblättert und mir die bunten Bilder angesehen. Szenen aus der Bibel und den Heiligenlegenden waren es, und manchmal hat sie mir die Geschichten dazu erzählt. Die von Maria und ihrer Mutter Anna habe ich besonders gerne gehört.«

»Das kann ich mir denken.«

»Dieses Bild hier scheint auf die badende Batseba zu deuten«, meinte Marie-Anna nachdenklich und betrachtete die Abbildung einer jungen Frau in einem Badezuber, die lediglich mit ihren langen, schwarzen Haaren ihre Blöße bedeckte. Ein schwarzbärtiger Mann stand in der Tür und beobachtete sie.

»Mich erinnert es an gewisse badende Rheintöchter.«

»Das wollten wir doch vergessen haben, Monsieur. Oder nicht?«

»Nein, vor allem die eine, die sich so stolz umdrehte und mich ansah, kann ich nicht vergessen. Sie war allerdings blond …«

»Ich kann mich nur entsinnen, dass da ein Besucher sich mit Entsetzen abwandte.«

»Hätte ich länger hingeschaut, hätte die blonde Rheintochter ein schreckliches Schicksal ereilt!«

Edwin durchquerte den Raum und verhinderte weitere Reminiszenzen an die sommerlichen Ereignisse.

»Was bedeutet der Spruch darunter, Valerian? Ich kann diese Schrift nicht sehr gut entziffern.«

»Ein Vers aus den Psalmen. ›Herr, du bist mein Gott, dich suche ich. Meine Seele dürstet nach dir, mein Leib schmachtet nach dir wie dürres, lechzendes Land ohne Wasser.‹«

»Mh. Also, na ja. Valerian – das hört sich in diesem Zusammenhang nicht sehr fromm an.«

»Nein, mein Herz, der Gedanke beschlich mich genauso. Ich fand diese Seite ebenfalls eigentümlich. Schau!«

Es war eine Hochzeitsszene, eine reich gedeckte Tafel, vornehm gekleidete Gäste saßen an ihr, und Spielleute trugen zur Unterhaltung bei. Doch Braut und Bräutigam schauten voneinander weg, sie sehnsüchtig aus dem offenen Fenster, er interessiert auf einen Gelehrten neben sich.

»Seltsame Hochzeit.«

»Ja, seltsam. Aber dieser schwarzbärtige Mann taucht wieder auf. Ihn finden wir ein drittes Mal, und hier wird das Buch wirklich kurios. Die Schreiberin hat nämlich die Gebetsstunden den Planetengöttern gewidmet, und hier haben wir Jupiter zur Sext. ›Zu dir redet mein Herz, nach dir sucht mein Gesicht, nach deinem Antlitz suche ich, o Herr.‹ Das bedeutet der Spruch darunter.«

»Das gilt in den Psalmen wohl nicht Jupiter. Hat die Schreiberin dieses Buches das vielleicht auf eine bestimmte Person bezogen? Ich erinnere mich, dass das Buch meiner Mutter von einem Grafen in Auftrag gegeben worden war. Von ihm gab es ein Bild auf den ersten Seiten.«

»Das Stifterbild. So etwas Ähnliches haben wir hier auch, doch es ist wahrhaft das seltsamste dieser Art. Schau dir das an!«

Es war ein blauschwarzer Rabe mit ausgebreiteten Flügeln, der auf einem Eichenast saß. Auf den feinen, rot punktierten Linien waren sorgfältig die Worte aus dem einundneunzigsten Psalm geschrieben: »Mit seinen Fittichen schirmt er mich, unter seinen Flügeln finde ich Zuflucht, Schild und Schutz ist seine Treue.«

»Das muss sich auf den Auftraggeber bezogen haben, Valerian. Wer war er? Kann man das herausfinden?«

»Es steht nach der Praefatio. Sie widmet es einem gewissen Hrabanus Valens. Doch ich glaube nicht, dass er der Stifter war. Es scheint, dass sie das Stundenbuch aus eigenem Antrieb gefertigt hat.«

»Wer war die Künstlerin?«

»Anna di Nezza, Stiftsschreiberin zu Sankt Maria im Kapitol.«

»Aber warum einem Raben gewidmet?«

»Hrabanus ist das alte deutsche Wort für Rabe.«

Marie-Anna wollte nach der Seite greifen, aber ihre Hand zitterte plötzlich stark.

»Valerian Raabe… Hrabanus Valens… Valerius Corvus…«

»Marie-Anna und Anna und Annik. Ja, es berührt einen seltsam. Und mehr als das, Anna. Ich habe, nachdem du heute Nacht die Frage gestellt hast, ob dieses Haus auf alten, römischen Grundmauern steht, die Unterlagen eingesehen, die von diesem Gebäude existieren. Von einer römischen Vergangenheit fand ich nichts. Doch die Schreinsakten besagen, dass Ende des fünfzehnten Jahrhunderts dieses Haus dem Ratsherren und Gewürzhändler Hrabanus Valens gehörte. Man nannte es damals das Haus ›Zum Raben‹.«

Marie-Anna schwieg lange, dann strich sie über die kunstvoll gearbeiteten Seiten und fragte: »Was mag die Stiftsdame Anna mit jenem Hrabanus Valens verbunden haben?«

»Liebe, Kind.«

»Ja, so sieht es aus.«

Er legte ihr den Arm um die Schulter.

»Ich halte es, wie etliche meiner Brüder in der Loge, nicht für ausgeschlossen, dass es eine Art von Wiedergeburt oder Seelenwanderung gibt. Und möglicherweise ist die treibende Kraft, die die Seelen über alle Zeiten und Welten wieder zusammenführt, die Liebe.«

Sie schmiegte sich an ihn und nickte zustimmend.

Der Oktober war freundlich zu ihnen. Nach den ersten Herbststürmen trat ruhiges, mildes Wetter ein, und die Sonne wärmte noch einmal den Garten hinter dem Haus. Herbstastern blühten bunt auf den Rabatten, und die letzten Rosen dufteten an den Spalieren. Das rankende Weinlaub färbte sich leuchtend rot an den Wänden, und Mathilda stellte Sträuße von kupferfarbenen Chrysanthemen in die Zimmer. Valerian hatte mit Rosemarie und Graciella über sein Verhältnis zu Marie-Anna gesprochen und von beiden freudige Zustimmung erhalten. Doch ansonsten wurde über diese Beziehung Schweigen gewahrt, auch wenn selbstverständlich das Personal wusste, was vor ihren Augen geschah. Selten hatten sie den Kommerzialrat so entspannt und heiter erlebt. Er führte Marie-Anna zusammen mit Rosemarie und Graciella oft aus, häufig begleitete sie dabei Faucon. An einem Tag kam die Schneiderin ins Haus und nahm für einige modische Kleider an Marie-Anna Maß, dann wieder fand sie eine flache Lederschachtel in ihrem Zimmer, die ein zartes Collier, das zu ihrem Lilienring passte, enthielt. Für ein langes Wochenende fuhren sie gemeinsam zum Gut der alten Raabes hinaus und unternahmen Ausritte durch den Herbstwald und eine Ruderpartie auf den stillen Altrheinarmen. An den Abenden schlich sich Marie-Anna in das Turmzimmer und genoss mit Valerian gemeinsam die ländliche Stille der Nacht. Hier geschah es zudem, dass er ihr den Ring an den Finger steckte.

»Du hast ihn aus der Schale im Grab genommen, Valerian?«

»Ja, und du hast es bemerkt und in bewährter Form geschwiegen, mein Herz.«

»Ich wollte niemanden verraten. Und – ich glaube, wenn er nicht schon fort gewesen wäre – ich hätte der Versuchung nicht widerstehen können, ihn selbst an mich zu nehmen.«

Sie standen auf dem Dach des Turmes und sahen einem flammenden Sonnenuntergang zu.

»Omnia Vincit Amor.«

»Besiegt die Liebe alles?«

»Ich hoffe es.«

»Valerian – ich liebe dich.«

»Dann wird es wahr werden, mein Herz.«

»Valerian, darf ich dir eine Frage stellen. Du musst sie nicht beantworten, wenn du nicht willst, aber…«

»Frag nur. Ich denke, ich weiß, was du wissen willst.«

»Die Narbe an deinem Hals, wie kam es dazu?«

»Vor vielen Jahren, um genau zu sein, vor achtundzwanzig, begleitete ich eine Handelsdelegation meines Vaters nach Italien. Ich habe früh begonnen, in seinem Geschäft zu lernen, und dies war meine erste Reise. Sie war für mich ein wunderbares Abenteuer, bis zu dem Tag auf dem Rückweg, an dem ich mich voll Übermut selbstständig gemacht hatte und während einer langweiligen Rast die Gegend erkundete. Eine Bande von fünf Wegelagerern überfiel mich. Da ich alleine war, konnte ich wenig gegen sie ausrichten. Drei verletzte ich, doch sie überwältigten mich, raubten mich aus, nahmen mir meine Kleider und schließlich hängten sie mich an einem Baum auf. Sie verließen mich, und ich sah mein Leben schwinden. Doch der Zufall wollte es, dass der Ast morsch war und brach, bevor ich erstickte. Ich fiel nieder, verlor das Bewusstsein. Gelegentlich wachte ich auf, frierend, von Schmerzen gepeinigt. Ich konnte nicht um Hilfe rufen, meine Stimme beherrschte ich nicht mehr. Erst am nächsten Morgen fand mich ein alter Mann, der Holz im Wald sammelte. Er und seine Frau pflegten mich in ihrer Hütte und haben sogar meine Begleiter schließlich gefunden. Sie brachten mich nach Hause. Seither krächze ich wie ein Rabe!«

»Vor achtundzwanzig Jahren kam ich auf die Welt.«

»Ich weiß, meine Geliebte. Und du solltest noch etwas wissen. Als mich der Alte fand, schwebte ich lange Zeit zwischen Leben und Tod, und ich wanderte in meinen Fieberträumen durch seltsame Gefilde. Ich kann mich nicht an alles erinnern, was ich sah, ich möchte es gar nicht. Manches war erschreckend, anderes unglaublich schön. Doch die Gestalten, denen ich begegnete, schienen keine Fremden zu sein.«

»Wem bist du begegnet?«

»Königen und Bettlern, Kriegern und Sängern.«

»Und den Dieben und den Richtern, den Törichten und den Weisen?«

»Den keuschen Jungfrauen und der Verführerin, der liebenden Mutter und der Verräterin. Ja, Marie-Anna, all diesen bin ich begegnet. Und es hat sich so tief eingeprägt, dass ich ihnen allen nun in dieser Welt wieder zu begegnen scheine.«

»Die alten Märchen aus meiner Heimat sprechen von diesen Gestalten, die in den Feenreichen leben.«

»Das Feenreich – auch ein Begriff, den man für diese andere Welt der Träume verwenden kann. Die Versuchung war groß, dort zu bleiben und nicht erneut in die raue Wirklichkeit zurückzukehren, von der ich wusste, dass mich Schmerz und Leid erwarteten. Dann aber, eines Nachts, traf ich eine Gestalt, eine junge Frau, umgeben von Licht und Süße, die mich bat, sie zu begleiten. Sie nahm mich – oder vielleicht meine Seele – an die

Hand, und gemeinsam wachten wir in dieser Welt auf.« Valerian sah über die Zinnen des Turmes und das dunkle Land. »Sie war nicht mehr bei mir, als ich mein Bewusstsein wiedererlangte. Doch jetzt weiß ich, dass sie lebt.« Er stellte sich hinter sie und legte die Arme um sie. »Ich habe mich nach dir gesehnt, Anna. Ich liebe dich.«

In der letzten Oktoberwoche kamen Ursula Raabe und Berlinde zurück nach Köln, und der Haushalt nahm seine alten Gepflogenheiten wieder auf. Marie-Anna hielt sich sehr zurück und vermied jeden engeren Kontakt zu Valerian. Er gab sich ebenfalls förmlich und distanziert. Das Personal enthielt sich erstaunlicherweise jeglichen Klatsches.

Der Besuch des Kaisers und seines Gefolges brachte es mit sich, dass Raabes einige Veranstaltungen besuchen mussten, auf denen wichtige geschäftliche und gesellschaftliche Kontakte geknüpft wurden.

Valerian Raabe hatte Marie-Anna gebeten, ihn an ihrem freien Tag in seinem Kontor aufzusuchen, um ungestört mit ihr reden zu können.

»Ich würde lieber mit dir an meiner Seite diese Diners und Bankette besuchen, Marie-Anna. Aber im Moment können wir uns keinen Skandal leisten. Doch ich verspreche dir, wenn der napoleonische Spuk vorbei ist, werde ich sehr schnelle und konsequente Schritte unternehmen, um die Trennung von Ursula vorzunehmen.«

»Sie wird sich wehren.«

»Sie kann sich nicht wehren. Keine Sorge, sie wird eine großzügige finanzielle Regelung durchaus akzeptieren. Ich kenne ihr habgieriges Wesen gut. Und ich habe genug gegen sie in der Hand, um ihre Einwilligung zur Scheidung nötigenfalls zu erzwingen. Ich schlage jedoch vor, du ziehst mit Graciella, solange die Verhandlungen laufen, auf das Gut zu meinen Eltern.«

»Was werden sie dazu sagen?«

»Ich denke, meine Mutter weiß es schon. Sie mag dich, Anna. Und ich werde versuchen, euch so oft wie möglich zu besuchen.«

»Vielleicht sollte Rosemarie auch mitkommen? Die Stimmung hier wird nicht besonders gut sein. Sie sah heute Morgen entsetzlich niedergeschlagen aus.«

»Ich werde sie fragen. Ihre Niedergeschlagenheit ist erklärlich. Faucon hat bei ihrem Vater vorgesprochen. Gestern. Er hat eine schroffe Abfuhr erhalten.«

»Das war zu befürchten. Arme Rosemarie.«

»Da ist das letzte Wort noch nicht gesprochen.« Valerian grinste sie an. »Unterschätzt Faucon nicht!«

»So etwas hat er von dir auch behauptet. Aber Rosemarie ist nicht der Typ, etwas Unkonventionelles in Erwägung zu ziehen.«

»Glaubst du? Sie ist die Tochter meiner Schwester.«

»Ich werde sie überreden, mit uns zu deinen Eltern zu fahren.«

»Tu das.«

»Und, Valerian, es sind wieder Gegenstände aus der Sammlung verschwunden. Diesmal ist der Dieb dreist geworden. Es fehlen eine Kette mit Anhänger und zwei Ringe, einer davon mit einem großen Rubin.«

»Der Sache gehe ich in der nächsten Woche nach. Mein Verdacht scheint sich zu bestätigen.«

»Genau wie meiner.«

31. Kapitel

Ein Kaiser auf Abwegen

Er trug eine schlichte, grüne Uniform ohne Orden und Ehrenabzeichen. Ein weiter, grauer Mantel schützte ihn gegen die Kälte, der hochgeschlagene Kragen verdeckte sein Gesicht, und der schwarze Zweispitz war tief in die Stirn gezogen. Langsam wandelte er in der Dämmerung durch den Garten des vornehmen Privatpalais. Dort entdeckte er ein Schlupfpförtchen, das auf die Straße hinaus führte. Vorsichtig bewegte er den Knauf. Es war nicht verriegelt, und leise, sehr leise, damit kein Knarren und Quietschen die Aufmerksamkeit der Wachen auf ihn lenkten, zog er es auf und schlüpfte hinaus.

Das Altgrabengässchen lag weitgehend im Dunkel. In diesen ärmeren Stadtbezirken waren Laternen selten. Das Pflaster war uneben, Unkraut wuchs zwischen den Steinen, und der lange Mantel streifte durch den Unrat, der auf der Straße lag. Die Häuser waren alt, viele Fenster glaslose Höhlen, nur mit Decken verhangen. Läden, sofern sie vorhanden waren, hingen morsch in den Angeln. Eine Ratte huschte vor seinen Füßen die Treppe zu den Kellerräumen an der Straßenseite hinunter. Von unten stieg Gestank auf, hörte man zankende Stimmen und Kinderwimmern. Zwei dürre Gestalten hatten sich in einen Hauseingang gekauert und mit zerlumpten Decken ein Nachtlager gerichtet. Sie sahen noch nicht einmal auf, als der Fremde vorüberging. Einige Schritte vor ihm lag die dunkle Masse des Gereonsklosters, doch er wählte den Weg, der nach rechts führte. Hier wurde es belebter, an manchen Häusern brannten sogar Laternen über der Tür, doch die geschminkten Dirnen, die auf dem Berlich auf Kundschaft warteten, waren nicht sein Geschmack. Er zog den Mantel enger um sich und beschleunigte seine Schritte. Die Gassen und Gässchen bildeten ein verwinkeltes Gewirr, und das eine oder andere Mal beschlich den Besucher das unangenehme Gefühl, von Augen aus den Ecken und Winkeln abschätzend beobachtet zu werden. Als er in der Diebesgass angekommen war, hatte ihn die Orientierung verlassen, und er hoffte, bald einen Platz zu finden, der ihm eine freie Aussicht gewährte, um wenigstens den Dom mit seinem markanten Kran auf dem Turmstumpf gegen den Abendhimmel erkennen zu können. Er fand schließlich eine breitere Straße, die er mit Erleichterung wählte, und stellte fest, dass hier die besseren Wohnviertel begannen. Baumbestandene Gärten verbargen sich hinter Mauern und Hecken, in den Häusern waren die Fenster erleuchtet, einige Meter weiter hörte man sogar Musik herausschallen. Ein Fest mochte dort stattfinden. Er blieb stehen und hörte dem klaren Alt zu, der eine schlichte, aber gefühlvolle Ballade sang.

»Schön, nicht, Monsieur?«, bemerkte eine leise Frauenstimme neben ihm.

»Oui, Mademoiselle.«

Er drehte sich um und betrachtete die Sprecherin, die sich an das Gartentor lehnte. Sie war nicht für eine Gesellschaft gekleidet. Ein einfaches, graues Kleid und ein warmer Überwurf ließen eher auf eine Gouvernante oder Haushälterin schließen. Doch die goldblonden Haare, zu einem langen Zopf geflochten und im Nacken aufgesteckt, erregten seine Bewunderung.

»Sprechen Sie Französisch, Mademoiselle?«, fragte er in diesem Idiom.

»Ja, Monsieur, natürlich.«

»Wunderbar. Dann können Sie mir sicher helfen. Ich

bin zu Gast in dieser Stadt und kenne mich nicht aus. Leider habe ich mich ein wenig verlaufen bei meinem abendlichen Spaziergang.«

»Wo haben Sie denn Ihr Quartier bezogen, Monsieur?«

»Es ist ein ungeheuerliches Wort. Haus Zuydtwyk. Aber es gibt dort ein Kloster des Gereon.«

»Oh, das liegt wahrlich am anderen Ende der Stadt. Wie sind Sie denn hierher gekommen?«

»Durch recht dunkle Gassen, meine Liebe. Und ich würde sie nicht sehr gerne als Rückweg wählen.«

»Nein, das müssen Sie auch nicht. Wenn Sie sich hier unten an der Kirche von Sankt Maria im Kapitol nach links wenden und immer Richtung Dom gehen, haben Sie einen gepflegteren Weg vor sich. Am Dom allerdings …«

»Ja, am Dom sieht es nicht sehr einladend aus.«

»Wissen Sie was, Monsieur, ich werde Sie zu Ihrem Quartier führen. Ich kenne diese Stadt recht gut, und bestimmt kann ein Bediensteter Ihres Gastgebers mich auf dem Rückweg begleiten.«

»Mademoiselle sind sehr großzügig.«

»Warten Sie, ich muss über die Mauer klettern, das Tor ist versperrt.«

»Und ein wenig abenteuerlustig?«

»Manchmal, Monsieur.«

Sie nahm ihre Röcke zusammen und schwang sich über die nicht sehr hohe Mauer. Er half ihr galant herunter.

»Voilá! Und nun gehen wir dort entlang.«

Ein paar Schritte gingen sie schweigend nebeneinander her, dann fragte der Fremde: »Wohnen Sie schon lange in Köln, dass Sie sich so gut auskennen?«

»Seit 1802.«

»Und wie hat es Sie aus Ihrer – vermutlich nördlichen – Heimat unseres schönen Vaterlandes hierher verschlagen?«

»Hört man es so deutlich?«

»Ihre französische Aussprache ist ein wenig hart, Mademoiselle. Aber charmant und gebildet. Also, wie gelangten Sie in diese Stadt?«

»Über viele Umwege, Monsieur.«

»Und nun wohnen Sie in jenem Haus, an dem wir uns trafen?«

»Ja, Monsieur, es ist das Haus des Kommerzialrates Valerian Raabe.«

»Seinen Namen hörte ich schon einmal. Ein einflussreicher Mann in der Stadt. Welche Stellung nehmen Sie bei ihm ein, Mademoiselle?«

Die Mademoiselle erlaubte sich ein winziges Lächeln, das dem Fremden nicht entging.

»Seine Tochter lernt die französische Sprache.«

»Ah ja. Sehnen Sie sich nicht nach Ihrer Heimat zurück?«

»Doch, gelegentlich.«

»Was hält Sie davon ab, sie zu besuchen?«

»Die Umstände, Monsieur.«

»Die hiesigen oder die dortigen?«

»Bisher die dortigen.«

»Daraus mag man schließen, Sie könnten Ihre Familie und Ihr Heim nicht ganz freiwillig verlassen haben.«

Sie antwortete darauf nicht, und ihre Wanderung durch das nächtliche Köln führte sie am Rathaus vorbei.

»Das Gefängnis, Monsieur«, erklärte sie. »Man nennt es auch die ›Violine‹, denn es heißt, der erste Arrestant sei ein durstiger Stadtmusikus gewesen, der nach einem Streit am Kirmes-Sonntag mit seiner Violine dort festgesetzt wurde.«

So erreichten sie den Dom, und Marie-Anna wies ihn auf die düstere Hacht neben der Sous-Préfecture hin.

»Keine freundliche Gegend. Es nimmt mich wunder, dass Sie sich hier ebenso gut auskennen.«

»Ich erwähnte Umwege in meinem Leben.«

»Die einen bretonischen Flüchtling auch auf Abwege geführt haben?«

»Wie Sie sagen, Monsieur.«

Sie bogen vom Dom aus in die Trankgasse und von dort in die Schmierstraße mit seinem Comödien-Haus ein.

»Unser Theater, Monsieur. Es treten derzeit einige sehr begabte Schauspieler hier auf.«

»Auch einer Ihrer Umwege?«

»Auch.«

Der Fremde blieb unter einer Laterne stehen und betrachtete seine Begleiterin.

»Geflohen, im Gefängnis gelandet, dann beim Theater und nun bei einem der einflussreichsten Männer der Stadt zu Hause. In der Tat, ein abwechslungsreicher Lebensweg. Was hat Sie in die Hand der Justiz gebracht, Mademoiselle?«

»Unter anderem meine bedauernswerte Neigung zum Schabernack. Ich hatte eine Karikatur unseres verehrten Kaisers angefertigt, die das Missfallen des Sous-Préfet erregte.«

»So, so. Mademoiselle, verraten Sie mir Ihren Namen?«

»Wenn Sie darauf bestehen.«

»Ich bitte darum.«

»Ich werde Marie-Anna gerufen, und mein Heim war das Chateau Kerjean im Finistère.«

»Wo Ihre Eltern noch heute leben?«

»Nein, französische Truppen wählten es nach der Niederschlagung der Rebellen, der Chouans, auf der Quiberon als Unterkunft. Meine Mutter starb darüber. Mein Vater …«

»Lebt er noch?«

»Wer weiß, vielleicht überlebt er die Kerkerhaft. Man spricht davon, dass er deportiert werden soll.«

Er setzte sich wieder in Bewegung und schien nicht mehr geneigt, weiter mit ihr zu plaudern. Einmal unterbrach sie sein Schweigen, um ihm die neue Richtung anzugeben. Dann standen sie vor dem Palais des Johann Balthasar Joseph von Mülheim, des achtmaligen Bürgermeisters der Stadt Köln.

Der Fremde blieb einige Schritte vom Eingang stehen und wandte sich erneut an seine Begleiterin.

»Haben Sie schon einmal erwogen, bezüglich Ihres Vaters einen Antrag auf Begnadigung zu stellen?«

»Nein, Monsieur. Ich bin bislang nicht davon ausgegangen, dass es einen Sinn haben könnte.«

»Weil Sie Ihren Kaiser für hart und unbarmherzig halten?«

»Mein Kaiser lebt in einer anderen Sphäre als ich. Ich kann ihn nicht beurteilen. Glauben Sie denn, er würde ein solches Gesuch überhaupt entgegennehmen?«

»Wenn Sie es ihm bis morgen übergeben haben … Und nun, Mademoiselle de Kerjean, Tochter von Brior le Noir, bedanke ich mich für Ihre Begleitung und Ihre angenehme Gegenwart. Sie hat mir geholfen, die hässlichen Eindrücke, die ich von den Armenvierteln mitgenommen habe, mit anderen Augen zu sehen.«

»Sie sind sehr freundlich, Monsieur.«

»Gelegentlich, Mademoiselle, kann ich mir das leisten.« Er nahm ihre Rechte und hob sie an seine Lippen. »Schlafen Sie gut, Marie-Anna.«

»Sie auch, Majes …«

»Psst.«

»Monsieur.«

»Major!«, rief der Fremde einem Offizier zu, der bei den Wachen vor dem Haus stand. Der Soldat kam eilig auf ihn zu und nahm Haltung an. »Sie verbürgen sich dafür, dass Mademoiselle unbelästigt nach Hause kommt.«

Der Major verbeugte sich stumm und reichte Marie-Anna den Arm.

Sie wechselten kein Wort miteinander. Marie-Anna war viel zu aufgewühlt, und der Major zu diskret. Was er sich dachte, mochte indes weit von der Wahrheit entfernt sein.

Lichter, Stimmengewirr und Gläserklingen drangen aus dem Haus des Kommerzialrates Raabe, als Marie-Anna an der Tür klopfte. Die Gesellschaft war noch in vollem Gange, und es gelang ihr nicht, ungesehen an der Bel-Etage vorbei in ihr Zimmer zu schlüpfen. Valerian sah sie und fing sie auf der Treppe ab.

»Wo bist du gewesen, Marie-Anna? Warum bist du nicht bei der Gesellschaft? Ich habe mir Sorgen gemacht.«

»Ich wollte nicht stören. Bitte lass mich durch, ich habe noch etwas Dringendes zu erledigen.«

»Jetzt?«

»Ja, jetzt.«

Er nahm ihre Hände, um sie aufzuhalten. »Du bist ganz kalt. Und du siehst aus, als hättest du etwas Entsetzliches erlebt. Schnell, geh in mein Arbeitszimmer.« Er drängte sie zur Tür und öffnete sie. »Ich folge gleich.«

Marie-Anna legte den Umhang ab, und wärmte die klammen Hände am Kaminfeuer. Doch nicht lange. Sie setzte sich an den Schreibtisch, nahm einen der Briefbögen, die dort bereitlagen, und tauchte die Feder in das Tintenfass. Aber dann schwebte ihre Hand unschlüssig über dem Papier.

»Wem willst du schreiben?«, fragte Valerian, der leise zu ihr getreten war.

»Dem Kaiser.«

»Und was?«

»Ein Gnadengesuch für meinen Vater.«

»Himmel, Kind, was ist geschehen?«

»Ich habe soeben einen Spaziergang mit Seiner Majestät, dem Kaiser Napoleon Bonaparte, durch die Stadt gemacht.«

»Das wirst du mir leider etwas genauer erzählen müssen.«

Sie tat es.

»Großer Gott!«, entfuhr es ihm, als sie fertig war.

Es klopfte an der Tür, und Valerian ging, um sie einen Spalt zu öffnen.

»Romain, komm herein. Das musst du dir anhören!«, forderte er, als er Faucon erkannte, der sich verabschieden wollte. In kurzen Worten wiederholte er Marie-Annas Erlebnis. »Wenn mir das ein anderer als Marie-Anna erzählt hätte, würde ich es nicht glauben«, schloss er.

»Warum nicht? Auch der Kaiser mag das Bedürfnis haben, sich inkognito unter das Volk zu mischen. Marie-Anna, das Gesuch sollten Sie auf jeden Fall einreichen.«

»Ja, noch heute Nacht. Ich weiß. Aber mir fällt nichts ein. Ich weiß nicht, wie man so etwas aufsetzt.«

»Dann diktiere ich Ihnen. Wenn ich etwas beherrsche, dann amtliche Schreiben zu formulieren.«

Eine halbe Stunde später war das Gesuch fertig, und Faucon erklärte sich bereit, es noch in der nächsten Stunde im Palais Zuydtwyk abzugeben.

»Du bleibst jetzt besser in meinen Räumen. Die Gäste verabschieden sich allmählich. Ich muss noch ein paar Worte mit ihnen wechseln, aber heute Nacht möchte ich dich endlich wieder bei mir haben, Anna.

»Valerian, ich bin so erschöpft, ich schlafe gleich im Sitzen ein.«

Er lachte vergnügt auf, hob sie auf die Arme und trug sie ins Schlafzimmer.

»Besser im Liegen als im Sitzen. Und nachher darfst du über meine Dienste als Kammerzofe verfügen.«

6. November 1811. Ich sollte glücklich sein, denn mein Vater wird wohl begnadigt werden, und Valerian will mich zu seiner Frau machen. Doch der unerwartete Auftritt von Madame macht mir Angst. Ich kann nicht sagen, warum…

»Mit diesem Eintrag endet das vierte Tagebuch.«

Unser fünfter Tag in der Bretagne neigte sich dem Abend entgegen. Cilly saß grüblerisch am Kamin, Rose starrte aus dem Fenster. Ich hatte den letzten Teil erzählt und trank durstig meine Weinschorle.

»Es sind die letzten Aufzeichnungen von Marie-Anna, nicht wahr?«

»Ja, die letzten in ihrer Handschrift.«

»Und doch gibt es ein fünftes Buch. Ich habe darin rumgeblättert«, sagte Cilly. »Zeitungsartikel, Anzeigen, ein paar Eintragungen in deutscher Sprache.«

»Wir enden so, wie wir begonnen haben. Wir vervollständigen die Geschichte nach den Fakten, die wir haben, und unserer Kenntnis der Charaktere«, schlug ich vor.

Wir brauchten nicht viel Phantasie aufzuwenden, um Marie-Annas Schicksal nachzuvollziehen. Das fünfte Buch gab uns Aufschluss darüber.

»Kommt, lasst es uns zu Ende führen«, bat Rose. Cilly schloss sich ihr an.

»Ja, bringen wir es hinter uns. Diese letzten Seiten sind in Deutsch, wir brauchen uns nicht mit der Übersetzung herumzuquälen. Ich habe den Verdacht, Graciella hat sie selbst geschrieben.«

»Na gut, lest ihr sie durch, ich hole uns etwas zu knabbern.«

Meine Schwester übernahm den letzten Teil der Geschichte.

Tagebuch 5

32. Kapitel

Die goldene Fibel

»Gestern habe ich noch die Zeichnung davon angefertigt, Marie-Anna. Jetzt ist sie fort!«

»Wer?«

»Eine Fibel, Gold, mit Emaille-Arbeit und Achaten. Ein wunderhübsches Stück.«

»Nachdem du sie im Katalog aufgenommen hast?«

»Ja. Das ist ungewöhnlich, nicht? Die anderen Sachen, die bisher gefehlt haben, sind stets verschwunden, bevor wir sie überhaupt in der Hand hatten.«

»Nicht ganz. Früher sind auch Teile entwendet worden, die bereits katalogisiert worden waren. Bei den Fällen in der letzten Zeit hast du allerdings Recht.«

»Früher ist auch schon etwas abhanden gekommen?«

»Ja, schon ziemlich lange, Rosemarie. Frag mal Faucon danach. Er hat mir den Auftrag gegeben, danach zu forschen. Deswegen bin ich überhaupt hier ins Haus gekommen.«

»Marie-Anna!«

»Es ist eine lange Geschichte. Ich erzähle sie dir und Graciella, wenn wir auf das Gut fahren, einverstanden? Hier lauschen zu viele.«

Sie saßen am Tag nach Marie-Annas unerwartetem Treffen wie gewöhnlich im Arbeitszimmer neben der Bibliothek und nahmen Beschriftungen vor. Erst am Wochenende wollten sie aufbrechen, und Rosemarie hatte sich gerne bereit erklärt, sie zu begleiten. Ihr Verhältnis zu Faucon war dadurch wieder etwas hoffnungsvoller geworden, und Marie-Anna hatte das Gefühl, sie freunde sich so allmählich mit dem Gedanken des Ungehorsams gegen ihren Vater an.

Unerwartet trat Ursula Raabe in den Raum und lugte den beiden jungen Frauen über die Schulter.

»Und, sind diesmal ein paar hübschere Kleinigkeiten dabei als der Plunder, den mein Gatte ansonsten von meinem Geld ersteht? Angelaufenes Silber, zerbrochene Tonfiguren, verbogene Kreuze und modrige Bücher. Pft!« Sie blätterte die Seiten durch, die lose auf dem Tisch aufgestapelt waren. »Ah, Rosemarie, was du hier gezeichnet hast, das ist nett. Was ist es?«

Rosemarie warf einen Blick auf die Zeichnung.

»Eine Gewandfibel, Madame. Man benutzte sie, um Kleider an der Schulter zu schließen.«

»Reizend. Zeig sie mir einmal.«

»Das kann ich nicht.«

»Ja, aber warum denn nicht?«

Marie-Anna bemerkte trocken: »Sie ist bereits im Archiv. Sie werden Monsieur darum bitten müssen, sie Ihnen zu zeigen.«

»Ach, im Archiv, sagst du? Nun, ich werde ihn fragen.«

Sie rauschte wieder hinaus.

»Was sollte denn der Auftritt?«

»Sie führt was im Schilde, wenn du mich fragst. Ich hoffe, Onkel Valerian regelt seine Angelegenheiten bald und gründlich mit ihr. Wusstest du, dass sie in ihrem Zimmer Liqueur und Berge von Süßigkeiten gehortet hat?«

»Woher weißt du das?«

»Mathilda hatte den Auftrag, das Zimmer gründlich zu reinigen, als Madame fort war. Ich kam dazu, als sie das Zeug rausschleppte.«

»Tja, Valerians maßvolle Lebenshaltung liegt ihr wahrlich fern.«

Madame hatte sich bei Valerian nach der Fibel erkundigt, und es wurde festgestellt, dass sie nicht auffindbar war. Beim gemeinsamen Abendessen machte sie ein großes Getue darum, was zwar von dem Hausherren, Marie-Anna und Rosemarie mit Schweigen übergangen, aber von Berlinde und dem Professor mit gebührender Empörung aufgenommen wurde.

Nach der Mahlzeit, als man sich in den Salon begab, bat Marie-Anna Graciella: »Würdest du mir bitte meinen blauen Shawl aus dem Zimmer holen? Mir ist etwas kalt in diesem Kleid, und im Salon zieht es so.«

»Natürlich. Ich wollte mir selbst einen umlegen.«

Sie blieb eine Weile fort, kam dann aber mit dem gewünschten Kleidungsstück über dem Arm zurück. Doch ihr Gesicht hatte einen seltsamen Ausdruck.

»Hier, Marie-Anna.«

Sie reichte es ihr, aber gleichzeitig drückte sie ihr darunter etwas Kleines, Hartes in die Hand. Marie-Anna warf einen kurzen Blick darauf und stutzte. Die Gewandfibel lag in ihrer Hand. Rasch ließ sie sie in ihrer Kleidertasche verschwinden.

»Lag zwischen deinen Bürsten auf dem Toilettentisch«, wisperte Graciella ihr ins Ohr.

Madame beobachtete ihre Tochter mit aufmerksamen Blicken und fragte scharf: »Was hast du zu tuscheln, Graciella?«

»Ach, nichts, Mama.«

»Wenn es nichts war, kannst du es auch laut sagen!«

»Ich habe Marie-Anna nur gesagt, dass ich ihren Shawl schöner finde als meinen.«

»Den hat ja auch dein Vater ausgesucht. Für eine Gouvernante, egal wie adelig sie sein mag, ein höchst unpassendes Stück!«

»Ursula, halten Sie sich mit Ihren Bemerkungen zurück.« Valerian war gerade in den Salon getreten und sah

Rosemarie und Marie-Anna an. »Ich habe Karten für ein Konzert, das die Société heute veranstaltet. Möchtet ihr beide mich begleiten?«

»Verzeih, Onkel Valerian, ich habe leichte Kopfschmerzen und würde gerne zu Hause bleiben.«

»Nun gut. Und Sie, Marie-Anna?«

»Gerne, Monsieur.«

»Valerian Raabe, Sie unterstehen sich, sich mit einer Bediensteten des Hauses in der Gesellschaft zu zeigen?«

»Gewiss, Madame.« Und zu Marie-Anna gewandt fragte er: »Werden Sie in einer halben Stunde bereit sein?«

»Natürlich«, antwortete sie und verließ mit einer höflichen Verbeugung vor Madame den Raum. Rosemarie begleitete sie und lief neben ihr die Treppe hinauf. Sie traten beide in Marie-Annas Zimmer, und als die Tür hinter ihnen ins Schloss gefallen war, flüsterte Marie-Anna: »Schau dir das an, Rosemarie. Graciella hat sie hier zwischen den Bürsten gefunden!«

»Die Fibel. Hast du sie etwa genommen?«

»Nein, wahrhaftig nicht.«

»Dann hat sie jemand dort hingelegt. Onkel Valerian?«

»Wenn er gewollt hätte, dass ich sie bekomme, hätte er sie mir auf andere Weise gegeben. Nein, ich denke, da wollte mich jemand des Diebstahls bezichtigen. Unsere schnüffelnde Berlinde hätte sie noch heute Abend unter irgendeinem Vorwand dort gefunden. Ich habe sie neulich schon mal aus meinem Zimmer huschen gesehen.«

»Sie ist eine miese Kröte. Ob sie es war?«

»Zutrauen würde ich es ihr. Im Verein mit Madame eine denkbare Möglichkeit.«

»Es ist verflixt gewagt, was mein Onkel da heute vorhat. Madame muss ja blind auf beiden Augen sein, wenn sie nicht merkt, was passiert ist.«

»Möglicherweise will er es.«

»Damit sie ›Ehebruch‹ schreit und auf Scheidung drängt?«

»Ich könnte mir vorstellen, es wäre ihm am liebsten. Bevor er die Trennung beantragt, wäre es besser, sie würde von sich aus gehen. Es ist ein wenig schwierig, denke ich mir, nach einer so lange bestehenden, scheinbar harmonischen Ehe einen Scheidungsgrund zu finden.«

»Wirst du es ihm erzählen?«

»Gleich, wenn wir alleine sind. Und nun hilf mir, die Haare zu ordnen. Ich habe das Gefühl, diese Frisur sieht schon wieder aus wie ein verlassenes Vogelnest.«

Valerian hörte sich Marie-Annas Vermutungen in der Kutsche an, die sie zum Konzert brachte. Er stimmte ihr zu.

»Ja, es wäre mir sehr recht, wenn sie von sich aus gehen würde. Die Strafe, die auf Ehebruch steht, ist nicht so schlimm. Ich werde mit zweitausend Franc davonkommen, wenn es wirklich hart auf hart geht. Ich habe schon mit den Advokaten gesprochen.«

»Und ich?«

»Du bist bei meinen Eltern auf dem Gut ein lieber Gast, was sonst? Hast du Angst vor den Klatschmäulern?«

»Eigentlich nicht. Sie werden bald genug andere Skandälchen finden, über die sie sich den Mund zerreißen können.«

»Mutiges Mädchen. Komm, wir wollen Beethovens Kompositionen genießen und für eine Weile diese Ärgernisse vergessen.«

So geschah es dann auch, und in der gehobenen Stimmung, in die sie die Musik versetzt hatte, fuhren sie nach Hause in die Sternengasse.

Der Schock war umso größer, als sie ausstiegen. Die Haustüre stand offen, im Eingangsbereich empfingen sie zwei Gendarmen. Mathilda stand neben ihnen, sie hatte völlig aufgelöst die Hände in der Schürze verwunden, das Zimmermädchen und die Küchenhilfe drückten sich heulend in eine Ecke.

Graciella lehnte bleich und zitternd an der Treppe. Ihr Vater ging direkt auf sie zu.

»Was ist geschehen, Kind?«

»Mama!«

Valerian Raabe warf einen Blick die Treppe empor. Oben hatten zwei weitere Gendarmen Posten bezogen. Berlindes Stimme klang zu ihnen hinunter.

»Valerian, gut dass Sie kommen. Ihre Nichte ist eine gemeine Diebin, eine Mörderin. Ich habe es mit eigenen Augen gesehen!«, keifte sie.

Er nahm jeweils zwei Stufen auf einmal. Marie-Anna eilte ihm nach.

Im Flur der Bel-Etage, am Fuße der Treppe nach oben, lag Ursula Raabe. Rosemarie, mit fassungslosem Blick, stand neben der Gestürzten.

»Rosemarie, was wirft man dir vor?«

Berlinde gab dem Mädchen keine Chance zu antworten.

»Sie ist in Madames Zimmer eingebrochen und hat sie beraubt. Ich habe gesehen, wie sie die Hände voller Schmuck hatte. Und dann hat sie Madame die Treppe hinuntergestoßen!«

»Berlinde, dich habe ich nicht gefragt.«

»Onkel Valerian, so war es nicht.«

Rosemarie schluchzte hysterisch auf, und Marie-Anna legte den Arm um sie.

»Herr Kommerzialrat, wir müssen Fräulein Klein verhaften. Dem Augenschein nach sind die Anschuldigungen gerechtfertigt«, behauptete einer der Gendarmen.

Marie-Anna flüsterte ihrer Freundin ins Ohr: »Faucon wird dir helfen.«

»O Gott, der Sous-Préfet. Nein, ich kann nicht ...«

»Rosemarie, ruhig. Ich kann mir schon denken, was passiert ist!« Laut erklärte sie: »Ich glaube nicht, dass Rosemarie etwas damit zu tun hat, Valerian.«

Der Gendarm fuhr sie scharf an: »Fräulein, das zu beurteilen werden Sie schon der Justiz überlassen müssen. Es spricht alles dafür, dass sie die Täterin ist.«

»Idiot! Imbécile! Sie ist keine Täterin.«

»Marie-Anna, im Augenblick können wir nichts daran ändern. Ich werde die Herren auf jeden Fall sofort zu Faucon begleiten. Wir werden dies sehr schnell klarstellen. Kümmere du dich bitte um Graciella.«

Ein weiterer Mann polterte die Treppe hoch. Es war der Arzt, den Madame und Berlinde zu konsultieren pflegten. Er stellte seine Tasche neben Ursula Raabe ab und untersuchte sie. Dann erhob er sich und teilte mit tragischem Ton den Befund mit.

Madame war tot. Sie hatte sich bei dem Sturz den Hals gebrochen.

»Würden Sie bitte auch feststellen, ob Madame unter Alkoholeinfluss gestanden hat, Doktor?«

»Herr Kommerzialrat!«

»Doktor, Sie wissen ganz genau, dass die Verstorbene den geistigen Getränken mehr als reichlich zugesprochen hat. Stellen Sie es also fest!«

»Wollen Sie die Verblichene dem unbotmäßigen Gerede aussetzen?«

»Hören Sie, Sie verdammter Quacksalber, ich kann ihre Fahne bis hierhin riechen. Stellen Sie es fest. Und vermerken Sie es in Ihrem Bericht.«

Damit verließ Valerian Raabe, flankiert von den Gendarmen, das Haus. Marie-Anna aber führte Graciella in ihr eigenes Zimmer.

»Petite, Ciella! Komm her.«

Sie nahm das zitternde Mädchen in die Arme und wiegte sie leicht hin und her. Ganz allmählich wurde sie ruhiger und lehnte sich dann an Marie-Annas Schulter.

»Was ist passiert? Kannst du mir etwas dazu sagen, Ciella? Hast du etwas mitbekommen von der ganzen Sache?«

Graciella nickte und holte ihr Taschentuch heraus. Doch sie schnäuzte sich nicht, sondern drehte es zu einem festen Strick zwischen ihren Fingern.

»Ja, ich habe alles mitbekommen.«

»Du Arme.«

»Nein, Marie-Anna. Nicht: du Arme. Nenn mich lieber Mörderin. Ich habe meine Mutter umgebracht.«

»Graciella, ich glaube dir nicht. Berichte von Anfang an.«

»Ich habe es getan.« Sie atmete tief durch. »Rosemarie und ich wollten dir helfen. Wir beide hatten den Verdacht, dass Mama die Fibel genommen hat, um sie dir unterzuschieben, um dich dann des Diebstahls zu bezichtigen, damit Papa dich rauswirft. Rosemarie behauptete, es seien noch mehr Sachen abhanden gekommen. Darum habe ich Mama den Kakao, den sie vor dem Zubettgehen immer trinkt, selbst ins Zimmer gebracht. Sie saß noch mit Berlinde zusammen und hat ihren Liqueur gesüffelt. In die Schokolade habe ich ein Schlafmittel hineingetan.«

»Woher hast du denn ein Schlafmittel?«

»Als ich letzten Sommer krank war, habt ihr mir manchmal eines gegeben, erinnerst du dich noch?«

»Ja, das braune Fläschchen mit den bitteren Tropfen. Meine Güte, das war Laudanum. Hattest du das noch?«

»Es stand die ganze Zeit in meiner Wäschekommode.«

»Sie hat es also in ihrem Kakao zu sich genommen und ist zu Bett gegangen.«

»Ja, so um zehn herum. Eine halbe Stunde später hat sie tief und fest geschlafen, und Berlinde ist in ihr Zimmer runtergegangen. Danach ist Rosemarie hineingeschlüpft und hat ihre Laden und Schränke durchsucht. Ich habe an der Türe Wache gehalten. Sie hat ein bisschen Zeit gebraucht, doch sie hat diesen Schmuck gefunden, den sie vorhin noch in der Hand gehalten hat. Aber dann ist ihr der Deckel der Truhe aus der Hand geglitten und mit einem lauten Klapp zugeschlagen. Davon ist Mama wach geworden. Sie ist aus dem Bett gewankt und auf Rosemarie zugetorkelt. Die ist zur Seite gesprungen, und Mama ist fast über mich gefallen. Vermutlich war sie gar nicht richtig wach. Jedenfalls ist sie aus dem Zimmer gestolpert und hat ›Diebe, Einbrecher!‹ gekreischt. Sie stand einen Moment auf dem Treppenabsatz, schwankte hin und her, versuchte das Geländer zu fassen. Unten war Berlinde aufgetaucht und kreischte ebenfalls. Mama machte einen Schritt nach vorne, glitt aus und fiel die Treppe hinunter. Ganz langsam. Es war grässlich anzusehen. Wie eine große Stoffpuppe. Unten blieb sie bewegungslos liegen. Berlinde ist rausgelaufen und hat auf der Straße Zeter und Mordio geschrien, und darum kamen die Gendarmen sofort angerannt. Ja, so war das.«

»Ein Unfall, Ciella.«

»Nein. Hätte ich ihr nicht das Schlafmittel in den Kakao getan, wäre das nicht passiert. Darum ist sie schließlich die Treppe hinuntergefallen.«

»Wäre Rosemarie nicht der Truhendeckel entglitten, wäre sie nicht aufgewacht. Hätte ich nicht mit deinem Vater das Haus verlassen, wärt ihr überhaupt nicht auf die Idee gekommen, ihr Zimmer zu durchsuchen. Hätte sie nicht so viel von ihrem Liqueur getrunken, wäre sie wahrscheinlich nicht so benommen gewesen. Und, Graciella – wäre sie nicht eine so unglückliche und unzufriedene Frau gewesen, hätte sie nicht den Schmuck gestohlen. Ein Unfall. Und du bist eine wichtige Zeugin. Hast du den Schmuck gesehen, den Rosemarie bei ihr gefunden hat?«

»Ja, einen Teil davon. Eine goldene Kette, ein Rosenkranz aus Amethystperlen mit einem passenden Kreuz, ein kleines Bergkristallreliquiar, ein Rubinring und ein Siegelring mit einem eingeschnittenen, sich aufbäumenden Pferdchen.«

»Das sind genau die Sachen, die aus den Sammlungen entwendet wurden. Ich werde jetzt die Beschreibungen der Schmuckstücke aus den Inventarlisten holen und zur Souspréfecture laufen, um zu beweisen, dass Madame die Sachen gestohlen hat und nicht Rosemarie. Faucon kennt sie. Sicherlich kann er sie noch heute Nacht freilassen.«

»Du kannst doch nicht alleine in der Nacht …«

»Doch, ich kann!«

»Marie-Anna, nein.«

»Dein Vater wird mich sicher zurückbegleiten.«

Marie-Anna war schon auf dem Weg in das Arbeitszimmer. Die Unterlagen waren schnell zusammengestellt, es waren diejenigen, an denen sie gerade arbeiteten. Dann nahm sie ihren alten Umhang und machte sich auf den Weg zur Préfecture.

»So, meine Lieben, das war der Rest der Aufzeichnungen. Was jetzt noch übrig ist, besteht aus Zeitungsanzeigen und Zettelkram. Die auszuwerten habe ich jetzt aber keine Lust mehr.« Rose gähnte herzzerreißend, und auch ich war müde. Cilly hatte zwar noch genügend jugendliche Energie, aber es brauchte keine große Überredungskunst, sie ebenfalls ins Bett zu locken.

»Nein, Cilly, morgen schauen wir nach, ob sich noch irgendetwas aus den Unterlagen ergibt.« Eine tiefe Melancholie überkam mich bei dem Gedanken an das, was damals noch geschehen sein mochte. »Es bleibt nicht mehr viel, fürchte ich.«

Wir brauchten die Unterlagen nicht mehr – ich träumte in dieser Nacht von Marie-Annas Schicksal. Und es waren Roses und Cillys bestürzte Gesichter, in die ich blickte, als ich tränenüberströmt aufwachte.

»Anita, du hast so herzzerreißend geweint, wir mussten dich wecken. Was ist passiert?«

»Marie-Anna.«

Cilly kuschelte sich unter meine Decke und nahm mich in den Arm. Rose holte ihre Decke von nebenan und legte sich auf die andere Seite von mir.

»Es ist besser, du erzählst es.«

»Ja, ich will es versuchen.«

33. Kapitel

Sabotage

Es war kurz vor Mitternacht. Zwei vermummte Gestalten schlichen um das Munitionsdepot in der Nähe der Sous-Préfecture herum, das die französischen Besatzer in einem der verfallenen, jetzt einigermaßen zu diesem Zwecke instand gesetzten Gebäude angelegt hatten. Sie trugen Hakenstöcke und Seile bei sich, und im Schutz der mondlosen Nacht erklomm einer von ihnen mit ihrer Hilfe die Außenwand des Hauses. Der andere blieb unten, um ein Auge auf die vier Soldaten zu haben, die in den unteren Räumen ihren Wachdienst versahen. Eines der oberen Fenster, das hatten sie bereits zuvor ausgekundschaftet, war leicht zu öffnen. Über den Sims kletterte der gewandte Saboteur in das Innere des Hauses. Leise knarrte der Holzboden unter seinen Füßen, und er verharrte einen Moment lauschend. Doch die Wachhabenden schienen nichts gehört zu haben.

Sehr vorsichtig bewegte er sich die Treppe hinunter, die in den Lagerraum führte. Aufgestapelt standen hier Kisten mit Munition für die Gewehre der Gendarmen und der Soldaten sowie Fässer mit Pulver für die Kanonen auf den Stadtbefestigungen. Mit flinken Bewegungen, die von langer Erfahrung im Umgang mit derartigem Material zeugten, legte der Saboteur Zündschnüre entlang den explosiven Vorräten und gestaltete das ganze Arrangement so sorgfältig, dass er und sein Kumpan lange genug Zeit haben würden, vom Schauplatz des Geschehens zu verschwinden, ehe die erste Pulverkiste hochgehen würde.

Danach schlich er zum Fenster zurück und schaute hinaus. Die Luft schien rein zu sein. Er gab seinem Kumpanen ein Zeichen mit der Kerze, die er jetzt entzündet hatte, dann legte er Feuer an das Ende der Zündschnur. An dem Seil, das er um das Fensterkreuz geschlungen hatte, wollte er sich hinunterlassen, doch nun rächte es sich, dass er ein Fenster zum Einstieg gewählt hatte, das morsch genug war, um es aufzubrechen. Der Holzstreben, der das Seil halten sollte, brach, und er fiel aus halber Höhe nach unten auf das Pflaster. Es war kein gefährlicher Sturz, doch unwillkürlich schrie er auf.

»Verdammt!«, zischte sein Gefährte und zog ihn auf die Füße. Schon öffnete sich die Tür des Wachraumes. Die Soldaten stürzten mit ihren Gewehren in den Händen heraus.

»Halt! Stehen bleiben!«, brüllte einer und legte an.

Die beiden vermummten Gestalten gaben Fersengeld, die Soldaten rannten ihnen hinterher.

Lichter gingen an, Türen und Fenster wurden geöffnet, Schreie und Schüsse hallten durch die Nacht.

Valerian Raabe und Faucon, die in der Sous-Préfecture miteinander über die Anklage gegen Rosemarie gesprochen hatten, waren ebenfalls auf den Platz unterhalb des Domes getreten. Eine Gestalt mit wehenden Röcken rannte auf sie zu.

»Valerian!«, schrie Marie-Anna.

Im selben Augenblick gab es eine donnernde Explosion. Das Dach des Munitionsdepots hob sich wie von Geisterhand, dann barst die Außenmauer. Steine, Metallteile, Kugeln und Splitter von Holz und Glas flogen durch die Luft.

Die beiden Männer wurden gegen die Hauswand gedrückt, Marie-Anna aber traf die Kugel eines der Soldaten, der vor Schreck sein Gewehr abgefeuert hatte.

Valerian war als Erster wieder auf den Beinen, durch

Aschenregen, Qualm und Rauch lief er auf die zusammengesunkene Gestalt zu. Faucon folgte ihm mit einem leichten Hinken. Valerian kniete bei Marie-Anna nieder und drehte sie vorsichtig um. Mit Entsetzen betrachtete er die Wunde, die die Kugel unterhalb ihres Herzens gerissen hatte.

»Anna«, flüsterte er heiser. »Meine Anna!«

Auch Faucon kniete fassungslos nieder und beugte sich über die stumme Gestalt.

»Anna, Anna, mein Herz.«

Ihre Augenlider flatterten, und verwirrt blinzelte sie.

»Valerian!« Schwach schüttelte sie den Kopf. »Val...«

»Sei still, Anna.«

Vorsichtig nahm er sie in die Arme und stützte sie. Sie stöhnte auf, bewegte sich aber nicht. Ihre Augen waren wieder geschlossen. Dann aber sagte sie leise: »Ich wollte die Unterlagen... Rosemarie beweisen... unschuldig...«

Ihr Kopf lag an seiner Schulter, und langsam löste Valerian ihre Haare. Ein verlorenes Lächeln zuckte um ihre Mundwinkel.

»Nimm den Ring... Behalte ihn. Nimm ihn! Meine Liebe... besiegt.« Mit letzter Kraft hob sie ihre Hand, und Valerian zog ihr den goldenen Ring des Römers vom Finger.

»Meine Geliebte, nein, sie ist nicht besiegt. Sie wird die Ewigkeit überleben!«

»Halte mich, mir ist so kalt.«

Valerian streichelte ihr von Ruß und Staub verschmiertes Gesicht, zu erschüttert, um irgendetwas zu sagen.

»Ich wäre so gerne bei dir geblieben. Doch nun... Valerian, wohin führt mein Weg? Weiß du es?«

»Zu den Sternen, Anna, zu den Sternen wirst du gehen. Weit ins All hinaus, in die Sphären der Planeten und der Götter«, flüsterte Valerian erstickt. »Doch du wirst nicht vergessen. Und wir werden uns wiedersehen, wenn die Zeit dafür bestimmt ist.«

Sie schwieg, und ihr Atem wurde flacher und flacher. Das Blut verströmte in ihrem Körper mit jedem Schlag ihres verwundeten Herzens. Noch einmal hauchte sie: »In deinen Armen will ich schlafen.«

»Ja, Anna. Ich halte dich. Ich werde dich ewig halten.«

»Ich liebe dich, Valerian. Über alle Zeiten und Welten hinaus.«

Es wurde dunkel für Anna, und das Letzte, was sie hörte, waren die verzweifelten Worte von Valerian, dem Raben: »Mein Herz, meine Geliebte, mein Leben…«

Nicht weit von ihnen, im Schutze der halb heruntergebrochenen Mauer des Munitionsdepots, stand Markus Bretton. Er konnte sich nicht rühren, seit er gesehen hatte, wie die verirrte Kugel Marie-Anna getroffen hatte. Er verfluchte sich selbst, dass er sich zu diesem Akt der Sabotage hatte hinreißen lassen. Sein Hass auf die Franzosen war erloschen.

Tränen zogen unbemerkt ihre Spuren über sein rußgeschwärztes Gesicht.

Dann raffte er sich auf und ging hinüber zu den beiden Männern. Valerian hatte Marie-Anna auf den Arm genommen und trug die schlaffe Gestalt zur Préfecture.

Faucon sah Markus Bretton verwundert an.

»Ich war es. Ich bin verantwortlich für die Anschläge.«

Gegenwart

34. Kapitel

Chateau Kerjean

Die Morgendämmerung war angebrochen, als ich fertig war. Die ersten Vögel begannen verschlafen ihren Zwitscherchor. Graues Licht füllte das Zimmer. Grau, wie meine Stimmung.

»Es musste doch so enden«, schluchzte Cilly trocken. »Es endet doch immer so. Ach Gott, ist das furchtbar!«

Sie krabbelte aus dem Bett und lief die Treppe hinunter. Rose hingegen lag auf dem Rücken neben mir, die Hände hinter dem Kopf verschränkt.

»Irgendwas ist anders. Aber ich weiß nicht, was«, murmelte sie nach einiger Zeit.

»Ich habe nicht darüber nachgedacht. Ich habe nur erzählt, was ich geträumt habe.«

Cilly kam zurück und trug das fünfte Tagebuch in der Hand.

»Du hast richtig geträumt, Anita. Hier ist der Zeitungsbericht über die Explosion des Munitionsdepots, bei dem eine junge Französin getötet wurde. Es wird berichtet, der Verantwortliche habe sich den Behörden gestellt. Markus Bretton.«

»Vielleicht habe ich das beim Durchblättern irgendwie unbewusst überflogen. Je nun … Könnt ihr mich ein bisschen alleine lassen?«

»Ungerne. Du bist so traurig, Anita.«

»Ich will schlafen, Rose. Bitte.«

Sie ließen mich in Ruhe, und ich sank tatsächlich noch einmal in einen traumlosen Schlaf. Als ich wieder aufwachte, füllte strahlender Sonnenschein den Raum.

Mein Wecker verriet mir, dass es halb zehn war, und ich gönnte mir eine kühle Dusche, um die Benommenheit abzuschütteln.

Musette, die weiße Katze mit den gelben und grauen Flecken, hatte sich auf meinem Schoß zusammengerollt. Sie gehörte eigentlich den Nachbarn und war eine entsetzliche Räuberin. Ein Camembert war ihr bereits zum Opfer gefallen, und Rose hatte sie eine Scheibe Schinken völlig unverfroren vom Brot geklaut. Aber ansonsten war sie sanft und tröstlich, ein Pelzkringel, der vor sich hin döste.

»Los, komm mit, Anita! Du kannst hier nicht den ganzen Tag in einer psychischen Dampfwolke sitzen und vor dich hindünsten.«

»Das kann ich wohl.«

»Nichts da. Heb deinen knackigen Hintern von der Liege, gib Musette einen Schubs, zieh dir was passend Aristokratisches an, wir fahren zum Schloss!«

»Ihr geht mir auf die Nerven.«

»Falsch, du gehst dir auf die Nerven.«

»Rose, was kannst du ätzend sein!«

Aber wahrscheinlich hatte sie Recht. Es nützte nichts, über die Vergangenheit nachzugrübeln, und es nützte auch nichts, vor der Zukunft Angst zu haben. Die Gegenwart war jetzt und hier. Und hier war es jetzt traumhaft schön geworden. Der Himmel war fast makellos blau, die weißen Wolkentupfer dienten mehr der Dekoration, als eine wettermäßige Bedrohung darzustellen. Der Wind, der die ganze Zeit über recht scharf und kühl gepfiffen hatte, war schwächer geworden, die klare, wunderbar reine Luft mild und ein wenig salzig.

Rose fuhr, Cilly las die Karte, und wir erreichten nach einer Viertelstunde auf Landstraßen niedrigster Ordnung, die uns durch eine bezaubernde Heckenlandschaft führten, ein kleines, bewaldetes Gebiet. Ein Parkplatz für Wanderer und Besucher war ausgewiesen. Er war bis auf ein weiteres Fahrzeug leer.

»Hier ist es. Steig aus, Anita!«

Rose versperrte das Auto, und wir durchschritten das Tor in der von allerlei Rankgewächsen überwucherten Umfassungsmauer. Eine lange, kiesbestreute Pappelallee zog sich schnurgerade durch eine gepflegte Parkanlage. Rechts und links breiteten sich Rasenstreifen aus, die von Hortensienbüschen gesäumt waren. Sie standen in ihrer ersten Blüte, violette, rosafarbene, blaue und weiße Ballen nickten zwischen den Blättern. Es wirkte zauberhaft, und die Sonne flimmerte durch das junge Blattgrün der hohen Bäume. Mit jedem Schritt Richtung Schloss verlor sich etwas von meiner dumpfen Traurigkeit.

»Was ist das? Ein Korb für Riesenbienen?«

Cilly stand staunend vor einem etwa fünf Meter hohen Gemäuer, das wirklich aussah wie ein überdimensionaler Bienenkorb.

»Die Bienen, die hier ein- und ausflogen, hatten Federn und gurrten, meine Liebe. Das ist die Colombière. Aber ich will nicht angeben, wenn es hier nicht auf dem Täfelchen stünde, wüsste ich es genauso wenig. Es scheint, so ein Ding war das geschätzte Prestigeobjekt aller hiesigen Schlossbesitzer.«

»Oh, und hier wird es martialisch!«, staunte Rose. »Da war früher bestimmt mal Wasser drin.«

Ein grasbewachsener Wallgraben umgab Chateau Kerjean, eine Festungsmauer mit Wehrgang und Türmen an den Ecken hinterließ den Eindruck einer stark befestigten Anlage, die kriegerischen Horden wohl zu trotzen wusste.

Doch heute stand das Tor weit offen, die Zugbrücke war heruntergelassen, und gegen ein geringes Entgelt durften wir unbehelligt den Schlosshof betreten.

»Na ja, was man so Schloss nennt!«, meckerte Rose. »Noch nicht mal Schlösschen. Außen eine Mordsshow machen mit Graben und Mauern, und dann verbirgt sich dahinter gerade mal ein besseres Einfamilienhaus.«

»Für eine große Familie allerdings, und recht geräumig.«

Aus grauem Stein, wie er überall in der Bretagne verwendet wurde, waren die Gebäude um den fast quadratischen Hof gebaut. Rechts vom Eingang befanden sich die Remisen und Ställe, links die Wirtschaftsräume, die Küchen und die Vorratskeller, vor uns der herrschaftliche Wohntrakt. Von ihm war die Hälfte eingestürzt, angeblich bei einem Brand vernichtet worden. Über dem Eingang befand sich ein Wandelgang, der die Kapelle auf der einen und einen weiteren Wohnturm auf der anderen Seite verband. Wir stiegen die breiten Steinstufen im Turm hinauf und schlenderten über den Wandelgang. Dann durchquerten wir die gewölbten und wunderschön getäfelten Räume über den Küchen und betraten die Wohnräume. Vereinzelt standen alte Möbel darin, und zwei Kleiderpuppen in historischen Kostümen luden mit ihren Gesten ein, sich umzuschauen. Doch ich ging zum Fenster hin. Durch die bleiverglasten Scheiben sah man das, was früher einmal eine prächtige Gartenanlage gewesen sein musste.

»Vielleicht hat Marie-Anna hier ebenfalls gestanden und in den Garten geschaut«, meinte Rose und fuhr mit Interesse mit dem Finger über die Verbleiung der Scheiben.

»Sogar sehr wahrscheinlich.«

»Hast du irgendein Gefühl der Vertrautheit?«

»Nein, nicht in der Art des Erinnerns. Aber es erscheint mir auch nicht fremd. Wie eigentlich alles hier in der Gegend. Gehen wir weiter.«

Wir durchquerten Hallen und Gemächer, Kammern

und Wirtschaftstrakte und die Kapelle und kamen wieder zu dem offenen Wandelgang. Ich lehnte mich an die Mauer und schaute zum Himmel auf. Es war glücklicherweise keine Feriensaison, wir waren ganz allein in dem Areal.

»Jetzt hat sich die dunkle Wolke etwas gelüftet, Anita, nicht wahr?«

»Ja, das hat sie. Ich fühle mich etwas gelassener. Aber dennoch …«

»Was denn, Anita?«

»Valerius – weißt du, wenn es stets so endet … Erst finden sie ihre große Liebe, wenige Tage geht es gut, dann sterben Annik, Anna und Marie-Anna. Und ich? Wenn Valerius wirklich kommt, und wir wirklich zueinander finden – werde ich dann auch sterben?«

»Anita, du hast immer darauf bestanden, das seien alles nur Geschichten, und ich soll die nicht so wörtlich nehmen!«, mischte sich Cilly ein.

Ich musste lächeln.

»Mit den eigenen Waffen geschlagen.«

»Na ja, ich wollte nur sagen, dass ich weiß, was du fühlst. Es geht einem unter die Haut, nicht? Vor allem, weil wir jetzt wissen, worauf euer Vater sie aufgebaut hat.«

»Das wissen wir jetzt tatsächlich. Obwohl er einiges natürlich erdichtet hat.«

»Er hat einiges erdichtet, und trotzdem – du denkst doch sonst so schrecklich logisch – hast du das verbindende Muster nicht erkannt, Anahita.«

Es berührte mich seltsam, dass meine Schwester mich mit meinem Taufnamen ansprach.

»Nein, ich habe das Muster nicht erkannt. Vermutlich, weil ich so logisch denke. Siehst du es, Rose?«

»Es liegt klar vor uns. Sieh mal – Cullen, der Barde, bringt Martius, den Krieger, um. Marcel, der Söldner, tötet Valeska, das Mädchen. Graciella, das Mädchen, verursacht den Tod von Ursula, der Mutter. Und Uschi, die Mutter, verschuldet den Tod von Julian, dem Barden. Der Kreis ist geschlossen. Der Ring vollendet.«

Ich machte die Augen zu. Ich dachte gar nichts mehr. Lange Zeit waren meine Gedanken ganz still. Dann tröpfelte die Erkenntnis in mein Bewusstsein. Julian, der Barde, der die Muster des Lebens entziffern konnte, hatte uns diese Geschichten geschenkt, damit auch wir sie erkannten. Wenn er das sich wiederholende Muster aber gesehen hatte, musste er gewusst haben, dass sein Tod nahe war. Und ebenso, wer ihn verursachen würde.

Er hatte nichts dagegen getan.

Er hatte das Schicksal angenommen.

Jedes Mal war der Tod einer der Personen Auslöser für den Tod von Annik, Anna und Marie-Anna gewesen.

Nach Julians Tod wäre auch ich beinahe gestorben.

Doch wäre Julian nicht zu diesem Zeitpunkt umgekommen, ich hätte in dem explodierenden Flugzeug gesessen.

So trug ich nur die Narbe in meinem Gesicht als Erinnerung daran.

Und bewahrte die drei Bilder im Gedächtnis, die ich gesehen hatte, bevor ich unter den glühenden Trümmern das Bewusstsein verlor – ein Dorf in Flammen, eine lodernde Holzscheune und das Auseinanderbersten eines fest gemauerten Munitionsdepots. Ich hörte wieder die Stimme. Und nun wusste ich, es war seine, Julians Stimme, die sagte: »Diesmal nicht!«

»Anahita, was wünschst du dir?«, hörte ich meine Schwester leise neben mir fragen. »Hast du über die Zukunft nachgedacht?«

»Ich habe es bisher nicht gewagt, Rose.«

»Marie-Anna wäre wohl mit ihrem Valerian glücklich geworden.«

»Ja, das wäre sie sicher. Sie hat seine Prinzipien über den Haufen geworfen und ihn zu einem lebendigen Mann gemacht.«

»Annik wäre genauso mit Valerius Corvus glücklich geworden.«

»Ja, stimmt. Und sogar die Stiftsdame Anna hätte ihr Glück als Hrabanus' Tochter gefunden.«

»Wirst du mit Valerius leben können, Anahita?«

»Wird er es wollen, Rose?«

»Wenn die Geschichte sich wiederholt…«

»Weißt du eigentlich, was du willst, meine Schwester?«

»Das wird sich zeigen, wenn ich ihn wieder sehe. Es ist ja zwischen Falko und mir nicht so weit gediehen wie bei dir und Valerius. Aber wenn sich die Geschichte wiederholt…«

»Ja, wenn…«

Langsam öffnete ich die Augen und sah in den Himmel. Vögel zogen ihre Schleifen und Bahnen über den Baumwipfeln, schwarze Zeichen, wie Hieroglyphen, am Himmel.

Ein Rabe flog von einem Baum auf und kreiste krächzend über uns. Ein feines, schwarzes Federchen taumelte im Luftzug herunter und blieb auf meiner Hand liegen. Ich sah ihm nach und entdeckte hoch am Himmel den Falken kreisen.

»Sie werden bald hier sein, Rose.«

»Ja, ich denke auch.«

»Lass uns nach Hause fahren, ich muss in Marie-Annas Tagebuch noch etwas ergänzen.«

»Dann komm.«

»Verrät mir hier mal einer, was los ist?«

»Cilly, später.«

35. Kapitel

Die Kreise der Planeten

Es wurde dunkel um Marie-Anna, doch Valerians Gesicht war das Letzte, was sie mit ihren schwindenden Sinnen wahrnehmen konnte. Dann begann sie ihre Wanderung durch die Unendlichkeit. Sie nahm sie ohne Angst auf, wissend, dass sie sie finden würde – die Unendlichkeit, hinter der sich ein ordnender Wille verbarg. Doch um ihm nahe zu kommen, musste sie die Welten der Materie durchqueren. Und so zog ihre Seele vorbei an dem Narbengesicht des Mondes, das mal hell und mal dunkel erschien, gerade wie das Licht der Sonne und der Schatten der Erde ihn berührten. Hier vergaß sie Ursula und ihre wankelmütige Zuneigung.

Dann kreuzte sie die Bahn der Venus, und das Bild von Rosemarie begann zu schwinden. Doch nicht ganz, denn die Wärme der Freundschaft hatte sich in ihre Gefühle eingenistet, und so behielt sie einen Hauch der Erinnerung. Der hurtige Merkur umtanzte die Sonne auf seiner engen Bahn, und hier schwand Julius aus ihrem Sinn. Graciella vergaß sie, als sie an der leuchtenden Sonne vorbeizog. Doch auch hier blieb ihr ein Fünkchen der Erinnerung erhalten.

Weit hinaus zog sie, um an dem roten Mars vorüberzuwandern. Markus Gesicht verblasste, als sie ihn hinter sich gelassen hatte. Doch dann traf sie den mächtigen Jupiter, umkreist von seinen Monden. Voll Staunen bewunderte sie die Farbenpracht seiner aufgewühlten Atmosphäre, und als sie sich endlich losreißen konnte, beschloss sie, sich an Valerian für immer zu erinnern, denn die Liebe zu ihm war so tief in ihr Herz eingedrungen, dass sie unmöglich dem Vergessen anheim fallen konnte.

Bei dem beringten Saturn weit draußen erinnerte sie sich für eine Weile an Faucon, doch mehr als das, was sie nun für sich behalten wollte, konnte sie auf ihrer weiteren Wanderung nicht mittragen. Sein Bild verlöschte, als sie sich Uranus näherte und ihn hinter sich ließ, um in die Abgründe des Alls zu entfliehen.

Sie wanderte lange, und es lösten sich Wehmut, Schmerzen und Trauer auf. Doch das tiefste Gefühl, das sie empfunden hatte, blieb bei ihr, und die Liebe wuchs zu einer gewaltigen, drängenden Kraft an: der Sehnsucht.

Sie wurde mächtiger und mächtiger, wurde angezogen von jenem leuchtenden Stern, um den die Planeten tanzten. Als die Ströme der Zeit sich so ordneten, dass die Gegebenheiten günstig waren, da wurde im Jahre 1972 dem Star des Schlagerhimmels, Caesar King, eine Tochter geboren.

36. Kapitel

Mehr als das Leben

Ich legte zufrieden den Stift nieder.

»So, nun hat auch diese Geschichte ihren Abschluss.«

»Diese ja, unsere noch nicht.«

»Nein, Rose, unsere noch nicht.«

Ich nahm mir Cillys Handy und schaute nach, ob es Nachrichten für uns gab. Und wirklich, Jan hatte vor nicht mal einer halben Stunde auf die Mailbox gesprochen. Ich möge ihn dringend zurückrufen.

Ich tat es, und er meldete sich erfreut.

»Hi, Ana. Schön, dass du dich so schnell meldest. Ich ruf dich im Haus an, o.k.?«

»Du vertelefonierst ein Vermögen.«

Aber er legte einfach auf, und das Telefon im Ferienhaus klingelte kurz darauf.

»Kannst ja meine nächste Telefonrechnung übernehmen. Also, pass auf.«

Während Musette, die sich in der Hoffnung auf weitere kulinarische Raubzüge ins Haus geschlichen hatte, um meine Beine streifte, hörte ich zu, was Jan zu vermelden hatte. Er erzählte, was sich in den Tagen von Montag bis heute, Donnerstagnachmittag, ereignet hatte.

»Valerius hat die Fotos am Montagmittag auf seinem Schreibtisch gefunden. Hey, Ana, die sind echt stark. Drei Stück haben wir ausgesucht. Das erste ist eine Rückenansicht, die Haare fließen über die bloße Haut, und man sieht nur ein kleines bisschen von deinem Profil über der Schulter. Aber es ist schon klar, wer das ist. Das zweite – wow –, da liegst du auf dem Rücken, und die Haare verdecken deinen Busen. Aber nicht ganz. Also – zum Reinbeißen schön. Das dritte ist eine Portraitaufnahme. So was habe ich noch nicht gesehen, echt. Du hast ein ganz, ganz stilles Gesicht, deine Augen blicken weit in die Ferne. Man sieht die Narbe deutlich, und eine einzelne Träne hängt an deinen Wimpern. Dieser Marc ist ein phantastischer Fotograf. Er hat eine Welt voller Sehnsucht darin festgehalten, Ana. Jeder, der deine Bilder sieht, wird sich in dich verlieben.«

»Ach, Jan! Es reicht einer.«

»Na, den hat es wohl auch getroffen. Zumindest kann man das aus seinen Reaktionen schließen. Cosy hat mir alles weitererzählt. Er hatte die Bilder noch keine fünf Minuten in der Hand, da fing er schon an zu telefonieren. Erst einmal hat er alle deine Nummern durchprobiert, dann die von Rose. Aber ihr seid ja stumm geschaltet. Deprimierend, nicht einmal einen Anrufbeantworter oder eine Mailbox zu bekommen. Anschließend hat er es bei Roses Mutter versucht. Die hat ihm höflich, aber bestimmt mitgeteilt, sie sei nicht bereit, irgendwem eine Auskunft über euch zu geben. Bei deiner Mutter hat er ebenfalls nichts erreicht.«

»Natürlich nicht, sie ist in einer Klinik, und Tilly weiß nichts.«

»Jau, dann hat er es zunächst aufgegeben, wahrscheinlich hat er es abends von seiner Wohnung aus noch mal versucht, in der Hoffnung, dich zu Hause anzutreffen. Am Dienstag hat er als Erstes seinen Neffen Falko angeklingelt. Cosy hat gelauscht. Den hat er reichlich zusammengefaltet. So von wegen, dass er seiner Bitte Folge geleistet hatte, dich nicht zu treffen, jetzt jede Spur von dir verloren habe, und dass er gefälligst alle Hebel in Bewegung setzen solle, dich zu finden. Der Herr Staatsanwalt hat unbürokratische Hilfe zugesagt, und seither versuchen sie, dein und Roses Handy zu orten.«

»Schön, sind und bleiben ausgeschaltet.«

»Dann wurde Valerius kreativ. Er hat versucht, herauszufinden, wer ihm die Fotos zugespielt hat. Die reizende Belinda gab ihm die Beschreibung der Dame, die sie abgeliefert hat, was ihm zunächst wenig weiterhalf. Daraufhin hat er Marc angerufen und gefragt, ob er wüsste, wo du bist. Der hat die Situation wohl weidlich ausgekostet und so getan, als ob er es zwar wüsste, aber die Info ums Verrecken nicht herausrücken würde. Er hat aber behauptet, er würde sich am nächsten Tag zu dir auf den Weg machen. Hat er eine Ahnung, wo du bist?«

»Glaube ich kaum. Ich habe ihm den Namen der winzigen Insel hier vor der Küste genannt. Es müsste schon ein sehr seltsamer Zufall sein, wenn er erraten kann, in welchem Land sie sich befindet.«

»Da sei mal nicht so sicher, Ana. Also, sein Handy versuchen sie nun gleichfalls zu orten, aber der gute Mann hat es ebenfalls ausgeknipst! Ich würde mal sagen, er ist auf dem Weg zu euch.«

»Da kann er lange suchen.«

»Ich weiß nicht, Ana, ich weiß nicht! Das ist gutes Surf-Revier, wo ihr seid, und der Junge ist ein passionierter Sportler, hat Denise gesagt.«

Mist. Ja, mir fiel ein, er hatte einmal einsame Strände in der Bretagne erwähnt, die er für sich entdeckt hatte. Seine mangelnde Neugier, als ich die Ile de Sieck erwähnte, konnte darauf schließen lassen, dass er tatsächlich wusste, wo wir waren. Nun ja, das war jetzt nicht mehr zu ändern.

»O.k., weiter.«

»Tja, also Valerius fing an, sich um die Überbringerin der Fotos zu kümmern, und kam durch Cosy drauf, die eine Zeitschrift geschmackvoll auf ihrem Schreibtisch dekoriert hatte. Mit Denises Foto auf der Seite und einem Bericht über die erfolgreiche Sängerin, die ein Lied des verstorbenen… du weißt schon. Er zog sehr hurtig die richtige Schlussfolgerung und rief Denise an. Sie hatte den Anrufbeantworter laufen. Dann kam er auf die glorreiche Idee, mit mir zu sprechen, und ich habe ihm nur angedeutet, du hättest dich verständlicherweise dem Interesse der Öffentlichkeit entzogen. Er hat von mir zumindest erfahren, dass du mit Rose seit Freitag unterwegs bist. Und so ganz im Allgemeinen habe ich davon berichtet, was für eine mistige Zeit du völlig alleine durchzustehen hattest. Er hörte sich anschließend nicht glücklich an. Aber schließlich meldete Denise sich heute Morgen bei Cosy und kündigte an, sie würde gegen Mittag vorbeischauen. Das hat sie getan, und hier ist sie selbst.«

»Hallo, Anahita! Wie geht's euch am Ende der Welt?«

»Erst mehr trüb und wolkig. Jetzt aber überwiegend heiter. Sowohl vom Wetter wie von der Stimmung.«

»Gut. Ich habe deinen Valerius heute wieder gesehen. Ernsthaft, ich habe so etwas wie einen Stich von Eifersucht verspürt. Er hat sich unheimlich gut gehalten. Viele Männer werden so schlampig, wenn sie die Vierzig überschritten haben. Aber er wirkt noch so wie vor Jahren, als ich einmal kurz mit ihm zusammen gewesen bin. Erst schlich er ein bisschen um den heißen Brei herum, aber dann sind wir gemeinsam zum Italiener um die Ecke gegangen, und so allmählich kam er zur Sache. Er fragte mich, ob ich deinen Aufenthaltsort wüsste, und ich sagte ihm, ich hätte deine Adresse. Mehr nicht. Er hat gemerkt, dass ich sie ihm nicht so einfach geben würde. Ich habe ihn zartfühlend daran erinnert, in welcher ziemlich beschissenen Situation er dich ganz alleine gelassen hat, und ihm zu verstehen gegeben, er bekäme keine Silbe aus mir heraus, wenn er jetzt nur ein paar Tage mit dir am Strand verbummeln wolle. Außerdem habe ich ihm ein wenig von deinem Freund Marc vorgeschwärmt. Er hat nämlich auch von mir sehr ansprechende Fotos gemacht.«

»Salz in die Wunden zu reiben war aber nicht nötig.«

»Doch, ich fand schon.«

»Und was hat er gesagt?«

»Liebes, das soll er dir besser selbst ins Öhrchen flüstern. Es war zumindest für mich annehmbar genug, um ihm deinen Aufenthaltsort zu nennen. Er sah etwas erstaunt aus und hatte anschließend Mühe, das Essen auf einigermaßen höfliche Weise zu beenden.«

Jan kam wieder in die Leitung.

»Er hat Falko angerufen und ihm barsch empfohlen, seine Koffer zu packen. Sie werden morgen Nachmittag aufbrechen und wahrscheinlich die Nacht durchfahren. Ja, so ist der Stand der Dinge, Ana. Bist du zufrieden mit unserer Arbeit?«

Ich musste lachen.

»Ihr wart wundervoll. Die Telefonrechnung bezahle ich mit Vergnügen.«

Wir tauschten noch ein paar andere Neuigkeiten aus, dann legte ich auf und berichtete den beiden zappeligen Lauscherinnen an meiner Seite, was ich gehört hatte.

»Also haben wir alle drei demnächst hier.«

»Sieht ganz so aus. Marc ist mir allerdings nicht ganz so willkommen.«

»Aber mir! Ständig wollt ihr, dass ich leer ausgehe!«

»Cilly, Marc ist nicht der Mann für dich. Er ist ein Abenteurer, ein Herzensbrecher und im Übrigen viel zu alt für dich.«

»Quatsch mit Soße. Dann ist Valerius auch zu alt für dich! Und Jules Coloman war auch zu alt für Graciella Raabe.«

»Was?«

»Na, sie hat ihn doch geheiratet. Sonst hieße diese Ur-

urur-was-weiß-ich-Großmutter doch nicht Graciella Coloman, oder?«

»Da haben wir zwei getrennte Problemkreise, meine liebe Schwester-Schwester. Wir sollten diese Urkunden erst noch mal durchgehen, um die Verwandtschaftsbeziehungen zu unseren Vorfahren klarzustellen. Später werden wir uns um dein Liebesleben kümmern.«

»Einverstanden, die Unterlagen gehen wir morgen durch. Um mein Liebesleben kümmern wir uns jetzt, denn der Trailer mit dem Surfbrett auf dem Dach, der hier gerade vor der Tür hält, ist ein Bestandteil davon.«

Cilly sprang auf, riss die Tür auf und schrie begeistert: »Marc!«

Ich seufzte theatralisch: »Gut, dass ich gewarnt wurde.«

Musette maunzte ärgerlich auf, das Geschrei behagte ihr nicht. Ich konnte sie gerade noch davon abhalten, sich in die Küche zu stehlen. Sie machte nämlich auch vor dem Gemüsekorb nicht Halt. Schon zweimal hatte sie ihn auf der Suche nach Bekömmlichem ausgeräumt und den Inhalt auf dem Boden verteilt.

Marc hatte Cilly hochgehoben und schwenkte sie übermütig in der Luft. Sie kreischte.

Wir empfingen den Helden mit gebremsterem Schaum.

»Putzig, wie du immer wieder die Bahnen unseres Lebens kreuzt«, bemerkte ich trocken zu ihm.

»Ja, nicht? Gerade überkam mich die Vorstellung, ich hätte ein paar Tage Urlaub nötig, und bei der Ile de Sieck, die du so unbedachterweise erwähnt hattest, dachte ich an eine Runde Windsurfen. Ich habe auch ein Kite-Board mitgebracht. Also, wenn du Lust hast ...«

Warum? Warum nur packte mich genau diese Lust, in voller Geschwindigkeit über die Wellen zu gleiten?

»Morgen, Marc. Ich brauche erst noch einen Anzug und Stiefel.«

»Kannst du dir hier im Club ausleihen. Hab' mich schon erkundigt. Und nun, ihr Hübschen, was habt ihr heute Abend vor?«

»Mit dir auszugehen, Marc«, flötete Cilly eifrig und spielte neckisch mit ihren blonden Rasierpinselzöpfen. »Es gibt hier eine messerscharfe Dorfdisco, in die mich meine älteren Schwestern nie mitnehmen.«

»Weil du das Verderben der örtlichen Fischerjungs bist.«

»Wenn Marc dabei ist, nicht.«

»Dann bist du sein Verderben!«

Kurz und gut, wir ließen uns überreden und nahmen an den ländlichen französischen Lustbarkeiten teil. Marc ließ keine Gelegenheit aus, meine Nähe, vor allem die körperliche, zu suchen, und ich hatte alle Hände voll zu tun, ihn zu disziplinieren. Wir kamen spät in die Federn, und Marc nahm nur mit Maulen das Urteil an, seinen eigenen Schlafplatz im Trailer zu benutzen. Den nächsten wettermäßig traumhaften Tag verbrachten wir mit Surfbrett, Kite-Board und Badematte am Strand. Marc brachte Cilly, die nicht unbegabt darin war, die Grundkenntnisse des Windsurfens bei, Rose schwamm oder aalte sich in der Sonne, und ich genoss nach einem Jahr Abstinenz das erste Mal wieder die Freiheit des Fliegens. Der Wind war genau richtig, und ich kam mit dem Kite-Board der kleinen Insel mehrmals sehr nahe. Noch hatte ich mich nicht getraut, sie zu betreten.

Gegen Abend waren wir hungrig und erschöpft. Marc scheuchten wir nach dem Essen aus dem Haus, um unsere letzte Übung in Sachen Vergangenheit vorzunehmen. Musette hingegen ließ sich nicht so einfach vertreiben. Wir duldeten es, dass sie, gesättigt von etlichen Wurstzipfeln und einer großen Schale Sahne, ihren Verdauungsschlaf in einem der Sessel hielt, während wir die Urkunden aus der Dokumentenmappe ausbreiteten und versuchten, sie zu einem Stammbaum zu ordnen. Es war nicht einfach. Die altertümliche Druckschrift war schwer zu lesen, die ältesten Urkunden waren vergilbt und stockfleckig, was der Kopierer getreu übernommen hatte. Die Eintragungen der verschnörkelten Handschriften waren teilweise kaum zu entziffern. Rose fand die erste wirklich interessante Unterlage, als die Dämmerung schon hereinbrach.

»Cilly hatte Recht, hier ist die Heiratsurkunde von Jules Coloman und Graciella Raabe. Sie haben drei Jahre nach Marie-Annas Tod geheiratet.«

»Da war Graciella siebzehn und er fünfunddreißig«, meinte Cilly triumphierend. »Und Rose, sieh mal – Valerian Raabe hat im März 1814 Rosemarie geheiratet.«

»Ich hatte gehofft, sie würde ihren Faucon bekommen.«

»Verflixt, Rose, ich habe etwas vergessen.«

Hastig lief ich in mein Zimmer und holte aus meinem Kosmetikkoffer das alte Samtbeutelchen heraus. Mit dem Goldfiligrankreuz in der Hand ging ich nach unten.

»Das, Liebes, gehörte wohl Rosemarie.«

Rose nahm es in die Hand, ehrfürchtig fast, und schloss die Augen.

Cilly und ich warteten schweigend. Musette hingegen stand auf und beobachtete sie mit gespitzten Ohren, als lausche sie ihren Gedanken.

»Sie war nach Marie-Annas Tod unsagbar erschüttert, wurde aber dennoch für eine Weile Faucons Geliebte, bis er im Januar 1814, nach Napoleons Niederlage, sehr plötzlich die Stadt verlassen musste. Valerian war nach Marie-Annas Tod völlig unnahbar geworden, er ging auf eine lange Reise nach Übersee. Als er Ende 1813 zurückkam, war Rosemarie die Einzige, die überhaupt noch hin und wieder an ihn herankam. Als Faucon sie verlassen hatte, fanden sie in ihrer Trauer zusammen.«

»Ja, so wird es wohl gewesen sein«, flüsterte ich. »Kinder hatten sie keine.«

»Nein, aber Graciella. Schau, sie hatte fünf Kinder, drei Mädchen haben überlebt, wie es scheint, die beiden Jungen starben in den ersten Lebensjahren.«

So weit waren die Unterlagen noch einfach zu deuten, dann aber wurde es kniffelig. Denn Graciellas drei Töchter waren recht fruchtbar, und die Neben- und Seitenlinien verästelten sich stark. Wir hatten schon mehrere Seiten Papier mit unseren Aufzeichnungen nebeneinander gelegt, um Heiraten, oft mehrfache, und Nachkommen, einige uneheliche, in die richtige Ordnung in dem Stammbaum zu bringen. Erstaunliche Verflechtungen traten zutage.

»Wahnsinn, Graciellas jüngste Tochter hat einen Deniz de Kerjean geheiratet, den Sohn von Yorick, Marie-Annas kleinem Bruder!«

»Wo geht es in der Linie weiter? Haben wir gestern womöglich wirklich das Heim unserer Ahnen besucht?«

»Nein … nein, sieht nicht so aus. Schade!«

Gegen Mitternacht und eine Generation weiter stieß ich auf eine interessante Datenkombination.

»Ach du meine Güte!«

»Was ist, Anita?«

»Es gab eine Annemarie de Kerjean, die mit zwanzig einen gleichaltrigen Mann geheiratet hat. In aller Stille. Vier Monate später war der Nachwuchs da. Das riecht nach Skandal.«

»Und der Mann? Ei, ei, schau her!« Rose grinste. »Ein Titus Corvin!«

»Vom Stamme der Raben, vermute ich.«

»Ein vitaler Bursche, der Titus. Siebzehn Kinder hat er

gezeugt, nicht alle mit Annemarie. Mit sechsundsechzig das letzte.«

»Alt ist er auch geworden, vierundneunzig.«

»Na, das lässt ja hoffen!«

Wir hätten eigentlich todmüde sein müssen, doch die Spannung hielt uns wach. Um eins hatten wir die erste Rosewita entdeckt, die 1897 geboren wurde. Eine Enkelin des Titus Corvin, die einen Heinrich Kaiser in den zwanziger Jahren geheiratet hatte. Einen Aurelius Corvin fanden wir etwas später in einer anderen Linie, der wiederum mit einer Dominique de Kerjean verbandelt war.

»Dieser Familienzweig hat einen Hang zur antiken Namensgebung, scheint mir. Julia, Valeria, Lucia heißen die diversen Töchter von Claudius, Titus' Sohn. Den einzigen Sohn nannten sie Alexander.«

»Und dessen Sohn Valerius.«, stellte Cilly nüchtern fest. »Da!«

Eine Geburtsanzeige, aus einer Zeitung ausgeschnitten, präsentierte uns Valerius Titus Corvin.

»Wer hat diese Sachen nur gesammelt? Das muss jemand mit einem ausgeprägten Hang zum Familienzusammenhalt gewesen sein.«

»Eine meiner Großtanten. Sie war bekannt dafür, dass sie sich jeden Geburtstag merken konnte. Julian hat sie sehr gerne gehabt, aber sie ist gestorben, als ich noch keine sechs Jahre alt war. Er wird diese Mappe mit den Dokumenten aus ihrem Nachlass an sich genommen haben.«

Um zwei Uhr nachts hatte ich endlich eine Person gefunden, an die ich mich lebhaft erinnern konnte. Georg Kaiser, meinen Großvater, Sohn der Rosewita Kaiser.

»Also habe ich nicht nur eine Schwester, sondern auch eine Urgroßmutter namens Rosewita.«

Zumindest wurde über die verschiedenen Äste des

Stammbaumes jetzt ungefähr klar, wie die Tagebücher, der Siegelring, der Lilienring und das Kreuz zu Julian gekommen waren. Der Bernsteinring mochte einen anderen Weg gegangen sein. Ihn hatte Faucon in Besitz gehabt. Möglicherweise hatte er ihn nach seinem Abzug aus der Stadt zurückgelassen, und eilfertige Hände hatten sich an ihm vergriffen.

»Leute, es ist beinahe drei Uhr nachts. Ich bin total fertig!«

»Jetzt wo du es sagst…«

»Wo ist eigentlich die Katze?«

»Weiß ich nicht, ist mir jetzt auch egal. Zu Bett, Mädels!«

Musette lag mitten auf meiner Bettdecke. Ich schleppte die schlaffe, nur leise murrende Katze zu Cilly und deponierte sie an ihrem Fußende.

Ich wurde wach, obwohl kein Laut mich geweckt hatte. Und fand ihn an meinem Bett knien, in der einen Hand das Ende meines Zopfes. Er sah mich an. Ernst, ein wenig verlegen. Ich rückte ein Stück von ihm fort, und er wollte aufstehen. Darum hob ich die Decke etwas an und bat leise: »Komm, du wirst müde sein.«

»Nein.«

»Doch. Du bist die ganze Nacht durchgefahren.«

»Ja.«

»Und dann hier eingebrochen.«

»Nein, das Mädchen hat die Katze aus der Tür gelassen. Sie hat das Auto gesehen und hat mich ins Haus eingeladen.« Er lachte leise. »Sie meinte, es sei zwar nicht gerade die passendste Zeit, Besuche abzustatten, aber ich solle sofort zu dir gehen.«

»Stimmt. Und nun komm. Ich brauche noch etwas Schlaf.«

»Ana, ich kann jetzt nicht schlafen.«

»Komm ins Bett. Aber nicht mit Hut und Stiefeln.«

Er gab nach und legte sich zu mir. Das erste Mal war ich erfreut über die weiche Matratze. Er hatte keine Wahl, wir rutschten in der Mitte zusammen. Zufrieden seufzte ich auf, als ich ihn an meiner Seite spürte, zog die Decke über uns und legte meinen Kopf an seine Schulter.

»Schlaf, Valerius.«

»Gut.«

Es klang resigniert, doch ich war viel zu müde, um zu diskutieren. Noch ein paar kleine Bewegungen, um mich an die neue Lage anzupassen, und der Schlaf umfing mich erneut.

Als ich das nächste Mal aufwachte, befand ich mich in derselben Lage, in der ich eingeschlafen war. Valerius neben mir atmete ruhig und tief, er musste ebenfalls sofort eingeschlafen sein. Sehr vorsichtig, um ihn nicht zu wecken, befreite ich mich aus der Decke. Er bewegte sich, hielt mich fest, ohne wach zu werden. Also blieb ich liegen.

»Ana.«

»Ja, Valerius?«

»Anita?« Er schlug die Augen auf. »Wie …?«

»Ich fand dich in anbetender Haltung vor meinem Lager knien. Im Morgengrauen. Sehr romantisch!«

»Und hast mich in dein Bett genommen?«

»Mein üblicher Service für alle Helden.«

»Alle?«

»Unbedingt.« Ich nickte ernsthaft. »Und Kaffee bekommen Sie ebenfalls serviert.«

»Warum muss dein anderer Held draußen vor der Tür nächtigen?«

»Na, weil du doch erwartet wurdest. Mehr als einen Helden vertrage ich nicht im Bett.«

Ich lachte ihn an und wand mich aus seinen Armen. Er setzte sich auf, und ich durfte seine bloße Brust bewundern. Einen schmerzlichen Moment lang war ich drauf und dran, meine Rolle fallen zu lassen und mich an sie zu werfen. Aber energisch richtete ich die Träger meines sehr langen, sehr keuschen Nachthemdes und stand auf.

Als ich jedoch in seine Augen sah, las ich darin, dass er genauso mit dem Verlangen zu kämpfen hatte.

»Ich will nicht, Valerius«, flüsterte ich.

»Ich schon. Aber ich verstehe dich.«

»Danke.«

»Wie spät ist es?«

»Zehn durch. Zeit für Helden, aus den Federn zu kriechen. Ich mache uns Kaffee. Eine kalte oder heiße Dusche, je nach Bedarf, findest du unten, rechts neben dem Eingang.«

Ich nahm meine Kleider aus dem Schrank und ging in unser Badezimmer oben. Als ich angekleidet und ein wenig zurechtgemacht nach unten kam, saßen Marc, Rose und Cilly bereits am Frühstückstisch. Marc war ungemein berechenbar. Er stand auf und legte Besitzergebaren an den Tag. Ich erwehrte mich seiner Umarmung und setzte mich an den Tisch, ihm gegenüber.

»Nein, kein Küsschen zum Croissant. Klecks dir Marmelade drauf, das ist süß genug.«

»Du bist nur so hart zu mir, weil fremde Männer im Haus sind.«

Ich goss mir wortlos Kaffee und Milch in die Tasse. Hunger hatte ich nicht. Aber ich spürte, dass Valerius hinter meinen Stuhl getreten war und die Hand auf die Rückenlehne gelegt hatte.

»Sie haben ja doch noch hergefunden, Corvin! Bisschen spät, was?«

»Möglich.«

»Ich war vor Ihnen da«, grinste Marc unverschämt.

»Nicht am selben Platz.«

»Meinen Sie?«

Marcs Tonfall war nicht freundlich. Ich erlaubte mir die Bemerkung: »Marc traf vorgestern ein, um sich auf seinem Surfbrett abzuarbeiten.«

»Schätzchen, das interessiert diesen Mann da neben dir einen feuchten Dreck.«

»Marc, benimm dich!«

»Warum? Habe ich etwas zu verlieren?«

»Glauben Sie, auf diese Weise etwas zu gewinnen, Marc?«, fragte Valerius ruhig.

»Setz dich, Val, hier steht dein Kaffee.«

Er ließ sich auf dem Platz neben mir nieder, und Cilly schob ihm mit einem Lächeln Brot und Butter zu.

Rose sah mich fragend an. Ich holte die Auskunft für sie ein.

»Bist du eigentlich alleine gekommen, Val?«

»Nein, Falko ist mitgefahren. Er schläft vermutlich noch.«

»Wo? Im Auto?«

»Nein, in unserem Haus.«

»Ihr habt auch ein Ferienhaus gemietet?«

»Nicht gemietet. Mein eigenes Haus. Ein exotischer Luxus, ich weiß. Aber ich komme gerne her, wenn ich etwas Ruhe brauche. Selbst wenn es nur für ein paar Tage ist.«

»Hier in der Nähe? Das ist witzig«, meinte Cilly. »Sollen wir hinfahren und Falko wecken, Rose?«

Rose erblühte rosig und schüttelte den Kopf.

»Ich werde ihn gleich herschicken. Aber vorher, Anita, würde ich gerne mit dir sprechen.«

»Ah, ich bin gespannt, Anita. Lassen Sie hören, Corvin!«

»Marc, wolltest du Cilly nicht mit dem Surfbrett vertraut machen?«

»Erst wenn die Flut kommt, und das dauert noch ein Weilchen. Ich habe also Zeit, Schätzchen.«

Ich stand auf und zog meine Sandalen an.

»Gehen wir zum Strand, Valerius. Hier ist es zu eng.«

»Ja, in Ordnung.«

Marc versuchte ebenfalls aufzustehen, aber Cilly schmeichelte sich schon wieder an ihn heran, so dass er auf der Bank an dem langen Tisch eingeklemmt blieb. Ein cleveres Mädchen.

Valerius öffnete mir die Tür seines Wagens.

»Ich dachte, zum Strand. Das ist nur ein paar Schritte entfernt.«

»Zu meinem Strand, Anita.«

»Na gut, wenn du meinst.«

Er wendete, fuhr durch das Dorf und hinunter zu dem Parkplatz, dort, wo sich der schmale Übergang zur Insel befand. Aber er hielt nicht an, sondern ließ den Wagen die betonierte Piste hinunterrollen, die ins sandige Watt führte.

»Halt!«

Er trat auf die Bremse.

»Was ist?«

»Da drüben? Das ist dein Haus?«

Ich war fassungslos.

»Ja, das ist mein Haus. Das erste, um korrekt zu sein. In dem anderen wohnt Gérard. Ihm habe ich die Felder verpachtet.«

»Valerius, es gibt für mich einen Grund, diese Insel … Nein, es ist sehr kompliziert. Wir sind nicht zufällig hier. Diese Insel hat etwas mit einer Geschichte zu tun, die mein Vater uns erzählt hat.«

»Du wirst mir mehr davon erzählen müssen.«

»Es ist schwer, das in wenigen Worten zu erklären.

Aber wenn du da drüben wohnst, dann will ich gerne zu dir kommen. Nur möchte ich es zu Fuß tun.«

»Na, dann steig aus. Ich fahre vor und hole dich unten am Strand ab.«

»Ja, bitte, tu das, Valerius.«

Ich stieg aus und nahm meine Schuhe in die Hand, während er den kurzen Weg vorausfuhr.

»Der Rabe ist dir wohlgesonnen! Fürchte dich nicht vor ihm. Er wird dein Führer sein durch alle Welten. Er wird dich hierher zurückbringen. Einst.«

Das hatte die alte Seherin Tekla der jungen Annik gesagt, bevor sie aufbrach. Vor beinahe zweitausend Jahren. Kannte mein Vater die Ile de Sieck?

Langsam, Schritt für Schritt ging ich diesem Fleckchen Land entgegen.

Zur Vorderseite hin stand ein großes Haus aus grauem Feldstein, ein festgefahrener Kiesweg führte aus dem sandigen Watt hinauf, endete in einem Hof davor, der von einem weißen Lattenzaun umgeben war. Hohe, blühende Hortensienbüsche lehnten an der Mauer, Türen und Fenster waren in einem leuchtenden Blau gestrichen. Ich sah hinüber und erkannte Valerius, der langsam den Pfad hinabging. Mein Begehren, meine Sehnsucht nach ihm überschwemmten mich wie die Wogen des Meeres. Ich konnte nicht anders, ich löste meine Haare und ließ den Wind sein Spiel mit ihnen treiben. Ich kehrte zurück, das war alles, was ich wusste. Als ich die Hälfte des Weges zurückgelegt hatte, flog krächzend ein Rabe vom First des Hauses auf. Ich blieb stehen. Er setzte sich vor mir nieder, und ich kniete mich zu ihm hin. Ganz ruhig blieb er sitzen, und seine dunklen Augen sahen mir in die Seele. Dann breitete er seine Fittiche aus, gab einen rauen Schrei von sich und flog davon. Ich sah ihm lange nach, und ich wusste, dass auch Valerius' Blick ihm folgte. Dann lief ich los, ihm entgegen.

Er fing mich in seinen Armen auf.

»Ana! Welche Macht hast du über die Raben?«

»Habe ich eine, Valerius?«, fragte ich leise.

»Eine beeindruckende, fürchte ich.«

Er hielt mich an sich gedrückt, aber ich machte mich vorsichtig los. Auf dem Kies zog ich meine Schuhe wieder an und näherte mich dem Haus. Die Kehle war mir eng, und ich war froh, als ich auch sie wieder fand. Zusammengerollt in der Sonne dösend, lag die kleine rote Katze vor der blauen Tür. Ich beugte mich zu ihr und rief sie sanft.

»Feli, Feli.«

Zwei grüne Augen blinzelten verschlafen, sie reckte sich, einmal vorne lang, einmal hinten lang, einmal Buckel machen. Dann kam sie zu mir, rieb ihr Köpfchen in meiner Hand und schnurrte, wobei der ganze Körper vibrierte. Ich hob sie hoch und drückte sie an mich. »Feli, hat lange gedauert, bis wir uns wieder treffen«, wisperte ich in ihr gespitztes Öhrchen. Sie begann, an einer Haarsträhne zu zupfen. Und drückte mir dann ihre Nase an die Wange.

»Über die wilden Katzen gebietest du auch, Herrin?«

»Wild? Wohl kaum.«

»Doch, ihre Mutter ist eine Streunerin, die gelegentlich bei Gérard im Hof Mäuse fängt. Diese hier ist die letzte Überlebende ihres Herbstwurfes. Ich habe sie zu Ostern das erste Mal durch die Felder streifen sehen. Warum sie heute hier vor der Tür liegt, weiß ich nicht.«

»Katzen haben viele Leben. Komm, Feli, wir wollen sehen, ob dieser Mann hier einen Becher Sahne im Kühlschrank hat.«

»Hat er. Kommt rein. Ich werde wohl meine Gastfreundschaft auf dieses Tier ausweiten müssen.«

»Magst du keine Katzen?«

»Doch, aber ich hatte bisher wenig Muße, mich um sie zu kümmern.«

Das Haus war wunderbar eingerichtet. Schon unser Ferienhaus mit seinen alten Möbeln hatte mich gefangen genommen, aber hier war die Hand eines echten Fachmanns und Künstlers tätig gewesen. Holz und roher Stein wechselten sich in Mauerwerk und Boden ab, an einer Seite gab der Raum hohe Deckenbalken preis, auf der andern Seite öffnete sich eine Galerie. Es gab einen Kamin, groß genug, um einen Ochsen darin zu braten, aber auch eine moderne Küche, in der Feli mit einem Sahnetöpfchen bewirtet wurde. Zunächst schnupperte sie misstrauisch daran, aber als ich ihr einen Tropfen am Finger reichte, leckte sie ihn begeistert ab und schlabberte dann die Schale leer. Danach schien sie an meinen Fersen kleben zu bleiben. Wohin ich ging, Feli war hinter mir.

Valerius ebenfalls. Es gab eine Terrasse nach Südwesten hinaus und einen Wintergarten für kühlere Tage. Auf der gefliesten Terrasse standen Teakliegen mit gelbweiß gestreiften Polstern. Der Blick über die Felsen und das Meer war beeindruckend schön. Ich setzte mich und streckte die Beine aus.

»Entschuldigst du mich ein paar Minuten? Ich will Falko wecken.«

»Sicher.«

Valerius kam nach einer Viertelstunde wieder, die ich damit verbracht hatte, mit Feli und einem langen Grashalm Haschen zu spielen und meine Haare wieder zu einem festen Zopf zu flechten, was die kleine Rote ungemein faszinierte.

»Er hat das Fahrrad genommen und ist zu eurem Haus gefahren. Gerade noch rechtzeitig. Die Flut kommt nämlich bald, dann sind wir für ungefähr zwei Stunden hier vom Land abgeschnitten. Willst du so lange bleiben, oder soll ich dich rasch zurückbringen?«

»Ich nehme an, du hast Vorräte für diese harte Zeit angelegt.«

»Habe ich, keine Sorge. Was möchtest du?«

»Nichts im Augenblick. Mich macht schon die Aussicht trunken.«

Er setzte sich neben mich in einen Sessel, sah ebenfalls hinaus und schwieg. Schließlich sagte er: »Es fällt mir ein bisschen schwer anzufangen, weißt du.«

»Weiß ich, Valerius. Ich habe mich im März einmal so ähnlich gefühlt. In deinem Vorzimmer.«

»Es ist dein gutes Recht, mich das spüren zu lassen.«

»Nein, mein Recht ist das sicher nicht. Ich wollte dir nur zu verstehen geben, dass ich weiß, wie das ist – unsicher zu sein.«

Er stützte den Kopf in die Hände. Dann sah er hoch.

»Diese Bilder …«

»Ich habe sie noch nicht einmal gesehen. Wir sind abgereist, bevor Marc sie ausgedruckt hat.«

»Sie sind hinreißend. Aber … Ana, ich habe vier Tage unermüdlich nach dir gesucht. Jetzt bist du bei mir, und ich weiß nicht, woran ich bin. Habe ich dich verloren? Bin ich wirklich zu spät gekommen?«

»Zu spät gekommen für was, Valerius?«

»Um … ja, eine berechtigte Frage.« Er stand auf und ging auf der Terrasse auf und ab. Dann blieb er vor mir stehen. »Derartige Bilder entstehen nur, wenn sich Modell und Fotograf sehr nahe gekommen sind, nicht wahr?«

»Möglich. Ich sagte doch, ich habe die Bilder nicht gesehen. Aber wenn du wissen willst, ob ich zuvor mit Marc geschlafen habe, dann ist die Antwort, ja.«

»Also bin ich zu spät gekommen.«

»Um mit mir ins Bett zu gehen? Ist es das, weswegen du mich gesucht hast? Bist du deswegen hergekommen?«

Ich stand auf und ging zu ihm zu der Balustrade, die die rechte Seite der Terrasse von der tiefer liegenden Rasenfläche trennte. Er drehte sich zu mir um und sah mich mit einem kleinen, leicht verlegenen Lächeln an.

»Nein, Anita. Nicht deswegen. Ich weiß, die beiden Male, die wir uns getroffen haben, endeten auf diese Weise. Danach habe ich Trottel mich nicht mehr bei dir gemeldet. Was glaubst du, wie schäbig ich mir vorkomme? Ich war kritisch, als Falko mir vorhielt, ich wüsste nichts von dir. Da gab es die Sache mit den Drogen – Unsinn, weiß ich heute. Aber ein paar Tage lang war ich misstrauisch. Daraufhin habe ich mir die typische Selbstberuhigungsausrede einfallen lassen: Anita wird sich schon melden, wenn sie meine Hilfe braucht. Das war eine Glanzleistung, nicht wahr? Jan hat mir den Zahn gezogen. Sehr schmerzhaft.«

»Jan ist ein guter Freund. Ich werde mich in der nächsten Zeit ein wenig mehr um ihn kümmern. Er sollte sein Studium fertig machen. Das Potenzial dazu hat er.«

»Ich werde ihm helfen, wenn du ihn dazu überreden kannst.«

Ich sah zu Valerius hoch. In seinen kurz geschnittenen schwarzen Haaren schimmerten etliche graue im klaren Sonnenlicht. Zwei graue Streifen zogen sich auch durch seinen Bart an den Mundwinkeln nach unten. Seine Augen waren dunkel, von Fältchen umgeben und ein wenig müde. Doch sein Gesicht wirkte energisch. Ich verglich ihn mit den Zeichnungen von Marie-Anna. Die Büste von Valerius Corvus, die Skizze von Valerian ohne Zipfelbart. Und mit dem Bild, das die Stiftsdame Anna von dem pockennarbigen Hrabanus gemacht hatte.

»›Ich bin in vielen Gestalten erschienen, bevor ich die

passende Form fand‹«, zitierte ich leise den keltischen Barden Taliesin. »Ja, es war ein weiter Weg bis hierher.« Ich sprach mehr zu mir selbst.

»Anahita, du hast so viel daran gesetzt, mich hierher zu locken. Wünschst du mir nur mitzuteilen, dass ich dich an einen jüngeren, aufmerksameren, weniger egoistischen Mann verloren habe?«

Seine Bemerkung riss mich aus meinen Gedanken. Valerius verdiente eine ehrliche Antwort. Ich aber genauso. Also erklärte ich: »Jünger mag Marc wohl sein, aber es gibt kaum einen, der ihm in Sachen Egoismus das Wasser reichen kann. Nein, Valerius, an ihn hast du mich nicht verloren. Es sei denn, für dich bedeutet die eine Nacht, die ich mit ihm verbracht habe, ein Verlust.«

»Anita, ich kenne dich nicht genug, um zu wissen, was es dir bedeutet. Aber ich denke, du wirst einen Grund gehabt haben.«

»Hatte ich, Val. Er kam angeschlagen und verletzt zu mir. Du solltest wissen, er hatte sich wegen mir mit einigen Reportern geprügelt, und … mir schien, er hatte ein Anrecht auf ein wenig Zärtlichkeit.« Ich drehte mich um und sah über das Meer hinaus. »Außerdem dachte ich, es würde mich – nun ja – trösten. Aber das hat es nicht.«

Valerius legte den Arm um meine Schultern und zog mich an sich, leicht, nicht fest.

»Tut es manchmal, aber nicht immer, ich weiß.«

Ich legte meinen Kopf an seine Brust und schloss die Augen.

»Nein, du hast mich nicht verloren, Valerius«, bestätigte ich leise. »Ich habe hier auf dich gewartet. Ich habe gehofft, dass du zu mir findest.«

Er streichelte meine Haare, und plötzlich fühlte ich ein kleines Vibrieren in seiner Brust. Mit einem unterdrückten Lachen sagte er: »Immerhin – ganz leicht hast du es mir nicht gemacht.«

»Die ausgeschalteten Handys und Anrufbeantworter, die Verschwiegenheit aller Nachbarn, Freunde und Bekannten?« Ich zuckte mit den Schultern. »Es war zu einem Gutteil auch Selbstschutz gegen die Spinner, die meinen, über Skandale berichten zu müssen. Vor allem deswegen sind wir, Rose und ich, hierher gekommen. Du wirst von Falko gehört haben, was meine Mutter getan hat.«

»Ja, er hat es mir erzählt.«

»Und im Grunde vertraute ich deiner Hartnäckigkeit.«

Er sah über das Meer hinaus, eine lange Zeit. Schließlich drehte er sich um und sah mir in die Augen.

»Als wir uns das letzte Mal trennten, hatten wir beschlossen, uns die Zeit zu nehmen, einander besser kennen zu lernen.«

»Ja, das wollten wir.«

»Ich habe viel über dich nachgedacht. Und über mich, Anita. Dir ist klar, dass es nicht sehr leicht wird? Du gehst ein großes Wagnis ein.«

»Ist es ein Wagnis, dich kennen zu lernen?«

Er seufzte und zog mich fester an sich.

»Ich fürchte, ich habe einen voreiligen Schluss gezogen. Betrachten wir es so, ich hoffe, das gegenseitige Kennenlernen führt dazu, dass wir für die Zukunft eine gemeinsame Basis finden. Du hast dich sehr nachhaltig in mein Leben geschlichen, Anita.«

»Na ja, geschlichen? Ich dachte, ich sei eher wie eine Bombe hineingeplatzt.«

Er lachte auf und musterte mich.

»Ja, so kann man es auch sehen. Wollen wir uns Zeit nehmen?«

»Gerne, Valerius.«

Er löste seine Arme und wies mit der Hand über die Felder und den Strand.

»Komm, ich zeige dir die Insel. Kein Weib hat je in meiner Begleitung den Vorzug gehabt, dieses Eiland zu betreten.«

Er half mir von der Terrasse hinunter.

»Keines?«

»Nein, du bist die Erste und Einzige. Falko und ich haben es als unsere ganz persönliche Zuflucht betrachtet. Meine Liebeleien fanden stets auf dem Festland statt.«

Wir überquerten die Wiese und kamen zu einem schmalen Pfad, der durch die Felder führte.

»Ich hoffe, ich entweihe den heiligen Grund nicht!«

»Anita, ich hoffe, du packst deine Taschen und ziehst hier für den Rest deiner Ferien ein. Ich habe vor, ein paar Tage zu bleiben.«

»Hat dein Chef dir denn Urlaub gegeben?«

»Er ist zwar ein unausstehlicher Tyrann, Anita, aber in diesem Fall, glaube ich, habe ich ihn von der Notwendigkeit meiner Mission überzeugen können. Im Übrigen ist Cosy ziemlich gut in der Lage, das Tagesgeschäft alleine abzuwickeln, und notfalls kann sie mich anrufen.«

»Sie nannte dich übrigens nicht tyrannisch.«

»Nein? Hast du Erkundigungen eingezogen?«

»Ein paar.«

»Mh.«

»Valerius – auch du hast dich in mein Leben eingeschlichen. Aber, Informationen aus zweiter und dritter Hand reichen mir genauso wenig. Ich ziehe zu dir.«

»Du kannst Falkos Räume haben, er fährt entweder morgen Abend zurück oder …«

»Oder arrangiert sich mit Rose.«

»So ähnlich, ja. Würdest du?«

»Muss ich in Falkos Zimmer wohnen?«

Valerius blieb stehen und drehte sich um. Doch er berührte mich nicht. Das war auch gut so, denn ich bereute meine voreilige Frage schon. Es wäre zu einfach gewesen, mich ihm in die Arme zu werfen und mich darin zu verlieren. Er schien das ebenso zu verstehen, und seine Stimme war leise und ein wenig heiser, als er sagte: »Ana, wenn du irgendwann zu mir kommen möchtest, dann …« Er schüttelte den Kopf und sah mir dann sehr gerade in die Augen. »Ana, ich scheine besser zu schlafen, wenn ich deinen Herzschlag spüre.«

Ich vermied es mit äußerster Anstrengung, ihn nur anzusehen.

»Lass uns weitergehen.«

Die kleine Mole lag links von uns, das andere Haus rechts auf einer kleinen Anhöhe.

»Gérard fährt manchmal fischen, was mir hin und wieder Spaß macht. Früher hatten wir ein Segelboot hier liegen, aber es gab einen Unfall …«

»Ich weiß.«

»Vor neunundzwanzig Jahren. Ich war siebzehn, und ich begegnete dem Tod. Ich wäre beinahe ebenso ertrunken wie meine Schwester und ihr Mann. Dabei habe ich so etwas wie ein Grenzerlebnis gehabt, Anahita. Ich habe es nie vergessen, wie ich von einer schönen, jungen Frau ins Leben zurückgerufen wurde. Hätte sie es nicht getan, ich wäre wohl gestorben.«

»Vor neunundzwanzig Jahren, als ich geboren wurde.«

»Ja, mein Herz.« Er sah zu den Booten hinunter, die träge auf den funkelnden Wellen schaukelten. »Es ist überaus seltsam, Ana. An jenem Tag, als ich dich zum ersten Mal getroffen habe, hatte ich kurz vor dem Erwachen einen sehr lebhaften Traum, der mir diese Phase wieder in Erinnerung rief. Ich sah sogar die Frau wieder, konnte sie aber nicht erkennen. Ich hatte schon lange nicht mehr an den Unfall gedacht – die Zeit heilt auch solche traumatischen Erfahrungen. Aber nun sehe ich es wieder deutlich vor mir, was damals geschah. Mit Falko im Arm wurde ich hier angespült, Gérards Frau hat mich gefunden.«

»Er ist verheiratet?«

»Du wirst sie gleich kennen lernen. Eine echte Bretonin. Wenn sie Französisch nicht verstehen will, dann verfällt sie in die alte Sprache. Aber sie kocht und backt wundervoll. Meistens versorgt sie uns, wenn wir hier sind. Gewöhnlich findet man sie in der Küche oder im Garten. Dort ist sie.«

Zwischen den Gemüsebeeten kniete eine ältere Frau und hackte die Erde auf. Als sie uns kommen sah, schenkte sie uns ein Willkommenslächeln, und mit einem Schwung, der ihr Alter Lügen strafte, erhob sie sich vom Boden. Doch dann ging sie nicht auf Valerius zu, sondern direkt auf mich.

»So bist du also heimgekehrt, Herrin der Insel.«

»Ja, Mutter Tekla. Der Rabe hat mich nach Hause gebracht.«

»Wie er versprach. Sei willkommen, Annik.«

Sie wischte ihre erdigen Hände an der Schürze ab und drehte sich zu Valerius um.

»Ich habe schon gesehen, dass ihr wieder hier seid, Valerius. Ich habe einen Auflauf vorbereitet. Ich bringe ihn euch nachher ins Haus.«

»Tekla, das hier ist Anahita, sie wird vielleicht zu mir ins Haus ziehen.«

»Ich hoffe, du kannst sie überreden, eine Weile hier zu bleiben.«

»Das hoffe ich auch.«

»Zwei Wochen ungefähr«, sagte ich, und sie strahlte.

»Kommen Sie gelegentlich vorbei, hier habe ich selten eine Frau zum Schwatzen.«

Wir überließen sie ihrer erdigen Tätigkeit, und Valerius verarbeitete mal wieder eine neue Erfahrung.

»Sie hat dich einen Moment sehr seltsam angesehen, Anita, ich hatte fast Angst, sie würde etwas Unüberlegtes äußern. Es heißt, sie habe das zweite Gesicht. Hat sie etwas an dir gesehen, was ich nicht sehe?«

»Ja, aber es ist kein Geheimnis. Du erinnerst dich doch daran, wie perplex ich war, als ich dir in dem Juwelierladen begegnete, weil ich dich bereits zu kennen schien?«

»Mehr als genau, Ana. Du sprachst von dem Römer, der auch Valerius hieß.«

»Titus Valerius Corvus, der sich in die keltische Töpferin verliebte. In Annik, die Herrin dieser Insel. Sie hatte eine Prophezeiung erhalten von einer Seherin, die sie Mutter Tekla nannte. Sie weissagte ihr, der Rabe würde sie einst auf diese Insel zurückführen. Tekla hat mich willkommen geheißen, und ich habe ihr bestätigt, dass der Rabe mich heimgeführt hatte.«

»Aber ihr spracht nicht miteinander.«

»Ja, das war ein kleines Wunder, nicht wahr? Aber sie hat nicht nur das zweite Gesicht, sie hat im selben Atemzug von einem Auflauf gesprochen, Val. Und wenn ich es recht bedenke, habe ich seit gestern Abend nichts mehr zu essen bekommen. Ich fürchte, ich bin hungrig.«

»Dann werden wir sofort zum Haus zurückkehren und diesem Umstand abhelfen.«

Tekla hatte die duftende Kasserole in den Backofen gestellt; sie war noch heiß, und wir fielen mit großem Appetit darüber her. Danach war ich so satt und müde, dass ich auf einer der Liegen im Garten einschlief. Feli leistete mir dösend auf meinem Bauch Gesellschaft. Dadurch entging mir Roses und Falkos Eintreffen. Meine Schwester hatte vorausschauend meine Tasche gepackt und sie mitgebracht. Sie waren anschließend mit Falkos Gepäck wieder zurückgefahren.

»Na, wieder aufgetaucht aus den Traumwelten?«

Valerius' Schatten fiel über mich, und ich blinzelte verlegen.

»Oh, ich bin eine blendende Gesellschafterin, nicht wahr?«

Strecken, wie Feli – vorne lang, hinten lang, Buckel machen, schnurren.

»Du bist ein durchaus hübscher Anblick, auch im Schlaf. Habt ihr gestern Nacht gelumpt?«

»Nein, wir haben unseren Familienstammbaum aufgearbeitet. Es gibt da nämlich noch eine Geschichte… Ich erzähle dir bei Gelegenheit davon. Wusstest du, dass wir entfernt, ganz entfernt miteinander verwandt sind?«

»Nein, aber warum auch nicht?«

Unsere Beziehung zueinander schien sich jetzt endlich auf einfacher, freundschaftlicher Basis abzuspielen, und meine aufgewühlten Gefühle hatten sich durch einige Stunden Schlaf besänftigt. Wir machten einen ausgiebigen Spaziergang am Strand entlang und redeten über alles Mögliche. Doch wir beide vermieden es noch immer sorgfältig, einander zu berühren. Valerius berichtete mir, Falko habe sich entschlossen, ebenfalls bis nach Pfingsten zu bleiben. Ich freute mich für Rose. Am Abend wollten wir alle gemeinsam essen gehen. Dieses Zusammentreffen verlief ebenfalls harmonisch, und mit Freude sah ich, dass Falko, den ich mir als einen sehr nüchternen Mann vorgestellt hatte, sich charmant und humorvoll geben konnte. Er und Rose betrieben ein vorsichtiges Annäherungsspielchen, und meine Schwester wirkte glücklich. Marc befand sich allerdings in ungewöhnlich gedämpfter Stimmung, und Cilly versuchte vergeblich, ihn mit kleinen Neckereien aufzuheitern. Als wir uns schließlich voneinander verabschiedeten, nahm er mich noch einmal zur Seite.

»Ich habe das Spiel verloren, nicht wahr?«

»Ein Spiel war es nie, Marc, und es gab nie eine Chance. Wusstest du das nicht?«

»Doch, wahrscheinlich schon. Aber man versucht es eben.«

»Sei nicht traurig, du wirst schnell genug Trost finden.«

»Kann sein. Aber – Anita, du bist etwas Besonderes, weißt du das?«

»Bin ich nicht.«

»Für mich schon. Bekomme ich noch einen Kuss?«

»Bekommst du.«

Er nahm mich in den Arm und küsste mich sehr gekonnt.

»Du zitterst, Schätzchen.«

»Ja.«

»Schade, dass es nicht mir gilt. Geh jetzt, Anita. Geh schnell.«

Er ließ mich abrupt los und schloss sich Falko, Rose und Cilly an, die ihn im Wagen mitnehmen wollten. Valerius trat zu mir.

»Kommst du mit mir?«

»Ja, Valerius. Ich komme mit dir.«

Schweigend fuhren wir über das trockene Watt zur Insel und gingen ins Haus. Es war dunkel und still. Feli schlich sich an meinen Beinen entlang hinein und plauderte etwas in Katzensprache vor sich hin. Valerius machte eine kleine Lampe an. Der Raum füllte sich mit Schatten in ihrem schummrigen Licht.

»Möchtest du noch etwas trinken?«

»Nein.«

»Soll ich den Kamin anmachen?«

»Nein.«

»Ana?«

Er stand an der Treppe, die nach oben in sein Zimmer

führte. Sie war wieder da, die Spannung. Sie war wie zum Greifen, und die Fäden der Sehnsucht zogen mich zu ihm hin. Ich machte einen zögernden Schritt auf ihn zu. Ich wusste, er überließ die Entscheidung mir. Und ich – ich war nun wieder unsicher. Seine Ausstrahlung überwältigte mich, sie würde mich zu blinder Hingabe verleiten. Aber das war nicht alles. Darum drehte ich mich um und ging zum Fenster. Ein silberner Streifen Mondlicht zog sich über das ruhige Wasser zum Horizont hin. Jeder Wind hatte sich inzwischen gelegt. Ich fühlte mich in eine verzauberte Welt versetzt, endlich befand ich mich auf der Insel meiner Träume. Der Reigentanz des Schicksals wiederholte sich, ich war genau wie jene, die vor mir waren, zusammen mit meinem Geliebten in einer Zeit außerhalb der Wirklichkeit.

Für zwei Wochen, wenn ich einwilligte. Dann würde der Zauber zu Ende sein. Ob ich sterben würde? Den rein physischen Tod? Oder ob nur einfach der Alltag diese Verzauberung brechen würde? Es war schon richtig, was Marc vermutet hatte. Es lag eine nicht zu unterschätzende Gefahr darin, denn ich hatte mich natürlich in ein Idealbild von Valerius verliebt. Eines, das nach Julians Vorgaben gebildet und von mir mit meinen eigenen Wünschen gestaltet worden war.

Aber Valerius Corvin war ein ganz realer Mensch, geprägt von seiner persönlichen Vergangenheit, ein Mensch mit seinen Fehlern und Vorzügen, seinen Eigenarten, seinen Wünschen und Hoffnungen. Vor allem aber war er ein Mann, der genaue Vorstellungen von seinem Leben hatte. Er war ein Mann der Gegenwart, und sein Wollen und Handeln standen in keinem Zusammenhang mit dem der Männer in den drei Geschichten. Würde ich an ihm zweifeln, weil er weder der mächtige Valerius Corvus noch der väterliche Hrabanus, noch der tolerante Valerian Raabe war? Würde er sich an der Vergangenheit messen lassen? An dem Wunschbild von einem Mann, einem Geliebten, einem Freund, einem Partner – an dem Bild, das die Geschichten in mir geweckt hatten?

Wie von ferne klang das »Lied« in mir auf, und ich vermeinte, die Stimme von Julian, dem Barden, zu hören.

»Und wenn du willst, gedenke, und wenn du willst, vergiss.«

Über den sternenübersäten Himmel flammte plötzlich eine goldene Spur. Die verzauberte Welt in mir hatte mir ein äußeres Zeichen gegeben.

»Julian, danke«, flüsterte ich leise zu den Sternen empor. Dann drehte ich mich um und ging zu Valerius zurück. Er lächelte mir zu.

»Nun, mein Herz?«

»Es stimmt, Valerius, es wird nicht eben leicht werden. Aber ich kann es nicht ändern, ich will mit dir zusammen sein. Denn ohne dich wird es einfach nicht mehr gehen. Vergessen werde ich dich nie wieder können.«

Er rührte sich nicht. Ich legte ihm meine Hände auf die Brust und sah zu ihm hoch.

»Willst du wirklich?«, fragte er heiser.

»Ja, Valerius – gerne.«

Er zog mich an sich und berührte mit dem Finger leicht die Narbe über meiner Lippe, bevor er mich küsste. Wir gingen nach oben, Arm in Arm. Dann kam der Augenblick, in dem wir beide nebeneinander im Bett lagen und der Mond unsere Körper in silbernes Licht tauchte. Ich spielte mit den grauschwarzen Locken auf seiner Brust, zog mit den Fingernägeln Streifen über die Haut, wo sie am zartesten war, und fühlte dann seinen Herzschlag. Er streifte das Band ab, das meinen Zopf zusammenhielt, und löste die Flechten. Dann legte er die Haare über meinen Körper. Sie verdeckten meinen

Busen, doch nicht ganz. Sanft streichelte er ihn. Wie elektrische Ströme durchzog es meinen Leib. Seine Berührung wurde fester, und mein Atem ging schneller.

»Dieses Foto, Ana. Es hat mich schier wahnsinnig gemacht.«

»Welches?«

»Das mit der Träne. Warum hast du geweint, Ana?«

»Weil ich mich nach dir sehnte.«

»Ist das wahr?«

»Ja.«

Mit einem Finger strich er wieder über die Narbe in meinem Gesicht, dann über meine Lippen. Doch er küsste mich nicht, er sah mich nur an. Durch das Dachfenster sah man das sternenfunkelnde Firmament, und das Meer rauschte leise sein ewiges Lied.

»Ich liebe dich, Ana.«

Ich konnte kaum atmen.

Zeiten und Welten später konnte ich es wieder. Ich lag halb auf, halb neben ihm und fühlte mich weich und nachgiebig. Für eine Weile war die Sehnsucht befriedigt, ihr Ziehen und Zerren besänftigt. Sie würde wiederkommen, und das war vermutlich gut so. Das Begehren war ebenso gestillt. Aber auch das würde wiederkommen.

»Mein Herz. Mein Leben.«

»Geliebter.«

»Du bist schön und wild, sanft und grausam. Bleibst du bei mir?«

»Willst du das Risiko eingehen?«

Mit einem leisen Lachen antwortete er: »Gerne!« Und dann löste er sich von mir und nahm etwas von dem Tischchen neben dem Bett.

»Ich habe etwas mitgebracht, Ana, das seit langer Zeit in unsere Familie gehört. Wahrscheinlich mit einer gewissen Hoffnung in meinem Herzen. Es würde mich sehr glücklich machen, wenn du diesen Ring hier tragen würdest.«

In seiner Hand lag der goldene Ring aus dem Römergrab. Aus kleinen Stäbchen zusammengesetzt, die jeweils in Kügelchen endeten. Innen war die Schrift eingraviert.

Omnia Vincit Amor.

Ich sah ihn an, und Schauder erfassten mich.

»Was ist, meine Geliebte?«

»Ich traue mich nicht, ihn auch nur in die Hand zu nehmen, Valerius. Zu viele Erinnerungen sind daran geknüpft.«

»Erinnerungen? Kennst du den Ring?«

»Valerius, ich habe dir von dem Römer erzählt, an den du mich erinnerst. Ich werde dir noch heute Nacht die Geschichte von Titus Valerius Corvus und Annik, der Barbarin, erzählen müssen. Und danach die von Hrabanus Valens und der Stiftsdame Anna. Und die von Valerian Raabe und Marie-Anna de Kerjean.«

»Valerian Raabe? Anita? Der Sammler?«

»Ja, ein gemeinsames Verbindungsglied zwischen uns beiden. Du weißt von ihm?«

»Sein Enkel, mein Urgroßvater, ein ziemlich schwarzes Schaf in der Familie, hat, soweit ich weiß unter skandalösen Umständen eine Annemarie Kerjean geheiratet. Seit jener Zeit ist übrigens diese Insel hier in unserem Familienbesitz. Diese Annemarie war die Enkelin eines äußerst vermögenden Kaufmanns, der sich zu Beginn des neunzehnten Jahrhunderts eine Menge Kunstwerke unter den Nagel gerissen hat. Auf dieser Sammlung basiert letztlich das Geschäft, das unsere Familie führt.«

Ich setzte mich auf und seufzte leise. Die Erklärungen würden leichter werden, als ich dachte.

»Dann werden dich die Tagebücher meiner Ahnin Marie-Anna de Kerjean sicher sehr interessieren. Sie war die Geliebte deines Ahnherren. Er schenkte ihr diesen Ring.«

Das Gold schimmerte still in seiner Hand, und Valerius sah mich plötzlich mit tiefem Verständnis an.

»Anahita, dann hat sich der Kreis geschlossen, meinst du nicht auch?«

»In vielerlei Hinsicht, ja.«

»Willst du ihn nicht annehmen, als Zeichen dafür, dass etwas neu beginnt?«

»Zwischen Valerius, dem Raben, und Anahita, der Tochter des Barden?«

Er schob den vierten und ersten der Ringe über meinen Finger, und nichts geschah, außer dass ich das kühle Gold spürte. Ich legte meinen Kopf an seine Brust und flüsterte: »Ich liebe dich, mein Valerius. Mehr als mein Leben.«

Erst dann wurde mir bewusst, was ich gesagt hatte.